KB123567

인문학 학술총서 ②

이와전 · 투첩성옥 · 옥당춘낙난봉부

李娃傳 · 妬妾成獄 · 玉堂春落難逢夫

인문학 학술총서 ②

이와전 투첩성옥 옥당춘낙난봉부

李娃傳
妬妾成獄
玉堂春落難逢夫

白行簡・海瑞・馮夢龍 원저

申海鎭 역주

"
귀족자제와 기생 사이의 사랑을 담은 중국 소설류
阿英의 논문 「옥당춘 고사의 변천」 번역
"

보고사

이 책은 2016년도 한국연구재단 대학 인문역량 강화사업(CORE) 지원에 의해 출판되었음

머리말

"구각본 〈왕공자분지기〉와 같지는 않다.(與舊刻王公子奮志記不同)"

이는 명나라 풍몽룡(馮夢龍, 1574~1646)이 1624년 편찬한《경세통언(警世通言)》권24에 수록된 〈옥당춘낙난봉부(玉堂春落難逢夫)〉의 내제(內題) 아래에 붙여진 기록으로, 일종의 두주(頭註)이다. 두 이본의 내용이 완전히 다르고 서로 관련이 전혀 없었다면 굳이 밝힐 필요가 없었을 정보이다. 따라서 두 이본이 꼭 같지는 않을지라도 꽤 유사한 내용이나 골격을 공유한 작품이었음을 알려주는 것으로 보아도 무방할 듯하다.

"송대에는 포대제가 있고, 명대에는 해강봉이 있다.(宋有包待制, 明有海剛峯)"

이러한 말이 있을 정도로, 명나라 해서(海瑞, 1514~1587)는 송나라 포증(包拯)과 함께 청관(淸官)의 대표적 인물로 꼽힌다. 그의 공안(公案) 이야기가 모아진《해강봉선생거관공안전(海剛峯先生居官公案傳 : 약칭 해강봉공안 또는 해공안)》이 있다. 만력 병오년(1606) 진인(晉人 : 山西人) 이춘방(李春芳)이 쓴 서문이 있어, 출간시기를 어느 정도 가늠할 수 있다. 매회 전반부에는 한 편의 독립된 공안 이야기가 서술되고, 후반부에는 장사(狀詞) 소사(訴詞) 판사(判詞) 등 송사문건 형식으로 기술되고 있다. 이 공안집의 1권 24회에는 〈투첩성옥(妬妾成獄)〉이 실려 있는데, 역시 같은 방식으로 구성되어 있다. 남경(南京) 취보문(聚寶門) 밖의 왕순경

(王舜卿)이 기생 옥당춘(玉堂春)과 파란곡절의 사랑을 했다는 줄거리는
〈옥당춘낙난봉부〉와 많이 닮아 있다. 물론 세부적인 면은 많이 다르
다. 이 작품의 재판사건은 해서가 실제로 처리했을 수 있겠지만, 그렇
지 않다 해도 그 시기에 그와 같은 재판사건이 있었음을 알려주는 것
으로 보면 무리일까.

　한편, 〈옥당춘낙난봉부〉의 영향을 받아 번안한 것으로 일컬어지는
〈왕경룡전(王慶龍傳)〉이 있는데, 28종의 이본 가운데 내제(內題) 아래에
저자로 표기된 인물은 2명이다. 먼저, 표제 '옥선규사(玉僊閨詞)'의 〈왕
경룡전〉(국립중앙도서관, 古3736-66)에는 주지번(朱之蕃, ?~1624)을 작자로
표기하면서 '명나라 신종 때 사람(明神宗時人)'이라고 설명하였는바, 만
력(萬曆) 때의 인물이다. 그의 생년은 1548년 또는 1558년으로 보고 있
어 확정지을 수 없는 형편이다. 또《선현유음(先賢遺音)》의 목차에서도
〈왕경룡전〉 밑에 주지번을 작자로 표기하였다. 둘째, 부산대본 〈왕경
룡전〉의 내제 아래에는 최립(崔岦, 1539~1612)을 작자로 표기하였다. 그
는 사신으로서 명나라를 왕래하며 문단의 대표적 문인 왕세정(王世貞)
과 교류하는 등 중국 문인들로부터 문장가로 격찬을 받았으며 게다가
조선에서도 선조(宣祖) 때 제일가는 문장가로서 꼽혔지만, 기괴한 글자
와 글귀를 모으는 흠이 있다는 비판도 받았던 인물이다(졸역서, 『왕경룡
전·용함옥』, 역락출판사, 2016, 234~235면). 결국, 주지번이건 최립이건,
이들은 중국 만력 시기에 활동한 인물이다.
　《신독재수택본전기집(愼獨齋手擇本傳奇集)》의 〈왕경룡전〉 뒤에는 교열
기(校閱記)가 있다. "나는 본래 학문을 좋아하면서도 잡기(雜記)를 좋아
하여 이 책을 빌려와서는 깊이 파고들기로 마음먹고 꼼꼼하게 상세히
읽으니, 누구의 손에서 베껴져 전해오는지 알 수 없었으나 더러는 군

더더기 글귀가 있는데다 잘못 쓴 글자가 많았고 또 빠진 글자가 있어
서 문리(文理)가 통하지 않아 이어질 리가 없었다. 그리하여 글 때문에
뜻을 해치고 뜻으로서 글을 해치는 곳이 파다하게 있었다. 이 때문에
한갓 지니고만 있다가 간혹 외람되게 내 뜻을 붙이기도 했는데, 여러
책을 상세히 살펴 그 번잡한 것들은 다듬고 그 잘못된 글자는 바로잡
았으며 그 빠진 글자는 보충하였다.” 이 교열기의 끝에 흐릿하게 남은
자형일지라도 세밀히 살피면 청토(靑兔)로 읽을 가능성이 비교적 높다.
그렇다면 그 기술 시기는 김집(金集, 1574~1656)의 생몰연간을 고려하
건대 을묘 1615년일 것으로 짐작된다. 따라서 〈왕경룡전〉이 1615년 이
전에 이미 필사되어 널리 유통되었음을 알 수 있다(졸역서, 『왕경룡전·
용함옥』, 역락출판사, 2016, 230~233면).

이렇게 볼 때, 대략 만력(萬曆, 1573~1619) 초에 남경(南京)과 산서(山西)
지역을 배경으로 한 옥당춘 고사(玉堂春故事)가 만들어졌는데, 한편으로
는 해서(海瑞)의 재판사건으로 〈투첩성옥〉이 각색되었고, 다른 한편으
로는 〈왕공자분지기〉와 〈옥당춘낙난봉부〉가 만들어져 각기 또다시 다
른 계보를 이루며 전승되었던 것으로 보인다. 〈왕공자분지기〉는 작품으
로 있다가 나중에 산일(散逸)된 것으로 추정된다. 조선조에서도 17세기
초엽 명나라를 왕래했던 문인들에 의해 옥당춘 고사가 전승되어 〈왕경
룡전〉이 만들어졌던 것이 아닌가 한다. 무엇보다도 당나라 백행간(白行
簡)의 〈이와전(李娃傳)〉이 《태평광기(太平廣記)》 484권 ‘잡전기류(雜傳記類)’
의 제1편에 수록되어 이미 고려 때부터 전해졌던 터라, 기생과 귀족자제
간의 사랑은 익숙했던 문학적 제재였기 때문이었으리라.
이에, 귀족자제와 기생 간 파란곡절의 사랑을 그린 중국 소설류들을
다 살필 필요가 있겠으나, 이 책은 옥당춘 고사와 관련된 것으로 한정

하였다. 옥당춘 고사의 문학적 제재 연원으로서 〈이와전〉, 옥당춘 고사의 사건 원형에 가까운 것으로서 〈투첩성옥〉, 옥당춘 고사를 소설로 풍성하게 엮어낸 〈옥당춘낙난봉부〉를 번역하고 주석한 것이다. 이 세 작품의 원전 이미지도 영인하였다. 뿐만 아니라, 부록으로 아영(阿英)의 「옥당춘 고사의 변천(玉堂春故事的演變)」 논문도 번역하고, 원문 이미지도 첨부하였다. 아영은 이 글에서 옥당춘 고사가 소반노(蘇盼奴)와 그의 여동생인 소소(小小)의 고사와 혼동될 수도 있으나, 분명 구별이 있다고 하였다. 곧 옥당춘 고사는 만력(萬曆) 초에 남경(南京), 산서(山西)의 두 곳을 무대로 하여 나온 왕삼선(王三善, 《명사(明史)》 권249에 전함)의 이야 기라고 말하고 있다. 1957년에 나온 논문이지만 여전히 읽어볼 만한 글로 생각한다.

  아무튼 백화문에 대한 번역이 녹녹치 않았지만 나름대로 최선을 다해 상재하니 대방가의 질정을 청한다. 부록으로 첨부한 아영의 논문은 김용범, 학지 선생이 번역한 것을 윤문하였다. 김용범 선생은 중국 해양대학교 한국어과 교수이며, 학지 선생도 중국 하얼빈사범대학교 한국어과 교수이다. 이들은 전남대학교 대학원 국어국문학과 박사학위 과정생으로서 BK21플러스 사업단에 참여해 학업에 정진하고 있다. 사업단장으로서 그들의 재능을 살리기 위해 제안했던 것인바, 해당논문 앞부분에 번역자로서 이름자를 명기하여 열정적으로 번역해준 마음을 기린다.

  언제나 따뜻한 마음으로 편집을 맡아 수고해 주신 보고사 가족들의 노고에 심심한 고마움을 표한다.

2016년 12월 빛고을 용봉골에서
무등산을 바라보며 신해진

차례

일러두기

이 책은 다음과 같은 요령으로 엮었다.

1. 번역은 직역을 원칙으로 하되, 가급적 원전의 뜻을 해치지 않는 범위 내에서 호흡을 간결하게 하고, 더러는 의역을 통해 자연스럽게 풀고자 했다. 〈이와전〉과 〈옥당춘낙난봉부〉의 참고한 기존 번역서는 다음과 같다.

   『당대소설전집 앵앵전』, 정범진 편역, 성균관대학교출판부, 1995, 188~206면.

   『태평광기』 20, 김장환 외 옮김, 학고방, 2004, 225~243면.

   『한국문학과 관련 있는 중국 전기소설선』, 김종국 편역저, 박이정, 2005, 13~34면.

   「〈三言〉選譯 : 희곡의 소재가 된 작품을 중심으로」, 최수현, 인하대학교 교육대학원 석사학위논문, 2012, 98~162면.

2. 원문은 저본을 충실히 옮기는 것을 위주로 하였으나, 활자로 옮길 수 없는 古體字는 今體字로 바꾸었다.

3. 원문표기는 띄어쓰기를 하고 句讀를 달되, 그 구두에는 쉼표(,), 마침표(.), 느낌표(!), 의문표(?), 홑따옴표(' '), 겹따옴표(" "), 가운데점(·) 등을 사용했다. 〈이와전〉의 표점은 다음 자료를 참고했다.

   『唐人小說校釋』 상, 王夢鷗 교역, 正中書局, 1983, 165~191면.

   『中國古典小說作品選』 상, 徐敬浩 편주, 지식산업사, 1990, 241~291면.

4. 주석은 원문에 번호를 붙이고 하단에 각주함을 원칙으로 했다. 독자들이 사전을 찾지 않고도 읽을 수 있도록 비교적 상세한 註를 달았다.

5. 주석 작업을 하면서 많은 문헌과 자료들을 참고하였으나 지면관계상 일일이 밝히지 않음을 양해바라며, 관계된 기관과 여러분들께 진심으로 감사드린다.

6. 이 책에 사용한 주요 부호는 다음과 같다.

   1) ( ) : 同音同義 한자를 표기함.

   2) [ ] : 異音同義, 出典, 교정 등을 표기함.

   3) " " : 직접적인 대화를 나타냄.

   4) ' ' : 간단한 인용이나 재인용, 강조나 간접화법을 나타냄.

   5) 〈 〉 : 편명, 작품명, 누락 부분의 보충 등을 나타냄.

   6) 「 」 : 시, 제문, 서간, 관문, 논문명 등을 나타냄.

   7) 《 》 : 문집, 작품집 등을 나타냄.

   8) 『 』 : 단행본, 논문집 등을 나타냄.

이와전
李娃傳

– 역문 –

이와전

견국부인(汴國夫人) 이와(李娃)는 장안(長安)의 기생이었다. 절개와 행실이 아름다우면서도 뛰어나 족히 칭찬할 만한 것이 있기 때문에 감찰어사(監察御史) 백행간(白行簡)이 기술하여 전한다.

천보(天寶 : 당나라 현종의 연호, 742~756) 연간에 상주자사(常州刺史) 형양공(滎陽公)이라는 자가 있었는데, 그의 성명을 생략하고 적지 않는다. 당시의 인망이 매우 높았고, 집안이 매우 부유하였다. 그는 나이 50세에 아들 하나를 두었는데, 비로소 20세가 되었다. 풍채가 준수한 데다 시문 짓는 능력까지 있어 비할 데 없이 매우 뛰어나니, 당시의 친구들이 매우 존중하며 따랐다.

그의 아버지는 그를 아끼며 그릇으로 여겨 말했다.

"이 녀석은 우리집안의 천리구(千里駒)로다."

향시(鄕試)에 응시해 수재(秀才)로 추천되어 장차 떠나려 하자, 이에 의복과 노리개, 수레와 말 등을 성대히 꾸며주고, 도성에서의 생활비용까지 계산해주며 일렀다.

"내 생각으로는 너의 재주라면 마땅히 한 번에 장원급제할 것이지만, 지금 2년 동안의 생활비용을 마련하여 너에게 풍부히 주는 것은 장차 너의 뜻을 이루게 하기 위함이다."

생(生)도 자신의 능력을 믿고 장원급제하는 것을 손바닥 가리키듯

쉽게 여겼다.

비릉(毗陵 : 常州)을 떠나 한 달 남짓 지나서야 장안(長安)에 이르렀고, 포정리(布政里)에서 머무르게 되었다. 일찍이 동시(東市)에 놀러갔다가 돌아오는 길에 평강방(平康坊)의 동문으로 들어가서 서남쪽에 있는 친구를 방문하려 하였다. 명가곡(鳴珂曲)에 이르렀을 때, 집 한 채가 보였다. 문안의 바깥뜰은 그리 넓지 않으나 집안이 엄히 깊숙하고 문짝 하나만 닫혀 있었다. 와(娃)가 두 갈래로 머리를 땋은 하녀에게 기대어 서 있는데, 요염한 자태는 무어라 말로 형용할 수 없을 정도로 묘하여 결코 이 세상에서 볼 수 있는 것이 아니었다. 생(生)이 홀연히 보고서 자기도 모르게 말을 멈추고 오랫동안 머뭇거리며 차마 떠나지 못했다. 그리하여 일부러 말채찍을 땅에 떨어뜨리고는 수종(隨從)이 오기를 기다려 그것을 주워오도록 하였다. 〈그 사이에〉 누차 와(娃)를 곁눈질하고 와(娃)도 눈길을 돌려 바라보니 참으로 매우 서로 사모하는 듯했지만, 끝내 감히 말을 붙여 보지도 못하고 떠났다.

생(生)은 그 뒤로 의욕을 잃은 듯했지만, 또 장안에서 유락하는데 익숙한 그의 친구를 몰래 불러 그 집에 대해 물어보니, 친구가 말했다.

"그곳은 기녀 이씨의 집이네."

"와(娃)를 가질 수 있는가?"

"이씨는 꽤 넉넉한데다 전에 그녀와 정을 통했던 사람들도 대부분 귀족, 왕실 척족, 호족들로 얻은 것이 매우 많았다네. 그러니 수백만 냥이 아니고서는 그녀의 마음을 움직일 수가 없을 것이네."

생(生)이 말했다.

"다만 그녀와 함께하지 못할까 걱정할 뿐, 비록 백만 냥인들 어찌 아끼겠는가?"

며칠이 지난 어느 날 비로소 옷을 정결하게 차려입고 수종(隨從)들을 많이 거느리고 가서 문을 두드렸다. 이윽고 시녀가 문빗장을 벗겨주었다. 생(生)이 말했다.

"이곳이 뉘 집이냐?"

시녀는 대답도 않고 뛰어 들어가며 큰 소리로 말했다.

"지난번 말채찍을 떨어뜨린 도령이 왔습니다."

와(娃)가 크게 기뻐하며 말했다.

"너는 잠시만 그 도령을 붙들고 있어라. 내 당장 화장을 고치고 옷을 갈아입고서 나가마."

생(生)이 그 말을 듣고 마음속으로 기뻐하였다. 마침내 인도되어 대문 안쪽의 가리개에 이르러, 백발을 드리우고 어깨와 등이 구부정한 한 노파를 만났는데 곧 와(娃)의 어미였다. 생(生)은 그 앞에서 무릎을 꿇고 절을 하며 인사말을 하면서 말했다.

"이곳에 놀리는 방이 있다고 하던데, 세 들어서 살고 싶으니 정말입니까?"

노파가 말했다.

"그곳은 누추하고 비좁아서 귀한 이가 거처하는 곳으로 받들기에 부족할까 두렵습니다. 그러니 어찌 감히 방세를 말하겠습니까?"

손님들을 초대하는 객관(客館)으로 생(生)을 이끌었는데, 객관이 매우 화려하였다. 생(生)과 마주앉고는 이어서 말했다.

"저에게 사랑스러운 어린 딸이 있는데, 수완과 재주는 보잘것없지만 기꺼이 손님을 맞으려 하니 만나보기를 바라옵니다."

그리하여 와(娃)로 하여금 나오도록 하니, 맑은 눈동자에 하얀 팔인데다 걸음걸이까지 요염하였다. 생(生)은 화들짝 놀라 일어났지만 감히 쳐다보지도 못했다. 그녀와 절을 하고 날씨인사를 나누었는데, 눈길이 닿는 곳마다 아름답고 사랑스러워 여태껏 본 적이 없는 모습이었다.

다시 앉으니 차를 끓이고 술을 따르는데 그릇들이 매우 말쑥하였다.

이윽고 날이 저무니 북소리가 사방에서 울렸다. 노파가 그의 거처하는 곳이 먼지 가까운지를 묻자, 생(生)이 속여 거짓으로 말했다.

"연평문(延平門) 밖 몇 리 되는 곳에 있습니다."

그곳이 멀기 때문에 머무르게 되기를 바랐던 것이다. 노파가 말했다.

"북소리가 이미 울려 퍼졌으니 빨리 돌아가야 하겠습니다. 금령(禁令)을 어기지 마십시오."

생(生)이 말했다.

"요행히 만나 즐기고 웃느라 날이 저문 줄도 몰랐습니다. 갈 길은 멀고 성안에는 또 친척이 없으니, 장차 이를 어찌하면 좋겠습니까?"

와(娃)가 말했다.

"매우 외지고 누추한 변두리인 것을 못마땅하게 여기지도 않으시고 일단 거처하시고자 하셨으니, 주무신들 무엇이 해롭겠습니까?"

생(生)이 여러 차례 노파를 쳐다보니, 노파가 말했다.

"그렇게 하시지오."

생(生)이 이에 자기의 어린 사내종을 불러서 두 필의 고운 비단을 가져오게 하여 하룻밤 음식을 마련하는데 쓰라고 청하자, 와(娃)가 웃으면서 제지하며 말했다.

"손님과 주인의 예절은 또한 그렇지가 않습니다. 오늘 저녁의 음식은 가난한 저희 집에서 변변치 않은 음식이지만 먹던 그대로 내어 올리고 싶습니다. 그 나머지는 다른 날을 기다리세요."

굳이 사양하고 끝내 받지 않았다.

잠시 후에 서당(西堂)으로 옮겨 앉으려니, 휘장과 주렴이며 탑상이 눈부실 정도로 빛났고 화장대와 이부자리들도 역시 모두 사치스러울 정도로 화려했다. 이어 촛불을 밝히고 음식을 들였는데, 맛을 보니 매우 맛있었다. 음식상이 치워지자 노파가 일어섰다. 생(生)과 와(娃)는 이야기를 나누다가 바야흐로 무르익자 익살스런 장난과 실없는 농담까지 못하는 짓이 없었다. 생(生)이 말했다.

"전에 우연히 그대의 문 앞을 지나는데 마침 그대가 문 안의 가리개 사이에 있었소. 그 후로는 마음속으로 항상 애써 생각하였으니, 잠을 자거나 밥을 먹거나 행여 생각하지 않은 적이 없었소."

와(娃)가 말했다.

"제 마음도 역시 그와 같았습니다."

생(生)이 말했다.

"이번에 찾아온 것은 단지 거처를 구하려는 것만이 아니라 평생의 뜻 이루기를 바라서라오. 다만 운명이 어떠할지 모르겠소."

말이 채 끝나지 아니하였는데, 노파가 와서 그 까닭을 묻는지라 자세히 고하였다. 노파가 웃으며 말했다.

"남녀 사이에는 절실한 욕망이 있는 법이니, 두 사람의 뜻이 서로 맞아 정분이 나면 제아무리 부모의 엄명일지라도 제어할 수가 없습니다. 그러나 딸아이가 고루하니, 어찌 군자의 잠자리를 받들 수 있겠습니까?"

생(生)이 마침내 섬돌을 내려와 절하고 감사하며 말했다.

"원컨대 저를 땔나무하거나 말먹이는 천한 일을 하는 하인이라도 삼아 주십시오."

노파는 마침내 그를 가리켜 서랑(壻郞 : 사위)으로 불렀고, 술을 거나하게 마신 뒤에야 헤어졌다.

아침이 되자, 자기의 짐을 죄다 옮겨왔고 이씨 집에서 눌러 살게 되었다. 이때부터 생(生)은 자취를 감추고 몸도 숨겨 나다니지 않으면서 다시는 친지들에게 소식을 전하지 않았다. 날마다 노래를 부르거나 춤을 추거나 하는 무리들을 모아놓고 지나치게 잔치를 베풀어 놓았다. 돈주머니 속이 텅 비자, 이에 타던 준마와 그의 어린 사내종까지 팔았다. 1년 남짓 지나니 재물과 하인이며 말이 다 써져서 아무것도 없자, 그후로 노파의 마음은 점점 태만해졌지만 와(娃)의 정은 더욱 돈독하였다.

어느 날, 와(娃)가 생(生)에게 말했다.

"낭군과 서로 알고 지낸 지도 어느새 1년이 되었는데 아직 후사를 잉태하지 못했습니다. 일찍이 듣건대 죽림신(竹林神)이 메아리처럼 원하는 대로 응한다고 하니, 장차 찾아가서 제사를 지내고는 자식을 점지해달라고 해도 괜찮겠습니까?"

생(生)은 그녀의 숨은 계획을 눈치 채지 못하고 크게 기뻐하였다. 그리하여 옷을 가게에 저당 잡히고 제물과 술을 준비하여 와(娃)와 함께 사당을 찾아가 치성을 드리면서 이틀 밤을 머무르다가 돌아왔다. 생(生)이 나귀를 몰아 뒤따르며 선양리(宣陽里)의 북문에 이르자, 와(娃)가 생(生)에게 말했다.

"여기서 동쪽으로 작은 굽이를 돌면 저의 이모 댁이 있습니다. 잠시 쉬기도 할 겸 뵙고 가도 괜찮겠습니까?"

생(生)은 그녀의 말대로 했는데, 앞으로 나아가자 100보를 넘지 않은 곳에 과연 수레 하나가 드나들 수 있는 문이 보였다. 그 문 사이를 엿보니 매우 넓게 탁 트였다. 그녀의 하녀가 수레 뒤에서 수레를 멈추도록 하며 말했다.

"도착했습니다."

생(生)이 내리는데, 마침 어떤 한 사람이 나와서 물었다.

"누구십니까?"

"이와(李娃)입니다."

이에 들어가 알리는 것이었다. 이윽고 40세 남짓 되어 보이는 한 노파가 나와 생(生)을 맞으면서 말했다.

"내 이질녀(姨姪女)는 오지 않았습니까?"

와(娃)가 수레에서 내리자, 노파가 그녀를 맞으며 물었다.

"어찌 그리도 오랫동안 소식이 없었느냐?"

서로 마주보며 씩 웃었다. 와(娃)는 생(生)을 인도해 그 노파에게 인사를 시켰는데, 인사가 끝나자 다 함께 서쪽의 극문(戟門) 곁에 딸린 뜰로 들어갔다. 뜰 가운데에는 산정(山亭)이 있어 대나무가 짙푸르렀고, 연못가의 정자는 고즈넉하였다. 생(生)이 와(娃)에게 물었다.

"이곳이 이모님의 사택이오?"

씩 웃기만 할뿐 대답을 하지 않다가 다른 말로써 대꾸하였다. 잠시 후에 차와 과일을 내왔는데 매우 진기한 것들이었다. 한참 지났을 때, 어떤 사람이 좋은 말을 몰고서 땀을 뻘뻘 흘리며 달려와 말했다.

"마님께서 갑작스레 병에 걸리셔서 자못 심하여 사람을 거의 알아보지 못하시니 마땅히 속히 돌아가셔야만 하겠습니다."

와(娃)가 이모에게 말했다.

"마음속이 산란하기만 합니다. 제가 타고 먼저 가서는 그 수레를 돌려보내줄 터이니 곧 낭군과 함께 오십시오."

생(生)이 그녀를 따라가려고 하자, 그녀의 이모가 시녀와 마주해 이야기하고 있다가 손을 내저어 생(生)으로 하여금 따라가는 것을 문 밖에서 멈추도록 하고는 말했다.

"자네 장모는 곧 죽을 것이네. 의당 장례 치를 일을 나와 의논해두었다가 급한 것들을 도와주어야 하거늘, 어찌 급히 따라가려고만 하는가?"

그리하여 따라가려던 것을 그만두고는 장례를 치르고 제사를 지내는 일을 함께 계획하였다. 날이 저물어도 수레가 오지 않자, 이모가 말했다.

"다시 전갈이 없으니 어찌된 것일까? 서랑(壻郎)이 신속히 가보게나. 나는 의당 뒤따라가겠네."

생(生)이 마침내 가서 옛집에 이르렀는데, 문에 빗장을 걸고 자물쇠로 엄밀히 단속하고서 진흙으로 봉인까지 되어 있었다. 생(生)이 매우 놀라서 그 이웃사람에게 물으니, 이웃사람이 말했다.

"이씨는 본래 이 집을 세내어 살았는데, 약속한 1년이 다 지나자 집주인이 스스로 거두어들였습니다. 노파는 이사를 갔고 게다가 벌써 이틀이나 되었습니다."

어디로 이사 갔는지 캐어물으니 "그곳을 자세히 알지 못합니다."고 하는지라, 생(生)은 장차 선양(宣陽)으로 달려가서 그 이모에게 따지고 싶었으나, 날이 이미 저물어서 갈 길을 헤아려보니 도달할 수가 없었다. 그리하여 자기의 옷을 벗어 맡기고서 밥을 먹었고 잠자리를 빌어 잤다. 생(生)은 화가 바야흐로 극심하여 저녁부터 아침까지 눈을 붙일 수가 없었다. 날이 밝아 오기가 무섭게 비실대는 나귀를 타고 갔다. 이윽고 이르러 사립문을 연달아 두드렸으나, 한참 지나도록 아무도 대꾸하는 이가 없었다. 생(生)이 크게 서너 번 부르자 관리인이 천천히 나왔다. 생(生)은 황급히 그에게 물었다.

"이모님 계시오?"

"없습니다."

생(生)이 말했다.

"어제 저녁에 이곳에 계셨는데, 무슨 까닭으로 숨기시오?"

그러면서 누구의 집인지 묻자, 말했다.

"이 집은 최 상서(崔尙書)의 댁입니다. 어제 어떤 사람이 이 집을 세내고는 멀리서 오는 이질녀를 기다린다고 하더니, 해가 지기도 전에 가버렸습니다."

　생(生)은 두렵고 당혹해 미칠 지경이어서 어찌할 바를 모르다가 끝내 포정리(布政里)의 옛집으로 되돌아 찾아갔다.

　옛 집주인은 딱하게 여기고 먹을 것을 주었다. 생(生)은 원망하고 번민하여 3일이나 먹지 않더니 그만 병에 걸려 매우 위독했는데, 열흘 남짓 지나자 더욱 심해졌다. 집주인은 그가 떨치고 일어나지 못할까 겁내어 그를 장의사(葬儀社)로 옮겼다. 숨기운이 한참 지나도록 실낱같이 이어지자, 장의사의 모든 사람들이 다함께 마음아파하고 탄식하면서 같이 음식을 먹여주었다. 후에 차츰 나아져서 지팡이를 짚고 몸을 일으킬 수 있었다. 이때부터 장의사에서 날마다 일거리를 돕도록 했는데, 상여 앞에 치는 휘장을 들게 하고는 그 품삯을 받아서 스스로 살 수 있도록 하려는 것이었다. 여러 달이 지나자 점점 건강을 회복하였으나, 매번 애도하는 노래를 듣고서 죽은 사람만도 못하다며 혼자 탄식할 때면 언제나 오열하고 눈물 쏟기를 스스로 그치지 못하였다. 돌아오면 애도하는 노래를 따라 흉내 내어 불렀는데, 생(生)은 총명한 사람이라서 오래지 않아 그 미묘함을 간곡하게 표현하였으니 아무리 장안(長安)이라 해도 그와 견줄 사람이 있지 않았다.

　애초에 장례용품을 빌려주는 두 곳의 장의사가 서로 경쟁하고 있었다. 그 동쪽 장의사는 상여(喪輿)가 모두 기이하고 화려하여 서로 맞설 것이 거의 없었지만, 애도하는 만가(挽歌)만은 뒤떨어졌다. 동쪽 장의사의 주인은 생(生)의 만가가 묘하기 그지없다는 것을 알고 곧 돈 2만 냥을 모아 찾아가서 만가를 짓도록 하여 들었다. 그 장의사에 속한 늙은이들은 함께 그가 잘하는 것을 견주어 보고 몰래 생(生)의 신곡을 본받아서 서로 화답하였다. 수십 일이 지나는 동안 남들은 그 사실을 알지 못했다.

　두 장의사의 주인들은 서로에게 말했다.

　"우리들이 각자 가지고 있는 장례용품을 천문가(天門街)에 진열하여 놓고 보여서 우열을 겨루도록 합시다. 이기지 못한 사람은 벌금 5만 냥을 내어서 술과 음식을 마련하는 비용으로 쓰도록 하면 되겠습니까?"

두 장의사는 허락하고 곧 부절(符節 : 후일 약속 약정서)을 만들어 서명하고 보증한 뒤에 장례용품들을 진열하여 보였다. 남녀들이 크게 어울려 모였는데, 모인 것이 수만 명에 이르렀다. 그래서 지역 관원이 상부 관청에게 보고하고, 상부 관청은 경윤(京尹)에게 알렸다. 사방의 관리들도 모두 달려가니, 마을에는 사는 사람이 없는 듯했다.

아침부터 진열하여 한낮에 이르기까지 상여 등 장례용구들을 낱낱이 보였는데, 서쪽 장의사는 한 가지도 이기지 못하자 부끄러워하는 기색이 많이 있었다. 그리하여 남쪽 모퉁이에 층으로 된 평상을 가져다 놓더니 수염을 기른 자가 금탁(金鐸)을 품에 안고 나왔는데, 여러 사람에 의해 둘러싸여 있었다. 그리고 수염을 흩날리고 눈썹을 치세우며, 팔을 걷어 올리며 주먹을 꽉 지고 머리를 조아리면서 평상에 오르고는 백마의 노래[白馬之詞]를 불렀다. 그는 평소에 이겼던 것을 믿고서 좌우를 둘러보는 것이 곁에 누구도 없는 듯했다. 여러 사람들이 일제히 소리를 지르며 찬양하자, 자신은 당시에 독보적이라서 어느 누구도 굴복시킬 수 없다고 여겼다. 조금 있다가 동쪽 장의사의 주인이 북쪽 모퉁이에 평상을 늘여 놓자, 검정 두건을 쓴 젊은이가 좌우에 대여섯 명을 데리고 삽(翣 : 상여의 양 옆에 다는 큰 깃털의 부채 모양의 장식)을 가지고 나왔으니 곧 생(生)이었다. 의복을 단정히 하며 매우 천천히 위아래를 훑어보고서는 목을 길게 뽑아 곡조를 불렀는데, 모습만으로는 도저히 이기지 못할 듯했다. 이윽고 해로(薤露)의 노래를 부르니, 그 노랫소리가 맑고 은은하면서도 나무들을 뒤흔들었다. 노래가 미처 끝나기도 전에 듣고 있던 사람들이 탄식하며 얼굴을 가리고 울었다. 서쪽 장의사의 주인은 사람들로부터 졌다는 꾸짖음을 듣고 더욱 부끄러워하면서 내기에 진

돈을 앞에다 슬쩍 내놓고 도망가 숨어버렸다. 주위에 앉아 있던 사람들이 놀라워 눈이 휘둥그레졌지만 그가 누구인지는 알지 못했다.

이보다 앞서, 천자(天子)는 조서(詔書)를 내려 지방의 구주장관(九州長官)들로 하여금 1년에 한 번씩 대궐에 들도록 하였는데, 이를 일러 입계(入計)라 하였다. 그때 마침 생(生)의 부친을 만났는데, 도성에 있으면서 〈예전의〉 동료 관원과 함께 관복(官服)을 바꿔 입고 남몰래 가서 구경하였던 것이다. 늙은 하인이 있었는데, 생(生)의 유모(乳母) 남편으로 생(生)의 행동거지와 말투를 보고서 마땅히 생(生)임을 알았으나 감히 마음대로 하지 못하고는 흐느끼며 눈물만 흘렸다. 생(生)의 부친이 놀라서 그 까닭을 캐물으니, 이윽고 아뢰었다.

"만가(挽歌)를 부르는 자의 모습이 주인마님의 죽은 아드님과 몹시 닮아서입니다."

생(生)의 부친이 말했다.

"내 아들은 재물이 많아서 도적에게 죽임을 당했는데, 어찌 이곳에 이르렀더란 말이냐?"

말을 마치고는 역시 흐느꼈다. 돌아가게 되자 늙은 하인이 틈을 내어 달려가서 동쪽 장의사 무리들에게 물었다.

"조금 전에 노래하던 자가 누구인데 그렇게도 오묘합니까?"

모두가 말했다.

"아무개의 아들입니다."

그 이름을 물어보았지만 또한 달랐는지라, 늙은 하인은 깜짝 놀랐다. 천천히 가서 다가가 살폈다. 생(生)이 늙은 하인을 보고는 얼굴빛이 달라지며 몸을 돌려 날듯이 일단 무리들 속으로 숨으려 하였다. 늙은 하인이 마침내 그의 소매를 붙잡으며 말했다.

"설마 도련님이 아니겠지요?"

서로 붙잡고 울다가 마침내 태워 돌아갔다. 처소에 이르자, 생(生)의 부친이 꾸짖었다.

"품은 뜻과 행실이 이러하여 우리 가문을 더럽히고 욕되게 하였으니, 무슨 수로 얼굴을 들 수 있겠으며 다시 서로 볼 수 있겠느냐?"

이에 맨발로 걸어 나가 곡강(曲江)의 서쪽 행원(杏園) 동쪽에 이르자, 아들의 옷을 벗기고 말채찍으로 수백 대를 때렸다. 생(生)이 그 고통을 이기지 못하고 쓰러져 죽자, 생(生)의 부친은 그대로 버려둔 채 가버렸다.

동쪽 장의사 무리들의 우두머리가 생(生)과 매우 친밀히 가깝게 지낸 자로 하여금 남몰래 따라가게 하였는데, 돌아와서 무리들에게 그 사실을 고하니 다함께 더욱 가슴아파하고 탄식하였다. 또 두 사람으로 하여금 갈대자리를 가져가서 묻어주게 하였다. 가보니 가슴 아래가 미지근하였는지라 일으켜 세우고 한참 있자, 기운이 조금씩 통했다. 그래서 둘이 함께 생(生)을 메고 돌아와 갈대대롱으로 한 모금의 물을 넣어주면서 하룻밤을 지나고서야 깨어났다. 한 달 남짓 지나도록 손과 발을 제대로 들지 못하였고, 말채찍으로 맞은 곳이 모두 썩어문드러져서 매우 더러웠다. 동료들은 그를 근심거리로 여기다가 어느 날 밤 큰 길 가에 내다버렸다. 길가는 사람들이 모두 가엽게 여기어 이따금 남은 음식을 던져주었는지라 그것으로 허기진 배를 채울 수가 있었다. 100일이 지나자 비로소 지팡이를 짚고 일어설 수 있었다. 베옷을 입었지만, 그 베옷은 여기저기 더덕더덕 일백 곳이나 꿰매어 남루하기가 마치 메추리를 달아 놓은 것 같았다. 깨어진 사발을 들고서 마을을 돌아다니며 걸식하면서 살아갔다. 가을서부터 겨울이 될 무렵까지 밤이면 거름더미나 토굴 속에 들어가 잤고, 낮이면 저자거리의 점포들을 두루 돌아다녔다.

어느 날 아침에 큰 눈이 내렸는데, 생(生)은 추위와 굶주림을 견디지

못해 내리는 눈을 무릅쓰고 밖으로 나섰다. 먹을 것을 구걸하는 소리
가 몹시도 고단해 보이니, 듣고 본 자는 슬퍼하고 애달파하지 않는 이
가 없었다. 때마침 눈이 한창 쏟아져 인가의 바깥 대문들이 대부분 열
려 있지 않았다. 안읍(安邑)의 동문에 이르러 마을 담을 따라 북쪽으로
예닐곱째 집을 도니 동쪽 문짝만 열려 있는 한 대문이 있었는데 곧 와
(娃)의 집이었다. 생(生)은 그것을 알지 못하고 마침내 연달아 큰 소리
로 다급히 외쳤다.

"너무나 배고프고 얼어 죽겠소!"

그 목소리가 처절하여 차마 듣지 못할 지경이었다. 와(娃)가 규방에
서 그 소리를 듣고 시녀에게 말했다.

"이는 틀림없이 생(生)의 목소리이다. 나는 그의 목소리를 분별할 수
있단다."

그러면서 종종걸음으로 문밖에 나갔다. 생(生)을 보니 야윌 대로 야
윈 데다 옴투성이라 거의 사람 꼴이 아니었다. 와(娃)는 마음으로 그를
근심하여 바로 말했다.

"설마 서방님은 아니겠지요?"

생(生)은 분하고 원통한 마음에 기절하여 쓰러졌는데, 입으로는 아
무런 말을 할 수 없었고 턱만 끄덕일 뿐이었다. 와(娃)는 앞으로 다가
가 그의 목을 끌어안고 수놓은 저고리로 감싸서 서쪽 행랑으로 돌아왔
다. 목 놓아 울면서 오래도록 애통해하며 말했다.

"이토록 빈궁한 지경에 이르게 한 것은 저의 죄입니다."

기절했다가 다시 깨어났다. 노파가 크게 놀라 달려와서 물었다.

"무슨 일이냐?"

와(娃)가 대답했다.

"서방님입니다."

노파가 다급히 말했다.

"의당 내쫓을 일이거늘, 어찌하여 이 지경에 이르게 했더란 말이냐?"

와(娃)가 정색하고 도리어 흘겨보며 말했다.

"그렇지 않습니다. 이 사람은 양가집의 자제입니다. 응당 지난날에는 높은 수레를 타고서 금장식품들을 지니고 우리 집에 왔습니다만, 기한을 넘기기도 전에 탕진하고 말았습니다. 그리고 번갈아가며 속임수를 써서 그를 돌보지 아니하고 내쫓았으니, 마땅히 사람으로서 할 짓이 아니었습니다. 그의 뜻을 펴보지도 못하게 하여, 인륜의 도리를 다하지 못했습니다. 부모 자식 간의 도리는 태어날 때부터 갖추고 있는 성정일진대, 그 정마저 끊고 죽여서 내버리도록 만들었는지라, 또 이렇게 고꾸라져 쓰러져 있습니다. 천하의 사람들이 저 때문인 것을 죄다 알고 있습니다. 생(生)의 친척들이 조정에 가득하니, 만약 권력자들이 그 자초지종을 자세히 살피기라도 하면 화가 곧 닥칠 것입니다. 하물며 하늘을 속이고 사람을 저버렸는지라 귀신도 도와주지 않을 것이니, 스스로 그 재앙에 끼치지 않도록 해야 합니다. 제가 어머니의 양녀 된지 지금까지 20년입니다. 그 사이에 번 돈을 헤아리면 그 값어치가 천금(千金)뿐만이 아닐 것입니다. 지금 어머니의 연세가 60여 세입니다. 바라건대 지난 20년 동안 입고 먹은 비용을 계산해 저를 속량(贖良)해주시고, 마땅히 이 분과 함께 다른 곳으로 가서 자리를 잡고 살 수 있도록 해주십시오. 자리 잡는 곳이 멀지 않아서 아침저녁으로 문안인사를 드릴 수 있으면, 제 소원에 족합니다."

노파는 그녀의 뜻을 빼앗을 수 없음을 헤아리고는 이어서 그녀의 말대로 하도록 허락하였다. 노파에게 그간의 비용을 주고도 나머지가 수백 금이나 되었다. 북쪽 모퉁이의 다섯째 집에 의탁하여 놀리는 방 하나를 세내었다. 그리하여 생(生)을 목욕시키고 그의 의복을 갈아입힌 뒤, 먼저 탕죽(湯粥)을 쑤어 먹여서 장의 기운을 원활하게 하고, 다음으로 우유로 장부(臟腑)를 윤택하게 하였다. 열흘 남짓 지나도록 산해진미를 변함없이 올렸다. 두건이며 신발과 버선은 모두 진기한 것만 가져다 쓰게 하고 신게 하였다. 몇 달이 되지도 않아서 피부에 조금씩 살이 붙더니, 그 해가 다 갈 때쯤에는 병이 나아서 예전 같았다.

그 후 어느 날, 와(娃)가 생(生)에게 말했다.

"몸도 이미 건강해지셨고 마음도 이미 강건해지셨습니다. 깊이 생각하고 고요히 생각하시면서 지난날의 익혔던 학업을 마음속으로 떠올려보세요. 다시 익힐 수 있겠습니까?"

생(生)이 생각해보더니 말했다.

"열 가운데 두셋뿐이오."

와(娃)가 수레를 내오도록 하여 놀러 나가자, 생(生)도 말을 타고 따라갔다. 깃발을 단 상점의 남쪽 옆문에 있는 전적(典籍)을 파는 가게에 이르자, 생(生)으로 하여금 책을 골라 사게 하고는 책값 백금(百金)을 치르고 죄다 실어서 돌아왔다. 이어서 생(生)으로 하여금 모든 시름을 떨쳐버리고 학문에 뜻을 두어 밤을 낮 삼고 부지런히 공부하게 하였다. 와(娃)는 항상 마주 앉았다가 한밤중이 되어서야 잠잤다. 그가 피곤해 하는 것을 보면, 곧 시(詩)나 부(賦)를 짓도록 하였다. 2년이 되었을 무렵에는 학업이 크게 성취되었는데, 나라 안의 문적(文籍)을 두루 읽지 않은 것이 없었다. 생(生)이 와(娃)에게 말했다.

"이름을 명부에 올리고 재주를 시험해볼 수 있겠소."

와(娃)가 말했다.

"아직 멀었습니다. 우선 정독하고 숙독하여서 온갖 과거시험을 기다리셔야 합니다."

다시 1년이 지나자, 와(娃)가 말했다.

"시험 보셔도 좋겠습니다."

그리하여 마침내 장원으로 갑과(甲科)에 급제하여 그 명성이 시험장에 떨쳤다. 아무리 선배라 하더라도 생(生)의 문장을 보면 옷깃을 여미고 경의를 표하며 부러워하지 않는 이가 없었지만, 그들과 벗하기를 원하였으나 사귈 수가 없었다. 와(娃)가 말했다.

"아직은 아닙니다. 요즈음 과거 응시자[秀士]들은 겨우 한번 과거에 급제하고는 스스로 조정의 높은 직위를 얻어서 천하에 명성을 떨칠 수 있을 것으로 생각합니다. 그대는 행실이 깨끗하지 못하고 종적이 비루하니, 다른 과거 응시자들과 걸맞지 않습니다. 마땅히 쓸모 있는 재능을 연마하고 힘써서 두 번째 급제를 바라셔야 합니다. 그래야만 많은 과거 응시자들과 연합하여 뛰어난 많은 인물들과 패권을 다툴 수 있을 것입니다."

생(生)이 이 말로 말미암아 더욱 각고면려(刻苦勉勵)하자, 평판이 점점 높아졌다. 그해에 마침 대비(大比 : 3년마다 거행되는 과거시험)가 열렸는데, 사방의 인재들을 모집하라는 조서(詔書)가 내려졌다. 생(生)은 직언극간책과(直言極諫策科)에 응시하여 장원급제하고 성도부참군(成都府參軍)에 제수되었다. 삼승상(三丞相) 이하의 벼슬아치들 모두가 생(生)의 벗이 되었다.

관부(官府)로 부임하러 갈 무렵, 와(娃)가 생(生)에게 말했다.

"이제 그대를 일으켜 원래의 상태로 거듭나게 했으니, 이제는 제가 그대를 저버리지 않은 것입니다. 원컨대 남아있는 세월은 집으로 돌아가서 노모를 봉양하고 싶습니다. 당신은 응당 명문거족의 규수와 결혼해서 조상의 제사를 받들도록 하십시오. 조야(朝野)를 막론하고 혼인은 스스로를 욕되게 해서는 아니 되는 것입니다. 힘써 자중자애(自重自愛)하기를 생각하십시오. 저는 이곳을 떠나겠습니다."

생(生)이 울며 말했다.

"그대가 만약 나를 버린다면, 마땅히 스스로 목을 찌르고 죽을 것이오."

와(娃)가 한사코 사양하며 따르지 않자, 생(生)은 간청하는 것이 점점 더 간절하였다. 와(娃)가 말했다.

"그대가 강을 건너는 것만 전송할 터이니, 검문(劍門)에 이르면 응당 저를 돌아가게 해주셔야 합니다."

생(生)이 허락할 수밖에 없었다.

한 달 남짓 지나서 검문에 이르렀다. 와(娃)가 되돌아가기 위해 그곳을 아직 떠나기 전에 관리 임명서가 이르렀는데, 생(生)의 부친을 상주(常州)에서 조서(詔書)로 불러들여 성도윤(成都尹) 겸 검남채방사(劍南採訪使)로 임명한다는 것이었다. 12일이 지나자 생(生)의 부친이 도착하였다. 생(生)은 미리 명함을 드리고 우정(郵亭)에서 뵈었다. 부친은 알아볼 리가 없었는데, 조부의 관직과 성명을 보고서야 비로소 깜짝 놀라며 계단을 올라오게 하고는 등을 어루만지며 통곡하였다. 잠시 후에 말했다.

"나와 너는 〈이제〉 예전처럼 부자간이니라."

이윽고 그 연유를 캐어물으니, 그 자초지종을 모두 아뢰었다. 크게 기특하게 여기며 와(娃)가 어디에 있는지 캐어물었다. 생(生)이 말했다.

"저를 전송하러 이곳에 와 있지만, 응당 다시 돌려보내야만 합니다."

부친이 말했다.

"그렇게 해서는 안 된다."

다음날 탈것을 준비시켜서 생(生)과 함께 먼저 성도(成都)로 가고, 와(娃)를 검문(劍門)에 머물게 하고는 별관을 지어 그곳에 살게 했다. 다음날 중매쟁이를 넣어 혼인을 주선하게 하였는데, 육례(六禮)를 갖추어 와(娃)를 맞이하니 마침내 진(秦)나라와 진(晉)나라처럼 사이좋은 배필이었다.

와(娃)는 명절과 여름의 복일(伏日), 겨울의 납일(臘日)의 제사에 예의

를 다 갖추어 받든 데다 부녀자의 도리를 잘 닦아 집안을 엄정하게 다
스리니, 친지들로부터 지극한 사랑을 받았다. 그 후 몇 년이 지나서
생(生)의 부모들이 모두 세상을 떠나자, 상주(喪主)로서의 효성을 매우
지극하게 지켰다. 그러자 영지(靈芝)가 의려(倚廬 : 상주가 거처하는 곳)에
서 돋아났는데, 한 줄기에 꽃이 세 번이나 피어나는지라 본도(本道 : 검
남도)에서 천자께 아뢰었다. 또 흰 제비 수십 마리가 생(生)의 집 용마
루에 집을 지었다. 천자는 이를 기이하게 여기고 은총을 베풀어 직위
를 올려주었다. 삼년상을 마치고는 청환현직(淸宦顯職 : 청직과 높은 지위)
에 여러 번 천거되니, 십년간 여러 고을의 원을 지냈다. 와(娃)는 견국
부인(汧國夫人)에 봉해졌다. 네 아들을 두었는데, 모두 고관대작을 지냈
으며 가장 낮은 벼슬이 태원윤(太原尹)이었다. 형제들도 모두 명문거족
과 혼인을 하였으니, 내외손의 융성함은 견줄 자가 없을 것이다.

  아아! 창기의 여인으로서 정절과 행실이 이와 같으니, 아무리 옛날
의 열녀라 하더라도 이에는 넘지 못할 것이다. 어찌 감탄하지 않을 수
있겠는가! 나의 큰 할아버지가 일찍이 진주(晉州) 목사였다가 호부(戶
部)로 전임되었고 수륙운사(水陸運使)가 되었다. 세 관직 모두 생(生)과
교대하였기 때문에 생(生)의 사적에 대해 자세히 알고 있었다. 정원(貞
元 : 785~805) 연간에 내가 농서(隴西) 이공좌(李公佐)와 더불어 부인들의
굳은 지조와 매서운 행실에 대한 품격을 말하다가 그로 인하여 마침내
견국부인의 사적을 이야기하였다. 이공좌가 손뼉을 치며 귀를 기울여
듣더니 나에게 전(傳)을 지으라고 하였다. 그리하여 붓을 잡고 먹물 적
시어 간략하게나마 기록해 보존하려 하였다. 그때가 을해년(795) 가을
8월이었다. 태원(太原) 백행간이 쓰다.

〈태평광기, 권484〉

이와전
李娃傳

— 원문·주석 —

李娃傳

　　汧國夫人李娃, 長安¹之倡女也。節行瓌奇, 有足稱者, 故監察御史²
白行簡³爲傳述。

　　天寶⁴中, 有常州⁵刺史滎陽公者, 略其名氏, 不書。時望⁶甚崇, 家徒⁷
甚殷。⁸ 知命⁹之年, 有一子, 始弱冠矣。雋朗有詞藻, 迥然¹⁰不群¹¹, 深
爲時輩¹²推伏。 其父愛而器之曰 : "此吾家千里駒¹³也." 應鄉賦¹⁴秀才

1　長安(장안) : 고대의 도성 이름. 漢高祖가 도읍으로 정한 이후 여러 왕조가 도성으로
　　삼았던 곳이다. 지금의 西安을 가리킨다.
2　監察御史(감찰어사) : 관직명. 隋나라 때 만들어졌는데, 본래는 監察侍御史였고 내외관
　　리들에 대한 규찰을 관장하였다.
3　白行簡(백행간, 776~826) : 중국 당나라 때의 문인. 자는 知退. 白居易의 동생으로
　　시문에 뛰어났다. 傳奇小說 〈李娃傳〉, 〈三夢記〉의 작가로 유명하다.
4　天寶(천보) : 당나라 玄宗의 후기 연호(742~756). 현종은 재위 기간이 44년이었는데,
　　초기에 정사를 바로잡아 盛唐시대를 이룬 때가 開元연간이었고, 후기에 楊貴妃에 빠져
　　정사를 돌보지 않다가 安綠山의 난을 만나 나라가 어지럽게 된 시대가 天寶연간이었다.
5　常州(상주) : 지금의 江蘇省에 있는 지명.
6　時望(시망) : 당시 사회에서의 인망.
7　家徒(가도) : 家産. 집안의 재산.
8　殷(은) : 殷富. 풍부함. 부유함.
9　知命(지명) : 孔子가 50세 되어 天命을 알았다고 한 데서 온 말. 50세를 일컫는 말이다.
10　迥然(형연) : 아득히 먼 모양이나, 여기서는 특별히 뛰어나다는 의미.
11　不群(불군) : 출중함. 탁월함.
12　時輩(시배) : 당시의 사람들. 여기서는 당시의 친구라는 의미로 쓰였다.
13　千里駒(천리구) : 뛰어나게 잘난 자손을 칭찬하여 이르는 말.
14　鄉賦(향부) : 鄉試. 지방에서 실시하던 科擧의 初試.

擧[15], 將行, 乃盛其服玩車馬之飾, 計其京師薪儲[16]之費, 謂之曰 : "吾觀爾之才, 當一戰而霸, 今備二載之用, 且豊爾之給, 將爲其志也." 生亦自負, 視上第[17]如指掌.

自毘陵[18]發, 月餘抵長安, 居于布政里。[19] 嘗游東市[20]還, 自平康[21]東門入, 將訪友于西南。至鳴珂曲[22], 見一宅。門庭[23]不甚廣, 而室宇嚴邃, 闔一扉。有娃方凭一雙鬟靑衣[24]立, 妖姿要妙[25], 絶代未有。生忽見之, 不覺停驂, 久之, 徘徊不忍去。乃詐墜鞭于地, 候其從者, 勅取之。累眄于娃, 娃回眸[26]凝睇, 情甚相慕, 竟不敢措辭[27]而去。

生自爾意若有失, 乃密徵其友遊長安之熟者, 以訊之。友曰 : "此狹邪女[28]李氏宅也." 曰 : "娃可求乎?" 對曰 : "李氏頗贍, 前與通之者, 多貴戚豪族, 所得甚廣。非累百萬, 不能動其志也." 生曰 : "苟患其不諧[29], 雖百萬, 何惜!"

他日, 乃潔其衣服, 盛賓從[30]而往, 扣其門。俄有, 侍兒啓扃。生曰 :

---

15 秀才擧(수재거) : 秀才는 州나 郡에서 뽑아 入朝케 한 才學이 뛰어난 사람을 가리키며, 擧는 추천하다는 의미.

16 薪儲(신저) : 땔나무 쌀과 같은 것들을 생활하기 위해 저장하여 비축한다는 뜻. 또는 儲를 費의 잘못으로 보아 사람과 말에게 들어가는 일상적인 비용으로 보기도 한다.

17 上第(상제) : 과거시험에서 첫째로 급제한다는 뜻으로, 장원급제를 이르는 말.

18 毘陵(비릉) : 중국 江蘇省 常州의 옛 명칭.

19 布政里(포정리) : 長安省 朱雀街에 있는 마을.

20 東市(동시) : 長安省 朱雀街의 동쪽 저잣거리.

21 平康(평강) : 平康坊. 長安省 京兆府 萬年縣에 있는 지명으로, 東市의 서쪽에 있음.

22 鳴珂曲(명가곡) : 鳴珂巷. 당나라 長安의 골목 이름. 당시 기녀들이 모여 살던 곳이다.

23 門庭(문정) : 문안의 바깥뜰. 戶庭은 문정보다 깊은 안뜰이다.

24 靑衣(청의) : 푸른 빛깔의 옷. 신분이 낮은 사람이 입던 옷이라서 下女 또는 侍女를 일컫는다.

25 要妙(요묘) : 헤아릴 수 없을 정도로 묘함.

26 回眸(회모) : (여성이) 눈길을 돌림.

27 措辭(조사) : 단어를 문맥에 맞게 골라 쓴다는 뜻이나, 시문으로 말을 걸어본다는 의미.

28 狹邪女(협사녀) : 狹斜女. 花柳界의 여자. 옛날에는 기녀들이 지냈던 골목길이 비스듬히 교차되고 좁아 수레도 지날 수 없었던 데서 온 말이다.

29 不諧(불해) : 어긋남. 함께하지 못함.

"此誰之第耶?" 侍兒不答, 馳走大呼曰:"前時遣策郎也." 娃大悅曰:
"爾姑止之. 吾當整粧易服而出." 生聞之, 私喜. 乃引至蕭墙³¹間, 見一
姥垂白上僂³², 卽娃母也. 生跪拜前致詞曰:"聞玆地有隙院³³, 願稅以
居, 信乎?" 姥曰:"懼其淺陋湫隘, 不足以辱長者所處. 安敢言直³⁴
耶?" 延生于遲³⁵賓之館, 館宇甚麗. 與生偶坐, 因曰:"某有女嬌小, 技
藝薄劣, 欣見賓客, 願將³⁶見之." 乃命娃出, 明眸皓腕, 擧步豔冶. 生
遽驚起, 莫敢仰視. 與之拜畢, 敍寒燠³⁷, 觸類姸媚³⁸, 目所未覩. 復
坐, 烹茶斟酒, 器用甚潔.

久之日暮, 鼓聲四動. 姥訪其居遠近, 生紿之曰:"在延平門³⁹外數
里." 冀其遠而見留也. 姥曰:"鼓已發矣, 當速歸. 無犯禁." 生曰:"幸接
歡笑, 不知日之云夕. 道里遼闊, 城內又無親戚, 將若之何?" 娃曰:"不
見責僻陋⁴⁰, 方將⁴¹居之, 宿何害焉?" 生數目姥, 姥曰:"唯唯." 生乃召

---

30 賓從(빈종):수행하는 奴僕.

31 蕭墙(소장):門屛. 밖에서 집 안을 들여다보지 못하도록 대문이나 중문 안쪽에 가로막
　아 놓은 가리개. 임금과 신하가 서로 만나보는 곳으로도 쓰인다.《논어》〈季氏〉에서
　"계씨의 근심이 顓臾에 있지 않고 蕭墙의 안에 있다.(吾恐季孫之憂, 不在顓臾而在蕭墙
　之內也.)"라고 하였다.

32 上僂(상루):어깨와 등이 굽음.《춘추좌씨전》의 哀公 14년에 "진표라는 자가 있는데
　키가 크고 등이 구부정하여 눈을 위로 향해 뜨지만 군자를 섬긴다면 반드시 군자의
　뜻을 얻을 것이다.(有陳豹者, 長而上僂, 望視, 事君子必得志.)"고 하면서, 註에 上僂를
　肩背僂라고 했다. 附注에는 '신체가 장대하여 어깨와 등이 구부정하다.(身材長大而肩
　背僂曲.)'고 하였다.

33 隙院(틈원):빈집. 놀리는 방.

34 直(치):價値.

35 遲(지):초대함. 접대함.

36 將(장):傳의 의미.

37 敍寒燠(서한욱):날씨인사를 나눔.

38 觸類姸媚(촉류연미):아름답고 사랑스러움을 마주하니 더욱 아름답고 사랑스러워 보
　임.(觸其姸媚而愈見其姸媚也.) 곧 너무 아름답다는 의미이다.《주역》〈繫辭傳 上〉에서
　"觸類而長之"의 疏에 '觸逢事類而增長之'라 하였다.

39 延平門(연평문):長安城의 서남쪽에 있는 성문.

40 僻陋(벽루):사람이 많이 사는 곳에서 멀리 떨어진, 매우 외지고 누추한 변두리.

其家僮, 持雙練, 請以備一宵之饌, 娃笑而止之曰:"賓主之儀, 且不然
也。今夕之費, 願以貧窶之家, 隨其粗糲以進之。其餘以俟他辰." 固辭,
終不許。

俄徙坐西堂, 帷幕簾榻, 煥然奪目, 粧奩衾枕, 亦皆侈麗。乃張燭進
饌, 品味[42]甚盛。徹饌, 姥起。生娃談話方切, 詼諧調笑, 無所不至。生
曰:"前偶過卿門, 遇卿適在屛間。厥後, 心常勤念, 雖寢與食, 未嘗或
捨." 娃答曰:"我心亦如之." 生曰:"今之來, 非直求居而已, 願償平生
之志。但未知命也, 若何?" 言未終, 姥至, 詢其故, 具以告。姥笑曰:
"男女之際, 大欲存焉[43], 情苟相得, 雖父母之命, 不能制也。女子固陋,
曷足薦君子之枕席!" 生遂下階, 拜而謝之曰:"願以己爲厮養[44]." 姥遂
目之爲郎, 飮酣而散。

及旦, 盡徙其囊橐, 因家于李之第。自是, 生屛跡戢身, 不復與親知
相聞。日會倡優[45]儕類, 狎戱遊宴。囊中盡空, 乃鬻駿乘及其家童。歲
餘, 資財僕馬蕩然, 邇來姥意漸怠, 娃情彌篤。

他日, 娃謂生曰:"與郎相知一年, 尙無孕嗣。嘗聞竹林神者, 報應如
響, 將致薦酹求之, 可乎?" 生不知其計, 大喜。乃質衣于肆, 以備牢
醴[46], 與娃同謁祠宇而禱祝焉, 信宿[47]而返。策驢而後, 至里[48]北門, 娃
謂生曰:"此東轉小曲中, 某之姨宅也。將憩而觀之, 可乎?" 生如其言,
前行不踰百步, 果見一車門。窺其際, 甚弘敞。其靑衣, 自車後止之曰

---

41 方將(방장): 姑且. 일단. 잠시.

42 品味(품미): 맛을 봄.

43 大欲存焉(대욕존언): 인간의 기본적이고 절실한 욕구.《예기》〈禮運〉의 "음식과 남녀
간의 일에는 사람의 큰 욕구가 존재한다.(飮食男女, 人之大欲存焉.)"에서 나오는 말이다.

44 厮養(시양): 땔나무를 줍거나 말을 돌보는 등의 잡역을 하는 자.

45 倡優(창우): 呈才人. 잔치판에서 노래를 부르거나 춤을 추는 사람.

46 牢醴(뇌례): 제물과 제주.

47 信宿(신숙): 이틀 밤을 머무름.

48 里(리): 宣陽里를 가리킴. 뒤의 문장에서 선양리로 달려갔다(生將馳赴宣陽)고 되어 있
기 때문이다. 長安의 平康里 남쪽에 있다.

：“至矣.”生下, 適有一人, 出訪曰：“誰?”曰：“李娃也.”乃入告。俄有,
一嫗至, 年可四十餘, 與生相迎曰：“吾甥來否?”娃下車, 嫗迎訪之曰：
“何久踈絶?”相視而笑。娃引生拜之, 旣見, 遂偕入西戟門[49]偏院[50]。中
有山亭, 竹樹葱蒨, 池榭幽絶。生謂娃曰：“此姨之私第耶?”笑而不答,
以他語對。俄獻茶菓, 甚珍奇。食頃[51], 有一人控大宛[52], 汗流馳至曰：
“姥遇暴疾[53]頗甚, 殆不識人, 宜速歸.”娃謂姨曰：“方寸[54]亂矣。某騎而
前去, 當令返乘, 便與郎偕來.”生擬隨之, 其姨與侍兒偶語[55], 以手揮
之, 令生止于戶外, 曰：“姥且歿矣。當與某議喪事, 以濟其急, 奈何遽
相隨而去?”乃止, 共計其凶儀齋祭[56]之用。日晚, 乘不至, 姨言曰：“無
復命[57]何也? 郎驟往覘之。某當繼至.”生遂往, 至舊宅, 門扃鐍甚密, 以
泥緘之。生大駭, 詰其隣人, 隣人曰：“李本稅此而居, 約已周矣, 第主[58]
自收。姥徙居而且再宿矣.”徵徙何處, 曰：“不詳其所.”生將馳赴宣陽,
以詰其姨, 日已晚矣, 計程不能達。乃弛其裝服, 質饌而食, 賃榻而寢。
生忿怒方甚, 自昏達旦, 目不交睫。質明[59], 乃策蹇而去。旣至, 連扣其
扉, 食頃無人應。生大呼數四, 有宦者徐出。生遽訪之：“姨氏在乎?”曰
：“無之.”生曰：“昨暮在此, 何故匿之?”訪其誰氏之第, 曰：“此崔尙書
宅。昨者, 有一人, 稅此院, 云邇中表[60]之遠至者, 未暮去矣.”生惶惑發

---

49 戟門(극문)：儀仗을 문에 벌여 세운 것. 출입구를 중앙과 좌우 셋으로 한 큰 문.
50 偏院(편원)：옆 뜰.
51 食頃(식경)：한 끼 음식을 먹을 만한 정도의 동안.
52 大宛(대완)：중국 漢나라 시절 西域에 있던 나라 이름. 名馬의 생산지였으므로 '좋은
　　말'을 뜻하는 말로도 쓰인다.
53 暴疾(폭질)：갑자기 앓게 되는 급한 병.
54 方寸(방촌)：마음.
55 偶語(우어)：두 사람이 마주보며 말함.
56 齋祭(재제)：몸을 깨끗이 하고 제사를 지냄.
57 復命(복명)：명령 받은 일을 집행하고 나서 그 결과를 보고함.
58 第主(제주)：집주인.
59 質明(질명)：날이 밝아 올 무렵의 어둑어둑한 새벽.
60 中表(중표)：내종·외종·이종. 여기서는 이질녀를 의미한다.

狂, 罔知所措, 因返訪布政舊邸。

邸主哀而進膳。生怨懣, 絶食三日, 遘疾甚篤, 旬餘愈甚。邸主懼其
不起, 徙之于凶肆[61]之中。綿綴移時, 合肆之人, 共傷嘆而互餇之。後
稍愈, 杖而能起。由是凶肆日假之, 令執緦帷[62], 獲其直以自給。累月,
漸復壯, 每聽其哀歌, 自歎不及逝者[63], 輒嗚咽流涕, 不能自止。歸則
效之, 生聰敏者也, 無何[64], 曲盡其妙, 雖長安, 無有倫比。

初, 二肆之備凶器[65]者, 互爭勝負。其東肆, 車轝[66]皆奇麗, 殆不敵,
唯哀挽劣焉。其東肆長, 知生妙絶, 乃釀錢二萬, 索顧[67]焉。其黨者舊,
共較其所能者, 陰敎生新聲, 而相讚和。累旬, 人莫知之。其二肆長,
相謂曰 : "我欲各閱所備之器, 于天門街, 以較優劣。不勝者, 罰直五
萬, 以備酒饌之用, 可乎?" 二肆許諾, 乃邀立符契[68], 署以保證, 然後
閱之。士女大和會, 聚至數萬。於是, 里胥[69]告于賊曹[70], 賊曹聞于京
尹[71]。四方之士, 盡赴趨焉, 巷無居人。

自旦閱之, 及亭午, 歷擧輦轝威儀之具, 西肆皆不勝, 師[72]有慚色。乃
置層榻于南隅, 有長髥者, 擁鐸[73]而進, 翊衛數人。於是, 奮髥揚眉, 扼

---

61 凶肆(흉사) : 葬儀社.
62 緦帷(세유) : 靈柩 앞에 치는 휘장.
63 逝者(서자) : 죽은 사람.
64 無何(무하) : 머지않음. 오래지 않음.
65 凶器(흉기) : 장례를 치를 때 사용하는 기구.
66 車轝(거여) : 喪輿. 사람의 시체를 실어서 묘지까지 나르는 도구.
67 索顧(삭고) : 索은 探求요, 曲은 顧曲이니, 찾아가서 만가를 짓도록 하여 들었다는 의
   미. 顧曲은 음악을 감상한다는 것으로 음악에 조예가 깊었던 周瑜와 관련된 고사에서
   나온 것이다.
68 符契(부계) : 나뭇조각이나 대나무조각에 약속사항을 쓰고 두 쪽으로 나누어 가진 다음,
   후일에 약속사항을 확인하는 일종의 약정서.
69 里胥(이서) : 마을 아전.
70 賊曹(적조) : 도성 안의 치안을 담당하던 관직. 漢나라 때부터 있었던 것으로 도적에
   관한 일을 관장했다.
71 京尹(경윤) : 도성의 치안을 관장한 으뜸벼슬.
72 師(사) : 많음.

腕頓顙而登, 乃歌白馬之詞[74]。恃其夙勝, 顧眄左右, 傍若無人[75]。齊聲
讚揚之, 自以爲獨步一時, 不可得而屈也。有頃, 東肆長, 于北隅上, 設
連榻, 有烏巾少年, 左右五六人, 秉翣[76]而至, 卽生也。整衣服, 俯仰甚
徐, 申喉發調, 容若不勝。乃歌薤露[77]之章, 擧聲淸越[78], 響振林木。曲
度[79]未終, 聞者歔欷掩泣。西肆長, 爲衆所誚, 益慙耻, 密置所輸之直于
前, 乃潛遁焉。四座愕眙, 莫之測也。

　先是, 天子方下詔, 俾外方之牧[80], 歲一至闕下, 謂之入計[81]。時也,
適遇生之父, 在京師[82], 與同列[83]者, 易服章[84], 竊往觀焉。有老豎, 卽
生乳母壻[85]也, 見生之擧措辭氣, 將認之而未敢, 乃泣然流涕。生父驚
而詰之, 因告曰："歌者之貌, 酷似郎[86]之亡子。"父曰："吾子, 以多財
爲盜所害, 奚至是耶?"言訖, 亦泣。及歸, 豎間馳往, 訪于同黨曰："向
歌者誰, 若斯之妙歟?"皆曰："某氏之子。"徵其名, 且易之矣, 豎凜然

---

73 鐸(탁)：金鐸. 타악기의 하나. 원래 중국고대 악기의 하나로서 구리 또는 청동제의 커다
　란 방울이었다. 자루가 달린 작은 종의 모양을 하고 있으며, 금속의 혀가 달려 있다.
74 白馬之詞(백마지사)：挽歌의 일종. 곡조가 서글프고 쓸쓸하였다고 한다.
75 傍若無人(방약무인)：곁에 사람이 없다는 뜻으로, 마치 제 세상인 것처럼 거리낌 없이
　함부로 말하거나 행동함을 이르는 말.
76 翣(삽)：상여의 양 옆에 다는 큰 깃털 부채 모양의 장식. 죽은 사람의 영혼을 좋은
　곳으로 인도해 달라는 장례풍속이다.
77 薤露(해로)：옛 挽歌인 薤露歌. 王公이나 貴人의 상여가 나갈 때 부르는 노래로서 사람
　의 목숨이 부추 잎에 맺힌 이슬처럼 쉬이 말라 없어진다는 내용이다.
78 淸越(청월)：소리가 맑고 가락이 높음.
79 曲度(곡도)：노래의 박자와 선율.
80 牧(목)：九州의 장관을 일컬음.
81 入計(입계)：唐나라 때 각 州에서 매년 4월~6월 사이에 해당 지역의 재정 통계를 내
　서, 지방장관이 연말이나 그 이듬해 초에 상경하여 尙書省에 보고하고 조정의 지시를
　청하는 일.
82 京師(경사)：都城. 한 나라의 중앙 정부가 있는 곳.
83 同列(동렬)：같은 지위에 있는 사람.
84 服章(복장)：관원의 의복.
85 壻(서)：夫. 지아비.
86 郎(낭)：주인마님. 하인의 주인에 대한 호칭이다.

大驚。徐往, 迫而察之。生見豎, 色動回翔, 將匿于衆中。豎遂持其袂曰 : "豈非某乎?" 相持而泣, 遂載以歸。至其室, 父責曰 : "志行若此, 汚辱吾門, 何施面目, 復相見也?" 乃徒行出, 至曲江西杏園東, 去其衣服, 以馬鞭鞭之數百。生不勝其苦而斃, 父棄之而去。

其師命相狎暱[87]者, 陰隨之, 歸告同黨, 共加傷歎。令二人齎葦席瘞焉。至則心下微溫, 擧之良久, 氣稍通。因共荷而歸, 以葦筒灌勺飮, 經宿乃活。月餘, 手足不能自擧, 其楚撻[88]之處皆潰爛, 穢甚。同輩患之, 一夕棄於道周。行路[89]咸傷之, 往往投其餘食, 得以充腸。十旬, 方杖策而起。被布裘, 裘有百結, 襤縷如懸鶉。持一破甌, 巡于閭里, 以乞食爲事。自秋徂冬, 夜入于糞壤窟室, 晝則周遊廛肆。

一旦大雪, 生爲凍餒所驅, 冒雪而出。乞食之聲甚苦, 聞見者, 莫不悽惻。時雪方甚, 人家外戶, 多不發。至安邑[90]東門, 循理[91]垣, 北轉第七八, 有一門獨啓左扉[92], 卽娃之第也。生不知之, 遂連聲疾呼 : "飢凍之甚!" 音響悽切, 所不忍聽。娃自閤中聞之, 謂侍兒曰 : "此必生也。我辨其音矣。" 連步而出。見生枯瘠疥厲, 殆非人狀。娃意感焉, 乃謂曰 : "豈非某郞也?" 生憤懣絶倒, 口不能言, 頷頤而已。娃前抱其頸, 以繡襦擁而歸于西廂。失聲長慟曰 : "令子一朝及此[93], 我之罪也。" 絶而復蘇。姥大駭奔至, 曰 : "何也?" 娃曰 : "某郞。" 姥遽曰 : "當逐之, 奈何令

---

87 狎暱(압닐) : 매우 친밀하고 가까움.

88 楚撻(초달) : 어버이나 스승이 자식이나 제자의 잘못을 꾸짖기 위해 회초리로 볼기나 종아리를 때림.

89 行路(행로) : 路人. 길 가는 사람.

90 安邑(안읍) : 縣이름. 중국 司隷州 河東郡에 속하며, 그 성터는 지금의 山西省 夏縣에 있다.

91 理(이) : 里의 오기인 듯.

92 左扉(좌비) : 동쪽에 있는 문짝.

93 一朝及此(일조급차) : 一寒如此인 듯. 이토록 빈한한 지경에 이르다는 뜻으로, 극도로 빈궁한 상태에 이르게 된 것을 비유하는 말.《사기》의 〈范雎蔡澤列傳〉에서 유래한 고사성어이다.

至此?" 娃斂容[94]却睇曰 : "不然。此良家子也。當昔驅高車[95], 持金裝, 至某之室, 不踰期而蕩盡。且互說詭計, 捨而逐之, 殆非人行。令其失志, 不得齒于人倫[96]。父子之道, 天性也, 使其情絶, 殺而棄之, 又困躓[97]若此。天下之人, 盡知爲某也。生親戚滿朝, 一旦當權者, 熟察其本末, 禍將及矣。況欺天負人, 鬼神不祐, 無自貽其殃也。某爲姥子, 迨今有二十歲矣。計其貲, 不啻直千金。今姥年六十餘。願計二十年衣食之用以贖身[98], 當與此子, 別卜所詣。所詣非遙, 晨昏得以溫凊[99], 某願足矣。" 姥度其志不可奪, 因許之。給姥之餘, 有百金。北隅因[100]五家, 稅一隙院。乃與生沐浴, 易其衣服, 爲湯粥[101]通其腸, 次以酥乳[102]潤其臟。旬餘, 方薦水陸之饌。頭巾履襪, 皆取珍異者衣之。未數月, 肌膚稍腴, 卒歲, 平愈[103]如初。

異時, 娃謂生曰 : "體已康矣, 志已壯矣。淵思寂慮, 默想囊昔之藝業。可溫習[104]乎?" 生思之曰 : "十得二三耳。" 娃命車出游, 生騎而從。至旗亭[105]南偏門[106], 鬻墳典[107]之肆, 令生揀而市之, 計費百金, 盡載以歸。因

---

94 斂容(염용) : 얼굴빛을 바로잡음. 정색함.

95 高車(고거) : 수레덮개가 높은 수레를 일컬음. 부귀한 사람이 타는 것이다.

96 人倫(인륜) : 사람으로서 지켜야 할 순서라는 뜻으로, 임금과 신하, 부모와 자식, 남편과 아내, 어른과 아랫사람, 벗과 벗 사이에 지켜야 할 도리를 이르는 말.

97 困躓(곤지) : 처한 상황이 어렵고 구차하여 도중에 좌절함.

98 贖身(속신) : 대가를 지불하고 속량함.

99 溫凊(온청) : 부모님을 정성껏 봉양하는 것을 말함. 《예기》〈曲禮 上〉에 "모든 자식이 된 사람의 예는 겨울이면 따뜻하게 해 드리고 여름이면 시원하게 해 드리며, 저녁이면 잠자리를 편안하게 보아 드리고 새벽이면 안부를 살피는 것이다.(凡爲人子之禮, 冬溫而夏凊, 昏定而晨省。)"라는 말이 나온다.

100 因(인) : 의지함. 부탁함.

101 湯粥(탕죽) : 쌀만이 아니라 쇠고기 등 영양가 있는 것을 함께 넣어 쑨 죽인 듯.

102 酥乳(소유) : 몽고지역사람들이 애용하던 식품으로 소젖이나 양젖을 끓여 잘 저은 다음 냉각시켜 만든 것. 차에 넣어 마신다.

103 平愈(평유) : 병이 나아 회복함.

104 溫習(온습) : 이미 배운 것을 다시 익힘.

105 旗亭(기정) : 城市 안에 있던 상점. 밖에 깃발을 걸어 두었다.

令生斥棄百慮以志學, 俾夜作晝, 孜孜矻矻[108]。娃常偶坐, 宵分[109]乃寐。
伺其疲倦, 卽諭之作詩賦。二歲而業大就, 海內文籍, 莫不該覽。生謂娃
曰："可策名[110]試藝矣。" 娃曰："未也。且令精熟[111], 以俟百戰[112]。" 更一
年, 曰："可行矣。" 於是, 遂一上[113]登甲科[114], 聲振禮闈[115]。雖前輩, 見
其文, 罔不斂衽敬羨, 願友[116]之而不可得。娃曰："未也。今秀士[117], 苟
獲擢一科第, 則自謂可以取中朝之顯職, 擅天下之美名。子行穢跡鄙,
不侔于他士。當礱淬利器[118], 以求再捷。方可以連衡多士, 爭霸群英。"
生由是益自勤苦, 聲價彌甚。其年遇大比[119], 詔徵四方之雋。生應直言
極諫策科[120], 名第一, 授成都府參軍[121]。三事[122]以降, 皆其友也。

---

106 偏門(편문) : 옆문.
107 墳典(분전) : 三墳五典. 三皇五帝의 관한 서적으로, 여기서는 중요 전적을 일컬음.
108 孜孜矻矻(자자굴굴) : 부지런히 힘써 일하는 모양을 나타내는 말.
109 宵分(소분) : 夜半. 밤중.
110 策名(책명) : 이름을 명부에 올림. 응시원서를 내다는 의미이다.
111 令精熟(영정숙) :《소학》〈嘉言〉의 "매일 반드시 한 성인의 글인 경서와 한 현인의
    글인 자서를 읽되 모름지기 많이 읽지는 말고 다만 정독하고 숙독해야 한다.(每日,
    須讀一般經書, 一般子書, 不須多, 只要令精熟.)에서 나오는 말.
112 百戰(백전) : 百戰萷圍. 과거장에서의 온갖 시험. 곧 수없는 과거시험을 일컫는 말이다.
113 一上(일상) : 수석. 장원. 講經과 製述의 시험 성적을 上上 즉 一上으로부터 下下 즉
    三下에 이르기까지 9등으로 나누어, 1상은 9분을 주고, 차례로 1분씩 감하여 3하는
    1분을 준다.
114 甲科(갑과) : 당나라의 진사 과거시험. 진사는 甲乙 2과로, 明經은 甲乙丙丁 4과로 나누
    었다.
115 禮闈(예위) : 과거의 會試를 실시하는 장소를 지칭함. 禮部侍郎이 주관하기 때문에 붙
    여진 이름이다.
116 友(우) : 女로 된 경우도 있음.《춘추좌씨전》桓公 11년조에 의 하면, "以女妻人曰女"로
    되어 있어, 시집보내다는 뜻으로도 볼 수 있다. 하지만 友가 문맥상 맞다.
117 秀士(수사) : 덕행과 학술이 뛰어난 선비. 과거 응시자.
118 利器(이기) : 쓸모 있는 재능.
119 大比(대비) : 3년에 한 번씩 각 省에서 실시된 과거 시험. 합격자는 擧人의 칭호를 받았다.
120 直言極諫策科(직언극간책과) : 과거시험의 한 과목으로 직언으로 간하는 책문을 쓰는 것.
121 成都府參軍(성도부참군) : 중국 四川省 成都市에 설치된 관부의 참군. 참군은 본래 從事
    라 칭하던 것으로, 각 部郡이나 각 曹에 두었던 보좌관이다.
122 三事(삼사) : 三公의 벼슬아치. 곧 천자를 보필하던 최고관직 丞相을 일컫는데, 大司

　　將之官, 娃謂生曰 : "今之復子本軀123, 某不相負也。願以殘年, 歸養
老姥。君當結媛鼎族124, 以奉蒸嘗125。中外婚媾, 無自黷也。勉思自愛。
某從此去矣。" 生泣曰 : "子若棄我, 當自剄以就死。" 娃固辭不從, 生勤
請彌懇。娃曰 : "送子涉江126, 至于劍門127, 當令我回。" 生許諾。

　　月餘, 至劍門。未及發而除書128至, 生父由常州詔入, 拜成都尹, 兼劍
南採訪使。浹辰129, 父到。生因投刺130, 謁于郵亭131。父不敢認, 見其祖
父官諱, 方大驚, 命登階, 撫背慟哭。移時132, 曰 : "吾與爾, 父子如初。"
因詰其由, 具陳其本末。大奇之, 詰娃安在。曰 : "送某至此, 當令復還。"
父曰 : "不可。" 翌日命駕133, 與生先之成都, 留娃于劍門, 築別館以處之。
明日, 命媒氏通二姓之好134, 備六禮以迎之, 遂如秦晉之偶135。

　　娃旣備禮, 歲時伏臘136, 婦道甚修, 治家嚴整, 極爲親所眷。向後數
歲, 生父母偕歿, 持孝甚至。有靈芝産于倚廬137, 一穗三秀138, 本道139

徒·大司馬·大司空을 두어 재상의 직무를 3분하였다.
123 本軀(본구) : 본래적 면모나 신분.
124 鼎族(정족) : 名門巨族. 재산과 지위가 있는 집안.
125 蒸嘗(증상) : 겨울에 조상에게 지내는 제사인 蒸祭와 가을에 新穀을 올려 지내는 제사인 嘗祭를 말함.
126 江(강) : 嘉陵江의 상류에 있는 白水江을 가리킴.
127 劍門(검문) : 중국 四川省 劍閣顯 동북쪽에 있음.
128 除書(제서) : 신임 관원의 임명서.
129 浹辰(협진) : 12일.
130 投刺(투자) : 윗사람을 처음으로 볼 때에 미리 명함을 드림.
131 郵亭(우정) : 공문을 전달하거나 관원을 마중 또는 배웅하는 데 쓰이는 驛站.
132 移時(이시) : 잠시 후.
133 命駕(명가) : 길을 떠나려고 하인에게 탈것을 준비하게 함.
134 二姓之好(이성지호) : 혼인관계 맺음을 이르는 말.
135 秦晉之偶(진진지우) : 周代에 秦나라와 晉나라가 대대로 혼인을 맺어 우호가 두터웠기 때문에 훗날 결혼하는 것을 '結秦晉之好'라고 함.
136 歲時伏臘(세시복랍) : 새해·三伏·臘日의 총칭. 삼복은 여름철의 가장 더운 기간이고, 납일은 동지 뒤의 셋째 戊日로 한 해 동안 지은 농사 형편과 그 밖의 일을 여러 신에게 고하여 제사를 지내는 날임.
137 倚廬(의려) : 부모의 喪中에 喪主가 거처하는 草家廬幕. 죽은 사람의 영혼을 모셔두는

上聞。又有白鷺數十, 巢其層甍。天子異之, 寵錫加等。終制, 累遷淸
顯之任, 十年間, 至數郡。娃封汧國夫人。有四子, 皆爲大官, 其卑者
猶爲太原尹。弟兄姻媾皆甲門, 內外隆盛, 莫之與京[140]。

嗟乎! 倡蕩[141]之姬, 節行如是, 雖古先烈女, 不能踰也。焉得不爲之
歎息哉! 予伯祖[142]嘗牧晉州[143], 轉戶部, 爲水陸運使[144]。三任皆與生爲
代, 故諳詳其事。貞元[145]中, 予與隴西公佐[146], 話婦人操烈[147]之品格,
因遂述汧國之事。公佐拊掌竦聽, 命予爲傳。乃握管濡翰, 疏而存之。
時乙亥歲秋八月。太原白行簡云。

〈太平廣記, 卷四百八十四〉

几筵 옆이나 무덤 가까이에 만들었다.
138 三秀(삼수): 商山四皓가 캐 먹고 살았다는 靈芝草의 별칭. 1년에 세 번 꽃이 핀다 하여
'三秀'라는 이름이 붙었다. 商山四皓는 중국 秦始皇 때 난리를 피하여 山西省 商山에
들어가서 숨은 네 사람의 선비를 일컫는다. 곧 東園公, 綺里季, 黃公, 角里先生을 말하
는데 모두 눈썹과 수염이 흰 노인이어서 이렇게 불렀다.
139 本道(본도): 劍南道를 가리킴. 당나라 때 四川省 북쪽을 가로지르는 검남산맥 이남에
설치한 道이다.
140 京(경): 大의 의미.
141 倡蕩(창탕): 양민이 된 기녀를 일컬음.《古詩十九首》〈靑靑河畔草〉의 "昔爲倡家女,
今爲蕩子婦."에 따라 후대에서 倡蕩이라 했는데, 從良의 妓女로 차용해 썼다고 한다.
從良은 納粟이나 국가에 대한 공훈 따위로 양민의 신분으로 올라갈 수 있었다.
142 伯祖(백조): 큰할아버지. 이설이 많으나 白鏻인 듯.
　　白溫 → 白鏻(699~?) → 白季康(?~813) → 白敏中(792~861)
　　　　　白鍠(706~773) → 白季庚(729~794) → 白行簡(776~826)
백린의 행적이 밝혀지지 않아 자세히 알 수 없으나, 관직은 揚州錄事參軍에 이르렀다고
한다.
143 晉州(진주): 中國 河北省 中南部 縣級市.
144 水陸運使(수륙운사): 쌀과 같은 조세의 운반을 책임진 관직명. 주로 刺史가 겸직하는
일이 많았다.
145 貞元(정원): 당나라 德宗의 연호(785~805).
146 隴西公佐(농서공좌): 당나라 대표적인 전기소설가 李公佐를 가리킴. 대표적인 전기
작품에는 〈南柯太守傳〉, 〈謝小娥傳〉이 있다.
147 操烈(조열): 貞操烈行. 굳은 지조와 매서운 행실.

투첩성옥
妬妾成獄

– 역문 –

투첩성옥

　남경(南京)의 취보문(聚寶門) 밖에 왕순경(王舜卿)이라는 사람이 있었으
니, 그의 아버지는 높은 벼슬을 하다가 그만두고 귀향하였다. 왕생은
도성에 남겨졌는데, 기녀 옥당춘(玉堂春)과 날이 오랠수록 정이 깊어져
서 차마 서로 떨어지지 못하였다. 그리하여 가지고 있던 은자(銀子)가
점점 없어져도 도리어 기녀를 사랑할 뿐이었다. 나중에 돈 주머니가
텅 비었지만, 그래도 기녀는 전과 같이 변함없이 대하였다. 다만 기생
의 양어미가 나날이 미워하자, 왕생은 하는 수 없이 기방에서 나왔다.
　도성을 떠돌다가 어느 성황묘(城隍廟)의 행랑에서 임시로 살았다. 과
일을 파는 어떤 사람이 그를 보고서 말했다.
　"공자께서는 바로 이곳에 계셨었습니까? 옥당춘은 공자를 위하여 손
님을 받지 않는다고 맹세하고는 저로 하여금 공자가 계시는 곳을 찾도록
하였는데, 지금 다행히 만났으니 다른 곳으로 가지 마시기 바랍니다."
　그리고는 곧 옥당춘에게 달려가 알렸다. 기녀는 그 양어미를 속이고
성황묘에 가서 향 피우는 척하다가 왕생을 보자 안고 울면서 말했다.
　"당신은 명문가의 공자(公子)인데 하루아침에 이 지경에 이르렀으니,
첩의 죄를 말해 무엇 하겠습니까? 그렇지만 어찌 집으로 돌아가지 않으
셨습니까?"
　왕생이 말했다.

"가는 길이 멀어 비용이 많이 드는지라, 돌아가려 해도 돌아가지 못했소."

기녀는 그에게 돈을 주면서 말했다.

"이 돈으로 의복을 사서 입고 다시 우리집에 오셔서 천천히 방법을 궁리해 보아요."

왕생이 화려한 옷차림을 하고 남자하인들과 다시 가니, 기생의 양어미는 매우 기뻐하고 반갑게 맞이하는 것이 더해져서 잔치를 베풀었다. 밤이 깊어지자, 왕생은 기방에 있는 것을 모조리 거두어서 가지고 돌아가 버렸다. 기생의 양어미가 이를 알고 기녀를 거의 죽을 정도로 때렸으며, 이윽고 머리를 가위로 자르고서 맨발로 내쫓아 부엌 하인으로 삼았다.

얼마 되지 아니하여 절강성(浙江省)에서 온 손님 한 명이 있었는데, 성은 팽씨(彭氏)요 이름은 응과(應科)인 난계(蘭溪) 사람이 기녀의 이름을 듣고 만나보기를 청하였으며, 지난 일을 알고 더욱 어질게 여겨 백금(百金)을 몸값으로 치렀다. 한 해가 지나자 머리털이 자라고 얼굴색이 예전과 같아지자 데리고 고향에 돌아가 첩으로 맞이하였다. 애초에 장사치 부인은 피씨(皮氏)였는데 남편이 출타하면 이웃에 사는 감생(監生)은 더럽게도 노파와 정을 통하였다. 남편이 기녀를 첩으로 들이자 피씨가 이를 질투하여 한밤중에 술자리에서 술에다 독약을 탔다. 기녀는 의심이 생겨 마시지 않았으나 남편이 대신 마셔서 끝내 죽었다. 감생이 피씨를 아내로 들이고 싶어서 피씨를 부추겨 관아에 고소하게 했다.

"기녀가 남편을 독살하였다."

기녀가 말했다.

"술은 피씨가 마련한 것이다."

피씨가 말했다.

"남편이 처음에 기녀를 속여 정실로 삼겠다고 했지만, 〈기녀는〉 첩이 되는 것을 달갑게 여기지 않았기 때문에 남편을 죽이고 개가하기를 바랐다."

마침내 기녀는 살인 사건으로 재판을 받게 되었다.

한편, 왕생이 고향으로 돌아오니, 아버지가 노하여 쫓아내려 하였다. 마침내 뜻을 세우고 글을 읽어서 장원급제한 후에 어사(御史)로 발탁되어 산서성(山西省)을 다스렸다. 이때 해공(海公)은 이미 강절운사(江浙運使)로 옮겼는데, 왕생이 그 사건을 해공에게 고했다.

"소생을 위해 이를 철저히 조사해주실 수 있겠습니까?"

해공은 그의 부탁을 받아들이고 절강성에 가서 물어보았는데, 기녀가 살인 사건으로 재판을 받게 된 지가 이미 오래되었음을 알았다. 어느 날 찰원(察院)에서 죄수의 정상을 살피고 압송한 기녀를 심문하러 갔는데, 마침 해공의 교자가 이르자 기녀는 해공의 교자를 꼭 붙잡고 말했다.

"나리께서는 귀신처럼 옥사를 처리하시니 옥에 갇힌 원통함을 나리께서 구해주시기 바라나이다."

해공은 깊이 생각하였다.

'순경(舜卿)이 일찍이 이 기녀의 행방에 대해 조사해주기를 부탁한 적이 있으니, 오늘 구해 주어서 그 죄를 벗겨줄 수 있으면 훗날 순경과 편하게 만나볼 수 있겠구나.'

그제야 곧 관아로 기녀를 데리고 돌아와 심문하였는데, 관아의 하인들로 하여금 가서 유(劉) 노파와 호감생(胡監生) 등을 체포해 오도록 했지만 죄를 자인하지 않았다. 그리하여 뜰아래의 나무궤짝 속에 하인 1명을 몰래 숨어 있도록 하고, 감생과 피씨는 노파와 함께 모두 나무궤짝 밖에서 형벌을 받고 있었다. 해공은 거짓으로 퇴청하였고 아전들은 흩어졌다. 노파는 나이가 들어 형벌을 버틸 수가 없어서 피씨에게 은밀히 말했다.

"네가 사람을 죽이고도 나까지 연루시켰으나, 나는 다만 감생에게
은 5냥과 베 2필을 받았을 뿐이다. 그런데 어찌 이러한 형벌을 받아야
한단 말인가?"

다른 두 사람이 말했다.

"노파가 번거롭더라도 조금만 더 견디고 자백하지 않아 우리들의
죄가 벗어날 수만 있다면 마땅히 노파에게 후하게 보답하겠소."

나무궤짝 안에 있던 하인이 이 말을 듣고 큰 소리로 말했다.

"세 사람은 이미 죄다 자백했습니다."

해공이 나오자, 하인이 면대해서 증언하니 모두 죄를 자인하였다.

해공은 어떤 사람을 기녀의 가짜 오라버니로 삼아서 기녀를 데리고
고향으로 돌아가도록 하였으니, 훗날 순경의 측실(側室)이 되었다. 기
녀의 원통함이 변백되자, 해공은 문서를 작성하여 찰원에 상세히 설
명하였는데, 크게 순견(巡見)한 것을 살피고는 아주 현명하게 판결한
것이라며 삼가 칭송하였다.

나의 남편을 죽인 아무개에 대한 고소

고소장을 통해 부인 피씨가 남편의 죽음을 밝혀달라고 호소한 고발
사건. 첩 주씨는 소실(小室)이 된 것을 달갑게 여기지 않고, 남편에게
그녀 자신을 〈다른 사람에게〉 시집보내주기를 간곡히 요구하였다. 남
편이 굳게 따르지 않자, 첩이 독약을 타서 죽이는 것을 어쩌겠습니까.
젊은 나이에 원통하게 죽었으니, 이 일을 듣는 이는 마음 아파했습니
다. 남편은 아무런 잘못도 없이 독살을 당하였으니, 심정의 비통함이
하늘을 가렸습니다. 은혜와 사랑을 저버렸으니, 오륜이 끊어진 것입니

다. 하늘에 호소하니 법에 따라 살릴 것인지 죽일 것인지 가리는 은혜를 베풀어 주옵소서. 고소하는 바입니다.

호소

호소장을 통해 주씨는 억울하게도 살해한 것으로 모함 당했음을 호소한 사건. 절박한 몸으로 팽응과(彭應科)의 첩이 되어서도 삼가 규방의 법도를 지켰습니다. 피씨는 매번 질투심을 품고 독약을 타서 첩의 목숨을 앗으려 했으나, 남편이 잘못 마시고 상해 입은 것을 어쩌겠습니까. 특히 원수는 도리어 날조한 거짓말로 〈첩이〉 다른 사람에게 시집가고자 독살했다고 하였습니다. 술은 피씨가 두었다는 것을 생각지는 않고, 남편 목숨 하나 죽인 것도 모자라서 또 저까지 해쳐 죽이려고 하니 그 정상이 실로 가련합니다. 천태(天台)의 수령께서는 저의 원통함을 없애주기를 슬프게 하소연합니다. 호소합니다.

해공의 판결

심문한 것에 의하면 피씨는 남편이 오랫동안 외지에 나가 돌아오지 않자 호감생과 간통하였고, 팽응과가 주씨를 첩으로 삼아 돌아오자 질투에 사로잡혀서 독약을 넣었던 것은 사실이다. 주씨는 의심하여 마시지 않았으나 팽응과는 그냥 마시고 중독되어 죽었으니, 주씨가 첩이 된 것을 달갑게 여기지 않아 팽응과를 죽이고 다른 사람에게 시집가려 했다고 도리어 모함 받은 것이야 무슨 허물이겠는가. 악독한 마음이 어찌 이다지도 심하단 말인가! 저 피씨는 비록 악독함이 그지없지만, 또한 지금에 와서 고소를 하는 일이 어찌 있을 수 있겠는가? 필시 호감

생의 간계일 것이다. 피씨는 사형을 받아 목숨으로 대가를 치르게 하
고, 호감생은 응당 변방을 지키게 하라.

〈신찬전상해충개거관공안, 권1·29회〉

투첩성옥
妬妾成獄

– 원문·주석 –

妬妾成獄

南京聚寶門[1]外, 有一王舜卿, 父爲顯宦, 致政[2]歸。生留都下, 與妓玉堂春日久情深, 不忍相舍。乃所攜之銀漸消, 還只戀妓。後囊罄, 然妓待如故。但鴇日憎, 生不得已出院。

流落都下, 寓一城隍廟中廊下。有賣果者見之曰：“公子乃在此耶？玉堂春爲公子誓不接客, 命我訪公子所在, 今幸毋他往.” 乃走報玉堂春。妓誑其母, 往廟酬香, 見生抱泣曰：“君名家公子, 一旦至此, 妾罪何言！然胡不歸？” 生曰：“路遙費多, 欲歸不得！” 妓與之金曰：“以此置衣服, 再至我家, 當徐區畫.” 生盛服飾僕從複往, 鴇大喜, 相待有加, 設宴。夜闌[3], 生席卷所有而歸。鴇知之, 撻妓幾死, 因剪髮跣足, 斥爲庖婢。

未幾, 有一浙江客, 蘭溪[4]人, 姓彭名應科, 聞妓名求見, 知前事, 愈賢之, 以百金爲贖身。逾年[5]發長, 顏色如舊, 攜歸爲妾。初, 商婦皮氏, 以夫出, 鄰有監生, 洸媚與通。及夫娶妓, 皮妒之, 夜飲, 置藥酒中。妓疑未飲, 夫代飲之, 遂死。監生欲娶皮, 乃唆皮告官。云：“妓毒殺

---

1 聚寶門(취보문) : 명나라 홍무 2년부터 8년(1369~1375)까지 축성된 성문. 13개 성문 중 가장 크다. 1931년 中華門으로 이름을 바꿨다. 전체 성벽은 1366년에 건설하기 시작해서 1386년 완성된 총 길이 33,676m로 세계 최대 규모이다.

2 致政(치정) : 사직함.

3 夜闌(야란) : 밤이 깊어짐.

4 蘭溪(난계) : 浙江省 중부 金華江과 衢江이 합류하는 지점에 있음.

5 逾年(유년) : 이듬해.

夫."妓曰:"酒爲皮置."皮曰:"夫始詒妓爲正室, 不甘爲次, 故殺夫,
冀改嫁."妓遂成獄。

生歸, 父怒斥之。遂矢志讀書, 登甲後, 擢御史, 案山西。時公已轉
江浙[6]運使, 生以之告公:"可爲生根究此?"公諾之托, 至浙詢之, 乃知
妓成獄已久。一日, 察院錄囚犯[7], 解妓往審, 值公轎至, 妓卽扳公轎曰
:"老爺神讞[8], 小婦冤於囹圄, 乞爺爺救之!"公沉思, 曰:"舜卿曾托究
此妓下落[9], 今日可救之, 以脫其罪, 日後可好與舜卿相見."乃卽帶歸
衙審, 令隸去逮劉嫗·胡監生等至, 不伏[10]。乃潛匿一卒於庭下櫃中,
監生·皮氏與嫗, 俱受刑於櫃外。公僞退, 吏胥散。嫗老年不堪刑, 私
謂皮曰:"爾殺人累我, 我止得監生銀五兩·布二匹。安能爲此挨刑?"
二人曰:"老嫗娘, 再奈煩一刻不招[11], 我罪得脫, 當重報老娘."櫃中卒
聞此言, 大叫曰:"三人已盡招矣!"公出, 卒面証, 俱伏。

公令人僞爲妓兄, 領回籍[12], 後與舜卿爲側室。妓冤得白, 公作文書,
申詳察院, 顧大巡見之, 大爲明讞, 抑稱之。

告謀死親夫

告狀婦皮氏, 告爲號究夫命事。孼妾周氏, 不甘爲小, 苦要夫嫁伊身。
夫堅不從, 豈孼置藥毒死。少年冤斃, 聞者傷心。夫系無辜遭毒, 情慘蔽
天。恩愛相殘, 五倫滅絶。叩天法究感恩。上告。

---

6 江浙(강절):江蘇와 浙江.
7 錄囚犯(녹수범):감금된 죄인에 대하여 그 죄상의 심문과 처결 상황을 적은 문서를
   살핌.
8 讞(언):讞獄. 옥사를 심리함.
9 下落(하락):행방.
10 不伏(불복):不伏燒埋. 죄를 자인하지 않음.
11 不招(불초):자백하지 않음.
12 回籍(회적):고향으로 돌아감.

訴

訴狀人周氏, 訴爲冤誣陷害事。切身嫁彭應科爲妾, 謹守閨訓。皮氏
每懷妒嫉, 置藥欲殺妾命, 豈夫誤飮遭傷。殊仇反捏架言, 欲嫁毒殺。
不思酒由爾置, 死夫一命不足, 又欲害身以死, 情實可憐。哀訴天台[13]
作主劈冤。上訴。

海公判

審得皮氏, 以夫久外不歸, 乃與胡才成奸, 應科娶周氏而歸, 伊見執
妒, 置藥毒之者實矣。豈周疑不飮, 科乃飮之, 而中毒死, 何尤反陷周
之不甘爲妾, 殺科將以再事他人? 惡毒之心, 胡甚之耶! 然伊雖惡毒不
盡, 亦無[14]此能陳告[15], 必胡才之奸計也。皮氏大闢[16]抵命[17], 胡才合應
擬戍矣。

〈新鑴全像海忠介居官公案, 卷一·二十九回〉

---

13 天台(천태) : 浙江省에 있는 현.
14 無(무) : 烏有. 어찌 이런 일이 있을 수 있겠는가.
15 陳告(진고) : 윗사람에게 자세히 아룀. 죄인을 고발함.
16 大闢(대벽) : 5형벌의 하나로 사형을 일컬음.
17 抵命(저명) : 목숨으로 대가를 치름.

해강봉선생거관공안전 서문

　해강봉(海剛峰) 선생은 직언으로 잘못을 간하는 사람이었다. 숙황제
(肅皇帝 : 세종) 말년에는 서재에서 지내며 조용히 몸과 마음을 돌보았
다. 이때에 방사(方士) 도중문(陶仲文) 등이 재초(齋醮)를 거행하여 나이
를 연장하는 술법을 끌어들였는데도 여러 신하들은 순종만 하였지 그
잘못을 말하는 자가 있지 않았다. 강봉 선생은 때마침 비부랑(比部郎)
이었는지라 간언해야 하는 책임이 없었으나, 이에 분연히 일어나 말
하기를, "이러는데도 오히려 입을 다물고 침묵을 지킬 수 있겠는가?"
하면서 수천 마디의 말을 반복해 입바른 상소를 하였으니, 주요 내용
은 숙황제의 지난날 잘못을 바로잡아서 요순우탕(堯舜禹湯)의 위에다
숙황제를 두려는 것이었다. 숙황제는 크게 느끼고 깨달아 날마다 상
소문을 취해 몇 차례씩 읽었는데, 애석하게도 미처 시행해보지 못하
고 불행히 세상을 떠났다.

　목황제(穆皇帝 : 목종)는 보위를 계승하게 되자마자 제일 먼저 선생을
옥에서 석방하고 대리시승(大理寺丞)으로 발탁하였다. 대개 선황제의
뜻을 잇는데 선생이야말로 제일 관심이 깊다는 것을 알았기 때문이다.
선생이 더욱 비분강개한 마음을 품었으니, 원통한 옥사를 다스리고
숨은 인재를 발탁하여 모든 해묵은 사건들을 파헤치는 것은 죄다 선생

에게로 돌아갔는지라, 사람들은 신명하다고 칭송하였다. 예전 사람들이 이르듯이, "청탁이 통하지 않는 데는 염라대왕(閻羅大王)과 포노인(包老人)이 있다."고 하였는데, 선생의 풍모가 대체로 이와 같았다. 누차 공적을 세우고 여러 관직을 두루 거쳐 도어사(都御史)에 이르렀는데, 비록 그 행한 일들이 백성들에게는 좋았을지언정 벼슬아치들에게는 좋지 않았다. 정사에 관하여 말하는 모든 사람들이 그의 잘못을 지적하며 아뢰었지만, 목황제가 평소 선생의 사람됨을 알아서 한 번도 죄를 준 적이 없었다.

선생은 세 왕조(세종, 목종, 신종)를 두루 섬겼는데, 직간으로 명성을 조정에서 날렸고, 실질적인 은혜는 백성에게 미쳤고, 맑은 기풍은 이 세상에 남아있고, 공정한 의론은 사람들 마음속에 남아있다. 선생은 상서로운 기운이 어린 언변으로써 밝은 조정의 이름난 신하가 되었다.

선생은 연해 밖에서 태어났는데, 앞에서는 구경산(丘瓊山) 선생이 문장으로 이름을 온 세상에 드날리고 뒤에서는 해강봉 선생이 직간으로 명성을 조정의 안팎에 떨쳐 앞뒤에서 아름다움을 계속 이었으니, 성스런 조정에서 인재 기르려는 덕화를 넓히지 않았으면 어떻게 연해 밖에서 사람을 얻었을 것이며 또한 이와 같이 성대할 수 있었겠는가? 그리고 이른바 간하는 자는 입으로 말하는 것만 귀한 것이 아니라 잘못을 고치는 것이 귀한 것이며, 기쁘게 하는 것만 귀한 것이 아니라 참뜻을 찾도록 하는 것이 귀한 것이니, 선생은 숙황제에게 단지 잘못을 고치도록 한 것만이 아니라 참뜻을 찾도록 한 것이었다. 목황제는 발탁하고 불러서 등용해 〈그의 재주가〉 참된 정사 속에 드러나게 하였다. 지금의 황제에 이르러서는 오히려 크게 발탁하여 선생과 같은 몇몇 신하들을 나라 안팎에 널리 배치하였으니, 어찌 천하가 다스려지지 않을까 걱정하겠는가. 하지만 옥사판결은 분명하게 행하여 칭송이 자자하니, 사람들은 그에 대해 이야기하기를 좋아하지 않는 이가 없었다.

때로는 호사가들이 눈으로 보고 귀로 들어 기억되는 것으로써, 바로 선생이 관직을 두루 거치며 심문하였던 것의 전말에 대한 전을 지었다. 내가 우연히 금릉(金陵)을 지나는데, 허주생(虛舟生)이 나에게 그 일을 이와 같이 말하고는 간행하려고 나에게 글을 청하였다. 나 또한 말을 아뢰다가 죄를 얻은 자로서 갑자기 마음속에 느끼는 것이 있어 기쁜 마음으로 서문을 쓴다.

만력 병오년(1606) 여름철의 길일
진인(晉人) 의재 이춘방이 만권루에서 쓰다

海剛峰先生居官公案傳 序

　　海剛峰[18]先生, 直諫人也。當肅皇帝[19]末年, 齋居靜攝[20]。惟時方士陶
仲文等, 導以齋醮[21]引年之術, 群臣將順[22], 莫有言其非者。剛峰先生
時爲比部[23]郎, 無言責之任, 乃奮然起曰 : "是尙可以緘默爲乎?" 乃抗
疏反覆累千言, 大指欲反其昔日之誤, 置其身於堯舜禹湯之上。肅皇帝
大爲感悟, 日取讀數過, 惜未及施行, 不幸賓天[24]。

　　穆皇帝[25]甫繼大寶, 卽首出先生於獄, 擢爲大理寺丞。蓋承先皇帝之
志, 知先生爲最深也。先生益自感憤, 其理冤獄·拔幽滯, 諸所稱臘肉

18　剛峰(강봉) : 海瑞(1514~1587)의 호. 명나라 廣東省의 瓊山(海南島) 사람. 자는 汝賢.
　　戶部主事로 옮겼는데, 당시 世宗(嘉靖帝)이 齋醮에 몰두하여 정치를 돌보지 않자 글을
　　올려 실정을 직간했다. 미리 관을 사두고 가족들과도 이별을 할 정도로 죽음을 각오한
　　상소였다. 이 때문에 옥에 갇혔지만 가정제가 그의 준비 과정을 듣고는 감동하며 크게
　　탄식했다. 가정제가 죽고 穆宗이 즉위하자 석방되었다. 隆慶 3년(1569) 應天巡撫가
　　되어 적극 개혁에 나섰다. 萬曆 초에 張居正이 정권을 잡자 그의 강직함을 꺼려 여러
　　사람이 추천했지만 끝내 쓰지 않았다. 13년(1585) 장거정이 죽자 불려 관직에 나가
　　南京右僉都御史와 南京吏部右侍郎에 이르렀다.
19　肅皇帝(숙황제) : 명나라 제12대 황제 世宗 朱厚熜(1507~1567, 재위 : 1521~1567). 嘉
　　靖帝라 한다.
20　靜攝(정섭) : 몸과 마음을 안정하여 휴양함.
21　齋醮(재초) : 승려나 도사를 불러 재단을 설치하고 부처나 신령에게 기도하는 것을 말함.
22　將順(장순) : 받아들여 순종함.
23　比部(비부) : 刑部 소속의 四司 가운데 하나.
24　賓天(빈천) : 천자가 죽음.
25　穆皇帝(목황제) : 명나라 제13대 황제 穆宗 朱載垕(1537~1572, 재위 : 1567~1572). 隆
　　慶帝라 한다.

干者[26], 悉以先生爲歸, 人稱爲神明。昔人云：“關節[27]不通, 有閻羅·包老[28]．”先生之風大類是。累功歷官, 至都御史, 雖其所行, 寧便於民, 而不便於縉紳。諸言事者, 摘其過端上之, 穆皇帝素知先生之爲人, 未嘗一加罪焉。

先生歷事三朝, 其直聲, 朝廷, 其實惠, 在黎庶, 其淸風, 在宇內, 其公論, 在人心。先生蓋鍾扶輿之口氣, 而爲熙朝之名臣矣乎！

先生生於瀕海之外, 前有丘瓊山[29]先生以文章著海內[30], 後有海剛峰先生以直聲震朝野, 後先繼美, 非聖朝作人弘化, 詎能於瀕海外得人, 亦若斯盛乎？且所稱諫者, 不貴口而貴改, 不貴說而貴繹, 先生之於肅皇帝, 蓋不徒改而繹者。穆皇帝擢召用, 俾得見諸實事。馴至今上, 猶能大爲擢拔, 使得二三臣如先生者, 布列中外, 何患天下之不治平哉？然而決獄惟明, 口碑載道[31], 人莫不喜譚之。

時有好事者, 以耳目所睹記, 卽其歷官所案, 爲之傳其顚末。余偶過金陵, 虛舟生爲予道其事若此, 欲付諸梓, 而乞言於予。余亦建言得罪者, 忽有感於中, 因喜爲之序。

---

26 腊肉干者(석육간자)：干腊肉.(噬腊肉) 해묵은 사건을 파헤침. 腊肉은 썩은 고기를 뜻하는 바, 오래 묵은 사건이나 오랫동안 해결하지 못한 사건 등이 해당한다.

27 關節(관절)：권세 있는 사람에게 뇌물을 주어 청탁하는 일.

28 包老(포로)：包拯. 北宋의 관료. 조정에서 강직하고 올곧아 貴戚과 환관들이 감히 함부로 하지 못했다. 송사를 처결할 때도 明敏正直하여 정문을 열어 놓고 억울한 사람이 직접 찾아와 시비곡직을 따지도록 하여 간교한 아전들의 개입을 차단했다. 京師에 "관절이 이르지 않으면 염라포로가 있다.(關節不到有閻羅包老)"는 말이 나올 정도였다.

29 瓊山(경산)：명나라 英宗 때부터 孝宗 때까지의 학자 丘濬(1421~1495)의 호. 자는 仲深. 다른 호는 深菴·瓊臺이다. 벼슬은 文淵閣大學士를 지냈고 특히 주자학에 정통하였다. 저서에 《大學衍義補》·《朱子學的》·《家禮儀節》 등이 있다.

30 海內(해내)：나라 안이자 온 세상을 가리킴. 고대에는 중국이 바다로 둘러싸였다고 여기며 밖의 세상은 무시했기 때문이다.

31 口碑載道(구비재도)：어떤 사람의 자비로운 행위에 대해 입을 모아 칭송하는 것을 가리킴.

萬歷丙午歲夏月之吉
晉人[32]義齋李春芳[33]書於萬卷樓中

---

32 晉人(진인) : 한족들이 스스로를 부르는 호칭. 國人이라 부르기도 하였다.
33 李春芳(이춘방) : 미상.

옥당춘낙난봉부

玉堂春落難逢夫

- 역문 -

옥당춘낙난봉부
: 곤경에 빠졌다가 지아비를 만난 옥당춘

공자가 초년 시절 기생집에 갔다가	公子初年柳陌遊
옥당춘을 한번 보고는 정이 들었네.	玉堂一見便綢繆
황금 수만 냥을 모두 써버리고 나자	黃金數萬皆消費
기녀의 두 눈망울 원통한 눈물 흘렀네.	紅粉雙眸枉淚流
재화 빼돌리고 노복과 말을 보내고는	財貨拐, 僕駒休
법을 어겨 홍동현 옥의 여죄수 되었네.	犯法洪同獄內囚
어사로 부임하여 원한과 허물을 벗기고	按臨驄馬冤愆脫
백세토록 부부의 인연으로 해로하였네.	百歲姻緣到白頭

화설(話說)。 정덕(正德) 연간에 남경(南京)의 금릉성(金陵城)에 한 사람이 있는데, 성은 왕씨(王氏)요 이름은 경(瓊)이고 별호(別號)는 사죽(思竹)이다. 을축년(1505) 과거에 급제하여 진사가 되었고 여러 관직을 거치고서 예부상서(禮部尙書)에 이르렀다. 이때 유근(劉瑾)이 권력을 전횡하자 상소문으로 탄핵했지만, 고향[原籍]으로 돌아가라는 성지(聖旨)가 내려졌다. 감히 지체하며 머무를 수가 없어서 수레와 말을 수습하여 가족들과 출발하였다. 그래서 왕야(王爺 : 왕경)가 마음속으로 생각하였다.

'얼마 가량의 녹봉을 모두 타인의 이름으로 빌려주었는데, 지금 당

장에는 받아갈 수가 없다.'

더군다나 맏아들은 남경 중서(南京中書)로 있고 둘째아들은 때마침 향시(鄕試)를 보아야 했으니, 한참 동안 주저하다가 공자(公子) 삼관(三官)을 불러오도록 하였다.

이 삼관(三官)의 이름은 두 글자로 된 경륭(景隆)이요 자는 순경(順卿)이고 나이는 이제 막 17세이다. 태어나면서 얼굴 생김새가 맑고 산뜻했으며, 풍채가 준수하고 우아했으며, 책을 읽을 때면 한 번 보고 열 줄을 읽을 정도로 매우 뛰어났으며, 붓을 들면 곧바로 문장을 이루었으니, 원래가 풍류재자(風流才子)이었다. 왕야(王爺)는 그 아들을 자신의 심장 살점보다도 더 사랑하고 아껴서 손바닥 안의 보배로 여겼다.

바로 그때 왕야는 삼관을 불러와서 분부했다.

"내 너를 이곳에 남겨 글을 읽도록 하는 것은 왕정(王定)을 시켜 사방에 빌려준 돈을 돌려받기 위한 것이니, 은자(銀子)를 다 받는 날이면 신속히 집으로 돌아와 부모가 근심하지 않도록 하여라. 나는 여기에 있는 장부목록을 모두 너에게 남긴다."

그리고 왕정(王定)을 불러 들어오게 하고서 말했다.

"내가 너와 삼숙(三叔 : 셋째 아들)을 이곳에 남겨두는 것은 책을 읽고 빌려준 돈을 돌려받도록 한 것이니, 네가 유인하여 삼숙이 함부로 날뛰면서 난잡한 짓을 하게 해서는 아니 된다. 내가 만약 알게 된다면 잘못을 저지른 것에 대한 문책이 적지 않을 것이다."

왕정이 머리를 조아리며 말했다.

"소인이 어찌 감히 거역하겠습니까!"

이튿날 〈왕야(王爺)가〉 수습하여 길을 떠나니, 왕정과 공자(公子)는 송별하고 북경(北京)에 이르러 따로 임시거처를 잡아 쉬었다.

공자(公子)는 삼가 아버지의 명에 따라 임시거처에서 글을 읽었다.

왕정(王定)은 사방으로 빌려준 돈을 돌려받았는데, 어느새 세 달 남짓 지나자 3만 냥 모두 빠짐없이 거두어들였다. 공자가 장부와 대조해 계산하니 일푼(一分) 일리(一厘)도 부족하지 않았다. 왕정에게 분부하여 날을 택해 떠나기로 하였다. 그러다 공자(公子)가 말했다.

"왕정, 우리 일은 모두 끝났다. 그러니 내 너와 번화가의 어귀마다 들러서 잠시 기분전환을 하고 내일 떠나자."

왕정은 즉시 방문을 잠그고 집주인에게 신경써서 말들을 잘 돌봐달라고 부탁하였다. 집주인이 말했다.

"마음 푹 놓으십시오, 소인 잘 알겠습니다."

두 사람은 임시거처를 떠나서 번화가에 이르러 황도(皇都)의 경치를 구경하였다. 오직 보이는 것이라고는 이러하다.

「사람들이 많이 모여들었고 거마(車馬)소리가 시끌벅적하였다. 사람들이 많이 모여들었으니 각 방면 모든 곳의 소리들이 합해진 듯했고, 거마소리가 시끌벅적하였으니 온갖 귀한 벼슬아치들이 모인 것 같았다. 물품을 사고파는 것이 모두 사방의 진기한 토산품이었으며, 한가로이 질탕하게 노니는 것이 만세토록 태평을 누릴 수 있는 큰 복이었다. 곳곳마다 골목이 비단을 깔아 수놓은 듯하고, 집집마다 술 마시면서 피리소리 노랫소리에 취했다.」

人煙湊集, 車馬喧闐.
人煙湊集, 合四山五嶽之音,
車馬喧闐, 盡六部九卿之輩.
做買做賣, 總四方土産奇珍,
閒蕩閒遊, 靠萬歲太平洪福.
處處衕衕鋪錦繡, 家家杯斝醉笙歌.

공자(公子)는 즐거워 견딜 수 없었는데, 뜻밖에 또 벼슬아치 집안의 자제들 예닐곱 명을 보니 각기 비파와 현악기를 들고 떠들썩하게 즐기면서 술을 마시고 있었다. 공자가 말했다.

"왕정(王定)아, 엄청 시끌벅적한 번화가로구나."

왕정이 말했다.

"삼숙(三叔), 이런 따위를 시끌벅적하다니, 아직 저 시끌벅적한 번화가를 가본 적이 없으시군요!"

두 사람이 동화문(東華門) 앞에 이르자, 공자가 눈을 부릅뜨고 자세히 구경한 것은 비단에 수놓은 같은 아름다운 경치이었다. 문득 보니 문(門)에는 황금봉황이 그려져 있고 기둥은 황금용이 휘감고 있었다. 왕정이 말했다.

"삼숙, 좋으십니까?"

공자가 말했다.

"진실로 좋은 곳이로구나."

다시 앞으로 가면서 왕정에게 물었다.

"여기는 어디냐?"

왕정이 말했다.

"여기는 자금성(紫金城)입니다."

공자가 안으로 들어가자 한눈에 들어왔는데, 문득 보니 성 안에 상서로운 기운이 자욱 피어오르고 붉은빛이 번쩍번쩍 비추는 것이었다. 단 한번 보았지만, 과연 부귀야말로 제왕(帝王)보다 더 나을 자가 없었으니 탄식해 마지않았다. 동화문을 벗어나 앞으로 또 오랫동안 걸어서 한 장소에 도달하여 보니 문 앞에 여자 몇 명이 서 있었고 옷차림새가 단정하였다. 공자가 곧 물었다.

"왕정아, 이곳은 어디냐?"

왕정(王定)이 말했다.

"이곳은 주점입니다."

이에 공자(公子)는 왕정과 함께 주점으로 들어가 자리를 잡고 앉았다. 보아하니 위층에는 예닐곱 자리에서 술을 마시고 있었는데, 그 가운데 한 자리에는 2명의 여자가 계속 앉아서 함께 술을 마시고 있었다. 공자가 그 여자들을 보니 인물이 말쑥하게 아름다웠는데, 문 앞에 서 있는 여자들보다 다소 더 뛰어났다. 공자가 한창 쳐다보는 중에 술집 심부름꾼[酒保]이 술을 가지고 오는지라, 공자가 곧 물었다.

"저 여자들은 어디서 왔는가?"

그러자 그 심부름꾼이 말했다.

"저들은 일칭금(一秤金) 집의 기생 취향(翠香)과 취홍(翠紅)입니다."

삼관(三官)이 말했다.

"깨끗하고 빼어나게 생겼구나."

그 심부름꾼이 말했다.

"이런 정도로도 아름답다고 하십니까? 그 집에는 기생 한 명이 또 있으니, 셋째[三姐]로 옥당춘(玉堂春)이라 하는데 얼굴이 매우 예쁩니다. 기생어미가 부르는 값이 너무나 비싸 아직까지도 첫 손님을 받지 못하고 있습니다."

공자가 그 말을 듣고 마음이 흔들려서 왕정을 불러 술값을 치르도록 하고는 아래층으로 내려가면서 말했다.

"왕정아, 나와 함께 춘원(春院 : 기생집)이 있는 골목까지 거닐어보자."

왕정이 말했다.

"삼숙(三叔), 가서는 아니 됩니다. 나리마님께서 아시게 되면 어찌하시렵니까?"

공자(公子)가 말했다.

"괜찮아, 그냥 한번 둘러보고는 곧장 집으로 돌아갈 것이다."

마침내 걸어가 본사원(本司院 : 기생집)의 문 앞에 이르렀다. 아니나 다를까 이러하다.

「홍등가(紅燈街)에는 기생집과 붉게 칠한 화려한 누각이 나열해 있다. 집집마다 관악기를 불고 현악기를 뜯으며, 도처에서 여자들이 연지 찍고 분 바르고 있다. 황금으로 웃음을 사는 자는 지체 높은 집안의 자손 아닌 이가 없으며, 즐거이 맞이하는 기생들은 모두 요염한 자태에 어여쁜 얼굴이다. 마침 향긋한 안개가 하늘에 가득 낀 것인가 수상쩍어 하고 있는데, 갑자기 노랫소리가 별원(別院)에서 아리땁게 들려왔다. 아무리 도학자이여도 마음이 현혹될 것이었고, 설령 참 승려일지라도 모름지기 계율을 깨뜨릴 것이었다.」

花街柳巷, 繡閣朱樓.
家家品竹彈絲, 處處調脂弄粉.
黃金買笑, 無非公子王孫,
紅袖邀歡, 都是妖姿麗色.
正疑香霧彌天靄, 忽聽歌聲別院嬌,
總然道學也迷魂, 任是眞僧須破戒.

공자(公子)가 보니 눈이 어질어질하고 마음속에 망설임이 생겼는데, 어느 곳이 일칭금(一秤金)의 집인 줄 알지 못했다. 한창 생각하는 중에 해바라기 씨를 파는 젊은이로 김가(金哥)라고 불리는 자가 걸어오자, 공자가 곧 물었다.

"어디가 일칭금의 집이오?"

김가가 말했다.

"대숙(大叔 : 아저씨)은 혹시 기생과 즐기기를 바라시는 것 아닙니까?

제가 안내해 가겠습니다."

왕정(王定)이 곧 말했다.

"우리집 상공(相公 : 귀공자)은 기생을 부르려고 한 것이 아니니 잘못 알지 마시오."

공자(公子)가 말했다.

"오직 한번 보기만을 바라오."

그 김가(金哥)는 즉시 노보(老鴇 : 늙은 기생어미)에게 가서 알렸다. 늙은 기생어미가 황망히 나와서 맞이하며 들어오기를 청하여 차를 대접하였다. 왕정은 늙은 기생어미가 차를 마시게 하면서 붙잡는 것을 보고 마음이 안절부절못하여 말했다.

"삼숙(三叔) 돌아가시는 것이 좋겠습니다."

늙은 기생어미가 그 말을 듣고는 공자에게 물었다.

"이 분은 누구십니까?"

공자가 말했다.

"우리집 심부름꾼이오."

늙은 기생어미가 말했다.

"대가(大哥 : 남자에 대한 존칭)께서 들어와 차 마시고 가시려는데, 이렇게 쩨쩨해서야 어찌합니까?"

공자가 말했다.

"그의 말을 듣지 마시오."

그리고는 늙은 기생어미를 따라서 안으로 들어가 버렸다.

왕정이 중얼거렸다.

"삼숙께서는 들어가서는 안 되는데, 우리 나리마님께서 아시게 되면 저와는 상관없는 일입니다."

뒤편에서 혼잣말을 한 것이니 공자가 어찌 안에서 그 말을 들을 수 있었겠는가마는, 끝내 맨 안쪽으로 들어가 앉았다. 늙은 기생어미가 계집종을 불러 차를 내와 대접하게 하였다. 차를 다 마시고 나자, 늙은 기생어미가 바로 물었다.

"손님께서는 성함이 어떻게 되십니까?"

공자(公子)가 말했다.

"벼슬하지 못한 유생(儒生)으로 성은 왕씨(王氏)이고, 부친은 예부정당(禮部正堂 : 예부상서)을 지냈소."

늙은 기생어미가 그 말을 듣자마자 바로 절하면서 말했다.

"귀공자님인 줄 알지 못하고 찾아뵙지 못한 것을 나무라지 마십시오."

공자가 말했다.

"아무래도 좋으니, 지나치게 예절을 따지지 않아도 되오. 따님 옥당춘(玉堂春)의 명성을 들은 지 오래인지라, 만나려고 일부러 찾아왔소."

늙은 기생어미가 말했다.

"어제 손님 한 분이 있었는데, 제 딸의 첫손님이 되려고 100냥을 사례금으로 보내왔지만 허락하지 않았습니다."

공자가 말했다.

"100냥으로 사례금이라니 너무 적지 아니한가! 벼슬하지 못한 유생으로 감히 흰소리를 치려는 것이 아니지만, 지금 황제폐하를 제외하면 그 아래로 손꼽히는 분이 나의 아버님이시라오. 설사 나의 할아버지만 하더라도 시랑(侍郞)을 지내셨소."

늙은 기생어미가 그 말을 듣고 마음속으로 은근히 기뻐하며 곧바로 불렀다.

"취홍(翠紅)아, 셋째[三姐]에게 나와서 존귀한 손님을 뵙도록 하여라."

취홍(翠紅)이 들어가 오래지 않아 되돌아와서 말했다.

"셋째가 몸이 안 좋아서 사양하겠답니다."

늙은 기생어미가 일어나면서 웃음을 머금고 말했다.

"딸년이 어릴 때부터 응석받이로만 자라서 그러니, 늙은이가 직접 가서 불러올 때까지 그대로 기다려주십시오."

왕정(王定)이 옆에 있으면서 조바심이 나자, 또 말했다.

"그녀가 나오지 않겠다고 하면 그냥 둘 것이지, 굳이 다시 가서 불러오지는 마시오."

늙은 기생어미가 그의 말을 듣지도 않고 방안으로 들어가서 큰소리로 말했다.

"셋째야, 나의 딸아, 너의 시운(時運)이 도래하는구나. 지금 왕 상서(王尙書)의 아드님[公子]께서 특별히 너를 사모하여 찾아오셨다."

옥당춘(玉堂春)이 고개를 숙이고 한 마디 말도 하지 않자, 당황한 기생어미가 큰소리로 말했다.

"나의 딸아, 왕 공자(王公子)는 준수한 인물이고 열예닐곱 살밖에 안 되는데다 주머니 속에는 많은 금은을 가지고 있다. 네가 만약 이런 남자를 붙잡을 수 있다면, 너의 명성이 듣기 좋을 뿐만 아니라 또한 너는 평생토록 쓸 돈을 받게 될 것이다."

옥저(玉姐)가 그 말을 듣더니 바로 단장하고는 나가서 공자(公子)를 만나보려 하였다. 막 떠나려는데 늙은 기생어미가 또 말했다.

"나의 딸아, 마음을 다해 비위를 맞출 것이지 그를 데면데면하게 대하지 마라."

옥저가 말했다.

"알겠습니다."

공자가 옥당춘을 보니, 아닌 게 아니라 곱게 생겼다.

「감아올린 머리는 검은 구름 같고, 굽은 눈썹은 초승달 같으며, 살결은 서설(瑞雪)이 어린 듯하고, 얼굴은 아침노을이 받쳐준 듯하다. 소매 속의 희고 가는 손가락은 뾰족뾰족하고, 치마 밑의 전족(纏足)한 발은 작고도 예쁘다. 아담하게 머리 빗고 단장하니 유달리 운치가 있으며, 분과 연지를 바르지 않아도 한껏 자태 뽐낼 만하다. 설령 유곽에 가득한 온갖 미녀들을 손꼽아 보더라도, 모두들 그 농익은 춘색(春色)일랑 양보해야 하리라.」

鬢挽烏雲, 眉彎新月,
肌凝瑞雪, 臉襯朝霞.
袖中玉笋尖尖, 裙下金蓮窄窄.
雅淡梳粧偏有韻, 不施脂粉自多姿.
便數盡滿院名姝, 總輸他十分春色.

옥저(玉姐)가 공자(公子)를 살짝 보니, 눈썹은 깔끔하고 눈은 빼어나며, 얼굴은 희고 입술은 붉으며, 몸놀림은 풍치가 있고 멋스러우며, 옷차림은 말쑥하게 아름다웠는지라, 내심 은근히 기뻐하였다. 바로 그때 옥저는 공자에게 절을 하였다. 늙은 기생어미가 곧 말했다.

"여기는 귀한 손님이 앉아 있을 곳이 아니니, 서재로 가서 잠깐 이야기나 나누소서."

공자는 사양하다가 서재에 들어가니 아닌 게 아니라 정교하게 정돈되어 있었는데, 밝은 창문에 깨끗한 책상이며 옛 그림과 옛 화로가 놓여 있었다. 공자는 오히려 서재를 자세히 살펴볼 마음일랑 없고, 단지 옥저를 바라보는 데만 온 마음을 쏟고 있었다. 기생어미는 공자의 그러한 마음에 맞추려고 딸로 하여금 공자의 어깨 옆에 붙어 앉게 하고는 계집종[丫鬟]에게 술상을 차리도록 분부하였다. 왕정(王定)은 술상 차리라는 말을 듣고 더욱 놀라 허둥대며 연달아 삼숙(三叔)에게 돌아가자고 재촉하였다. 늙은 기생어미는 기생들에게 눈짓을 하며 말했다.

"어서 이 대가(大哥 : 남자에 대한 존칭)를 방 안에 들도록 하여 술을 대접하여라."

취향(翠香)과 취홍(翠紅)이 말했다.

"저부(姐夫 : 기생집 손님), 어서 방 안으로 들어가셔서 우리들과 축하주를 마셔요."

왕정(王定)도 본디 돌아가고 싶지 않았는데, 취홍 등 두 사람에 의해 밀치락달치락하며 끌어당겨서 앉혀졌다. 달콤한 말을 하며 술 몇 잔을 권하였다. 처음에는 여전히 내키지 않아 하다가 이후에는 흥청거리며 마셨는지라, 왕정마저도 잊어버리고서 아예 마음을 놓고 또한 되는대로 흔쾌히 즐겼다.

한창 술을 마시고 있는 중에, 공자(公子)가 왕정을 부른다는 전갈이 왔다. 왕정이 황급히 서재에 가서 얼핏 보니, 술잔과 안주쟁반들은 널브러져 있고, 기생집에서 응당 손님의 부름에 응하는 악사(樂士)가 악기를 연주하고 있었으며, 공자는 마음을 터놓고 신나게 술을 마시고 있었다. 왕정이 곁으로 가까이 다가가자, 공자가 귓속말로 소곤소곤 말했다.

"너는 임시거처에 가서 200냥의 은자(銀子), 4필의 옷감을 가져오고 또 은전 부스러기 20냥을 챙겨서 여기로 가져오너라."

왕정이 말했다.

"삼숙(三叔), 그 많은 은자를 어디에 쓰려고 하십니까?"

공자가 말했다.

"너는 쓸데없는 간섭일랑 하지 마라."

왕정은 어쩔 수 없이 임시거처로 갈 수밖에 없어서 가죽가방을 열고 50냥짜리 원보(元寶) 4개를 꺼내고 옷감과 은전 부스러기를 아울러서 다시 본사원(本司院)에 당도해 말했다.

"삼숙(三叔), 여기 있습니다."

공자(公子)가 본체만체하고 기생어미에게 다 주라고 하며 말했다.

"은자와 옷감은 우선 따님과 처음 만난 것의 선물이오. 이 20냥 은전(銀錢) 부스러기는 상금을 주거나 잡비로 쓰시오."

왕정(王定)은 다만 공자가 저 삼저(三姐 : 셋째 딸)를 아내로 맞아 데려가는 데만 많은 은자(銀子)를 쓰리라고 생각했지, 처음 만난 것의 선물이라는 말을 듣고는 놀라서 혀끝이 세 치나 나왔다. 그런데 기생어미가 많은 재물을 보자마자 계집종을 시켜 빈 탁자 하나를 가져오게 하였다. 왕정이 은자와 옷감을 가져다 탁자 위에 올려놓자, 기생어미는 짐짓 한번 사양하는 척하다가 옥저(玉姐)를 불렀다.

"나의 딸아, 공자께 감사드려야겠다."

또 말했다.

"오늘이야 왕 공자(王公子)이시지만, 내일이면 바로 왕 저부(王姐夫)이로구나."

계집종을 시켜 선물들을 거두어 안으로 들이도록 하고는 말했다.

"딸년의 방에 다시 조촐한 술상을 차려놓을 터이니, 공자께서는 마음을 터놓고 실컷 마십시오."

공자는 옥저와 두 손으로 서로를 부축하며 함께 그녀의 방에 이르렀는데, 문득 보니 병풍과 작은 탁자 그리고 과일과 맛있는 음식들 모든 것이 다 차려져 놓여 있었다. 공자가 상석에 앉고 기생어미가 직접 현악기를 타자, 옥당춘(玉堂春)은 그 연주에 맞춰 권주가(勸酒歌)를 불렀다. 이에 삼관(三官)은 몸이 흐물흐물 나른해지고 정신이 흐리멍덩해졌다. 왕정은 날이 저물었는데도 삼관이 전혀 일어나 떠날 기미를 보이지 않자 몇 차례 연달아 재촉하였다. 그러나 계집종들은 기생어미의 명령을 받아 그에게 전해지지 않도록 했다. 왕정(王定)이 또 방으로 들어가지 못하고 황혼 무렵까지 기다렸는데, 취홍(翠紅)이 그를 떠나지 못하게 만류하여 묵게 하려고 하였다. 그러나 왕정은 묵으려 하지 않고 혼자 임시거처로 돌아가 버렸다. 공자(公子)는 2경까지 그대로 술을 마시고서야 그만두었다. 옥당춘(玉堂春)이 은근하게 공자를 모시고서 침대에 오르고는 옷을 벗고 잠자리에 들었는데, 참으로 남자가 탐하며 여자가 사랑하였으니 뒤얽혀 뒹굴면서 밤새도록 정분을 쌓은 것은 말할 것도 없다.

날이 밝을 무렵, 기생어미가 주방에다 술상을 차리되 탕까지 끓이도록 하고는, 일을 치른 방에 직접 들어가 붉은 혈흔을 보고 기뻐하면서 한마디 소리를 질렀다.

"왕 저부(王姐夫), 축하하고 축하합니다."

계집종과 사내종들도 모두 와서 이마를 땅에 조아리며 절을 하였다. 그러자 공자는 왕정에게 사람마다 은전 1냥씩 상으로 주라고 분부하였다. 취향(翠香)과 취홍(翠紅)에게도 각각 옷 1벌씩과 3냥짜리 은비녀를 상으로 내렸다. 왕정은 새벽에 와서 본래 공자를 모시고 임시거처로 돌아가려고 했는데, 그가 돈을 물 쓰듯 하는 것을 보고는 못마땅해 하는 기색이 있었다. 이에 공자가 속으로 생각했다.

'저 노비 놈[奴才]의 수중에 두고 의지하며 생활하는 것이 전혀 시원스레 이롭지 않으니, 아예 가죽가방을 가지고 본사원(本司院) 안에 옮겨놓는 것이 나 자신에게 편리하겠다.'

기생어미는 가죽가방이 옮겨진 것을 보고는 더욱 더 비위를 맞추었다. 아침마다 한식(寒食)처럼 밤마다 원소(元宵)처럼 명절을 쇠는 양 참으로 사치스럽고 화려한 생활을 하면서 하루 종일 놀기만 하다 보니, 어느새 머문 지가 1개월 남짓이나 되었다. 기생어미는 돈이나 재물을 옭아내려는 딴 마음을 먹고서 아주 큰 술판을 벌였는데, 공연도 주문하고 음악도 연주시키면서 오로지 삼관(三官)과 옥저(玉姐) 두 사람만 연회에 참석해주기를 청하였다. 기생어미가 술잔을 들고 공자(公子)에게 공손히 말했다.

"왕 저부(王姐夫), 나의 딸년이 당신과 부부가 되었으니 하늘과 땅처럼 영원하시고, 모든 집안일을 보살펴주시기 바랍니다."

저 삼관(三官)은 마음속으로 오직 기생어미의 마음이 편안치 않을까만을 걱정할 뿐이지, 저 은자(銀子)를 오히려 썩은 흙과 같이 하찮게 여기고는 설령 늙은 기생어미가 많은 빚을 졌다고 거짓말을 하더라도 모두 기생어미를 대신해 갚아주었다. 또한 약간의 장신구(裝身具)와 술 그릇을 챙겨주고 약간의 옷을 지어주고서도 또 건물을 개조하려는 것을 허락하였다. 그리고 백화루(百花樓) 한 채를 지어서 옥당춘(玉堂春)에게 침실로 쓰도록 하였다. 기생어미가 할당하여 내게 하는 것에 따라 어떤 일이든지 허락해주었다. 바로 이러하다.

「술이 사람을 취하게 하는 것이 아니라 사람 스스로가 취하는 것이며, 여색이 남자를 미혹시키는 것이 아니라 남자가 스스로 미혹하는 것이다.」

酒不醉人人自醉,
色不迷人人自迷.

다급해진 하인 왕정(王定)은 손발이 있다한들 대처할 방법이 없는지라 거듭거듭 삼관(三官)에게 돌아가야 한다고 재촉하였다. 삼관이 처음에는 대충대충 응답하다가, 나중에는 급작스럽게 핍박하더니 도리어 왕정을 호되게 꾸짖었다. 왕정은 어쩔 수 없어 옥저에게 삼관이 돌아갈 수 있도록 권해달라고 청하는 데까지 이를 수밖에 없었다. 옥저(玉姐)는 평소 기생어미의 이해타산에 대한 매서움을 잘 알고 있어서 역시 간곡히 공자(公子)에게 권고하였다.

"사람은 천 일을 하루같이 좋을 수 없고, 꽃은 며칠이나 붉게 피어 있겠느냐?' 했으니, 당신이 언젠가 돈이 없게 되면 어미는 안면을 바꾸어 당신을 모른다고 할 것입니다."

삼관(三官)은 이때 수중에 아직도 돈이 있었으니, 어떻게 그녀의 이 말을 믿겠는가. 왕정(王定)이 마음속으로 생각하였다.

'진심으로 사랑하는 사람도 되레 그를 평정하지 못하는데, 내가 그에게 권고한들 무엇을 하시겠는가?'

또 생각하였다.

'나리마님께서 만약 이 사실을 아시기라도 하면 어찌할 것인가! 차라리 집으로 돌아가 나리마님께서 아시도록 말씀드려 나리마님께서 어떻게 판단하여 처리하시더라도 나와는 아무런 관계가 없을 것이다.'

왕정이 이에 삼관에게 말했다.

"저는 북경(北京)에 있어도 쓸모없으니, 먼저 돌아가겠습니다!"

삼관도 마침 왕정이 쓸데없는 참견하는 것이 지겨웠었던 터라, 그가 떠나기를 몹시 바라며 말했다.

"왕정아, 네가 떠날 때에 내가 여비 10냥을 줄 것이니, 너는 집에 도착하여 아버님께 아뢰면서, 다만 빚을 다 받지 못해 삼숙(三叔)이 먼저 저를 보내며 문안을 드리도록 시켰다고 말씀드려라."

옥저도 5냥을 주고 기생어미도 5냥을 주었다. 왕정은 삼관과 작별하고 떠나갔다. 바로 이러하다.

「자기 집 대문 앞에 쌓인 눈이나 치울 일이지, 남의 집 지붕 위에 있는 서리는 관여하지 말라.」

各人自掃門前雪,
莫管他家瓦上霜.

차설(且說). 삼관(三官)은 술과 기생에게 쏙 빠져 집으로 돌아갈 생각을 하지 않았는데, 세월은 쏜살처럼 빨라서 어느새 1년이나 지났다. 망팔(亡八 : 기생애비)과 음부(淫婦 : 기생어미)는 온종일 돈이나 재물을 옭아낼 궁리만 하였다. 머리를 올려주는 것, 생일을 축하하는 것, 기생을 구하는 것, 계집종을 사는 것은 말할 것도 없고 망팔의 생전에 묏자리를 마련하는 것까지도 모두 생각해 뜯어내니, 삼관의 수중에 있던 재물이 다 없어졌다. 망팔이 삼관에게 돈이 없는 것을 한번 보고는 모든 일에 냉담해지더니 평소처럼 응대하지도 받들지도 않았다. 또 보름을 더 머무르자 온 집안의 어른과 아이들이 수선수선 떠들어대니, 늙은 기생어미가 옥저(玉姐)에게 말했다.

"'돈이 있으면 바로 본사원(本司院 : 기생집)이요, 돈이 없으면 바로 양제원(養濟院 : 구제소)이라.'했거늘, 왕 공자(王公子)는 돈이 없는데 아직 이곳에 머물러 있게 하니 무슨 짓이란 말이냐! 그러면 일찍이 본사원에서 추어올려진 열녀를 본 적이라도 있더냐? 너는 그 가난뱅이를 도리어 돌보고 있으니 무슨 짓이란 말이냐!"

옥저는 그 말을 듣고도 다만 귓가에 이는 바람쯤으로 여겼다. 어느 날 삼관이 계단을 내려와 밖으로 나가자, 계집종이 기생어미에게 와서 알렸다. 기생어미는 옥당춘(玉堂春)을 내려오도록 해서 말했다.

"내가 네게 묻는데, 언제까지 왕삼(王三 : 왕 삼관을 낮잡아 일컫는 말)을 돌보아주다가 보내려고 하느냐?"

옥저는 기생어미의 말이 마음에 맞지 않자, 몸을 돌려 훌쩍 올라가 버렸다. 기생어미는 뒤따라 계단을 올라가며 말했다.

"노비 년[奴才]아, 나에게 대꾸도 하지 않는 것이냐?"

옥저(玉姐)가 말했다.

"당신들은 이렇게도 사리에 맞지 않다니, 왕 공자(王公子)의 3만 냥 은자(銀子)는 모두 우리집에서 탕진되었습니다. 만일 그가 아니었다면, 당시 우리집은 이곳에서 빚을 지고 저곳에서 빚을 졌기 때문에 어찌 지금처럼 이렇게 넉넉할 수 있었겠어요?"

기생어미는 화를 내더니 갑자기 달려들어 고함을 질렀다.

"셋째딸년[三兒]이 어미를 때린다!"

망팔(亡八)이 그 소리를 듣고 시비도 가리지 않은 채 바로 가죽채찍을 들고서 때맞춰 계단을 올라와서는, 옥저를 발로 차서 바닥에 넘어뜨려놓고 채찍으로 마구 때렸다. 상투도 비뚤어지고 머리털도 흐트러지게 하였으니, 옥저는 피눈물이 흘러내렸다.

차설(且說)。삼관(三官)은 오문(午門 : 자금성의 남쪽 정문) 앞에서 친구와 이야기를 주고받다가 갑자기 얼굴에 열이 오르고 살이 떨려서 마음속으로 뭔가 일이 생긴 것 같은 의심을 품게 되자, 즉시 친구와 작별하고 곧장 백화루(百花樓)로 달려 올라갔다. 옥저의 이와 같은 모습을 보자 심장이 칼로 에이는 듯해 황망히 손으로 쓰다듬으며 그 지경이 된 까닭을 물었다. 옥저가 눈을 떠서 두 눈으로 삼관을 보고는 간신히 정신을 가다듬고 말했다.

"우리 집안일이니 당신과는 아무런 관계가 없어요."

삼관이 말했다.

"원가(冤家 : 애인에 대한 애칭), 그대는 나 때문에 맞았는데도 도리어 아무런 관계가 없다고 말하는 것이오? 번번이 그대까지 고생시키지 않도록 내일 작별하고 떠날 것이오."

옥저가 말했다.

"가가(哥哥 : 자기의 애인의 애칭), 애초에 당신께 돌아가라고 권했었는데 당신은 도리어 저의 말을 듣지 않았어요. 지금 홀몸으로 여기에 있는데다 여비마저 없으니, 3천여 리의 길을 어떻게 살아서 돌아갈 수 있겠어요? 제가 어떻게 마음을 놓을 수 있겠어요? 당신이 만약 고향으로 돌아가지 못하고 외지에서 떠돌아다닐 바에야, 차라리 울분을 참고 잠시 여기서 며칠을 더 기다리는 것이 나아요."

삼관(三官)이 그 말을 듣고 마음이 답답해서 땅바닥에 쓰러졌다. 옥저(玉姐)가 가까이 다가가서 공자(公子)를 껴안으며 말했다.

"가가(哥哥), 당신이 이제부터 계단을 내려가지 마세요. 저 망팔(亡八 : 기생애비)과 음부(淫婦 : 기생어미)가 어떻게 할지 보아요?"

삼관이 말했다.

"집으로 돌아가려 해도 부모님, 형과 형수를 보기 어렵고, 이곳에 머무르며 떠나지 않으려니 또 망팔의 가시 돋친 비꼬는 말투를 참을 수도 없소. 나는 또한 차마 당신과 헤어지지 못하여 이곳에 머무르자니 저 망팔과 음부가 마음대로 당신을 때릴 것이오."

옥저가 말했다.

"가가(哥哥), 때리든 말든 당신은 남의 일에 관심을 두지 마세요. 저와 당신은 어린 나이로 남녀 사이의 부부가 되었으니, 당신이 어찌 잠시라도 나와 헤어질 수가 있겠어요!"

곧 날이 또 어두워졌으나, 방안에 보통 때면 계집종이 등불을 들고 올라왔지만 이제는 불까지도 가져다주지 않았다. 옥저는 삼관이 몹시 슬퍼하며 마음 아파하는 것을 보고 손으로 끌어당겨서 침상에 누웠지만 탄식만 내뱉고 있었다. 삼관이 옥저에게 말했다.

"차라리 내가 떠나가는 것이 나을 것 같소! 돈 많은 손님을 다시 맞이하면 당신이 천대는 받지 않을 것이오."

옥저(玉姐)가 말했다.

"가가(哥哥), 저 망팔(亡八)과 음부(淫婦)가 그들 멋대로 저를 때리더라도 당신은 하여튼 떠나지 마세요. 가가(哥哥)가 있을 때면 저의 목숨도

달려 있을 것이지만, 당신이 정말 떠나간다면 저는 오직 한 목숨을 버릴 뿐입니다."

두 사람은 날이 밝을 때까지 그저 울기만 하였다. 잠자리에서 일어났지만, 그들에게 물 한 사발을 챙겨주는 사람이 없었다. 옥저가 계집종에게 소리쳤다.

"차를 가져와라, 저부(姐夫)와 마셔야겠다."

기생어미가 듣고서 큰 소리로 호되게 꾸짖었다.

"간덩이 큰 노비 년[奴才]아, 매질이 부족한 게로구나. 셋째 놈[小三 : 왕경륭 낮잡아 일컫는 말]으로 하여금 스스로 와서 가져가게 해라."

저 계집종과 사내종들은 모두 감히 오지 못했다. 옥저는 어찌 할 도리가 없어 스스로 내려갈 수밖에 없었는데, 주방에 가서 밥 한 그릇 담자니 눈물이 뚝뚝 떨어졌지만 직접 갖고 올라가서 말했다.

"가가(哥哥), 식사하세요."

공자(公子)가 막 먹으려 하면 또 아래층에서 꾸짖는 소리가 들렸고, 먹지 않고 있으면 옥저가 또 먹으라고 권하였다. 공자가 이제 막 한 입을 먹었는데, 저 음부(淫婦)가 아래층에서 말했다.

"셋째 놈[小三]아, 간덩이 큰 노비 년[奴才]아, 아무리 재간 있는 아내라도 쌀 없이 죽을 쑬 수는 없다는 말이 어찌 있겠느냐?"

삼관(三官)은 분명히 그녀의 말을 들었지만 꾹 참을 수밖에 없었다. 바로 이러하다.

「주머니 속에 뭐라도 있으면 원기가 왕성하고, 손 안에 돈이 없으면 체면이 부끄러워진다.

囊中有物精神旺,
手內無錢面目慚.

각설(却說). 망팔(亡八 : 기생애비)이 옥저(玉姐)를 못마땅하게 여기고 미워했는데, 그녀를 때리자니 혹시라도 상처를 입히면 그녀에게 돈을 벌도록 하기가 어려울 것이고, 그녀를 때리지 않자니 그녀가 다시 왕소삼(王小三)을 사랑할 것이었다. 그래서 몹시 지나치게 소삼(小三)을 핍박하자니 그는 주색에 빠진 사람이라 우발적으로 자살하려고 작정할 수도 있는데, 혹시 상서(尙書) 나리가 사람을 보내어 데리러 오기라도 하면 그때는 흙을 빚었으나 마르지 않는 격이라서 사정만 어려워질 것이었다. 이리저리 생각해보았지만 아무런 대책이 없었다. 기생어미가 말했다.

"내게 좋은 방법이 있으니 그로 하여금 우리들 곁을 떠나게 하는 것입니다. 내일은 당신 여동생 생일인데 여차여차하면 되니 '도방계(倒房計)'라고 부르십시다."

망팔(亡八)이 말했다.

"해낼 수 있다면야 좋소."

기생어미가 계집종에게 올라가서 물어보게 하였다.

"저부(姐夫)께서는 아직 다 식사하지 않으셨나요?"

기생어미도 올라와서 말했다.

"언짢게 생각하지 마시오! 우리의 집안일이니 저부(姐夫)와는 아무런 관계가 없소이다."

또한 평소대로 술상을 차려놓았다. 술을 마시는 중에 늙은 기생어미가 황망히 웃음을 띠며 말했다.

"셋째 딸[三姐]아, 내일이 네 고모의 생일이니 너는 왕 저부(王姐夫)에게 말해 좋은 선물을 싸들고 가서 고모에게 드리는 것이 좋겠구나."

옥저(玉姐)는 그날 저녁에 선물을 준비해서 쌌다. 다음날 동틀 무렵에 늙은 기생어미가 말했다.

"왕 저부(王姐夫)도 일찍 일어났으니, 서늘한 바람을 쐬며 시누이집에 선물 주러 갈 수 있겠다."

온 집안사람들이 모두 사원(司院 : 기생집)을 떠나서 반 리(半里) 정도 갔을 때, 늙은 기생어미가 일부러 깜짝 놀라는 척하며 공자(公子)에게 말했다.

"왕 저부, 내가 문 잠그는 것을 깜빡했는데 돌아가서 문을 굳게 채워 주어요."

공자(公子)는 기생어미가 계략 쓰고 있음을 전혀 알지 못하고 문을 잠그기 위해 돌아온 것은 더 이상 말하지 않겠다.

차설(且說)。망팔(亡八)은 그 골목에서 방향을 바꾸며 옥저에게 말했다.

"셋째 딸[三姐]아, 머리 위에 비녀가 매달려 있구나."

그 말에 속은 옥저가 머리를 돌리자, 그때 망팔은 타고 있는 말들을 양쪽으로 채찍질하여 골목을 따라 곧장 성 밖으로 나갔다. 삼관(三官)이 사원(司院)에 되돌아와 방문을 잠근 뒤 황망히 밖으로 나와 뒤쫓았지만, 옥저는 볼래야 볼 수가 없었고 마침 한 패거리의 사람들을 만나게 되었다. 공자는 몸을 굽혀 인사하며 그들에게 물었다.

"여러분들은 한 무리의 남녀들이 어디로 가는 것을 본 적이 있소?"

그 패거리의 사람들은 좋은 사람들이 아니라 도리어 길목을 막고 있다가 노략질하는 사람들이었다. 그들은 삼관의 옷차림이 단정한 것을 보더니 마음속으로 한 꾀를 생각해내고 말했다.

"방금 전에 갈대숲 서쪽으로 갔소."

삼관이 말했다.

"여러분 대단히 감사합니다."

공자(公子)는 바로 갈대숲속으로 향해 갔다. 이 사람들은 삼관(三官)을 갈대숲속으로 들어가도록 속이고 그 즉시 재빨리 그보다 앞서 달려가 기다리고 있었다. 삼관이 가까이 다가오자, 그들은 뛰쳐나와 고함

치며 다가가서 도리어 삼관을 붙잡아 일제히 옷과 모자를 벗기고는 밧줄로 땅바닥에 묶어 두었다. 삼관은 묶인 손발을 풀기가 어려웠고 정신이 혼미했지만 날이 밝을 때까지 그래도 옥당춘(玉堂春)만을 생각하면서 말했다.

"저저(姐姐), 그대가 어디로 갔는지 알 수도 없으니, 그렇다면 내가 이곳에서 고난을 겪고 있는 줄 알기나 하랴!"

공자가 곤란에 처해 있는 것은 제쳐두고, 우선 망팔(亡八 : 기생애비)과 음부(淫婦 : 기생어미)가 옥저(玉姐)를 속여서 꾀어내어 하루 동안 120리 길을 달려가서는 외딴 주점에서 쉰 것을 이야기하자. 옥저는 망팔의 계략에 빠졌음을 확실히 알고서, 가는 길 내내 삼관을 걱정하느라 눈물이 그치지 않고 흘러내렸다.

재설(再說). 삼관은 갈대숲속에서 말끝마다 살려달라고 소리쳤다. 많은 시골 노인들이 가까이 다가가서 보고는 공자를 묶은 밧줄을 풀어주며 물었다.

"너는 어디 사람이냐?"

삼관은 창피하여 공자인 것도 말하지 않았고 또한 옥당춘과 놀았던 것도 말하지 않았다. 온몸에 옷도 걸치지 않은 채로 눈물이 그렁그렁하며 말했다.

"여러 어르신들, 소인은 하남(河南) 사람으로 이곳에 와서 자그마한 장사를 하려고 했는데, 불행히도 나쁜 사람들을 만나서 온몸에 걸치고 있던 옷들을 죄다 빼앗긴데다 여비마저 한 푼도 남아 있지 않습니다."

여러 노인들은 공자(公子)가 나이 어린 것을 보고서 옷 몇 가지를 베풀어 주었으며 또한 모자 하나도 주었다. 삼관(三官)은 여러 노인들께 감사드린 후에 누더기 옷을 주워 입었고 낡은 모자도 집어 썼다. 그런데 옥저(玉姐)도 만나지 못하고 돈 한 푼도 없어서 도리어 북경(北京)으로 돌아왔는데, 처마를 따라 머리를 숙이고 아침부터 저물녘까지 다녔지만 물 한 모금조차도 얻어 마시지 못했다. 삼관은 굶주려서 안색이 누렇게 변하여 밤늦도록 숙소를 찾았지만 또한 누구도 받아주는 사람이 없었다. 어떤 사람이 말했다.

"당신은 이런 꼴로 누구 집에서 받아 주리라고 생각합니까? 당신은 지금 야경꾼들이 모여 있는 총포(總鋪) 입구에 가면 딱따기를 칠 사람을 찾고 있을 것인데, 아침저녁으로 부지런하면 어렵게나마 살아갈 수 있을 것이오."

삼관이 즉시 총포(總鋪) 문 앞에 가니, 다만 경점(更點 : 시각)을 칠 사람을 구하러 온 지방(地方 : 치안 담당자) 한 사람이 보였다. 삼관이 그 사람 앞으로 가서 말했다.

"대숙(大叔 : 아저씨), 제가 초경(初更)을 치고 싶습니다."

지방이 바로 물었다.

"너의 성씨는 무엇이냐?"

공자(公子)가 말했다.

"저는 왕 소삼(王小三)이라 합니다."

지방이 말했다.

"너는 이경(二更)을 치도록 해라! 경점을 놓쳐 시간을 맞추지 못하면 돈을 주지 않을 것이고 또한 때릴 것이다!"

삼관(三官)은 아무런 속박 없이 자유롭게 지내는 것이 버릇된 사람이라서 실컷 잠자고 말아 밤에 쳐야 할 경점을 놓쳤다. 지방이 꾸짖었다.

"소삼(小三), 이 개뼈다귀 같은 놈아, 편하게 먹을 수 있는 밥도 먹는 복조차 없으니, 어서 꺼져라."

삼관(三官)은 스스로 아무리 생각해도 살아갈 길이 없는지라, 고로원(孤老院 : 구제소)에 찾아가서 몸을 의탁하였다. 바로 이러하다.

「원자(院子 : 집) 속이야 매일반이나, 고락은 서로 다르구나.」

一般院子裡,
苦樂不相同.

각설(却說)。 저 망팔(亡八 : 기생애비)과 기생어미가 말했다.

"우리가 여기에 온 지 한 달이 되었는데, 저 왕삼(王三)은 틀림없이 자기 집으로 돌아갔을 것이니 우리들도 되돌아갑시다."

그리하여 짐을 챙겨서 본사원(本司院 : 기생집)으로 되돌아왔다. 다만 옥저(玉姐)가 날마다 공자(公子)를 그리워하여 침식을 잊고 있을 뿐이었다. 기생어미가 올라와서 입이 닳도록 권고하였다.

"내 딸아, 그 왕삼은 벌써 자기 집으로 돌아갔거늘 너는 아직도 그 사람만 생각하니 어떡하랴? 북경(北京) 안에는 지체 높은 집안의 자손이 얼마나 많은데, 너는 오직 왕삼만을 생각하고 손님을 받지 않는다만 내 성질을 잘 알 것이니 스스로 사서 고생할 것인지 분명히 해야 할 터, 내 다시는 너에게 말하지 않겠다."

기생어미는 말이 끝나자 가버렸다. 옥저는 눈물이 비 오듯 뚝뚝 떨어졌다. 왕순경(王順卿)의 수중에 반 푼 어치도 돈이 없는 것을 걱정하였지만, 어디로 갔는지도 알지 못했다. 〈마음속으로 생각했다.〉

'당신이 떠나가야 했을 때에는 기별이라도 해서 나 소삼(蘇三 : 옥당춘)이 늘 근심하지 않도록 해주어야 했어요. 언제쯤이나 다시 당신을 만날 수 있을지 모르겠네요.'

옥저(玉姐)가 공자(公子)를 그리워하는 것은 제쳐두고, 우선 공자가 북경의 고로원(孤老院 : 구제소)에 있으면서 빌어먹으며 어렵사리 지내는 것을 이야기하자. 북경(北京)의 큰길가에 은세공 장인 왕씨가 있는데, 일찍이 왕 상서(王尙書) 집에서 술그릇을 만들며 지낸 적이 있었다. 공자가 기생어미 집에 있으면서 여자의 머리에 꽂는 장신구를 살 때마다 다 그 사람의 것을 썼었다. 어느 날 은세공 장인 왕씨가 고로원(孤老院)을 지나가다가 우연히 공자를 보고는 깜짝 놀랐다. 앞으로 나아가서 공자를 붙잡고 물었다.

"삼숙(三叔), 당신이 왜 이런 모습입니까?"

삼관(三官)은 한바탕 자초지종을 이야기하였다. 이에 은세공 장인 왕씨가 말했다.

"예로부터 마음이 모진 망팔(亡八)이었습니다. 삼숙, 오늘 저희 집으로 가시어 간단한 차라도 드시고 변변치 못한 식사라도 하시면서 잠시 며칠을 머무십시오. 당신의 어르신네께서 사람을 시켜 당신을 데리러 올 때까지 기다리십시오."

삼관은 그 말을 듣고 몹시 기뻐하며 뒤따라 은세공 장인 왕씨 집으로 갔다. 은세공 장인 왕씨는 그가 상서(尚書)의 공자이어서 존경하고 예의를 다하여 대접해주었는데, 그럭저럭 반달 남짓이나 지났다. 은세공 장인 왕씨의 부인은 식견이 짧았으니, 상서의 집에서 데리러 오는 사람이 보이지 않자 남편이 거짓말을 한 줄만 알고서 남편이 거리로 나간 것을 엿보아 곧장 말하고야 말았다.

"우리집은 온 식구들이 틀어박혀 있으니, 어찌 다른 사람에게 줄 공밥이 있겠습니까? 호의로 며칠 묵게 해주었으면 사람이 스스로 세상 물정을 알아서 처신해야지, 이곳에서 늙을 때까지 잘 섬겨 주고 장사 지내 주리라고 끝내 그렇게 여기지는 말아주십시오."

삼관(三官)은 그냥 모욕만 당하고 있을 수가 없어서 머리를 숙이고 처마를 따라 밖으로 나와 발길 가는 데로 걸었다. 관왕묘(關王廟)까지 걸어가다가 문득 관우 무성(關羽武聖)이 제일 영험하다는 것이 생각났으니, 어찌 그의 사정을 호소하지 않겠는가? 이에 관왕묘 안으로 들어

가 신 앞에서 무릎을 꿇고 망팔(亡八 : 기생애비)과 기생어미가 도의를
저버린 일을 하소연하였다. 한참 동안 바라는 것을 기도하고 일어나
서 좌우 복도에 그려져 있는 삼국시대의 영웅들을 한가로이 보았다.

각설(却說). 관왕묘(關王廟) 밖의 거리에서 한 젊은이가 외쳤다.

"우리 북경(北京)의 해바라기 씨가 1푼에 1통이요, 고우(高郵)의 오리
알은 반 푼에 1개입니다."

이 사람이 누구란 말인가? 바로 해바라기 씨를 팔았던 김가(金哥)이
었다. 김가가 혼잣말을 했다.

"알고 보니 작황이 좋지 않아서 장사가 잘 안 되었구나. 당시 본사
원(本司院)에 왕 삼숙(王三叔)이 있었을 때는 어쩌다가 와서 해바라기 씨
를 200전(錢)에 사주면, 돌아와 부모를 모시고도 남았다. 삼숙(三叔)이
집으로 되돌아간 뒤로는 지금 누가 이런 것들을 사주겠는가? 두세 날
동안 마수걸이조차도 하지 못했으니 어떻게 지내나? 나는 관왕묘로
가서 잠깐 쉬었다가 다시 가자."

김가(金哥)가 관왕묘 안으로 들어와 쟁반을 제사상 위에 놓고는 무릎
꿇고 이마를 땅에 조아리며 절했다. 삼관은 김가를 알아보았지만 그
를 대할 면목이 없어서 두 손으로 얼굴을 가리고 문지방 옆에 앉았다.
김가가 이마를 땅에 조아리며 절하고 일어나서 또한 문지방 위에 걸터
앉았다. 삼관은 김가가 관왕묘 밖으로 나간 줄로만 알고서 손을 내렸
지만, 도리어 김가가 알아채고는 말했다.

"삼숙, 당신이 어떻게 여기에 계십니까?"

삼관(三官)이 창피해 하면서 눈물을 머금고 지난 일을 한바탕 이야기
하였다. 김가(金哥)가 말했다.

"삼숙(三叔), 그만 우세요. 제가 당신에게 밥을 사드리고 싶습니다."

삼관이 말했다.

"밥은 괜찮소."

김가가 또 물었다.

"당신은 요즈음 삼심(三嬸 : 옥저를 가리킴)이 왔는데 보지 못했습니까?"

삼관이 말했다.

"오랫동안 보지 못했네. 김가(金哥), 번거롭지만 본사원(本司院)에 가서 은밀히 삼심에게 내가 지금 이렇게 가난하다는 것을 말해주고 그녀가 어떻게 말했는지를 되돌아와서 나에게 알려주게."

김가가 승낙하고는 쟁반을 들고 관왕묘(關王廟) 밖으로 나갔다. 삼관이 또 말했다.

"거기에 가서 동정을 살피되, 그녀가 나를 생각하고 있으면 곧 내가 이곳에 이와 같이 있는 것을 말해주게. 만일 나를 사랑하는 진심이 없거든 말하지 말고 나에게 돌아오게. 그 집 사람들은 돈이 있어도 달리 대하고, 돈이 없어도 달리 대할 것이네."

김가가 말했다.

"알겠습니다."

그리하여 삼관에게 작별하고 본사원에 가서 안으로 들어가 백화루(百花樓) 밖에 서 있었다.

각설(却說)。 저 옥저(玉姐)는 손으로 턱을 고이고 손수건으로 눈물을 훔치면서 말마다 이렇게만 말했다.

"왕순경(王順卿), 나의 가가(哥哥)! 당신은 어디에 가 있는지 알려주지 않을 것인가요?"

김가(金哥)가 생각했다.

'아! 정말로 삼숙(三叔)을 그리워하고 있구나.'

일부러 기침소리를 한번 내자, 옥저(玉姐)가 듣고서 물었다.

"밖에 누구십니까?"

　김가가 올라가서 말했다.

　"접니다. 제가 해바라기 씨를 사 왔는데 당신 어르신과 까먹고자 합니다."

　옥저는 눈물이 그렁그렁하며 말했다.

　"김가, 설령 양고미주(羊羔美酒 : 술 이름)가 있어도 삼킬 수가 없거늘, 어찌 해바라기 씨를 까먹을 마음이 있겠는가?"

　김가가 말했다.

　"삼심(三嬸), 당신은 요즈음 왜 수척해졌습니까?"

　옥저는 대꾸하지 않았다. 김가가 또 물었다.

　"당신은 삼숙(三叔)을 그리워하면서 또 누구도 그리워하십니까? 저에게 말해주면 제가 당신에게 데려오겠습니다."

　옥저가 말했다.

　"나는 삼숙이 떠나가신 뒤부터 날마다 그를 생각는데, 여기에 또 누가 오겠는가? 나는 일찍부터 같은 또래의 옛사람을 잊지 않고 있다네."

　김가가 말했다.

　"누구입니까?"

　옥저가 말했다.

　"옛날에 아선(亞仙)이라는 여자가 있었는데, 정원화(鄭元和)는 그녀를 위해서 황금을 다 써 버린 뒤 연화락(蓮花落 : 맹인 거지가 구걸할 때 부르는 노래) 타령까지 불렀다네. 그렇지만 그 후로 마음을 가다듬고 부지런히 시서(詩書)를 읽고서 과거에 급제하여 천하에 이름을 알렸다네. 그 아선도 화류계(花柳界)에서 명성을 날렸다네. 나는 늘 아선과 같은 마음을 품고 있으니, 어떻게 하여 삼숙(三叔) 그 분이 정원화(鄭元和)와 같은 사람이 되었으면 좋겠네."

　김가(金哥)가 그 말을 듣고서 입으로는 아무런 말을 하지 않았지만 마음속으로는 생각했다.

'왕삼(王三)도 또한 정원화와 서로 닮았으니, 비록 연화락(蓮花落) 타령이야 하지 않았을망정 그래도 고로원(孤老院)에 있으면서 밥을 구걸하여 먹고 있기 때문이다.'

김가가 나지막이 삼심(三媬)을 불러 말했다.

"삼숙이 지금 관왕묘(關王廟) 안에 머물고 있는데, 저에게 남몰래 당신에게 알려주라면서 남경(南京)으로 갈 수 있게 여비를 좀 도와달라고 했습니다."

옥저(玉姐)가 깜짝 놀라며 말했다.

"김가는 나를 속이지 말기 바라네."

김가가 말했다.

"삼심(三媬), 당신께서 믿지 않으시면 저를 뒤따라 관왕묘로 가서 만나보십시오."

옥저가 말했다.

"여기서 관왕묘까지 얼마나 먼가?"

김가가 말했다.

"여기서 관왕묘(關王廟)까지 3리 정도입니다."

옥저가 말했다.

"어떻게 감히 갈 수 있겠는가?"

또 물었다.

"삼숙(三叔)께서 달리 무슨 말씀이 있었는가?"

김가(金哥)가 말했다.

"단지 사용할 은자(銀子)와 은전(銀錢)이 떨어졌다고만 하셨지, 무슨 말씀은 없었습니다."

옥저(玉姐)가 말했다.

"그대는 가서 삼숙께 '15일에 관왕묘(關王廟) 안에서 나를 기다리라.' 고 전해주게."

김가가 관왕묘 안으로 가서 삼관(三官)에게 회답을 전해주고, 삼관을 은세공 장인 왕씨 집으로 전송하는 중에 말했다.

"만일 그 집에서 당신을 묵게 하지 않으면 저희 집으로 갑시다."

다행히도 은세공 장인 왕씨 집으로 되돌아갈 수 있었고, 또 공자를 만류하여 머물도록 한 것은 더 이상 말하지 않겠다.

각설(却說)。 늙은 기생어미가 또 물었다.

"셋째[三姐]야, 너는 요즈음 밥을 먹지 아니하니 아직도 왕삼(王三)을 그리워하는 것이냐? 너는 그를 그리워하지만, 그는 너를 생각하지도 않을 것이다. 내 딸이 이렇게도 푹 빠져 헤어나지 못하지만, 내가 너에게 왕삼보다도 더 좋은 사람을 찾아줄 터이니, 너도 좀 정신 차려야 한다."

옥저가 말했다.

"어머니! 제 마음속에 제대로 마무리를 짓지 못한 일이 있어요."

기생어미가 말했다.

"너에게 무슨 일이 있었더냐?"

옥저가 말했다.

"내가 애초 왕삼(王三)의 은자(銀子)를 받으려고 캄캄한 밤에 그와 이야기하면서 성황신(城隍神) 할아버지를 가리키며 맹세하였으니, 지금 내가 그때 빌었던 소원을 이루고 돌아올 때까지 기다려주면 다른 손님을 받을게요."

기생어미가 물었다.

"언제 가서 그 소원을 이루려느냐?"

옥저(玉姐)가 말했다.

"15일에 가겠어요."

　늙은 기생어미는 몹시 기뻐하여 미리 향촉(香燭)과 제사 때 태우는 종이 말[紙馬]을 먼저 준비해 놓았다. 15일까지 기다렸다가 날이 채 밝기도 전에 계집종을 일어나게 하면서 말했다.

　"너는 저저(姐姐 : 아가씨)에게 끓인 물로 세수하도록 갖다 주어라."

　옥저도 또한 그리운 마음에 일어나서 머리를 빗고 세수를 하고는 비상금[私房錢] 및 비녀와 팔찌 등 장신구들을 아울러 꾸리고서 계집종에게 종이 말을 들도록 하여 즉시 성황묘(城隍廟)로 갔다. 묘당 안으로 들어갔지만 날이 아직 밝지 않아 삼관(三官)이 그곳에서 보이지 않았다. 삼관이 도리어 동쪽 복도에 숨어서 기다리고 있을 줄 어찌 알았겠는가. 먼저 옥저를 이미 보고는 기침소리를 한번 냈다. 옥저도 곧 알아차리고는 계집종에게 종이 말을 태우라고 하면서 말했다.

　"너는 먼저 가거라. 나는 좌우의 십제염군(十帝閻君)을 살펴보련다."

　옥저가 계집종을 돌아서 가게 해놓고는 곧 동쪽 복도로 가 삼관을 찾았다. 삼관은 옥저를 보자 부끄러워서 얼굴이 새빨개졌다. 옥저가 울먹이는 소리로 말했다.

　"가가(哥哥) 왕순경(王順卿), 어떻게 이런 모습이 되셨나요?"

　두 사람은 서로 껴안고 울었다. 옥저는 가져온 200냥의 은자(銀子)와 물건들을 모두 삼관에게 주며, 의관(衣冠)도 마련하고 노새도 사서 다시 본사원(本司院)에 오라고 하면서 말했다.

　"당신은 단지 남경(南京)에서 이제 막 왔다고만 말하여 저의 말을 저버리지 마십시오."

　두 사람은 눈물을 머금고 각기 헤어졌다. 기생어미는 옥저(玉姐)가 집에 돌아온 것을 보고서 대단히 기뻐하며 말했다.

　"내 딸아, 빌었던 소원을 이루었느냐?"

　옥저가 말했다.

"제가 원래 빌었던 소원은 이루었고, 새로운 소원도 빌었어요."

기생어미가 말했다.

"내 딸아, 너는 무슨 새로운 소원을 빌었더냐?"

옥저가 말했다.

"제가 만일 다시 왕삼(王三)을 받아들이면 우리 온 가족이 죽어서 가문이 멸망하고 자손이 끊길 것이며 벼락 맞아 타 죽을 것이라 했습니다."

기생어미가 말했다.

"내 딸의 이번 맹세는 너무 심하게 빌었구나."

그로부터 기생어미가 기쁨이 넘쳐난 것은 더 이상 말하지 않겠다.

차설(且說)。 삼관(三官)이 은세공 장인 왕씨 집에 돌아가자, 삼관은 가지고 있던 200냥과 물건들을 왕씨에게 건네주었다. 왕씨는 정말 기뻐하고 즉시 시장에 가서 수놓은 좋은 옷 1벌, 흰 바닥의 검은 장화(長靴), 융털 양말, 벙거지 모자, 푸른 실로 꼰 끈, 진천(眞川) 부채, 가죽가방, 노새 등을 사서 가지런히 장만하였다. 벽돌과 기와를 천으로 싸서 은냥(銀兩)인 것처럼 꾸며 가죽 가방 안에 넣어 두었다. 곱게 잘 차려입고 나와서는 사내종 2명을 고용하여 뒤따르게 하며 곧바로 출발하였다. 왕씨가 말했다.

"삼숙(三叔), 잠깐만 멈추시면 이 놈이 전별주(餞別酒) 한 잔을 드리려 합니다."

공자(公子)가 말했다.

"그렇게까지 마음 쓰지 마오. 오히려 특별한 보살핌을 많이 입었으니 나중에 꼭 와서 은혜를 갚겠소."

삼관(三官)은 드디어 말을 타고 갔다.

「치장을 마치고 기생집 골목으로 들어가 올가미를 쳤으니, 기생어미가 어찌 능히 억지로라도 따르지 않으랴. 다행히도 옥당춘이 더없이 보살펴 주었으니, 본디 기녀도 영웅인 것을 알지라.」

　　　　　　　　　　　　　粧成圈套入術衢,
　　　　　　　　　　　　　鴇子焉能不强從.
　　　　　　　　　　　　　虧殺玉堂垂念永,
　　　　　　　　　　　　　固知紅粉亦英雄.

　각설(却說)。 공자(公子)는 은세공 장인 왕씨 부부와 작별하고 곧장 춘원(春院 : 기생집)의 대문 앞으로 갔다. 다만 젊은 악공 몇 명만이 보였는데, 모두 대문 앞에서 이야기하고 있었다. 갑자기 삼관의 모습이 완전히 뒤바뀐 것을 보고는 깜짝 놀라서 쏜살같이 늙은 기생어미에게 달려가 알렸다. 늙은 기생어미는 그 말을 듣고 한참 동안 아무 말도 하지 않다가 생각했다.

　'이 일을 어떻게 처리하나? 지난날에 셋째[三姐]가 그는 벼슬아치 집안의 공자님이라 금전이 무수하다고 말했으나, 나는 믿지 않고 그를 문밖으로 내쫓아버렸다. 그런데 이제 금전을 지니고 이르렀으니, 정말 어찌할 바를 모르도록 사람을 놀라게 하는구나.'

　이리저리 생각하다가 염치 불구하고 밖으로 나와서 삼관(三官)을 만나보며 말했다.

　"저부(姐夫), 어디에서 오십니까?"

　그러면서 한 손으로 말머리를 붙잡았다. 공자가 말 등에서 인사말을 건네며 반쯤 읍(揖)하고는 곧 가야한다면서 말했다.

　"내 일꾼들이 모두 배에서 나를 기다리고 있소."

　늙은 기생어미가 웃음을 띠며 말했다.

　"저부(姐夫), 마음이 매우 모지십니다. 설사 절이 무너지고 승려가 못났더라도 부처의 얼굴은 본다 하거늘, 아무리 떠나려고 해도 옥당춘(玉堂春)만은 보셔야지요."

공자(公子)가 말했다.

"지난날에 탕진한 그 몇 냥의 은자(銀子)가 얼마나 된다고, 벼슬하지 못한 유생일지라도 어찌 마음에 담아두려 하겠소? 지금 내 가죽가방 안에는 5만 냥의 은자가 있고 또한 몇 척의 배에는 화물이 실려 있으며 일꾼들도 수십 명이나 있소. 왕정(王定)이 그곳에서 지키고 있소."

기생어미는 한층 더 손을 떼려 하지 않았다. 공자도 괜스레 끌다가 일을 그르칠까 염려하여 적당한 기회를 보아 춘원(春院 : 기생집)의 대문 안으로 들어가 걸터앉았다. 기생어미는 주방에 분부해 얼른 술자리를 차려서 빈객을 대접하라고 하였다. 삼관(三官)은 차를 마시자마자 바로 가려는 척하면서 일부러 은자 두 덩이를 떨어뜨렸으니, 모두 5냥짜리 순은덩어리였다. 삼관은 그것을 주워서 일어나며 소매 속에 간직하였다. 기생어미가 또 말했다.

"내가 그때 시누이집에 갔다가 술도 마시지 못하고 바로 당신에 대해 물으니, 당신이 동쪽으로 갔다고들 말해 찾아도 당신을 볼 수가 없었지만, 한 달 남짓이나 찾고 나서야 우리들은 비로소 집에 돌아왔습니다."

공자가 기회를 틈타서 다시 말했다.

"내 그대의 선의에 손상을 주었소. 나는 그때 당신을 찾았지만 볼 수가 없었소. 마침 왕정이 나를 데리러 와서 나는 그냥 집으로 돌아갔었소. 그러나 내가 마음속으로는 늘 옥저(玉姐)를 걱정하였던 까닭에 서둘러서 찾아온 것이오."

기생어미가 급히 계집종을 시켜 옥당춘(玉堂春)에게 알렸다. 계집종이 줄곧 웃으면서 올라왔는데, 옥저는 이미 공자가 온 것을 알면서도 일부러 말했다.

"노비 년[奴才]이 왜 웃느냐?"

계집종이 말했다.

"왕 저부(王姐夫)가 또 오셨습니다."

옥저는 고의로 깜짝 놀란 척하며 말했다.

"너는 나를 속이지 마라."

그러면서 내려가려 하지 않았다. 늙은 기생어미가 황급하게 올라오자, 옥저는 고의로 얼굴을 안쪽으로 돌려서 자는 척했다. 기생어미가 말했다.

"내 딸아[親兒], 왕 저부가 온 것을 너는 알지 못하느냐?"

옥저가 그래도 아무런 말을 하지 않자, 네댓 번을 연달아 물어보았지만 아무런 대답을 하지 않을 뿐이었다. 이때 혼내려고 했으나 그녀를 우려먹어야 했다. 그래서 의자 하나를 잡아끌고 가져와서는 곧바로 앉더니 한번 길게 탄식하는 소리를 내었다. 옥저가 그녀의 이런 모습을 보더니, 고의로 머리를 되돌리면서 일어나는 척하다가 바닥에 양 무릎을 꿇고 말했다.

"마마(媽媽), 오늘은 이렇게 때리려 하지 마시고 저를 내버려두세요."

늙은 기생어미가 황망히 옥저를 잡아당겨 일으키며 말했다.

"내 딸아, 너는 아직도 왕 저부(王姐夫)가 다시 온 것을 모르고 있구나. 5만 냥의 은자(銀子)를 가지고 있으며, 배에는 또 화물과 일꾼 수십 명이 있으니, 이전에 비하여 갑절이나 늘었구나. 너는 가서 그를 만나 마음을 다해 그의 비위를 잘 맞추어라."

옥저(玉姐)가 말했다.

"소원을 빌며 새로이 맹세를 하였으니, 저는 그를 맞으러 가지 않겠어요."

기생어미가 말했다.

"내 딸아, 소원을 빌며 맹세한 것은 농담한 것으로 치거라."

한 손으로 옥저를 잡아당겨 아래로 내려오다가 도중에 소리쳤다.

"왕 저부, 셋째[三姐]가 내려왔습니다."

삼관(三官)이 옥저를 보고는 냉랭하게 한번 읍(揖)만 할뿐 전혀 부드럽고 살뜰하지 않았다. 늙은 기생어미는 계집종을 시켜 술상을 차리도록 하고, 술을 가져다 술잔에 가득 채워 매우 정중하게 인사하면서 왕 저부에게 올리며 말했다.

"늙은이의 잘못으로 생각합니다. 셋째와의 정분을 생각해서라도 다른 집에 가지는 마세요. 남의 웃음거리가 됩니다."

삼관이 살짝 냉소를 짓더니 말했다.

"마마(媽媽), 내 잘못이라고 하는 편이 낫겠소."

이에 늙은 기생어미가 은근하게 술을 권하니, 공자(公子)는 술 몇 잔을 마시고 많이 귀찮게 했다면서 빠져 나가려 했다. 취홍(翠紅)이 턱석 그를 붙잡고서 소리쳤다.

"옥저야, 우리 저부(姐夫)에게 웃는 얼굴을 좀 띠어라."

늙은 기생어미가 말했다.

"왕 저부, 당신은 정말 어찌할 수 있는 여유조차 주지 않으십니다. 계집종들아, 문을 닫고 저부를 밖으로 내보내지 말거라."

계집종들로 하여금 그 짐을 맞들어서 백화루(百花樓)로 옮기게 하였다. 바로 아래층에서 다시 술자리를 베풀어 생황과 거문고가 연주되면서 또 비위를 맞추기 시작했다. 한밤중이 되도록 마시다가 늙은 기생어미가 말했다.

"저는 먼저 갈 터이니, 당신 부부 둘이서 이야기를 나누십시오."

삼관(三官)과 옥저(玉姐)는 그 말이 그들의 뜻과 딱 들어맞았으니 손을 잡고 계단을 올라갔다.

「마치 오랜 가뭄 끝에 단비가 내리는 것과 같았고, 또한 타향에서 옛 친구를 만나는 것과 같았다.」

如同久旱逢甘雨,
好似他鄕遇故知.

두 사람은 밤새 이야기를 나누었으니, 바로 '기쁘고 즐거우면 밤이 짧은 것이 싫고, 적적하고 외로우면 밤이 긴 것을 한스럽게 여긴다.'는 격이었다. 어느새 북이 4경을 알리니, 공자(公子)는 일어나며 말했다.

"저저(姐姐), 나는 가오."

옥저가 말했다.

"가가(哥哥), 저는 본디 당신을 며칠 더 머물러 있게 하고 싶었지만, 그러나 당신을 천 일을 머물러 있게 한들 결국에는 헤어져야 합니다. 이번에 급히 집으로 돌아가시면 다시는 기녀와 가까이하지 마십시오. 부모님을 뵙고는 마음먹고 공부하십시오. 만일 혹시라도 과거에 급제하여 이름을 떨치게 되면, 이 원한도 또한 풀 수 있을 것입니다."

옥저도 왕 공자(王公子)를 보내기 어려워하고, 공자도 옥당춘(玉堂春)을 차마 떠나지 못하였다. 옥저가 말했다.

"가가(哥哥), 집에 가면 다만 아내를 맞이하고 저를 생각하지 않을까 걱정됩니다."

삼관이 말했다.

"나는 그대가 북경(北京)에 있으면서 다른 손님을 받고 내가 다시 와도 아무런 소용이 없을까 걱정되오."

옥저(玉姐)가 말했다.

"당신이 천지신령에게 맹세의 말을 하세요."

두 사람은 양 무릎을 꿇고 앉았다. 공자(公子)가 말했다.

"제가 만약 남경(南京)에서 다시 아내를 맞이하면 오뉴월의 아주 무더운 때에 저를 병들게 하여 죽이십시오."

옥저가 말했다.

"소삼(蘇三 : 옥당춘)이 다시 만약 다른 손님을 받으면 칼에 쇠사슬을 채워 영원히 세상에 나올 수 없게 하소서."

그리하여 곧 거울을 둘로 쪼개어 각각 쪼갠 것을 하나씩 갖고 나중에 약속의 징표로 삼았다. 옥저가 말했다.

"당신이 3만 냥의 은자(銀子)를 다 써버리고 빈손으로 돌아가야 하니, 제가 가진 금은(金銀) 장신구들을 모두 당신에게 드릴 터이니 가지고 가세요."

삼관(三官)이 말했다.

"망팔(亡八 : 기생애비)과 음부(淫婦 : 기생어미)가 알았을 때에 그대는 어떻게 그들을 대처할 것이오?"

옥저가 말했다.

"제게 대처할 방법이 있으니, 당신은 저를 상관하지 마십시오."

옥저는 짐들을 수습하여 완전히 떠날 준비를 하고 백화루(百花樓)의 문을 살살 열어 공자가 떠나가도록 보냈다.

날이 밝아오자, 기생어미가 일어나 계집종에게 세수할 물을 끓이고 양치할 차도 준비하라면서 말했다.

"가보고 저부(姐夫)가 깼으면 올려 보내어라. 그리고 무엇을 드시고 싶은지 물어보아라. 내가 잘 마련하여 가마. 만일 아직도 주무시고 있으면 놀라게 해 깨우지 말거라."

계집종이 올라가 보니, 진열한 그릇들이 다 없어졌고 화장품함도 또한 깨끗하게 비워져 한쪽 구석에 내팽개쳐졌다. 휘장을 올리니, 침대의 반쪽도 비었다. 그리하여 뛰어 내려가며 소리쳤다.

"마마(媽媽), 망했습니다!"

기생어미가 말했다.

"노비 년[奴才]아, 왜 그리 허둥대느냐? 저부(姐夫)가 놀라시겠다."

계집종이 말했다.

"아직도 무슨 저부가 있어요? 어디로 간지도 모르겠어요. 우리 저저(姐姐)가 얼굴을 안쪽으로 돌려서 자고 있어요."

늙은 기생어미가 그 말을 듣고 깜짝 놀라서 사내종과 마부를 찾아보니 모두 가버렸으며, 계속해서 황급히 올라가보니 다행히 가죽가방은 아직 그대로 있었다. 열어서 보니 모두 벽돌과 기와조각이었다. 기생어미가 바로 욕을 했다.

"노비 년[奴才]아, 왕삼(王三)은 어디로 갔느냐? 내 너를 때려죽일 것이다. 무엇 때문에 금은과 그릇들을 모두 훔쳐간 것이냐?"

옥저(玉姐)가 말했다.

"저는 새로 소원을 빈 적도 있고, 이번은 제가 그를 맞이하러 내려온 것도 아닙니다."

기생어미가 말했다.

"너희 둘이서 어제 저녁부터 이야기하여 밤새도록 이야기했으니, 그가 간 곳을 틀림없이 알 것이다."

망팔(亡八)이 바로 가죽채찍을 가지러 가자, 옥저가 수건을 가져다가 머리카락을 묶고서 입속말을 했다.

"제가 왕삼(王三)을 찾아서 돌려줄 터이니 기다리세요."

그리고는 서둘러 내려가서 밖으로 나가 곧장 달렸다. 기생어미와 악공(樂工)들이 옥저가 도망갈까 염려하여 뒤따라 달려 나왔다. 옥저(玉姐)는 큰길거리 가에 이르자 큰소리로 억울함을 호소했다.

"재물을 탐내어 사람의 목숨을 앗으러 해요!"

문득 보니 지방(地方 : 치안담당자)까지 모두 보러 왔다. 기생어미가 말했다.

"노비 년[奴才]아, 그 사람이 내 금은과 장신구들을 마음껏 다 훔쳐 갔거늘, 네 년이 도리어 되지 못하게 구느냐?"

망팔(亡八)도 말했다.

"그가 하고 싶은 대로 그냥 둬라. 우리들은 집에 가서 결판내자."

옥저가 말했다.

"헛소리하지 마세요! 우리가 어디로 간다고요? 어디가 우리집인데 요? 나는 당신들과 함께 형부(刑部)의 당상(堂上 : 재판관)에게 가서 다 이야기해보려고 해요. 당신네 집안이 공후(公侯), 재상(宰相), 조정의 관리[朝郎], 부마(駙馬)라 해도, 당신들 집에 있는 금은과 장식품들마저 그러겠어요. 모든 일은 이치를 따져보아야 해요. 일개 기생 노릇이나 하는 사람은 지극히 경시되고 지극히 천대받는데, 어찌 머리에 꽂는 무슨 큰 장신구가 있을 것이며, 또 꽂고 어디를 간들 주연(酒宴)자리에 앉았으랴? 왕 상서(王尙書)의 공자(公子)가 우리집에 있으면서 3만 냥의 은자(銀子)를 탕진했지만, 그가 춘원(春院)으로 되돌아가고 나서는 내버 리려는 일을 착수했다는 것을 누가 모를 줄 알아요? 그런데 당신들은 어제 그에게 은자가 있는 것을 알고 다시 속여서 집으로 데려와 그의 물건까지 앗으려 했는데, 그가 어느 곳에 있는지 행방을 알지 못한다 고요? 여러분들께서 증인이 되어 주세요."

말해도 된다 한들, 기생어미는 대답할 만한 말이 없었다. 망팔(亡八) 이 말했다.

"너는 왕삼(王三)을 시켜 우리의 물건을 훔쳐가도록 해놓고는 도리어 우리를 모함하러 왔느냐?"

옥저(玉姐)가 목숨을 돌보지 않고 질책했다.

"망팔과 음부(淫婦 : 기생어미)야, 당신네들이 재물을 탐내어 사람을

죽여 놓고는 아직도 헛소리를 하느냐? 오늘 당신네 집 안에 있는 가죽
상자가 모두 열려 있었고 은자(銀子)는 모두 탈취해갔다. 그런데도 그
왕 삼관(王三官)을 당신네가 죽인 것이 아니라면 누구란 말이냐?”

기생어미가 말했다.

“그에게 무슨 은화가 있었다고 그러느냐? 모두 벽돌과 기와조각으
로 사람을 속인 것들이었다.”

옥저가 말했다.

“당신이 직접 그가 5만 냥의 은자를 가져왔다고 자기 입으로 말해놓
고, 어떻게 이제 와서는 가져오지 않았다고 말하느냐?”

두 사람은 서로 시끌벅적하게 싸웠다. 사람들은 삼관(三官)이 3만 냥
의 은자를 탕진해버린 것이야 진짜임을 알지만, 사람의 목숨을 앗으
려 한 일은 꼭 그렇다고 할 수 없었다. 그리하여 모두 좋은 말로 화해
하라고 권했다. 옥저가 말했다.

“여러분, 여러분들께서 관아에까지 갈 필요가 없다고 권하시니, 그
래도 제가 그들에게 몇 마디 욕이라도 해서 이 억울함을 풀 수 있게
해주세요.”

사람들이 말했다.

“마음대로 욕해요.”

옥저가 꾸짖었다.

「망할 놈은 먹여도 배부를 줄 모르는 개요, 기생어미 년은 채워도
채워지지 않는 욕심보다. 살아갈 방도는 생각하려고 하지 않으면서,
오로지 다른 사람을 속이는 술책만 쓰려 했다. 아첨은 죄다 물샐틈없
는 그물망이요, 이야기는 모두 사람을 모함하는 함정이었다. 오직 네
연놈은 집이 항상 번창하는 것만 꾀했지, 다른 사람이 가난한지 아닌
지는 아랑곳했더냐. 8백 엽전으로 나를 사왔지만, 내가 무수히 많은

돈을 벌어다 주었다. 내 아비는 주언형(周彦亨)으로 대동성(大同城)에서 널리 이름이 알려진 사람이다. 양인의 딸을 사서 기녀를 만든 것이 무슨 죄에 해당하겠느냐, 사람을 물건처럼 사고팔았으니 변방으로 유배시키는 충군(充軍)일러라. 양가의 자제인 공자(公子)를 속여 꾄 것이야 그래도 괜찮다 할지라도, 재물을 탐내어 사람의 목숨을 앗는 죄는 결코 가볍지가 않으렷다. 네 연놈의 일가는 하늘의 바른 도리가 조금도 없는지라, 내가 대략 네 연놈들에게 두세 가지만 말한 것이다.」

> 你這亡八是喂不飽的狗, 鴇子是塡不滿的坑.
> 不肯思量做生理, 只是排局騙別人.
> 奉承盡是天羅網, 說話皆是陷人坑.
> 只圖你家長興旺, 那管他人貧不貧.
> 八百好錢買了我, 與你掙了多少銀.
> 我父叫做周彦亨, 大同城裡有名人.
> 買良爲賤該甚罪? 興販人口問充軍.
> 哄誘良家子弟猶自可, 圖財殺命罪非輕!
> 你一家萬分無天理, 我且說你兩三分.

사람들이 말했다.
"옥저(玉姐), 욕은 충분히 했다."
기생어미가 말했다.
"한참 동안 네가 욕하도록 내버려두었으니, 이제 집으로 돌아가자."
옥저(玉姐)가 말했다.
"저를 집으로 돌아가게 하려면 증빙문서를 작성하여 저에게 주세요."
사람들이 말했다.
"문서라면 어떻게 써야 하나?"
옥저가 말했다.

"양인의 딸을 사서 기생을 만드는 것과 재물을 탐내어 사람의 목숨 앗는 것을 하여서는 안 된다.' 등의 말을 써주시면 됩니다."

망팔(亡八)이 어떻게 기꺼이 쓰려고 하겠는가. 옥저는 다시 억울함을 호소하였다. 사람들이 말했다.

"양인의 딸을 사서 기생을 만드는 것이야 또한 기생집에서는 흔히 있는 일이다. 그렇지만 사람의 목숨을 앗는 일은 적실하지가 않아서 죄를 인정하게 하기가 되레 어렵다. 우리들은 단지 속량문서(贖良文書) 만을 써서 너에게 주기를 주장한다."

망팔은 아직도 쓰려 하지 않았다. 사람들이 말했다.

"왕 공자(王公子)가 준 3만 냥의 은자(銀子)만으로도 3백 명의 기생을 충분히 살 수 있었을 것이니, 그대들은 다른 조항일랑 말하지 말게. 옥저는 어차피 마음으로 그대들을 따르지 않을 것이니, 그녀를 그냥 내버려두게나."

사람들이 모두 주점(酒店) 안으로 들어가서 종이 한 장을 가져다가 한 사람은 내용을 생각하고 한 사람은 그것을 썼으니, 망팔과 기생어 미는 서명만 하면 되었다. 옥저가 말했다.

"만약 공평하지 않게 썼다면, 저는 당장 갈기갈기 찢어버릴 것입니다."

사람들이 말했다.

"너에게 알맞게 해줄게."

그리하여 써내려갔다.

「증서를 남기노니, 본 기방(妓房) 주인 소회(蘇淮)와 그의 처 일칭금 (一秤金)은 예전에 엽전 8백 문(文)으로 대동부(大同府) 사람 주언형(周彦 亨)의 딸 옥당춘(玉堂春)을 사서 집에 두었는데, 원래는 손님을 받게 해 늙도록 의지하며 살기를 바랐지만, 유감스럽게도 그 딸은 기생이 되 기를 원하지 않았다.」

'기생이 되기를 원하지 않았다(不願爲娼).'까지 쓰자, 옥저(玉姐)가 말했다.

"이 구절은 이만하면 되었어요. 반드시 왕 공자(王公子)의 납채예물(納采禮物) 3만 냥의 은자(銀子)를 받아서 가져간 것도 써야 해요."

망팔(亡八)이 말했다.

"셋째[三兒]야, 너도 좀 공평한 태도로 나서야겠다. 지난 1년 동안 비용을 많이 썼으니, 그것도 계산해야 되지 않겠느냐?"

사람들이 말했다.

"그러면 2만 냥이라고만 쓰자구나."

또 써내려갔다.

「남경(南京)의 공자 왕순경(王順卿)이 옥당춘과 서로 사랑하였고, 소회가 받은 2만 냥의 은자는 여러 사람들의 의견을 따라 속량(贖良)하는 예물로 삼는다. 이후 옥당춘은 마음대로 시집갈 수 있으며 아울러 본 기방과는 아무런 상관이 없다. 이 문건을 작성하여 증빙한다.」

문건 끝에 '정덕(正德) 연월일, 문서 작성자 기방 주인 소회와 그의 처 일칭금'이라고 썼다. 증인이 10여 명이나 되었는데, 사람들이 먼저 서명을 하였다. 소회도 어쩔 수 없이 서명을 하였고, 일칭금도 열십(十) 글자를 그려 넣었다. 옥저가 인수를 끝내고 다시 말했다.

"여러 어르신들! 제게 아직도 한 가지 일이 있는데, 먼저 이야기할 테니 명백하게 해주셔야 합니다."

사람들이 말했다.

"또 무슨 일이냐?"

옥저(玉姐)가 말했다.

"저 백화루(百花樓)는 본래 왕 공자(王公子)가 지었으며, 저에게 살라고 준 것입니다. 계집종도 본래 공자가 산 것이니, 2명을 불러서 저를 섬기도록 해야 합니다. 이후로 쌀과 밀가루, 땔감, 채소 등은 반드시 일일이 공급해주어야 하며, 생트집을 잡아 부족하지 않도록 해야 하며, 내가 시집갈 때까지 줄곧 기다렸다가 비로소 그만두어야 합니다."

사람들이 말했다.

"그런 일들은 모두 네 뜻대로 해라."

옥저가 감사의 인사를 드리고 먼저 돌아갔다. 망팔(亡八)은 한편 사람들에게 술과 음식을 먹게 하고 나서야 비로소 흩어졌다. 바로 이러하다.

「주랑(周郎 : 주유)의 묘책은 천하에 우뚝하였지만, 부인도 잃고 또한 병사마저 잃었다.」

周郎妙計高天下,
賠了夫人又折兵.

화설(話說)。공자는 가는 중에 밤에는 쉬고 낮에는 서둘러서 가니 며칠 되지 않아 금릉(金陵)의 자기 집 앞에 도착하여 말에서 내렸다. 왕정(王定)이 이를 보고 깜짝 놀랐다. 앞으로 나아가 말을 잡고 안으로 들어갔다. 삼관(三官)이 앉자, 왕정과 그 부류들이 인사하고 뵈었다. 삼관이 이에 물었다.

"아버님께서는 평안하신가?"

왕정이 말했다.

"평안하십니다."

"첫째형님, 둘째형님, 누님, 매형들은 어떠하시냐?"

왕정(王定)이 말했다.

"모두 평안하십니다."

또 물었다.

"아버님께서 내가 집에 오면 어떻게 처벌하겠다고 하신 말씀을 들었느냐?”

왕정은 아무런 말을 하지 않고 길게 한숨을 내쉬더니 하늘만 쳐다
보았다. 삼관(三官)이 바로 그 뜻을 알아차리고 말했다.

“네가 아무런 말을 하지 않으니, 아마도 아버님께서 나를 때려죽인
다고 하신 것 같구나.”

왕정이 말했다.

“삼숙(三叔), 나리마님께서 절대로 받아들이지 않겠다고 맹세하셨으
니, 이번에는 나리마님을 뵙지 마십시오. 암암리에 늙으신 어머님과
누님, 형수님들을 찾아뵙고 여비라도 좀 받아서 다른 곳으로 가 몸을
의탁하십시오.”

공자(公子)가 다시 물었다.

“아버님께서 지난 2년 동안 어떤 분과 사이가 좋으시냐? 그 분이 오
셔서 나와 함께 인정에 호소하도록 부탁드리자구나.”

왕정이 말했다.

“그 누구도 감히 말을 못할 것입니다. 다만 누님과 매부가 조그마한
성의를 표시하는 사이에 잠깐 언급한 것을 제외하고는 누구도 또한 직
접 말을 못했습니다.”

삼관이 말했다.

“왕정아, 네가 가서 매부들을 모셔오면, 내가 그 분들과 이 일을 상
의해봐야겠다.”

왕정(王定)은 즉시 가서 유 재장(劉齋長)과 하 상사(何上舍)를 청하여
모셔왔다. 인사를 마치자, 유 재장과 하 상사 두 사람이 말했다.

“셋째처남, 여기에서 우리 두 사람이 장인어른께 이야기하기를 기다
리면, 사람을 시켜 자네를 불러 오도록 하겠네. 만약 말을 듣지 않으실
때도 자네에게 소식을 전할 것이니 신속히 도망가서 목숨을 건지게나.”

　두 사람은 말을 마치자, 마침내 처갓집으로 가서 왕 상서(王尙書)를 만나 뵈었다. 앉아서 차를 마시고 나자, 왕씨 어른이 하 상사에게 물었다.

“농작물이 잘 되었는가?”

상사가 대답했다.

“잘 되었습니다.”

왕씨 어른이 다시 유 재장에게 물었다.

“학업은 어떠한가?”

대답했다.

“황송합니다. 여러 날 계속 일이 있어서 책을 읽지 못했습니다.”

왕씨 어른이 웃으며 말했다.

“‘만 권의 책을 읽고 나면 붓을 대니 신들린 듯 써진다.’고 하였거늘, 수재(秀才)는 장차 무엇을 근본으로 삼으려 하는가? ‘집안에 글 읽은 자손이 없으면 벼슬아치가 어디서 나오겠는가?’ 하였으니, 이제부터라도 반드시 학업에 부지런해야지 세월을 헛되이 보내서는 아니 되네.”

　유 재장은 연거푸 예예 하며 가르침에 감사하였다. 하 상사가 물었다.

“접빈실(接賓室) 앞의 이 담장은 언제 만든 것입니까? 한 번도 전에는 보지 못했습니다.”

왕씨 어른이 웃으며 말했다.

“나는 나이가 많은데다 전답(田畓)이 많지 않으니, 뒷날 첫째아들과 둘째아들이 서로 다툴까 염려하여 미리 두 몫으로 나눈 것이네.”

　두 사람이 웃으며 말했다.

“재산을 3등분해야 하는데, 어찌하여 2등분만 하셨습니까? 삼관(三官)이 돌아오기라도 하면 어디서 살게 하시렵니까?”

왕씨 어른이 그 말을 듣고 내심 크게 분노하면서 말했다.

“이 늙은이는 평생 두 아들만 두었거늘, 어디에 또 셋째가 있다는 것인가?"

두 사람이 한목소리로 말했다.

"장인어른, 어찌 삼관(三官) 왕경륭(王景隆)을 아끼지 않을 수 있겠습니까? 애초부터 아직도 장인어른께서 잘못하신 것이 그를 북경에 남겨놓고서 빚을 돌려받으라고 하고는 한 번도 가서 찾은 적이 없었습니다. 삼관이 열 예닐곱 살인 것은 고사하고, 북경(北京)은 유곽이 있는 곳으로, 설령 넓은 세상에 오랫동안 익숙해졌을지라도 또한 마음을 홀렸을 것입니다."

두 사람이 양 무릎을 꿇어앉고서 애통해하며 눈물을 흘렸다. 왕씨 어른이 말했다.

"길러 봐야 소용이 없는 개 같은 놈이 어디서 죽었는지 알지 못하니 다시는 이야기를 꺼내지 말게나."

한창 이야기하고 있는 도중에 누님 두 분도 도착했다. 다들 모두 삼관이 집에 돌아온 것을 알지만, 왕씨 어른 한 분만을 속이고 있었다. 왕씨 어른이 말했다.

"오늘은 청하지 않았거늘 모두 왔으니, 틀림없이 무슨 사정이라도 있는 것이냐?"

그리고는 하인으로 하여금 술상을 차리게 하였다. 이에 하정암(何靜菴)이 몸을 숙여 절을 한 번 하며 말했다.

"장인어른 딸이 어제 밤에 꿈을 꾸었는데, 그 꿈에서 삼관(三官) 왕경륭(王景隆)이 몸에 남루한 옷을 걸치고 제 누이에게 목숨을 살려달라며 소리쳤답니다. 3경 북소리가 울렸을 때 이 꿈을 꾸고는 한밤중인데도 침상과 베개를 두드리며 날이 밝을 때까지 울면서 제가 삼관을 데리려가지 않았다고 원망하니, 오늘 일부러 와서 셋째처남의 소식을 물어본 것입니다."

유심재(劉心齋)도 말했다.

"셋째처남이 북경(北京)에 남겨졌을 때부터 우리 부부는 밤낮으로 불안하기만 했는데, 지금 저와 동서(同壻)가 여비를 좀 모아서 내일 출발해 그를 데리고 돌아오려 합니다."

왕씨 어른이 눈물을 머금으며 말했다.

"어진 사위들아, 집에는 또 2명의 아들이 더 있으니, 다른 마음이 없는데 또 무엇을 기대한단 말인가?"

하정암과 유심재 두 사람이 밖으로 곧장 나가려 했다. 왕씨 어른이 앞에 나아가서 붙잡고 물었다.

"사위들은 왜 일어서는가?"

두 사람이 말했다.

"장인어른께서 손을 떼고 상관치 않는 것이 친아들에게도 이와 같은데, 하물며 우리 사위들에게야 말해 무엇 하겠습니까?"

이에 큰 아들, 작은 아들, 큰 딸, 작은 딸들이 목 놓아 울었던 데다, 두 형님은 다 같이 무릎을 꿇었고 사위들도 땅에 무릎을 꿇었으며, 공자의 어머님도 뒤에서 애통해하며 눈물을 흘렸다. 왕씨 어른도 심경에 변화가 생겨서 또한 울고 있었다.

왕정(王定)이 달려 나와서 말했다.

"삼숙(三叔), 지금 나리마님이 저기서 울고 계시는지라 나리마님을 가서 뵙기가 쉬울 것이니, 화내실 때까지 기다리지는 마세요."

왕정(王定)이 공자(公子)를 밀어 넣자, 공자가 바깥대청으로 나아가 무릎을 꿇고 말했다.

"아버님, 불효자식 왕경륭(王景隆)이 오늘 돌아왔습니다."

그 왕씨 어른이 두 손으로 눈에 어린 눈물을 닦으면서 말했다.

"염치도 없는 짐승 같은 그놈이 어디 가서 죽었는지도 알지 못한다.

북경성(北京城) 길거리에는 하는 일 없이 놀고먹는 부랑자가 제일 많다던데, 우연히 짐승 같은 놈의 얼굴 생김새와 닮은 자가 짐승 같은 놈인 체하며 집에 찾아와서 내 재물을 빼앗으려고 속이는 것이라면 하인들을 시켜 삼법사(三法司)로 잡아가서 죄를 묻도록 할 것이다."

공자(公子)가 밖으로 곧장 나가려 했다. 두 누나들이 중문(中門) 앞까지 뒤따라가서 막아서며 말했다.

"급살을 맞을 놈아, 너는 기다릴 것이지 어디로 간단 말이냐?"

삼관(三官)이 말했다.

"두 누님들, 나에게 길을 터주어서 목숨을 건지도록 해주세요."

두 누나들은 공자의 손을 놓으려 하지 않은 채 바깥대청까지 밀고 와서 양 무릎을 꿇어 앉혔다. 두 누나들이 손가락질을 하며 말했다.

"급살을 맞을 놈아, 어머님은 네 걱정 때문에 애간장이 찢어지시고 온 집안의 어른과 아이들은 너를 위해 우느라 눈이 침침한데, 그렇게도 걱정되지 않더냐!"

모두들 마음 아픈 광경에 눈물 흘리다가, 왕씨 어른이 호통을 치며 모두에게 울지 말라면서 말했다.

"나는 두 사위들의 말대로 저 짐승 같은 놈을 거두어줄 것이나, 내가 저놈을 어떻게 처벌해야 하겠느냐?"

다들 말했다.

"일단 화를 좀 푸신 뒤에 벌하십시오."

왕씨 어른은 고개를 가로저었다. 안방마님이 말했다.

"제게 맡기시면 때리겠습니다."

왕씨 어른이 말했다.

"몇 대를 때리도록 하면 좋겠느냐?"

다들 말했다.

"아버님 마음대로 몇 대라도 때리십시오."

왕씨 어른이 말했다.

"내 말대로 할 것이면 나를 만류해서는 안 될 것이니 100대를 때리도록 해라."

첫째누님과 둘째누님이 무릎을 꿇고 말했다.

"아버님의 엄명은 감히 저지할 수가 없으니, 저희들이 대신 맞게 용납해주세요."

첫째형님과 둘째형님이 각각 20대를 대신하기로 하였고, 첫째누님과 둘째누님도 각각 20대를 대신하기로 하였다. 왕씨 어른이 말했다.

"저 녀석을 20대 때려라."

첫째누님과 둘째누님이 말했다.

"매부들도 20대를 대신해 맞게 해주세요. 저 애가 이렇게 얼굴이 누렇고 비쩍 마른 것만 보아도, 몽둥이로 한 대인들 때릴 곳이 어디 있으세요? 살이 피둥피둥 찌고 나면 그때 때리셔도 늦지 않잖아요."

왕씨 어른이 웃으며 말했다.

"내 딸들아, 너희들 말이 맞구나. 저 짐승 같은 놈을 생각하면 천지자연의 이치도 끊고 양심도 저버렸으니, 저놈을 때린들 무슨 소용이 있겠느냐? 내 네놈에게 묻건대, '집에서 생활할 수 있는 재능이 없으면 천만금이 있어도 다 써 버린다.'고 했지만, 나는 이제 다시 관리가 될 수도 없고 돈을 벌 곳도 없으니, 무슨 장사를 해서 입에 풀칠이나마 하려느냐? 장사를 하려한다 해도, 나는 네놈에게 줄 밑천이 없다."

두 매부가 물었다.

"그 은자(銀子)가 얼마나 남았는가?"

하정암(何靜菴)과 유심재(劉心齋)가 바로 물었다.

"셋째처남, 은자가 얼마나 남았는가?"

왕정(王定)이 가죽가방을 들고 와서 여니, 죄다 금은 장신구와 그릇 등이었다. 왕씨 어른이 크게 노하며 욕했다.

"개 같은 놈아, 이것들을 다 어디서 훔쳤느냐? 얼른 자술서를 쓰고, 가문의 명예를 더럽히지 마라."

삼관(三官)이 큰 소리로 외쳤다.

"아버님, 노여움을 가라앉히시고 불초자식의 말을 들어보십시오."

그래서 처음에 옥당춘(玉堂春)을 만났다가 나중에 와서는 기생어미에게 어떻게 속임을 당해 죄다 빼앗겼던 것, 어떻게 은세공 장인 왕씨 덕분에 묵게 되었고 김가(金哥) 덕분에 소식을 알게 되었던 것, 옥당춘이 개인적으로 가지고 있던 은냥(銀兩)을 자기에게 주어서 고향으로 돌아왔고 이 장신구와 그릇 등도 모두 옥당춘이 준 것 등을 상세하게 한바탕 이야기했다. 왕씨 어른이 그 말을 듣고 꾸짖었다.

"염치없는 개 같은 놈아, 자기의 3만 냥이나 되는 은자(銀子)를 모두 탕진하고도 도리어 기생의 물건까지 받았으니, 어찌 부끄러워 죽지 않았느냐?"

삼관이 말했다.

"저는 그녀에게 강요한 적이 없었으며, 그녀가 진심으로 저에게 주고자 한 것입니다."

왕씨 어른이 말했다.

"이 일은 그만 되었다. 네 매부의 체면을 봐서 네놈에게 전답을 조금 줄 터이니, 네놈은 스스로 가서 밭을 갈고 씨를 뿌리며 농사나 지어라."

공자(公子)가 아무런 말을 하지 않자, 왕씨 어른이 화내며 말했다.

"왕경륭(王景隆), 네놈은 뭐라고 말을 하지 않는 것이냐?"

공자가 말했다.

"그 일은 소자가 해야 할 일이 아닙니다."

왕씨 어른이 말했다.

"그 일이 네놈이 할 일이 아니라면, 네놈은 또 기생집이나 가겠다는 것이냐!"

삼관(三官)이 말했다.

"소자는 책을 읽고자 합니다."

왕씨 어른이 웃으며 말했다.

"네놈은 이미 방탕해진데다 마음까지 들떠서 무슨 책을 읽겠느냐?"

공자가 말했다.

"소자가 이번에 돌아온 것은 책을 읽는 데에 전념하여 심혈을 기울이려는 것입니다."

왕씨 어른이 말했다.

"책 읽는 것이 좋다는 것을 이미 알았으면서도 무엇 때문에 이러한 못된 짓을 했단 말이냐?"

하정암(何靜菴)이 즉시 일어나 와서 말했다.

"셋째처남이 힘든 고초를 겪고는 이번에 내려오면서 예전의 잘못을 뉘우쳐 선한 사람이 되려고 하여 글을 읽는 데에 심혈을 기울이려는 듯합니다."

왕씨 어른이 말했다.

"당장 너희들의 말을 따라서 저 녀석을 글방으로 보내버려야겠으니, 사내종 2명을 보내어 저 녀석을 시중들게 해라."

즉시 사내종으로 하여금 삼관(三官)이 서원(書院)에 가는데 배웅하게 하였다. 두 매부가 다시 와서 말했다.

"셋째처남과 오랫동안 헤어져 있었으니, 바라건대 장인어른께서 붙잡아두어 저희들과 함께 술이라도 마시게 해주시면 좋겠습니다."

왕씨 어른이 말했다.

"어진 사위들아, 자네들이 이렇게 하는 것은 오히려 자식을 가르치는 방도가 아니니, 저 녀석을 멋대로 하게 해서는 안 되네."

두 사람이 말했다.

"장인어른의 말씀이 가장 적합할 듯합니다."

그리하여 장인과 사위 모두 실컷 술을 마시고는 몹시 취한 뒤에야 비로소 돌아갔다. 이런 종류의 부자(父子) 상봉은 분명 이러한 것이었다.

「달은 구름에 가리어도 다시 고운 빛깔 드러내고, 꽃은 서리에 상해도 다시 봄을 맞이하네.」

月被雲遮重露彩,
花遭霜打又逢春.

각설(却說). 공자가 서원에 들어와 쓸쓸히 혼자 앉았는데, 단지 책장에 가득한 시서(詩書), 필산(筆山 : 붓 받침대)과 연해(硯海 : 벼루)만 보였다. 탄식하며 말했다.

"책아, 서로 떨어진 지가 오래되어서 다만 익숙지 않고 어색하기만 하여 보지 않으려 하면, 어찌 과거에 급제하여 이름을 날리겠느냐? 반대로 옥저(玉姐)의 말을 저버리지 않고자 글을 읽으려 하면, 마음이 들뜨고 방탕해서 빨리 수습하기가 어렵구나."

공자(公子)가 잠깐 곰곰이 생각하더니 책을 가지고 와서 잠깐 읽었는데도 마음속에는 옥당춘(玉堂春) 생각뿐이었다. 갑자기 코에서 무슨 냄새가 나는 것 같고 귀에서 무슨 소리가 들리는 것 같아 서동(書童)에게 물어보았다.

"너도 이 책에서 무슨 냄새가 나느냐? 무슨 소리가 들리느냐?"

서동이 말했다.

"삼숙(三叔), 아무 냄새도 나지 않고 아무 소리도 들리지 않습니다."

공자가 말했다.

"나지도 들리지도 않는단 말이지? 아, 알고 보니 코로 맡은 것은 화장품의 냄새였고, 귀로 들은 것은 악기 연주 소리였다."

공자는 그때 생각이 떠올랐다.

'옥저(玉姐)가 당초 나에게 당부하기 위해 무슨 말을 하러 왔던가? 바로 나에게 심혈을 기울여 책을 읽으라고 했다. 그런데도 나는 지금까지 한 번도 책을 읽은 적이 없는 데다 마음에서 좀처럼 그녀를 떨쳐버릴 수가 없으니, 앉아도 불안하고 잠을 자도 편치 않으며, 차 마실 생각도 밥 먹을 생각도 전혀 없으며, 머리를 빗고 세수할 생각도 없고 정신도 흐리멍덩하기만 하구나.'

공자가 생각했다.

'어떻게 그녀를 만날 수 있겠는가?'

문밖으로 나서려다가 문득 대문 위에 걸려 있는 대련(對聯)를 보니, 「십년 동안 밝은 창 아래서 고생을 실컷 하면, 단번에 급제하여 천하에 알려질 이름을 얻는다.」고 쓰여 있었다.

"이것은 내 할아버지께서 써 놓으신 대련이다. 그 분은 회시(會試)에 급제하셨고 관직은 시랑(侍郞)에 이르셨다. 나중에 우리 아버지께서도 이곳에서 책을 읽으셨고 관직은 상서(尙書)에 이르셨다. 내가 이제 이곳에서 책을 읽고 있으니, 또한 공명을 이루어서 앞 분들의 뜻을 이어받아야겠다."

또 중문(中門) 위에도 대련이 있었으니, 「고생에 고생을 겪어보지 않고서는 큰 사람이 되기 어렵다.」고 쓰여 있었다. 공자(公子)는 바로 서재로 되돌아갔는데, 〈풍월기관(風月機關 : 음서)〉과 〈동방춘의(洞房春意 : 춘화 제목)〉가 눈에 띄었다. 공자는 '이 두 책들이야말로 나의 마음을 어지럽힌 것이다.'고 스스로 생각하고서 불을 가져다가 그것들을 태웠다. 또 깨어진 거울과 나눈 비녀들을 모두 치워놓고서 마음을 되돌려 바로잡고 뜻을 세워 열심히 공부하였다.

어느 날, 서재에 불이 없자 서동(書童)이 불을 가지러 밖으로 나갔다. 왕씨 어른이 마침 앉아 있다가 서동을 불렀다. 서동이 앞으로 가까이 가 무릎을 꿇었다. 왕씨 어른이 문득 물었다.

"삼숙(三叔)이 요즈음 잠깐이라도 열심히 공부한 적이 없느냐?"

서동이 말했다.

"아뢰건대 나리마님께서도 알고 계시겠지만, 삼숙이 처음에는 도무지 책을 읽으려고 하시지 않은 채 이것저것 잡생각만 하시면서 마른 장작처럼 말랐었습니다. 그러나 최근 반년 동안에는 온종일 책을 읽으셨는데, 저녁에는 3경까지 읽고 나서야 비로소 겨우 잠이 들어 5경이면 바로 일어나시며, 아침밥을 먹을 때에 이르고 나서야 비로소 겨우 세수를 하시고 입으로는 밥을 먹고 있으면서도 눈은 책에서 떼지 않았습니다."

왕씨 어른이 말했다.

"이놈아[奴才], 네놈이 잘도 거짓말을 한다만 내가 직접 가서 보아야겠구나."

서동(書童)이 소리쳤다.

"삼숙(三叔), 나리마님께서 오셨습니다."

공자(公子)가 침착하고도 조용하게 아버지를 맞이하자, 왕씨 어른은 내심 기뻤다. 그의 걸음걸이가 침착하고 점잖은 것만 보아도 학식을 알아볼 수가 있었으리라. 왕씨 어른이 정면으로 앉자, 공자가 인사를 드렸다. 왕씨 어른이 말했다.

"내가 읽으라고 한 책들을 읽지 않았느냐? 내가 내주었던 문제들을 얼마나 했느냐?"

공자가 말했다.

"아버님께서 엄명으로 저에게 읽으라고 하신 책들은 모두 읽었고, 내주신 문제들도 모두 했지만 남은 힘이 있어 성현의 글과 역사책까지 두루 읽고 있습니다."

왕씨 어른이 말했다.

"네가 지은 문장들을 가지고 와서 보여라."

공자는 자신이 지은 문장들을 꺼내어 드렸다. 왕씨 어른이 그가 지은 문장들을 보았는데, 한 편이 다른 편보다 더 나아지고 있으니 내심 몹시 기뻐서 말했다.

"경륭(景隆)아, 과거에 응시해 보아라."

공자가 말했다.

"소자가 겨우 며칠 책을 읽었는데, 감히 과거에 급제하기를 바라겠습니까?"

왕씨 어른이 말했다.

"한 번에 급제한 사람도 많지만 두 번째에 급제한 사람은 더욱 많다. 과거시험 치러가서 시험장 분위기를 봐두면, 다음 과거에는 급제하기 쉬울 것이다."

왕씨 어른은 곧 서한을 써서 제학(提學)과 찰원(察院)에 보내어, 공자(公子)가 과거(科擧 : 향시)를 볼 수 있도록 하였다. 마침내 8월 9일이 되었는데, 첫 번째 시험이 지나간 뒤에 제출했던 문장을 베껴 아버지가 보시도록 보냈다. 왕씨 어른이 기뻐하며 말했다.

"이것이 팔고문(八股文) 7편이니, 합격하는데 무슨 어려움이 있겠는가?"

이장(二場 : 두 번째 시험)과 삼장(三場 : 세 번째 시험)까지 모두 끝내니, 왕씨 어른은 또 그의 후장(後場 : 삼장) 답안지를 보고서 기뻐하며 말했다.

"평범한 거인(擧人 : 급제자)이 되는 것이 아니라 반드시 해원(解元 : 장원급제자)일 것이다."

이야기는 두 갈래로 갈라진다. 각설(却說)하고 옥저(玉姐)가 백화루(百花樓)로 올라간 뒤로는 한 번도 내려온 적이 없었다. 어느 날 무료하자, 계집종을 불렀다.

"바둑을 가져와서 나랑 두어보자."

계집종이 말했다.

"저는 바둑을 둘 줄 몰라요."

옥저가 말했다.

"그러면 쌍륙(雙陸)이나 놀아보자."

계집종이 말했다.

"그것도 둘 줄 몰라요."

옥저는 바둑판과 쌍륙(雙陸)을 다 바닥판에 내던지고 말았다. 계집종이 옥저의 눈에 어린 눈물을 보자마자 급히 밥상을 가져오면서 말했다.

"저저(姐姐 : 아가씨), 어제 저녁부터 식사를 하지 않았으니 간식이라도 드세요."

옥저가 간식을 가져와서 둘로 나누었다. 오른손으로는 한 덩어리를 집어 먹으면서, 왼손으로는 다른 덩어리를 집어 공자(公子)로 여겨 주었다. 계집종은 받으려고 해도 선뜻 나설 수가 없었다. 옥저(玉姐)는 갑자기 눈을 떴지만 공자가 보이지 않자 그 다른 덩어리의 간식을 바닥판에 떨어뜨리고 말았다. 계집종이 다시 급히 뜨거운 탕 한 그릇을 가져다주면서 말했다.

"밥이 말랐으니 뜨거운 탕 좀 드세요."

옥저는 간신히 탕 한 모금을 마시니 눈물이 샘물처럼 솟아나 그릇을 도로 내려놓으면서 물었다.

"밖에 무슨 소리이냐?"

계집종이 말했다.

"오늘은 추석 명절이라서 사람들이 달구경도 하고 곳곳에서 악기를 연주하며 노래를 부르고 있는데, 우리집의 취향(翠香)과 취홍(翠紅) 아가씨들도 모두 손님이 있습니다."

옥저가 그 말을 듣고 입으로는 비록 말을 하지 않지만 마음속으로 생각했다.

'가가(哥哥)가 이제 떠나간 지가 1년이 되었구나.'

계집종에게 거울을 가져오라고 하여 한번 비춰보더니 갑자기 깜짝 놀라면서 말했다.

"어찌하여 이 모양으로 비쩍 말랐단 말인가?"

그 거울을 침상 위에 내던지고는 길게 한숨을 짓다가 짧게 탄식을 하더니 문 앞까지 가서 계집종을 불렀다.

"의자를 가져오면, 내가 여기서 잠깐 앉아 있을게."

한참 앉아 있는데, 단지 밝은 달이 높이 떠 있는 것만 보였다. 성문 위에 세워진 망루(望樓)에서 시간을 알리는 북소리가 울리니, 옥저가 계집종을 불렀다.

"네가 향촉(香燭)을 꾸려서 가져오면 오늘이 8월 15일 곧 저부(姐夫)가 삼장(三場 : 세 번째 시험)을 치르는 날이니, 내가 향 한 대라도 피워서 그 분을 잘 보살펴 달라고 빌어야겠다."

옥저(玉姐)가 내려와서 안뜰 앞에 꿇어앉으며 말했다.

"천지신명(天地神明)이시여, 오늘은 8월 15일인데 저의 가가(哥哥) 왕경륭(王景隆)이 삼장(三場)을 치르는 날이니, 그가 장원급제하여 명성이 온 천하에 떨치기를 기원하나이다."

축원을 마치고 정성스레 큰 절을 4번 하였다. 이를 증명하는 시가 있다.

「달을 향해 향을 사르고 하늘에 기도드리나니, 어느 때나 가슴속의 억울함을 풀 수 있으리까. 왕랑(王郎)께서 언젠가는 과거에 급제하면, 이생에서 맺은 좋은 인연이 헛되지 않으리다.」

> 對月燒香禱告天,
> 何時得洩腹中冤.
> 王郎有日登金榜,
> 不枉今生結好緣.

각설(却說)。서루(西樓)에 손님 한 명이 있는데, 산서(山西) 평양부(平陽府) 홍동현(洪同縣) 사람으로 은자(銀子) 만 냥을 가지고 북경(北京)에 말을 사러 온 장사꾼이다. 이 사람은 성씨는 심(沈)이요 이름은 홍(洪)인데, 옥당춘(玉堂春)의 명성을 들었기 때문에 특별히 만나러 온 것이었다. 늙은 기생어미가 그에게 돈이 있는 것을 보고서 취향(翠香)을 옥저로 분장시켜 며칠을 어울리게 했지만, 심홍(沈洪)은 옥저가 아닌 것을 알고 간절히 한번 만나기를 원했다. 이날 밤에 계집종이 내려가 불을 가져와 옥저와 함께 향을 사를 것이었다. 취홍(翠紅)이 쓸데없는 말을 참지 못하고 곧 해버렸다.

"심 저부(沈姐夫), 당신이 날마다 그리워하는 옥저(玉姐)가 오늘 밤에 내려와 안뜰에서 향을 사를 것이니, 저와 같이 살그머니 엿보십시다."

심홍(沈洪)이 3전(錢)짜리 은자(銀子)로 계집종을 매수하여 소리 없이 뒤따라 백화루(百花樓) 아래까지 가니, 달이 밝아서 자세히 볼 수 있었다. 옥저가 절 다하기를 기다렸다가 쫓아나가서 말을 건넸다. 옥저가 깜짝 놀라면서 물었다.

"누구십니까?"

대답하였다.

"저는 산서성(山西省)의 심홍으로 수만 냥의 밑천을 가지고 이곳에 말을 사러왔다가 오랫동안 옥저의 명성을 흠모하였지만 직접 보지 못했소. 오늘에서야 만나니, 마치 검은 구름을 헤치고 푸른 하늘을 보는 것 같소. 옥저가 마다하지 않으신다면 함께 서루(西樓)에 가서 한번 만나기를 바라오."

옥저가 성을 내며 말했다.

"나는 당신과 평소에 안면이 없는데, 이 깊은 밤에 무슨 연유로 자기 재산이나 자랑하면서 함부로 말썽을 일으키는 것입니까?"

심홍이 다시 간청하면서 말했다.

"왕 삼관(王三官)도 단지 사람일 뿐이고 나도 사람이오. 그도 돈이 있지만 나도 또한 돈이 있소. 그런 자식이 나보다 낫다는 것이오?"

말을 끝내고는 곧바로 앞으로 나아가서 옥저를 두 팔로 껴안으려 했다. 봉변을 당할 뻔한 옥저는 달빛이 비친 그의 얼굴에 침을 한 번 뱉고는 서둘러 올라가서 문을 닫으며 계집종을 욕하였다.

"간이 퍽이나 크구나. 어찌하여 저런 들개 같은 놈을 들였느냐?"

심홍은 무안하여 스스로 가버렸다. 옥저가 생각해보니, 취향(翠香)과 취홍(翠紅) 두 계집애가 그에게 알려준 것이 분명하였다. 다시 욕하였다.

"음탕한 년, 막된 년, 너희들이 마음에 꼭 드는 손님을 받으면 좋았을 것인데, 어찌하여 나를 귀찮게 하느냐?"

한바탕 욕을 하고는 목 놓아 슬피 울며 말했다.

"다만 우리 가가(哥哥)가 있을 때였더라면, 저런 천한 것들이 감히 나를 희롱이나 하였겠는가?"

화도 나고 괴롭기도 하여 생각할수록 분하였다. 바로 이러하였다.

「잊을 수 없는 사람이 떠난 뒤 만날 기약이 없지만, 다른 손님이 올 때는 부를 필요가 없었도다.」

可人去後無日見,
俗子來時不待招.

각설(却說). 삼관(三官)이 남경(南京)에서 향시(鄕試)의 마지막 시험을 마치고 별일 없이 한가롭게 앉아 날마다 옥저(玉姐) 생각만 하고 있었다. 남경에도 본사원(本司院 : 기생방)이 있지만 공자(公子)는 두 번 다시 가서 돌아다니지 않았다. 29일 합격자를 발표하는 날에도 공자는 삼경(三更)까지 그리워하다가 그 이후에야 비로소 겨우 잠들었다. 밖에서 희소식을 전하는 말이 들려왔다.

"왕경륭(王景隆)이 4등으로 합격하였다."

삼관이 꿈결에 그 소식을 듣고서 일어나 머리를 빗고 세수를 하고는 채찍을 휘두르며 말에 올라탔다. 앞뒤로 둘러싸여서 녹명연(鹿鳴宴)에 참석하러 갔다. 부모님, 형님들과 형수님들, 매형들과 누님들은 기뻐서 한 덩어리가 되어 여러 날 계속 축하 잔치를 벌였다. 공자는 주관 시험관[主考]에게 감사를 드리고 제학(提學)에게도 작별 인사를 하고는 조상의 묘를 성묘하고 부모님께 편지글을 썼다.

「아뢰오니 부모님께서 알고 계시듯 소자가 조금 일찍 북경(北京)으로 가서 외지고 조용한 곳에 머물며 몇 달 공부하여 회시(會試)에 응시하는 것이 좋겠습니다.」

부모는 옥당춘(玉堂春)을 걱정하는 공자(公子)의 본심을 뻔히 알면서도 과거(科擧 : 향시)에 급제하였으니 할 수 없이 따라야 했다. 첫째아들과 둘째아들을 불러와 말했다.

"경륭(景隆)이 북경에 가서 회시를 응시하겠다며 어제는 조상의 묘를 성묘까지 하였으니, 얼마를 인정으로 베풀어야겠느냐?"

첫째아들이 말했다.

"그저 300냥 정도면 될 듯합니다."

왕씨 어른이 말했다.

"그 정도는 그 녀석이 인정 베푸는 데에만 족할 것이니, 특별히 일이백 냥을 더 주어 가져가게 해라."

둘째아들이 말했다.

"아버님께 감히 아뢰옵니다만, 그렇게 많은 은자(銀子)를 쓰게 해서는 안 될 듯합니다."

왕씨 어른이 말했다.

"네가 어찌 알랴마는, 나와 같은 해에 급제한 사람들[同年]의 문하생들이 북경에 꽤 많이 있으니 오가다가 만나기라도 하면 돈이 없어서는 안 될 것이다. 그 녀석의 수중이 넉넉해지면 글을 읽는 것도 흥이 생길 것이다."

경륭으로 하여금 여장을 꾸리도록 하고, 흉금을 터놓을 수 있는 동년(同年) 두세 사람과 약속해 두었다. 또 하인에게 분부하여 장 선생(張先生 : 점쟁이) 집에 가서 길일을 잡아보게 하였다. 공자는 한시라도 지체하지 않고 곧바로 북경(北京)으로 가기를 간절히 바랐는지라, 몇 명의 친구를 부르고 배 한 척을 빌리고는 즉시 부모님께 인사드리고 형들과 형수들에게 작별인사를 하였다. 두 매부들은 십리장정(十里長亭)에까지 친지와 친구들을 초대하여 술을 마시면서 작별하였다. 공자(公子)가 배에 올라 너무 기뻐서 덩실덩실 춤을 추니, 어디로 가야할지를 알지 못하였다. 뱃사람들은 그의 뜻을 이해하지 못했지만, 공자는 마음속으로 삼저(三姐) 옥당춘(玉堂春)만 생각하고 있었던 것이다. 하루가 못 되어 제녕부(濟寧府)에 도착하였고, 배에 실려 있는 짐을 강기슭에 내린 일은 더 이상 말하지 않겠다.

재설(再說). 심홍(沈洪)은 추석날 밤에 옥저(玉姐)를 본 후로 지금까지 아침저녁으로 그녀 생각에 침식을 잊고 있다가 부르짖었다.

"두 어진 아가씨들아, 오직 그 원수 같은 옥저가 나를 가슴앓이하게 해 숨이 끊어지려 하고 이리저리 고통스레 번민하니, 두 아가씨들이 내가 단신으로 외지에 있어서 눈을 들어도 친척이라고는 없음을 가련하게 여겨 내 대신 옥저를 권면하여 단 한번일망정 만나라고 해주면, 비록 죽어 구천(九泉)에 있을지라도 감히 두 아가씨가 나의 목숨을 살려준 은혜를 잊지 않을 것이오."

말을 끝내고 두 무릎을 꿇어앉았다. 취향(翠香)과 취홍(翠紅)이 말했다.

"심 저부(沈姐夫), 당신은 일단 일어나세요. 우리도 감히 옥저에게 그런 말을 하지 못합니다. 당신도 추석날 밤에 우리들에게 못 참을 정도로 욕하는 것을 보지 않으셨습니까? 우리 어미가 오기를 기다렸다가 당신이 어미에게 부탁해 보세요."

심홍이 말했다.

"두 어진 아가씨들아, 내 대신 그대의 어머니를 나오게 해주오."

취향이 말했다.

"당신이 내 앞에서 무릎을 꿇고 계속하여 큰 소리가 나도록 머리를 120번 땅에 조아려 보세요."

심홍(沈洪)이 황망히 무릎을 꿇고 머리를 땅에 조아렸다. 그러자 취향(翠香)은 즉시 곧바로 가서 심홍의 말을 늙은 기생어미에게 전하였다. 늙은 기생어미가 서루(西樓)로 가서 심홍을 만나 물었다.

"심 저부(沈姐夫), 이 늙은이를 무슨 일로 부른 것이오?"

심홍이 말했다.

"별다른 일이 아니라, 다만 옥당춘(玉堂春)을 손에 넣지 못했기 때문이오. 당신이 만약 나를 도와 이 일을 성사시켜 준다면, 금은(金銀)은 말할 것도 없고 목숨을 바쳐도 갚기가 어려운 것이오."

늙은 기생어미가 그 말을 듣고 입으로 말하지 않은 채 마음속으로 생각했다.

'내가 지금 만약 그의 부탁을 들어준다 해도 혹시 셋째[三兒]가 원하지 않으면 나로 하여금 어떻게 하란 것이야? 만약 들어주지 않으면 그의 은자(銀子)를 어떻게 속여서 빼낼 수 있단 말인가?'

심홍이 늙은 기생어미가 주저하며 말하지 않는 것을 보고서, 문득 취홍(翠紅)을 보았다. 취홍이 눈짓을 하며 아래층으로 내려가자, 심홍이 바로 그녀를 뒤따라 내려갔다. 취홍이 말했다.

"시쳇말에 '기생은 멋진 도련님을 좋아하고, 기생어미는 돈을 좋아한다.'고 하는데, 당신은 조금 더 많은 은자(銀子)를 가지고 와서 어미의 마음을 움직이면, 어미가 심혈을 기울이지 않을까 걱정하지 않으셔도 될 것입니다. 어미는 많은 돈을 쓰는 분이라서, 만약 돈이 적으면 안중에도 두지 않을 것입니다."

심홍이 말했다.

"얼마이면 되겠소?"

취향(翠香)이 말했다.

"적어서는 아니 됩니다. 바로 천 냥을 드리면 비로소 겨우 이 일을 이룰 수 있을 것입니다."

심홍(沈洪)의 운명도 그르쳤으니, 마치 귀신에라도 홀린 것처럼 취향의 말대로 곧장 천 냥의 은자를 가져오고야 말았다. 심홍이 말했다.

"기생어미! 돈 여기 있소."

늙은 기생어미가 말했다.

"이 은자를 늙은이가 임시로 받아놓기는 하오만, 당신은 그러나 성급하게 굴지 말고 늙은이가 천천히 설득할 때까지 기다리시오."

심홍이 감사의 절을 하며 말했다.

"소인은 조마조마한 마음으로 기다리겠소."

바로 이러하였다.

「화류계(花柳界)의 제갈량에게 부탁해 놓고, 기생방 옥당춘을 도모하려 하네.」

請下煙花諸葛亮,
欲圖風月玉堂春.

차설(且說)。열세 곳의 성(省)에서 향시(鄕試)에 합격한 사람들의 이름을 적은 방문(榜文)이 오문(午門) 앞에 내걸리자, 은세공 장인 왕씨가 김가(金哥)를 맞이하며 말했다.

"왕 삼관(王三官)이 설마 아직까지도 합격하지 않았겠는가?"

두 사람은 오문 앞에 남경(南京)의 방문이 내걸린 곳까지 가서 살펴보니, 해원(解元)은 《서경(書經)》으로 하였고 밑으로 4번째는 바로 왕경륭(王景隆)이었다. 은세공 장인 왕씨가 말했다.

"김가야, 됐어. 삼숙(三叔)이 4등으로 합격하였네."

김가(金哥)가 말했다.

"글자를 알아보지 못할까 염려스러우니 확실히 잘 보아요."

은세공 장인 왕씨가 말했다.

"네 말은 사람을 만만하게 보는 것 같은데, 나는 글 읽기를 그래도 《맹자(孟子)》까지 읽었으니 설마 이 이름 석 자도 알아보지 못하겠는가만, 네 좋을 대로 누구를 불러서 봐달라고 해라."

김가는 그 말을 듣고서 몹시 기뻐하였다. 두 사람은 향시록(鄕試錄 : 향시 합격자 명부) 한 권을 사서 본사원(本司院)으로 달려가 옥당춘(玉堂

春)에게 알려주며 말했다.

"삼숙(三叔)께서 향시에 합격하였소."

옥저(玉姐)가 계집종에게 향시록을 가지고 올라오게 하여 펼쳐 보니, 윗줄에 '제4등 왕경륭'이라고 쓰여 있었고 '응천부(應天府) 유사(儒士), 《예기(禮記)》'라고 주(註)가 달려 있었다. 옥저는 백화루(百花樓) 문으로 걸어 나와 계집종으로 하여금 빨리 향안(香案)을 차리게 하여서 천지신 명께 감사의 절을 올렸다. 일어나서 먼저 은세공 장인 왕씨에게 감사 하였고 몸을 돌려서 김가에게도 감사하였다. 깜짝 놀란 망팔(亡八)과 기생어미는 혼이 빠진 채로 서로 의논하며 말했다.

"왕삼(王三)이 과거에 급제하였으니 오래지않아 북경(北京)으로 와서 대가를 치르지 않고 거저 옥당춘(玉堂春)을 데려가려 할 텐데, 그렇게 되면 사람도 재물도 모두 잃는 것이 아니겠는가? 셋째[三兒]가 그 고로 (孤老 : 샛서방)에게 결코 좋게 말할 리가 없다고 해서 잘잘못을 이러쿵 저러쿵 가리자면, 그로 하여금 지난날의 복수를 하도록 하는 것이니 이 일을 어찌해야 하겠는가?"

기생어미가 말했다.

"먼저 손을 쓰는 것이 좋겠어요."

망팔(亡八)이 말했다.

"어떻게 손을 쓸 것이오?"

늙은 기생어미가 말했다.

"우리들이 이미 심 관인(沈官人)에게 천 냥의 은자(銀子)를 받았으니, 이제 다시 그에게 천 냥을 더 받고 조금 싼 가격으로 팔아넘깁시다."

망팔이 말했다.

"셋째가 원하지 않으면 어쩔 것이오?"

기생어미가 말했다.

"내일 돼지도 잡고 양도 잡고 한 탁자 어치의 지전(紙錢)도 사서 동악묘(東嶽廟)에 가 제사를 지내는 척하며 지전을 태우면서 맹세하기를, 우리집 기생들을 모두 기적(妓籍)에서 벗어나게 시집보내어 다시는 화류계의 골목에 있지 않도록 하겠다고 해요. 셋째 년[小三]이 만약 기적에서 벗어나게 시집보낸다[從良]는 한 마디 말을 들으면 반드시 동악묘에 가서 향을 사르겠다고 할 것이에요. 심 관인으로 하여금 먼저 가마를 준비해놓으라고 했다가, 길목에서 가마에 태워 둘러메고 산서(山西)로 가라고 하지요. 공자(公子)가 그때에 오더라도 그의 정인(情人)이 보이지 않으면 마음이 곧 식을 것입니다."

망팔이 말했다.

"그것 참 교묘한 계책이오."

바로 은밀히 심홍(沈洪)과 서로 의논하였고, 또 그에게서 천 냥의 은자(銀子)를 더 받아냈다.

다음날 아침에 계집종이 옥저(玉姐)에게 알렸다.

"우리집에서 돼지도 잡고 양도 잡아서 동악묘에 갑니다."

옥저가 물었다.

"무엇 때문에?"

계집종이 말했다.

"어미의 말씀을 들을 수 있었는데, '왕 저부(王姐夫)가 과거에 급제하였으니 아마 북경(北京)으로 와서 복수할 것인지라, 오늘 사당에 가서 발원(發願 : 다짐성 맹세)하여 우리집 기생들을 모두 기적에서 벗어나게 시집을 보내야겠다.'고 했어요."

옥저(玉姐)가 말했다.

"진짜냐? 가짜냐?"

계집종이 말했다.

"사실입니다. 어제 심 저부(沈姐夫)도 다 작별하고 돌아갔어요. 이제 다시는 손님을 받지 않는다고 했어요."

옥저가 말했다.

"기왕 이렇게 된 이상, 너는 어미에게 나도 같이 가서 향을 사르겠다고 말해줘야겠구나."

늙은 기생어미가 말했다.

"셋째[三姐]야, 너도 가려거든 얼른 머리 빗고 세수하고 있어라. 내가 가마를 불러서 너를 태워 가마."

옥저가 머리를 빗고 화장을 하며 치장하고는 늙은 기생어미와 함께 문을 나섰다. 마침 네 사람이 빈 가마 한 채를 들고 있었다. 늙은 기생어미가 문득 물었다.

"이 가마는 빌릴 수 있는 것이오?"

가마꾼이 말했다.

"그러합니다."

늙은 기생어미가 말했다.

"여기서 동악묘(東嶽廟)까지 빌리는 가격이 얼마요?"

가마꾼이 말했다.

"메고 갔다가 메고 오는데 1전(錢) 은자(銀子)입니다."

늙은 기생어미가 말했다.

"단 5푼이면 되겠네."

가마꾼이 말했다.

"그렇게 하겠으니, 어르신께서는 가마에 오르시죠."

늙은 기생어미가 말했다.

"내가 타는 것이 아니고 내 딸이 탈 것이오."

옥저(玉姐)가 가마에 오르자, 가마꾼 두 사람은 둘러메어 동악묘(東嶽

廟)로 가지 않고 곧장 서문(西門)으로 가버렸다. 몇 리를 가다가 높은 고개에 이르러서 방향을 틀어 어떤 곳으로 가자, 옥저가 고개를 돌려 보니 심홍(沈洪)이 뒤에서 노새를 타고 오는 것이 보였다. 옥저가 크게 소리를 지르며 말했다.

"야! 설마 망팔(亡八)과 기생어미가 나를 훔쳐 판 것이더냐?"

옥저가 욕을 퍼부었다.

"너희 이 개 같은 도적놈아, 나를 어디로 메고 가는 것이냐?"

심홍이 말했다.

"어디로 가긴? 내가 당신을 데려가기 위해 2천 냥의 은자로 사서 산서성(山西省)에 있는 집으로 가는 것이오."

옥저는 가마에서 크게 소리 내어 울었고 욕하는 소리도 끊이지 않았다. 그 가마꾼들은 옥저를 들고 나는 듯이 가고 있었다.

하루 종일 갔더니, 날은 이미 저물었다. 심홍은 주점의 방 하나를 잡아 합환주(合歡酒)를 차려놓고는 동방화촉(洞房華燭)의 즐거움을 기대하고 있었다. 그러나 옥저에게 말만 걸어도 욕하고 건드리기만 해도 때릴 줄을 누가 알았으랴. 심홍은 주점에서 사람이 많은 것을 보고 체면을 구길까 염려하여 생각하였다.

'독안에 든 쥐와 같으니 설사 도망을 갈까마는, 당분간 며칠을 참고 집에만 가면 나를 따를 수밖에 없으니 무슨 걱정이겠는가?'

그리하여 도리어 옥저(玉姐)에게 좋은 말로 비위나 맞춰주며 건드리지 않았다. 옥저가 종일 목 놓아 울었으니, 스스로 말할 필요가 없었을 것이다.

각설(却說)。 공자(公子)가 북경(北京)에 도착하자마자 바로 짐을 주점에 맡기고는 스스로 하인 2명을 데리고 곧장 은세공 장인 왕씨 집으로 가서 옥당춘(玉堂春)의 소식을 탐문하였다. 은세공 장인 왕씨가 공자에게 앉으라고 권하면서 말했다.

"뵈었으니 술대접을 해야 할 것이거늘, 일단 술 석 잔을 마시고 안주를 드시면 천천히 알려드리겠습니다."

은세공 장인 왕씨가 곧바로 술을 가져와 따라 올렸다. 삼관(三官)은 사양하기가 쉽지 않아 연이어 석 잔을 마시고 나서 다시 물었다.

"옥저는 혹 내가 온 것을 알지 못하는 것이오?"

은세공 장인 왕씨가 말했다.

"삼숙(三叔)께서 기분이 좋으시니 다시 술 석 잔을 더 마십시오."

삼관이 말했다.

"됐소, 그만 마시겠소."

은세공 장인 왕씨가 말했다.

"삼숙과 오랫동안 헤어졌던 터라, 다만 몇 잔 술 더 드시는 것을 너무 사양하지 마십시오."

공자도 다시 몇 잔을 더 마시고 물었다.

"요즈음 옥저를 본 적이 있소, 없소?"

은세공 장인 왕씨도 다시 말했다.

"삼숙, 일단 그 일일랑 묻지 마시고 다시 술 석 잔을 더 드십시오."

공자(公子)는 마음속에 의심이 일어서 몸을 일으키며 말했다.

"무슨 일이 생겼으면 길게든지 짧게든지 분명하게 말해서, 나를 답답하게 만들지 마오."

은세공 장인 왕씨는 오로지 술만 권할 뿐이었다. 한편, 김가(金哥)가 문 앞을 지나다가 공자가 안에 있는 것을 알고 들어와서 머리를 조아리며 축하하였다.

삼관(三官)이 김가에게 물었다.

"삼심(三嬸)이 최근에 어떻게 지내느냐?"

김가는 나이가 어려서 쓸데없는 말을 하였다.

"팔렸습니다."

삼관이 다급하게 물었다.

"누구에게 팔렸느냐?"

은세공 장인 왕씨가 힐끗 김가에게 눈길을 주자, 김가가 입을 다물어 버렸다. 공자가 고집스럽게 끝까지 따져 물으니, 두 사람이 속여 넘길 수가 없어서 말했다.

"삼심(三嬸)이 팔렸습니다."

공자가 물었다.

"언제 팔렸소?"

은세공 장인 왕씨가 말했다.

"한 달쯤 되었습니다."

공자가 그 말을 듣고는 쓰러지며 머리를 먼지가 있는 땅바닥에 부딪치자, 두 사람이 재빨리 부축해 일으켰다. 공자가 김가에게 물었다.

"어디로 팔려갔느냐?"

김가가 말했다.

"산서성(山西省)에서 온 손님인 심홍(沈洪)에게 팔려갔어요."

삼관(三官)이 말했다.

"삼심(三嬸)이 당장 어째서 가려고 했단 말이냐?"

김가(金哥)가 천천히 말을 꺼냈다.

"기생어미가 거짓으로 기적에서 벗어나게 시집보낸다[從良]고 하며 돼지도 잡고 양도 잡아 동악묘(東嶽廟)에 가는데 삼심을 속여 같이 가서 향을 사르자고 해놓고는, 비밀리에 심홍(沈洪)과 약속하여 가마를 빌렸다가 삼심을 태워 둘러메고 가버렸으니 어디로 갔는지 행방을 알지 못합니다."

공자(公子)가 말했다.

"망팔(亡八)이 나의 옥당춘(玉堂春)을 훔쳐 팔았겠다! 내 그와 결판을 내야겠구나!"

그때 김가를 불러 뒤따르게 하며 하인들을 거느리고 곧장 본사원(本司院)으로 가서 안으로 들어가자, 망팔은 눈치가 빨라서 달아나 숨어버렸다. 공자가 여러 계집종들에게 물었다.

"너희 집 옥저(玉姐)는 어디 있느냐?"

아무도 감히 대답하지 못했다. 공자는 성내었다가 방안에 숨어 있는 기생어미를 찾아내어 꽉 붙잡고서 하인들에게 때리라고 하였다. 김가가 그만두게 설득하였다. 공자(公子)는 곧장 백화루(百花樓)에 올라가서 비단 휘장을 보니 더욱 더 화가 치밀었다. 옷상자들을 죄다 때려 부수며 화내다가 멍하니 서 있었다. 계집종에게 물었다.

"저저(姐姐)가 어느 집으로 시집갔느냐? 똑바로 말하기만 하면 너를 때리지 않을 것이다."

계집종이 말했다.

"향을 사르러 간다며 길을 떠났다가 어떻게 남몰래 팔렸는지 알지 못합니다."

공자(公子)는 눈에 가득 고인 눈물을 흘리며 말했다.

"원가(冤家 : 애인에 대한 애칭)가 정실인지 소실인지도 알지 못하느냐?"

계집종이 말했다.

"그 사람의 집에는 이미 부인이 있다고 했어요."

공자는 그 말을 듣고 마음속으로 몹시 노하여서 원수로 여기듯 욕을 했다.

"기둥서방[亡八] 놈아, 화냥년[淫婦]아, 참으로 어질지도 못하고 부끄러움도 없구나."

계집종이 말했다.

"옥저(玉姐)는 이제 다른 사람에게 시집을 가버렸는데 그래도 그녀를 끔찍이 아끼십니까?"

공자가 눈에 가득한 눈물을 줄줄 흘리면서 마침 말하려던 참인데, 갑자기 친구가 찾아온다는 것이었다. 김가(金哥)가 권면하였다.

"삼숙(三叔)께서는 그만 화내십시오. 삼심(三嬸)이 어쩌다가 여기에 있지 않으나, 당신이 아무리 울어도 그녀는 알지 못할 것입니다. 지금 많은 상공(相公 : 귀공자)들이 마침 주점으로 만나기 위해 찾아갔다가, 공자께서 여기에 계신다고 하니 모두 여기로 오신다고 합니다."

공자는 그 말을 듣고 친구들의 웃음거리가 될까 염려되어 곧바로 일어나서 주점으로 돌아왔다. 공자는 마음속이 우울해져 과거에 응시하고픈 마음이 없자, 짐을 꾸려서 집으로만 돌아가려고 하였다. 친구들이 이 소식을 듣고 모두 찾아와서 권면하였다.

"순경(順卿) 형, 공명은 큰일이지만 기생은 하찮은 일이니, 거기서 기생 때문에 공명을 구하지 않을 까닭이 있는가?"

공자가 말했다.

"자네들은 알지 못하겠지만, 내가 분연히 뜻을 세워 열심히 공부할 수 있었던 것은 모두 옥당춘(玉堂春)이 말로 나를 격려해주었기 때문이네. 원가(冤家 : 애인에 대한 애칭)가 나 때문에 갖은 고초를 겪었는데, 내 어찌 쉽게 내버려두겠는가?"

친구들이 말했다.

"순경(順卿) 형, 만일 자네가 회시(會試)와 전시(殿試)에 연달아 급제한다면, 다행히 그곳에 있기만 하다면야 만나는 것이 어찌 어렵겠는가? 그러나 자네가 만약 집으로 되돌아가 걱정으로 병이라도 얻는다면, 부모님께 마음 졸이도록 할 것이고 친구들로부터 비웃음과 업신여김을 받을 것이니, 자네에게 무슨 이로움이 있겠는가?"

삼관(三官)은 스스로 생각하였다.

'말인즉 가장 옳으니, 만일 혹시라도 운이 좋아서 급제하여 산서성(山西省)에 가게 된다면 평생의 소원을 이룰 수 있을 것이다.'

친구들이 권면한 몇 마디의 말이 공자(公子)를 깨닫게 한 것이다. 회시의 날짜가 되었다. 공자는 삼장(三場 : 殿試)까지 치렀는데, 아닌 게 아니라 합격자 명부에 제2급 8번째로 올랐으니 형부(刑部)에서 정사(政事)를 살피게 되었다. 3개월 후에 진정부(眞定府)의 이형관(理刑官)으로 뽑혀 가게 되자, 곧바로 가마를 보내어 부모님 및 형들과 형수들을 모셔오려 하였다. 부모님은 오시지 않고 편지를 보냈으니, 이러하다.

「너는 근면하고 신중하며 공정하고 청렴한 관리가 되어라. 네가 혼기가 찼는데도 아직 혼인하지 않은 것이 염려되어 이미 유 도당(劉都堂)의 딸에게 청혼하였는데, 며칠 안에 네 임지로 보낼 터이니 혼인하도록 해라.」

공자는 일편단심 옥당춘만을 생각하고 있었는지라, 결혼한다는 것이 전혀 기쁘지가 않았다. 바로 이러하다.

「이미 노류장화를 부인으로 삼았으니, 도리어 집닭을 들꿩쯤으로 여기도다.」

已將路柳爲連理,
翻把家雞作野鶩.

차설(且說)。 심홍(沈洪)의 아내 피씨(皮氏)도 꽤 반반하게 생겼고, 비록 30세 남짓일망정 이팔청춘과 견주어도 또한 아직도 요염하였다. 평소에 남편이 거칠고 굼뜬 것을 싫어한데다 멋스럽지도 않고 또한 밖에 나가있는 날이 많고 집에 있는 날이 별로 없으니, 피씨는 음탕함이 너무나 강하여 참고 견딜 수가 없었다. 이웃집에 감생(監生)이 있었으니 성명이 조앙(趙昻)인데, 어려서부터 기생집을 익숙히 드나들어 위인이 방탕하게 놀기를 잘했다. 근자에 아내를 잃고, 비록 돈을 바쳐 상공(相公 : 감생)이라는 이름을 얻었지만 가계가 쪼들리고 있었다. 어느 날, 피씨는 뒤뜰에서 꽃을 보고 있다가 우연히 조앙을 마주쳤는데, 피차에게 서로 마음이 있던 터라 둘 다 첫눈에 반했다. 조앙은 골목 어귀에서 헐가(歇家 : 흥신소)를 운영하는 왕파(王婆)를 찾아갔다가 알게 되었는데, 심씨 집과 자주 왕래하여 잘 알고 있는 사이였던 데다 또한 말주변까지 있었고 중매(仲媒)하는 데에 뛰어났던 것이다. 이에 은화(銀貨) 20냥을 왕파(王婆)에게 뇌물로 주고 연줄이 닿기를 부탁하였다. 피씨(皮氏)는 평소 말투가 불량하였고 이미 왕파의 손아귀에 있었던 데다 하물며 이제 둘이 서로 아끼며 사랑하고 있으니, 한 마디 전하자마자 밀회하기로 몰래 약속되어 담장을 사이에 두고 사다리로 오르락내리락 하며 떳떳치 못한 짓을 하였다. 조앙이 첫째는 피씨의 미색을 탐한 것이고 둘째는 피씨의 돈을 갈취하려는 것이었기 때문에, 잠자리에서 있는 힘을 다해 피씨의 비위를 맞추었다. 피씨는 진심으로 조앙을 사랑하였으니, 단지 입을 떼기만 하면 따르지 않음이 없었고, 온 집안의 재산을 모두 그에게 보태주지 못해 안달이었다. 1년이 못 되어 주머니를 뒤집고 상자를 거꾸로 해 내놓도록 속여 하나도 남김없이 다 빼앗았다. 처음에는 단지 사고를 핑계 삼아 잠시만 빌려달라고 하더니 빌려간 후에는 한 푼도 갚지 않았다. 피씨(皮氏)는 다만 남편이 되돌아와서 끝까지 따져 물을 때 대답할 말이 없을까 걱정할 뿐이었다. 어느 날 밤에 조앙(趙昻)과 서로 의논하였는데, 조앙에게 다른 곳으로 도망치자고 하였다. 조앙이 말했다.

"나도 또한 맨주먹인 사람이 아니거늘 어떻게 도망갈 수가 있겠소?

설령 도망간다 하더라도 또한 감옥살이를 피하지 못할 것이오. 단지 남몰래 심홍(沈洪)을 죽이려고 계획하는 것 외에도 오래도록 부부가 되는 것이야말로 어찌 더없이 좋은 것이 아니겠소?"

피씨는 고개만 끄덕일 뿐 아무런 말을 하지 않았다. 한편, 조앙은 마음먹고 심홍의 소식을 탐문하였는데, 심홍이 기생 옥당춘(玉堂春)을 사서 데리고 함께 돌아오고 있는 것을 알게 되자마자, 서둘러 피씨에게 알려주면서 일부러 말로 피씨를 화나게 했다. 피씨는 원망하는 소리를 끊이지 않게 하다가 조앙에게 물었다.

"이제 그놈을 어떻게 대해야 좋겠어?"

조앙이 말했다.

"문을 들어서자마자, 당신은 곧바로 그의 잘못을 따지면서 구실을 찾아 소동을 벌이다가 그로 하여금 기생을 데리고 다른 데를 찾아 살게 하면, 그때는 당신이 계획한 대로 될 것이오. 나는 왕파(王婆)에게 부탁하여 비상(砒霜)을 사다 여기에 놓아둘 테니, 기회를 엿보다가 밥그릇 속에 넣어 두 사람이 먹게 주오. 두 사람이 다 죽어도 되고 한 사람만 죽어도 좋소."

피씨가 말했다.

"그놈은 매운 면을 좋아해요."

조앙(趙昴)이 말했다.

"매운 면 안에 약을 타기가 딱 좋소."

두 사람은 이미 올가미를 쳐놓고서 심홍(沈洪)이 들어오기만을 기다렸다.

하루가 지나지 않아 심홍이 고향으로 돌아왔는데, 하인과 옥저(玉姐)를 잠시 문밖에 기다리게 하였다. 자신이 먼저 문을 들어서서 피씨(皮氏)와 만나 만면에 웃음을 띠며 말했다.

"부인, 언짢게 생각지 마오. 내가 지금 한 가지 일을 저질렀소."

피씨가 말했다.

"당신이 설마 첩실을 데려온 것은 아니겠지요?"

심홍이 말했다.

"그렇소."

피씨가 몹시 화내며 말했다.

"마누라는 1년 내내 집에서 생과부로 지내는데, 당신은 오히려 기생집에서 즐거이 노닥거리다가 다시 저 무지막지한 화냥년을 데려오니 부부 사이의 정은 전혀 없다는 것이군. 당신이 만약 저 화냥년을 머무르게 하고 싶으면, 당신 스스로 서편 곁채에서 지낼 것이지 나를 찾아와 치근덕거리지 마요. 나도 저 화냥년의 절을 받는 인사는 없을 것이니 들어오지 못하게 해요."

의연하게 말을 끝내더니, 목 놓아 울기 시작하며 탁자도 치고 걸상도 치면서 입으로는 '천만 번 죽어도 시원치 않을 더러운 놈, 방탕한 화냥년!'이라고 욕해대는 소리가 끊이지 않았다. 심홍이 달래보아도 소용없어 스스로 생각하였다.

'당분간 그녀의 말 대로 서편 곁채에서 며칠 있다 오면 받아줄 것이다. 그녀가 화를 풀 때까지 기다린 후에, 옥당춘(玉堂春)으로 하여금 그녀에게 절하도록 해야겠다.'

심홍(沈洪)은 단지 아내가 강짜부리는 줄로만 알고 있으나 그녀가 간통하고 있었을 줄 누군들 알았으랴만, 게다가 또한 가계까지 텅 비어 마침 남편이 들어올까 두려워하다 이번 기회를 엿보아 다른 데로 떠나게 했던 것이다. 바로 이러하다.

「당신이 동쪽으로 갈 때면 나는 서쪽으로 가니, 각각 저마다 품은 생각은 자기만 알 뿐이라.」

你向東時我向西,
各人有意自家知.

더 이상 말하지 않겠다.

각설(却說)。옥당춘은 이미 왕 공자(王公子)와 함께 맹세를 하였으니, 이번에 어찌 심홍에게 절개를 잃으려 하겠는가? 마음속으로 줄곧 계책을 세웠다.

'내가 만일 저 신물이 나는 사람의 집에 도착하면 사건의 내용과 경위를 그의 본처에게 울며불며 하소연하여 처리해달라고 해서 내 정조를 지켜야겠다. 그리고 천천히 삼관(三官)에게 편지를 써 그로 하여금 2천 냥의 은자(銀子)를 가지고 와서 나를 속신(贖身)해 되찾아가도록 하면, 도리어 좋지 않겠는가!'

심홍의 집에 도착하니, 옥저(玉姐)는 그의 본처가 만나주지 않겠다고 하며 남편 심홍을 서편 곁채에 가서 따로 지내도록 떠나게 했음을 듣고는 자신의 뜻을 이룰 수 없음을 알고서 마음속으로 놀라웠고 또 괴로웠다. 심홍은 곁채에 침대를 놓고 휘장을 치고서 소삼(蘇三)을 그곳에 머물게 했다. 자기는 도리어 피씨(皮氏)에게 가서 달래며 함께 저녁식사를 먹었다. 피씨(皮氏)로부터 몇 번이나 곁채에 가도록 다그쳐졌지만, 심홍(沈洪)은 말했다.

"내가 서편 곁채로 가버리면, 다만 부인이 기분 상할까 염려해서요."

피씨가 말했다.

"당신이 여기에 있으면 나는 오히려 화가 나고, 내 눈에서 사라지면 나는 곧 화가 나지 않아요."

심홍이 담담하게 알았다는 뜻을 표시하며 미안하다는 소리로 '득죄(得罪 : 미움을 사네)'라 하고는 방을 나가 곧장 서편 곁채로 왔다. 알고 보니, 옥저(玉姐)가 심홍이 없는 틈을 타 그의 침구들을 꺼내어 대청에 던져놓고서 스스로는 방문을 잠그고 혼자 잠들어 버렸다. 심홍이 문을 두드릴지라도, 그곳에서 열어주겠는가? 때마침 피씨가 소가명(小段名)으로 하여금 서편 곁채에 가서 남편이 자는지를 살피게 하였다. 심홍은 평소 원래 소가명과 정분이 있던 터였는데, 그때 잠자리로 끌어당겨서 허둥지둥 합환(合歡 : 사랑을 나눔)을 한 것도 또한 의당 춘풍이 한 번 지나간 격이었다. 일이 끝나자, 소가명은 혼자 가버렸다. 심홍은 몸이 고단하여 바로 잠들어서 아침까지 자버렸다.

각설(却說). 피씨는 이날 밤새 기다려도 조앙(趙昻)은 오지 않고, 소가명은 나중에 돌아와서 남편도 잠들었다고 하였다. 이리 뒤척이고 저리 뒤척이느라 밤새 눈 한번 붙인 적이 없었다. 날이 밝자 일찍 일어나 급히 국수 한 줌을 넣어 삶고서 두 그릇으로 나누었다. 피씨는 몰래 비상(砒霜)을 면에 뿌리고 나서 매운 국물을 그 위에다 끼얹고는 소가명을 불러 서편 곁채로 가져다주라면서 말했다.

"주인어른께 가져다가 드시게 해라."

소가명은 서편 곁채까지 가져가서 불렀다.

"주인어른, 부인께서 걱정하시어 매운 면을 끓여 보냈으니 드셔요."

심홍(沈洪)이 보니 두 그릇이었는지라 곧 불렀다.

"얘야, 한 그릇은 둘째부인께 가져다가 드시게 해라."

소가명(小段名)이 곧바로 가져가서 문을 두드렸다. 옥저(玉姐)가 침대에서 물었다.

"무슨 일이냐?"

소가명이 말했다.

"일어나시어 면을 드셔 보세요."

옥저가 말했다.

"먹지 않으련다."

심홍이 말했다.

"아마도 둘째부인이 아직 더 자고 싶은가 보니, 소란피우지 말고 그냥 내버려두어라."

심홍이 두 그릇을 다 먹었는데, 정말 순식간에 다 먹은 것이다. 소가명이 그릇을 거두어 가버렸다. 심홍이 갑자기 배가 아프다면서 소리를 질렀다.

"참을 수 없구나, 죽는다 죽어."

옥저는 여전히 거짓으로 그러는 것으로만 알았다가 금방 목소리가 점점 변하는지라 문을 열고 나와서 보니, 심홍이 9개의 구멍으로 피를 쏟으며 죽었다. 결코 무슨 연고인지 알지 못하여 허둥지둥 큰소리로 외쳤다.

"사람 살려요!"

얼핏 발걸음 소리가 들리더니 피씨(皮氏)가 제일 먼저 도착했는데, 옥저가 무슨 말을 하기도 전에 곧 낯빛이 달라져서는 고의적으로 물었다.

"멀쩡하던 사람이 어떻게 갑자기 죽는단 말이냐? 틀림없이 네 이 화냥년이 그를 죽이고서 다시 시집가려 했던 게냐?"

옥저(玉姐)가 말했다.

"그 계집종이 면을 가져와서 나에게 먹으라고 했지만, 나는 먹지 않는다고 하면서 문조차 열지 않았소. 그가 다 먹은 줄 누가 알겠소만, 먹고는 곧 배 아프다고 하더니 죽었소. 틀림없이 면 속에 어떤 원인이 있을 것이오."

피씨(皮氏)가 말했다.

"말이 되지도 않는 소리를 하지 마라! 면 속에 만약 어떤 원인이 있다면 틀림없이 네 이 화냥년이 집어넣은 것일 터이다. 그렇지 않다면

네년이 어찌 이 면이 먹을 수 없는 것임을 먼저 알고서 먹지 않으려 했단 말이냐? 네년이 문조차 열지 않았다고 하더니, 어찌하여 반대로 문 밖에 나와 있는 것이냐? 죽여야 할 사정과 이유로 보더라도, 네년 이 아니면 누구란 말이냐?"

말이 끝나자, 거짓으로 '가족을 부양했던 지아비여[養家的天]'라며 울기 시작하였다. 집 안의 하인과 하녀들 모두가 한 무더기로 어지러이 울어댔다. 피씨는 곧 3자의 흰 천을 머리에 두르고 옥저를 지현(知縣)이 있는 곳으로 잡아끌고 가서 큰소리로 외쳤다.

마침 왕 지현(王知縣)이 재판을 하고 있었으니, 두 사람을 불러 들여 그 연고를 물었다. 피씨가 말했다.

"소첩은 피씨이옵는데, 남편이 심홍(沈洪)으로 북경(北京)에서 장사를 하다가 천 냥을 주어 옥당춘(玉堂春)이라고 하는 저 기생을 첩으로 맞이했습니다. 저 기생년이 제 남편의 못생긴 외모를 싫어하여서 매운 면을 먹는 틈을 타서 몰래 독약을 넣었는데, 남편이 그것을 먹고는 바로 죽고 말았습니다. 나리마님께서 저년에게 목숨으로 대가를 치르도록 처단해주십시오."

왕 지현이 그 말을 다 듣고 나서 물었다.

"옥당춘(玉堂春), 그대도 뭐라고 할 말이 있느냐?"

옥저(玉姐)가 말했다.

"나리마님, 소첩의 원적(原籍)은 북직예(北直隸) 대동부(大同府)인 사람입니다. 다만 여러 해 기근이 들었기 때문에 아비가 저를 본사원(本司院)의 소씨(蘇氏) 집에 팔았는데, 팔린 지 3년 후에 심홍(沈洪)이 저를 보고 첩으로 맞이해 집으로 돌아왔습니다. 피씨(皮氏)가 질투하여 몰래 독약을 가져다 면 속에 숨겨서 남편의 목숨을 독살한 것입니다. 오히려 교활하고 음흉하게도 소첩에게 뒤집어씌운 것입니다."

지현이 옥저의 말을 한 번 다 듣고 나서 말했다.

"피씨, 생각건대 그대가 남편이 오래된 본부인을 버리고 새로운 첩을 들이는 것을 보고 마음에 원한을 품어 남편을 독살했다는 것은 이치에 혹 있을 수 있는 일인 것 같다."

피씨가 말했다.

"나리마님! 저는 남편과 어릴 때부터 부부가 되었는데, 어찌 차마 이런 몰인정한 짓을 할 수 있겠습니까? 저 소씨(蘇氏)는 원래 행실이 좋지 않은 기생인데다 따로 마음에 품은 사람이 있으니, 분명히 남편을 독살하여 개가하려고 도모한 것입니다. 바라건대 청천백일(靑天白日) 같은 청렴한 나리마님께서 맑은 거울처럼 공정한 판단을 내려주십시오."

지현(知縣)은 이에 소씨(蘇氏)를 불렀다.

"그대는 이리 가까이 오너라. 내 생각에는 그대가 원래 기생이었던 지라 풍류가 있고 외모가 잘 생긴 사람을 좋아했을 것인데, 아마도 그대는 남편이 못생긴 것을 보니 마음에 들지 않았기 때문에 독약으로 독살한 것이 사실인 듯하다."

아역(衙役 : 관노)들에게 말했다.

"소씨를 잡아 데려가거라."

옥저(玉姐)가 말했다.

"나리마님! 소첩이 비록 기생집에 있었을지라도 심홍(沈洪)에게 시집을 왔고 또 반분(半分)을 차지하기가 어려웠던 적이 없는데 어찌 이런 잔혹한 수단을 쓰겠습니까? 소첩이 아닌 게 아니라 나쁜 마음을 품고 있었다면, 어찌 오는 길에 꾀를 써서 해치지 않았겠습니까? 이미 심홍의 집에까지 오는데, 그가 어찌 소첩이 잔꾀를 쓰도록 했겠습니까? 저 피씨(皮氏)는 어젯밤에 남편을 내쫓아내고 방에 들이지 않았습니다. 오늘 아침의 면도 피씨가 끓여 내온 것으로 소첩은 전혀 간섭하지 않았습니다."

왕 지현(王知縣)은 두 사람의 말이 각각 일리가 있다고 생각하면서 관노들에게 말했다.

"잠시 두 사람을 감옥에 가두어 두면, 내가 사람을 보내어 실정을 탐문케 하고 다시 심문하겠다."

두 사람이 남쪽 감옥[南牢]에 갇힌 것은 더 이상 말하지 않겠다.

각설(却說). 피씨가 사람을 보내 조앙(趙昻)에게 빈틈없이 전하고, 조앙으로 하여금 빨리 와서 뇌물을 쓰게 하였다. 조앙은 심씨(沈氏) 집의 은자(銀子)를 가져와 형방(刑房)의 관리에게 100냥, 서기(書記)에게 80냥, 문서를 관리하는 선생에게 50냥, 문지기에게 50냥, 2교대 하는 관노(官奴)에게 60냥, 간수 한 사람씩 20냥을 주었으니, 위에서부터 아래까지 모두 뇌물을 적절하게 썼던 것이다. 1,000냥의 은자를 항아리 안에 담아서 봉하고 술로 속여 왕 지현(王知縣)에게 보내니, 지현이 받았다. 다음날 이른 아침에 재판을 시작했는데, 관노에게 피씨와 옥저를 같이 감옥에서 꺼내오라고 하였다. 오래지 않아 도착하였고 당장 무릎을 꿇어앉았다. 지현이 말했다.

"나는 간밤에 꿈을 꾸었는데, 그 꿈에 심홍이 나타나 말하기를, '나는 소씨(蘇氏)에게 독살을 당한 것이지, 피씨와는 아무런 상관이 없습니다.'고 했다."

옥당춘(玉堂春)이 바로 시비를 분별하려고 하자, 지현이 크게 화내면서 말했다.

"사람은 본래 고생주머니로 때리지 않으면 솔직하게 말하지 않는다."

관노에게 말했다.

"손가락 사이에 막대기를 끼워 조이고 매우 때려라. 자백할 것인지 자백하지 않을 것인지 물어보고, 만약 자백하지 않겠다면 산채로 때려죽여라."

옥저(玉姐)가 고문을 견디어 내지 못하고 말했다.

"자백하겠습니다."

지현이 말했다.

"형구(刑具)를 내려놓아라."

관노가 붓을 가져와 옥저에게 주고 공초(供招 : 진술서)에 서명하게 하였다. 지현이 말했다.

"피씨(皮氏)는 보증인을 세워 석방하고, 옥당춘은 옥에 가두어라."

관노는 옥저의 손에 수갑을 채우고 발에 족쇄를 채워서 남쪽 감옥[南牢]에 데려갔다. 간수와 옥졸은 모두 조 상사(趙上舍 : 조앙)의 은자를 받았으니, 옥저를 갖은 방법으로 욕보였다. 단지 상관에게 보고하고 허가를 받은 후에 죄상(罪狀)을 건네면 그녀의 목숨을 해치울 것이다. 바로 이러하다.

「호랑이를 포박하고 용을 사로잡을 계획을 마련하였으나, 수심어린 난새와 흐느끼는 봉황 같은 사람의 목숨을 빼앗아 가네.」

安排縛虎擒龍計,
斷送愁鸞泣鳳人.

무엇보다도 기쁜 일은 형방의 관리가 있는 것인데, 성명은 유지인(劉志仁)으로 위인이 정직하고 사심이 없었으니, 평소 피씨(皮氏)와 조앙(趙昂) 사이에 있었던 간통은 모두 왕파(王婆)의 소개로 이루어진 것임을 알고 있었다. 며칠 전 뜻밖에 왕파를 마주쳤는데, 생약(生藥)을 파는 약방에서 비상(砒霜)을 사며 말했다.

"약은 집에 있는 쥐들을 잡는데 필요해서요."

유지인은 곧 조금 의심스러웠다. 오늘 살인사건이 발생했는데, 조 감생(趙監生 : 조앙)은 심씨(沈氏) 집의 은자(銀子)를 아끼지 않고 꺼내다

가 관아에 뇌물을 써서 소씨(蘇氏)에게 사형 판결을 내리도록 매수하였
으니, 천리(天理)는 어디에 있단 말인가? 잠깐 주저하다가 말했다.

"내가 직접 감옥에 가서 살펴봐야겠다."

그때 간수들은 바로 그곳에서 옥저(玉姐)를 핍박하며 기름 값을 요구
하였다. 유지인은 소리쳐 사람들을 물러나게 하고 온화한 말로 옥저
를 위로하면서 그 억울한 사정을 물었다. 옥저는 눈물을 흘리며 절하
고 그간의 사건 경과를 다 털어놓았다. 유지인은 주위를 둘러보고 사
람이 없으니, 마침내 조 감생(趙監生 : 조앙)과 피씨의 간통 및 왕파가 독
약(毒藥 : 비상)을 산 전말을 한바탕 자세히 말해주고는 분부하였다.

"너는 일단 인내심으로 이 곤경을 겪고 있어라. 뒤를 기다려 기회가
생기면, 내 너에게 가서 억울한 사정을 호소하도록 알려주마. 날마다
식사는 내가 직접 가져다주마."

옥저는 거듭거듭 감사의 절을 하였다. 간수들은 유지인이 처리하는
것을 보고도 감히 끽소리를 하지 못하였다. 이 이야기는 그만두고 더
이상 말하지 않겠다.

각설(却說)。 공자(公子)는 진정부(眞定府)에서 관리를 할 때부터 백성
을 위해 이로운 것을 일으키고 해로운 것을 없애니, 아전들은 두려워
하고 백성들은 기뻐하였다. 그러나 옥당춘(玉堂春)만 생각하니, 한 시
각도 그렇지 않음이 없었다. 어느 날 마침 마음을 졸이고 있는데, 하
인이 와서 어머님이 보낸 새 신부가 왔다고 알려주었다. 공자(公子)가
그 말을 듣고 신부를 맞아들였다. 새 신부를 보니 그만 말문이 턱 막
혀 속으로 생각하였다.

'용모는 단정하기는 하지만, 어찌 옥당춘의 우아한 자태에 미치겠
는가?'

바로 결혼 축하연을 열어 합환주(合歡酒)를 마시고 했지만, 의식을

마칠 즈음에 갑자기 옥당춘의 수려한 자태가 생각났다.

 '애당초 검은머리 파뿌리 되도록 서로 지켜주기를 간절히 바랐건만, 당신이 심홍(沈洪)에게 시집을 가는 바람에 저 교지를 도리어 다른 사람에게 이어받도록 할 줄을 그 누가 알았겠는가?'

 비록 그렇더라도 유씨 부인(劉氏夫人)을 배우자로 맞이하였다. 그러나 마음속으로는 여전히 옥저(玉姐)를 생각하니 이 때문에 몸이 불편했는데, 그날 밤 바로 감기에 걸렸다. 또 애당초 옥저와 이별할 때에 소원을 맹세하고 빌며 각자 다른 사람과 혼인하지 않기로 한 것을 생각났다. 그리하여 마음속에 의심스러운 점이 있어 눈을 감으면 옥저가 바로 옆에 있는 것 같았다. 유 부인(劉夫人)은 사람을 곳곳으로 보내어 액막이 기원을 드리게 하였고, 부현(府縣)의 관리들은 모두 와서 문안하며 명의(名醫)에게 진맥하고 치료하게 하였다. 한 달이 지난 뒤에야 겨우 치유될 수 있었다.

 공자는 재임한 지 1년 남짓 동안 관리로서의 명성을 크게 드러내었는데, 근무지가 옮겨져 북경(北京)으로 돌아갔다. 이부(吏部)에서 전국의 지방관원을 시험으로 선발하려는데, 공자(公子)가 이부에서 점호(點呼)를 이미 마치고 거처로 되돌아왔다. 향을 사르고 천지신명께 기도하며 단지 산서성(山西省)의 관리가 되어 옥당춘(玉堂春)의 소식이라도 잘 알아낼 수 있기를 바랐다. 잠시 후에 바로 사람이 와서 보고하였다.

 "왕 나으리, 산서성의 순안어사(巡按御史)에 임명되셨습니다."

 공자(公子)가 그 말을 듣고 기뻐하여 두 손을 이마에 대며 말했다.

 "내 평생의 소원을 이루는구나."

 다음날 칙서(勅書)와 관인(官印)을 받아 조정에 하직하고, 그날 밤에 출발하여 산서성의 임지로 갔다. 즉시 공문을 발송하고 우선 평양부(平陽府)를 순찰하러 나갔다. 공자는 평양부에 도착하여 찰원(察院)에 앉아서 문건들을 살펴보았다. 소씨(蘇氏) 옥당춘(玉堂春)에게 중형(重刑)이 판결된 것을 보고 마음속으로 당황하였지만, 그 속에는 틀림없이 무언가 곡절이 있을 것으로 여겼다. 곧바로 서리(書吏)를 불러서 말했다.

"나를 따라서 남몰래 탐문할 것이니 유능한 사람 1명을 발탁하여라. 이 고을 안에 있는 다른 사람들에게 이 사실을 누설해서는 아니 된다."

공자는 바로 흰 두건에 검은 옷으로 갈아입어 평민 차림을 하고 서리를 따라 비밀리에 찰원을 나섰다. 노새 2마리를 빌려 홍동현(洪同縣)으로 향하는 길에 올랐다. 마바리를 끄는 젊은이들이 길가에 있다가 쓸데없이 물었다.

"두 분께서는 홍동현에 무슨 용무가 있어서 가십니까?"

공자가 말했다.

"내가 홍동현에 온 것은 첩실을 얻기 위해서이니, 누가 중매를 잘하는지 모르는가?"

젊은이가 말했다.

"당신이 첩실을 들이겠다고 하셨소만, 우리 고을에 한 부자는 첩실을 들였다가 목숨을 잃고 말았소."

공자가 물었다.

"어떻게 목숨을 잃었는가?"

젊은이가 말했다.

"그 부자는 심홍(沈洪)이라 하고 여인은 옥당춘(玉堂春)이라 하옵는데, 심홍이 북경(北京)에서 그녀를 첩실로 들여왔습니다. 그의 본처 피씨(皮氏)는 이웃집의 조앙(趙昻)과 간통하였는데, 남편이 돌아와서 그 사실을 알까 두려워서 독약 1포로 심홍을 독살하였습니다. 그런데 피씨와 조앙은 오히려 옥당춘을 본현(本縣) 관아로 보내놓고도 돈으로 관아의 관리들까지 매수하여 옥당춘이 고문에 견디다 못해 결국 죄를 인정하도록

하였으니, 사형 판결이 나서 옥당춘이 감옥에 보내져 있습니다. 만약
한 외랑(外郎 : 원외랑) 덕분에 구원되지 않았다면 벌써 죽었을 것입니다.”

공자(公子)가 다시 물었다.

“그 옥당춘은 지금 감옥에서 죽었는가?”

젊은이가 말했다.

“아닙니다.”

공자가 말했다.

“내가 첩실을 들이고 싶은데, 누가 중매하는 것이 좋겠다고 생각하
는가?”

젊은이가 말했다.

“제가 왕파(王婆) 집으로 모셔다 드리겠습니다. 그녀는 중매를 아주
잘합니다.”

공자가 말했다.

“어떻게 그녀가 중매를 잘하는지 아는가?”

젊은이가 말했다.

“조앙과 피씨는 다 왕파가 뚜쟁이 한 것입니다.”

공자(公子)가 말했다.

“그럼 지금 그 집으로 가세.”

젊은이가 결국 왕파(王婆)의 집으로 모시고 가서는 소리 질렀다.

“할멈! 내가 한 손님을 모시고 왔는데, 이 손님은 첩실을 들이고 싶
어 하시니 중매를 해주면 좋겠소.”

왕파가 말했다.

“수고했네. 내가 돈을 벌면 나누어주겠네.”

젊은이는 가 버렸다. 공자는 밤사이 왕파에게 말을 걸어보니, 왕파
는 말솜씨가 좋고 말이 명쾌한 것이 오랫동안 뚜쟁이 노릇을 한 노파

였다. 다음날 동이 트자, 또 조 감생(趙監生)의 집에 도착하여 앞뒷문을 한 차례 살펴보니, 심홍(沈洪)의 집과는 벽 하나를 사이에 두고 서로 통하여서 그런 일을 저지르는데 편리하였음을 알 수 있었다. 되돌아와서 아침을 먹고는 왕파에게 숙박비를 주면서 말했다.

"내가 납채 예물(納采禮物)을 가져오지 않았으니 성도(省都)에 갔다가 되돌아와서 다시 서로 의논하세."

공자가 왕파의 문을 나서서 노새를 빌리고 밤새도록 달려 성도로 되돌아가 저녁이 되어서야 찰원(察院)에 들어간 것은 더 이상 말하지 않겠다.

다음날 아침에 성화같이 재빨리 공문을 발송하고 순찰하러 홍동현(洪同縣)에 갔다. 각 관리들이 알현하자, 공자는 분부하여 곧바로 심문록(審問錄)을 가져오게 하였다. 왕 지현(王知縣)은 현(縣)으로 돌아가, 형방(刑房)의 서기(書記)들에게 즉시 문건을 가져오도록 하여 장부를 조사해 밤새 타당하게끔 고쳐서 다음날 심사받으러 보낸 것은 더 이상 말하지 않겠다.

각설(却說)。 유지인(劉志仁)과 옥저(玉姐)는 함께 억울함을 호소하는 탄원서(歎願書)를 작성하여 몰래 몸에 숨겼다. 다음날 동틀 무렵이 되자, 왕 지현(王知縣)은 감옥 문 앞에 앉아서 응당 호송해야 하는 범인들을 호명하며 나오라고 하였다. 옥저(玉姐)는 칼을 쓰고 족쇄를 찬 채 눈물이 줄줄 흘렸다. 호송원을 따라서 찰원(察院)의 문 앞에 도착해 문이 열릴 때까지 기다렸다. 순포관(巡捕官)들이 아침 조회를 마치자 재심 공문서들을 꺼냈다. 공자(公子)가 먼저 소씨(蘇氏)를 같이 불렀다. 옥저는 억울하다고 말씀드리면서 품속에 숨겼던 탄원서를 꺼내어 올렸다. 공자가 머리를 들고 옥저의 이러한 모양새를 보니 마음속으로 몹시 슬퍼하여 청사관(聽事官)으로 하여금 탄원서를 받아오라고 하였다. 공자가 한번 보고나서 물었다.

"너는 어린 나이로 심홍(沈洪)에게 시집가기 전에 몇 년 동안이나 손님을 접대했느냐?"

옥저가 말했다.

"나리마님, 제가 어린 나이로 한 공자(公子)만 접대하였는데, 남경(南京) 예부상서(禮部尙書)의 셋째 아드님이었습니다."

공자는 옥저가 추잡한 면까지 드러내어 이야기할까봐 큰소리로 외쳤다.

"그쳐라! 나는 지금 단지 너에게 모략으로 사람의 목숨을 앗은 일만 묻고자 하는 것이니, 주절주절 말을 많이 늘어놓을 필요가 없다."

옥저가 말했다.

"나리마님, 사람을 죽인 일 같은 것은 단지 피씨(皮氏)에게 물으시면 곧 아시게 될 것입니다."

그러자 공자가 피씨를 불러 한번 물었다. 옥저가 또다시 한 번 더 말하자, 공자가 유 추관(劉推官)에게 분부하였다.

"듣건대 그대는 공명정대하고 청렴하며 유능하니, 사리사욕에 눈이 멀어서 법을 얕보려 하지 않는다고 들었네. 내가 임지에 와서 아직도 순시를 나가지 않았는데, 먼저 홍동현(洪同縣)으로 가서 저 피씨(皮氏)가 자기 남편을 독살하고 죄를 소씨(蘇氏)에게 뒤집어씌웠는지 조사할 것이니, 그대는 이 사건을 심리하고 판결하는데 심혈을 기울이도록 하라."

말을 마치고 공자(公子)는 퇴정하였다.

유 추관(劉推官)은 관아로 돌아가서 재판을 시작하며 말했다.

"소씨, 네가 남편을 죽인 것은 무슨 까닭이냐?"

옥저(玉姐)가 말했다.

"억울합니다! 분명히 피씨는 왕파(王婆)와 서로 공모하고 조 감생(趙

監生)과 함께 남편을 죽일 계획을 세운 것이며, 현관(縣官 : 知縣)은 뇌물을 받고 강제로 제 자백을 받아낸 것입니다. 오늘 소첩이 죽을힘을 다해 억울함을 호소하니, 청천백일(靑天白日) 같은 청렴한 나리마님이 알아서 처리해주시기를 바라나이다."

유 추관은 관노로 하여금 피씨를 데려오게 하고 물었다.

"너는 조앙(趙昻)과 간통한 것이 사실이더냐?"

피씨는 그런 적이 없다고 한사코 잡아뗐다. 유 추관은 즉시 조앙과 왕파를 잡아와 대면시키고 체형(體刑)을 가해도 모두 자백하려고 하지 않았다. 유 추관은 또 소가명(小叚名)을 불러 말했다.

"너는 면을 주인어른에게 먹도록 가져다주었으니, 틀림없이 내막을 잘 알렸다!"

바로 소가명의 손가락 사이에 막대기를 끼워 조이라고 명하자, 소가명이 말했다.

"나리마님, 제가 다 말씀드리겠습니다! 그날의 면은 우리 안방마님이 손수 극진히 삶아서 저로 하여금 주인어른이 드시도록 가져다 드리라고 하였습니다. 제가 서편 곁채에 가져다 드리니, 주인어른께서 새 작은 마님을 함께 먹자고 불렀습니다. 새 작은 마님은 문을 잠그고 나오려 하지 않으면서 '먹고 싶지 않아요.' 대답하였습니다. 주인어른이 혼자 다 드시자마자, 곧바로 입과 코에서 피를 흘리며 죽었습니다."

유 추관(劉推官)은 다시 조앙(趙昻)과의 간통도 묻자, 소가명(小叚名)은 다 말했다. 이에 조앙이 말했다.

"이것은 소씨(蘇氏)가 매수해온 증거일 뿐입니다."

유 추관은 한참 동안 주저하다가 피씨(皮氏) 등 관련 사람들을 따로따로 감옥에 가두라고 보내면서, 서기(書記)를 오도록 불러 말했다.

"저 무지막지한 피씨 계집이 죽어도 사실을 자백하려 하지 않는구

나. 내가 이제 한 계책을 쓰려고 하니, 큰 궤짝을 하나 가져다가 뜰 안에다 놓아두되 구멍 몇 개를 뚫어라. 그리고 네가 종이와 붓을 가지고 몰래 그 안에 있되 기척을 내어서는 아니 된다. 내가 다시 그들을 끌어내어서 문초할 것이나 자백하지 않으면, 즉시 그들을 궤짝 왼쪽과 오른쪽에 쇠사슬로 묶어둘 테니, 그들이 무슨 말을 하는지 주의 깊게 듣고 적어서 내게 가져오너라."

유 추관이 분부하기를 마치자, 서기(書記)는 바로 큰 궤짝 하나를 구해 뜰에 놓아두고 그 안에 몸을 숨겼다. 유 추관은 또 관노로 하여금 피씨 관련 사람들을 끌어내오게 하여 재심(再審)하였다. 다시 물었다.

"자백하겠느냐, 않겠느냐?"

조앙(趙昂), 피씨(皮氏), 왕파(王婆) 세 사람은 한 목소리로 간청하며 말했다.

"당장 소인들을 때려죽인다 하신들, 어떻게 자백할 수 있겠습니까?"

유 추관은 크게 노하여 분부하였다.

"너희들은 각자 밥을 먹고 와서 이 연놈들을 단단히 고문하여라. 일단 이들을 뜰 안으로 놓아두되 소가명(小段名)까지 네 사람을 네 곳에 따로 묶어두어 귓속말로 소곤대지 못하도록 해라."

관노들이 네 사람을 궤짝의 네 모퉁이에 쇠사슬로 묶어두었다. 사람들이 죄다 나가버렸다.

각설(却說). 피씨(皮氏)가 머리를 들어 주위에 사람이 없는 것을 보고는 바로 욕을 해댔습니다.

"소가명, 못된 년아, 너는 어찌하여 함부로 지껄이느냐? 오늘 또다시 함부로 지껄이면 집에 가서 산 채로 때려죽일 것이다."

소가명이 말했다.

"손가락 사이에 막대기를 끼워 너무 아프게 조이지 않는다면 저도 말하지 않겠어요."

왕파(王婆)도 갑자기 소리 질렀다.

"피 대저(皮大姐)! 나도 이 곤장(棍杖)을 견딜 수 없을 것 같으니, 기다렸다가 유 추관(劉推官) 나리가 나오시면 그냥 다 말하겠네."

조앙(趙昻)이 말했다

"우리 착한 양어미! 그것들은 제가 당신께 빚진 것이니, 만일 이 송사에서 어렵사리 살아간다면 끔찍이도 효도하며 친어미처럼 모시겠소."

왕파가 말했다.

"내 다시는 나를 속이는 네놈 말을 들어주지 않으련다. 나에게 도와 달라고 할 때면 나를 친어미처럼 모시겠다고 하더니만, 보리 2석을 준다더니 8되나 모자라고, 쌀 1석을 준다더니 다 쭉정이와 겨뿐이고, 비단 옷 2벌을 준다더니 단지 청포 치마 하나만 주고, 좋은 방을 구해준다더니 묵은 적이 없다. 네놈이 하는 일이란 사리에 맞지 않거늘, 나로 하여금 마음대로 네놈과 같이 고문에 시달리며 고통을 받으라고 한단 말인가!"

피씨(皮氏)가 말했다.

"할멈, 이번에 나가게 되면 은혜를 잊지 않겠습니다. 어렵사리 오늘을 견뎌내고 자백하지 않으면 곧 아무 일 없이 괜찮아질 것입니다."

궤짝 안에 있던 서기(書記)가 그들의 말을 죄다 기억하여 종이에 적었다. 유 추관(劉推官)이 재판을 시작하자, 먼저 궤짝을 열라고 하였다. 서기가 뛰쳐나오니 다들 놀라 자빠질 뻔하였다. 유 추관이 서기가 기록한 그들의 주고받은 말들을 보고 나서 다시 고문하려고 하자, 세 사람 모두 때리지 않았는데도 스스로 자백하였다. 조앙(趙昻)이 처음부터 끝까지 곧이곧대로 명백하게 적고 다른 사람들도 각각 서명한 진술서가 재판관의 책상으로 건네졌다. 유 추관이 한번 보고 나서 소씨(蘇氏)

에게 물었다.

"그대는 어렸을 때부터 기생이었는가, 아니면 양가집 출신이었는가?"

소씨는 소회(蘇淮)가 양가집의 딸을 사서 기생으로 삼았던 것이며, 맨 처음 만났던 왕 상서(王尙書)의 공자(公子)가 3만 냥의 은화를 다 써 버린 후에 늙은 기생어미 일칭금(一秤金)에게 쫓겨났던 것이며, 자신을 심홍(沈洪)에게 첩으로 팔았지만 가는 길 내내 동침한 적이 없었던 것 등을 자세하게 말했다. 유 추관은 왕 공자(王公子)가 곧 본원(本院 : 왕경륭)임을 분명히 알았다. 붓을 들어 죄를 판결하였으니, 이러하다.

「피씨(皮氏)는 능지처참하고, 조앙(趙昂)도 죄가 가볍지 않으니 참한다. 왕파(王婆)가 독약을 사준 것은 일상적인 인정이니 용서되고, 소가명(小叚名)은 곤장으로 문책하여 경종을 울린다. 왕 지현(王知縣)은 횡령한데다 잔혹하였으니 파직하고, 부정한 돈을 회수한다 해도 관아 아역(官衙衙役)들을 용서하지 않는다. 소회(蘇淮)는 양가집 딸을 사서 기생을 만들었으니 변방으로 유배 보내고, 일칭금(一秤金)은 3개월 동안 칼을 씌우도록 죄를 선고한다.」

유 추관이 보고하는 공문을 마무리 짓고 피씨 관련 사람들을 모두 이미 옥에 가두었다. 다음날 친히 자백서를 가지고서 설명하였고, 죄인들을 찰원(察院)까지 호송하였는데, 공자(公子)는 유 추관(劉推官)이 작성한 공문대로 하였다. 그리고 유 추관을 붙들고 후당(後堂)에서 차를 대접하며 물었다.

"소씨(蘇氏)는 어떻게 처리하였소?"

유 추관이 대답했다.

"원적(原籍)을 돌려주며 좋은 사내를 택하여 시집가라고 했습니다."

공자(公子)는 따라다니는 사람들을 물리치고 유 추관에게 마음속의 말을 다하면서 젊었을 때 맹세한 것들의 뜻을 상세히 말했다.

"오늘 지방장관을 번거롭게 하오만, 몰래 사람을 북경(北京)까지 보내어 은세공 장인 왕씨 집에 잠시 머물게 해주면 몹시 감사하겠소."

유 추관이 명령을 받들어 수행하였음은 스스로 다시 말할 필요는 없을 것이다.

각설(却說). 공자가 관문(關文 : 공문서)을 내리니, 북경의 본사원(本司院)에 도착해서 소회(蘇淮)와 일칭금(一秤金)을 소환하여 법에 따라 처벌하려 하였다. 그러나 소회는 이미 죽었다. 일칭금은 공자를 알아보고 아직도 왕 저부(王姐夫)라 외쳤는데, 공자는 그녀를 호되게 60대를 치고 그녀에게 100근의 큰칼을 씌우라고 큰 소리로 시켰다. 보름도 되지 않아서 죽었다. 바로 이러하다.

「만 냥의 황금으로도 목숨을 살 수는 없고, 하루아침에 붉은 고운 얼굴이 이미 재가 되고 말았도다.

萬兩黃金難買命,
一朝紅粉已成灰.

재설(再說). 공자는 1년 임기를 채우고 복명(復命)하기 위해 북경으로 돌아왔다. 조정에 인사하고 나서 곧바로 은세공 장인 왕씨 집에 가서 옥저(玉姐)의 소식을 물었다. 은세공 장인 왕씨는 김가(金哥)가 돌보고 있으며 정은(頂銀) 골목에서 산다고 말해주었다. 공자(公子)는 즉시 정은 골목으로 가서 옥저를 만나니, 두 사람은 목 놓아 크게 울었다. 공자도 옥저가 정절을 지키고 있는 미덕을 이미 알고 있었으며, 옥저도 왕 어사(王御史)가 공자인 것을 알고 있었는지라, 서로가 고마움의 뜻을 표했다. 공자가 말했다.

"나의 부모께서 유씨 부인(劉氏夫人)을 맞이하였는데 아주 어진 성품을 지녔으니, 당신의 일을 알아도 결코 투기하지 않을 것이오."

그날 밤에 같이 술을 먹고 함께 잠자리에 드니, 농밀하기가 마치 아교와 옻칠과 같았다. 다음날 은세공 장인 왕씨와 김가(金哥)가 모두 와서 이마를 땅에 조아리며 절하고 경사를 축하하였다. 공자는 두 사람이 지난날 도와준 은혜에 감사하며 분부하였다.

"본사원(本司院) 소회(蘇淮) 집안의 재산은 원래 옥당춘(玉堂春)이 마련한 것인데, 이제 소회 부부가 이미 죽었으니 그들이 남긴 재산을 은세공 장인 왕씨와 김가 두 사람에게 나눠주어 관리하게 함으로써 두 사람의 은덕을 갚고자 한다."

부모님을 뵙기 위해 휴가서를 올리고 조정에 하직 인사를 한 뒤에 옥당춘과 출발하여 함께 남경(南京)으로 돌아왔다. 자기 집 문 앞에 도착하니 문지기가 급히 주인어른께 알렸다.

"작은 나리께서 돌아왔습니다."

주인어른이 그 말을 듣고 몹시 기뻐하였다. 공자는 대청에 올라 향안(香案)을 차려놓고 천지신명께 감사의 절을 드렸으며, 부모님 및 형들과 형수들에게 절하였고, 두 매부와 누이들도 모두 만났다. 또한 옥당춘을 데리고 들어와 인사를 나누게 하였다. 끝나자 옥저는 방에 들어가 유씨(劉氏)를 보고 말했다.

"형님께서 윗자리에 앉으시어 저의 절을 받으셔요."

유씨가 말했다.

"언니이시거늘 어찌 이런 말씀을 하시나요? 언니가 먼저 앉으시면 제가 뒤에 앉겠어요."

옥저(玉姐)가 말했다.

"형님은 명문대가의 딸이시지만, 저는 기생으로서 출신이 미천합니다."

이에 공자(公子)는 기뻐서 어찌할 바를 몰랐다. 그날로 처와 첩의 구분을 바로잡고는 서로 자매라 부르면서 온 집안이 화기애애하게 지냈다. 공자는 또 말했다.

"왕정(王定), 네가 당초 북경(北京)에서 거듭거듭 나를 충고한 것이야 말로 올바른 도리였다. 내가 이제 아버님께 말씀드려 너를 관가(管家)로 삼으시라고 해야겠다."

그리고 100냥의 금으로 상을 주었다. 훗날 왕경륭(王景隆)이 관직은 도어사(都御史)에 이르렀고, 처첩은 모두 아들 하나씩 두어 오늘까지도 후손이 번성하였다. 시로써 감탄하여 말했다.

「정원화(鄭元和)의 이야기는 이미 유명하지만, 삼관(三官)의 창기 이야기는 새로운 것이네. 풍류자제들이야 얼마나 되는지 알랴만, 남편은 귀해지고 아내도 영화롭던 이가 몇이나 되겠는가.」

鄭氏元和已著名,
三官闚院是新聞.
風流子弟知多少,
夫貴妻榮有幾人.

〈경세통언 하, 제24권〉

옥당춘낙난봉부

玉堂春落難逢夫

- 원문·주석 -

玉堂春落難逢夫[1]

公子初年柳陌[2]遊	玉堂一見便綢繆[3]
黃金數萬皆消費	紅粉[4]雙眸枉淚流
財貨拐, 僕駒休	犯法洪同[5]獄內囚
按臨驄馬[6]冤愆脫	百歲姻緣[7]到白頭[8]

　話說。正德[9]年間, 南京金陵城有一人, 姓王, 名瓊, 別號思竹。中乙
丑[10]科進士, 累官至禮部尙書。因劉瑾[11]擅權, 劾了一本[12], 聖旨發回[13]

1　원전에는 "구각본 〈왕공자분지기〉와 같지는 않다.(與舊刻〈王公子奮志記〉不同.)"는 頭
　　註가 있음.
2　柳陌(유맥) : 버들 둑방이라는 뜻이나, 여기서는 기생집을 의미함.
3　綢繆(주무) : 좋은 비단이라는 뜻인데, 여기서는 '정이 들다'는 의미임.
4　紅粉(홍분) : 곱게 치장한 기녀를 가리킴.
5　洪同(홍동) : 중국 山西省 平陽府 洪同縣. 이 마을의 감옥이 유명했다고 한다.
6　驄馬(총마) : 청백색의 털이 뒤섞인 말. 驄馬御史를 가리키기도 하는데, 東漢의 桓典이
　　侍御史가 된 뒤에 항상 총마를 타고 다니면서 범법자를 가차 없이 처벌하였던 데에서
　　유래한 것이다.
7　姻緣(인연) : 부부의 인연.
8　到白頭(도백두) : 흰머리가 됨. 늙게 됨.
9　正德(정덕) : 명나라 武宗의 연호(1506~1521).
10　乙丑(을축) : 정덕 연간에 활동한 인물임을 감안하면 1565년보다는 1505년일 것으로
　　짐작됨.
11　劉瑾(유근, 1451~1510) : 명나라 武宗 正德帝 때의 환관. 황제의 측근으로서 아첨으로
　　정치를 문란하게 하고, 실권을 장악하여 만사를 專決하는 등 횡포가 극심하였다. 후에
　　모반혐의로 사형 당하였다.

原籍[14]。不敢稽留, 收拾轎馬和家眷起身[15]。王爺暗想：'有幾兩俸銀[16],
都借在他人名下, 一時[17]取討[18]不及。'況長子南京中書[19], 次子時當大
比[20], 躊躇半晌, 乃呼公子三官前來。

那三官, 雙名[21]景隆, 字順卿, 年方一十七歲。生得眉目淸新, 丰姿
俊雅, 讀書一目十行[22], 擧筆卽便成文, 元是箇風流才子。王爺愛惜勝
如心頭之氣[23], 掌上之珍。

當下[24]王爺喚至, 分付道："我留你在此讀書, 叫王定討帳[25], 銀子完
日, 作速回家, 免得父母牽掛[26]。我把這裡帳目, 都留與你。"叫王定過
來[27]："我留你與三叔在此讀書討帳, 不許你引誘他胡行亂爲。吾若知
道, 罪責非小。"王定叩頭說："小人不敢!"次日收拾起程, 王定與公子
送別, 轉到北京, 另尋寓所安下[28]。

公子謹依父命, 在寓讀書。王定討帳, 不覺三月有餘, 三萬銀帳, 都
收完了。公子把底帳扣算, 分釐不欠。分付王定, 選日起身。公子說：

---

12 本(본)：奏章. 상소문.

13 發回(발회)：돌려보냄.

14 原籍(원적)：조상들이 살던 지방을 일컫는 말로서, 여기서는 고향으로 번역함.

15 起身(기신)：출발함.

16 俸銀(봉은)：관리에게 봉급으로 주는 돈.

17 一時(일시)：같은 때. 지금 당장.

18 取討(취토)：받아내려 독촉함. 돌려받음.

19 中書(중서)：中書令. 비밀문서를 관리하는 직책.

20 大比(대비)：3년에 한 번씩 거행되는 과거시험.

21 雙名(쌍명)：두 자로 된 사람 이름.

22 一目十行(일목십행)：한 번 보고 열 줄을 읽는다는 뜻으로, 책을 읽는 능력이 매우
뛰어남을 비유적으로 이르는 말.

23 心頭之氣(심두지기)：心頭之肉. 심장의 살점. 몹시 아끼는 사람이나 물건을 가리킨다.

24 當下(당하)：바로 그때. 즉각.

25 討帳(토장)：討賬. 외상값을 받아낸다는 뜻이나, 여기서는 빌려준 돈을 돌려받는 것을
말함.

26 牽掛(견괘)：걱정. 근심.

27 過來(과래)：동사 뒤에 쓰여 자기가 있는 곳으로 옴을 나타냄.

28 安下(안하)：쉼. 머묾.

"王定, 我們事體俱已完了。我與你到大街上各巷口²⁹, 閒耍³⁰片時, 來日起身。" 王定遂卽鎖了房門, 分付主人家用心看着生口³¹。 房主說: "放心, 小人知道." 二人離了寓所, 至大街觀看皇都景致。但見:

「人煙湊集, 車馬喧闐。人煙湊集, 合四山五嶽³²之音, 車馬喧闐, 盡六部九卿³³之輩。做買做賣, 總四方土産奇珍, 閒蕩閒遊, 靠萬歲太平洪福。處處衕衚³⁴舖錦繡³⁵, 家家杯罌³⁶醉笙歌.」

公子喜之不盡, 忽然又見五七箇宦家子弟, 各拿琵琶·絃子, 歡樂飲酒。公子道: "王定, 好熱鬧去處!" 王定說: "三叔, 這等熱鬧, 你還沒到那熱鬧去處哩!" 二人前至東華門³⁷, 公子睜眼觀看, 好錦繡景致。只見門彩金鳳, 柱盤金龍。王定道: "三叔, 好麼?" 公子說: "眞箇好所在!" 又走前面去, 問王定: "這是那裡?" 王定說: "這是紫金城³⁸." 公子往裡一視, 只見城內瑞氣騰騰, 紅光烱烱。看了一會, 果然富貴無過於帝王, 嘆息不已。離了東華門往前, 又走多時, 到一箇所在, 見門前站着幾箇女子, 衣服整齊。公子便問: "王定, 此是何處?" 王定道: "此是酒店." 乃與王定進到酒樓上, 公子坐下。看那樓上有五七席飲酒的, 內中一席有兩箇女子, 坐着同飲。公子看那女子, 人物淸楚³⁹, 比門前站的, 更勝幾分。公子正看中間, 酒保⁴⁰將酒來, 公子便問: "此女是那裡來的?" 酒保說:

---

29 巷口(항구): 골목 어귀.
30 閒耍(한요): 기분 전환을 함.
31 生口(생구): 牲口. (사람을 도와 일하는 소·말·노새·낙타 등의) 가축.
32 四山五嶽(사산오악): 四山은 四嶽으로 泰山, 衡山, 華山, 恒山이고, 五嶽은 嵩山을 보탠 것임. 여기서는 各方各處라는 뜻이다.
33 六部九卿(육부구경): 온갖 귀한 벼슬아치들이라는 뜻.
34 衕衚(원동): 金元시대에 기생집이었던 衕衚이 있던 골목.
35 舖錦繡(포금수): 舖錦列繡. 비단을 깔고 수를 놓음.
36 杯罌(배가): 술 마심.
37 東華門(동화문): 베이징 옛 궁성의 동문을 일컬음.
38 紫金城(자금성): 明淸代의 宮城. 일명 紫禁城이라고 한다.
39 淸楚(청초): 화려하지 않으면서 맑고 깨끗한 아름다움을 지님.
40 酒保(주보): 술집 심부름꾼.

“這是一秤金家丫頭[41]翠香·翠紅.” 三官道 : “生得淸氣.” 酒保說 : “這等
就說標致[42]? 他家裡還有一箇粉頭[43], 排行[44]三姐, 號玉堂春, 有十二
分[45]顏色。鴇兒[46]索價[47]太高, 還未梳櫳[48].” 公子聽說留心, 叫王定還了
酒錢, 下樓去, 說 : “王定, 我與你春院[49]衙衕走走.” 王定道 : “三叔不可
去. 老爺知道怎了?” 公子說 : “不妨, 看一看[50]就回.” 乃走至本司院門
首. 果然是 :

> 「花街柳巷[51], 繡閣[52]朱樓[53]。家家品竹彈絲[54], 處處調脂弄粉[55]。黃金買
> 笑, 無非公子王孫[56], 紅袖[57]邀歡, 都是妖姿麗色。正疑香霧彌天靄, 忽
> 聽歌聲別院嬌。總然道學也迷魂, 任是眞僧須破戒.」

公子看得眼花撩亂[58], 心內躊躇, 不知那是一秤金的門。正思中間,
有箇賣瓜子的小夥叫做金哥走來, 公子便問 : “那是一秤金的門?” 金哥
說 : “大叔[59]莫不是要耍? 我引你去.” 王定便道 : “我家相公不閞, 莫錯

---

41 丫頭(아두) : 머리를 두 가닥으로 땋은 계집종. 여기서는 기생으로 번역한다.
42 標致(표치) : 용모가 아름다움.
43 粉頭(분두) : 옛날의 기생.
44 排行(배행) : 長幼의 순서.
45 十二分(십이분) : 아주. 매우.
46 鴇兒(보아) : 기녀라는 뜻이나, 여기서는 기생어미라는 의미로 쓰임.
47 索價(색가) : 부르는 값.
48 梳櫳(소롱) : 初破瓜者. 처음 性交에 의하여 처녀막이 터지는 일을 뜻하는데, 여기서는
   기녀가 된 후 첫 번째 손님을 받는 것을 말함.
49 春院(춘원) : 기생집.
50 看一看(간일간) : 그냥 한번 둘러봄.
51 花街柳巷(화가유항) : 꽃과 버들가지의 거리. 지난날 遊廓을 달리 이르던 말이다.
52 繡閣(수각) : 綉房. 옛날 젊은 여자가 살던 방이란 뜻이나, 여기서 기생방을 의미함.
53 朱樓(주루) : 부귀한 집. 부잣집.
54 品竹彈絲(품죽탄사) : 관악기를 불고 현악기를 뜯음. 악기를 연주함.
55 調脂弄粉(조지농분) : 연지 찍고 분 바름.
56 公子王孫(공자왕손) : 귀한 집안의 자손이라는 뜻.
57 紅袖(홍수) : 붉은 소매. 궁녀를 일컫는 말이나, 여기서는 기생이란 의미이다.
58 眼花撩亂(안화요란) : 눈이 어질어질함.
59 大叔(대숙) : 아저씨. 남남끼리에서 성인 남자를 예사롭게 부르는 말이다.

認了." 公子說 : "但求一見." 那金哥就報與老鴇知道. 老鴇慌忙出來迎接, 請進待茶. 王定見老鴇留茶[60], 心下慌張[61], 說 : "三叔可回去罷!" 老鴇聽說, 問道 : "這位何人?" 公子說 : "是小价[62]." 鴇子道 : "大哥[63], 你也進來喫茶去, 怎麽這等小器[64]!" 公子道 : "休要聽他." 跟着老鴇往裡就走. 王定道 : "三叔不要進去, 俺老爺知道, 可不干我事." 在後邊自言自語[65], 公子那裡聽他, 竟到了裏面坐下. 老鴇叫丫頭看茶[66]. 茶罷, 老鴇便問 : "客官[67]貴姓?" 公子道 : "學生[68]姓王, 家父是禮部正堂[69]." 老鴇聽說, 拜道 : "不知貴公子, 失瞻休罪[70]." 公子道 : "不礙[71], 休要計較[72]. 久聞令愛玉堂春大名, 特來相訪." 老鴇道 : "昨有一位客官, 要梳櫳小女, 送一百兩財禮[73], 不曾許他." 公子道 : "一百兩財禮小哉! 學生不敢誇大話, 除了當今皇上, 往下也數家父. 就是家祖, 也做過侍郎." 老鴇聽說, 心中暗喜, 便叫 : "翠紅, 請三姐出來見尊客!" 翠紅去不多時, 回話道 : "三姐身子不健, 辭了罷." 老鴇起身帶笑說 : "小女從幼養嬌了, 直待老婢自去喚他." 王定在傍喉急[74], 又說 : "他不出來就罷了, 莫又去喚." 老鴇不聽其言, 走進房中, 叫 : "三姐, 我的兒, 你時運到

---

60 留茶(유다) : 차를 마시게 하면서 붙잡는 것을 일컬음.
61 慌張(황장) : 안절부절못함.
62 小价(소개) : 小價. 우리집 심부름꾼.
63 大哥(대가) : 연배가 높은 남자에 대한 존칭. 형님.
64 小器(소기) : 쩨쩨함. 인색함.
65 自言自語(자언자어) : 자기 혼자 이야기한다는 뜻.
66 看茶(간다) : 시종에게 차를 가져다 손님을 대접하라고 분부하는 말.
67 客官(객관) : 손님을 높여 부르는 말.
68 學生(학생) : 벼슬하지 못한 儒生.
69 正堂(정당) : 明淸시기에 한 부서의 主官을 이르는 말. 곧 尙書를 뜻한다.
70 休罪(휴죄) : 나무라지 마라 또는 잘못이라고 여기지 마라는 뜻.
71 不礙(불애) : 아무래도 좋음.
72 計較(계교) : 서로 견주어 따져 보고 살핌. 여기서는 지나치게 예절을 따진다는 의미이다.
73 財禮(재례) : 혼인 때 신랑 집에서 신부 집으로 보내는, 주로 푸른 비단과 붉은 비단 예물. 여기서는 합환한 사례금을 일컫는다.
74 喉急(후급) : 조바심함. 안달함.

了! 今有王尙書的公子, 特慕你而來." 玉堂春低頭不語, 慌得那鴇兒便
叫:"我兒, 王公子好箇標致人物, 年紀不上十六七歲, 囊中廣有金銀。
你若打得上這箇主兒, 不但名聲好聽, 也勾你一世受用." 玉姐聽說, 卽
時打扮[75], 來見公子。臨行, 老鴇又說:"我兒, 用心奉承[76], 不要怠慢
他." 玉姐道:"我知道了." 公子看玉堂春果然生得好:

「鬢挽烏雲, 眉彎新月, 肌凝瑞雪, 臉襯朝霞。袖中玉笋[77]尖尖, 裙下金
蓮[78]窄窄。雅淡梳粧偏有韻, 不施脂粉自多姿。便數盡滿院名姝[79], 總輸
他十分春色[80]。」

玉姐偸看公子, 眉淸目秀, 面白脣紅, 身段風流, 衣裳淸楚, 心中也自
暗喜。當下玉姐拜了公子。老鴇就說:"此非貴客坐處, 請到書房[81]小
敍." 公子相讓, 進入書房, 果然收拾得精緻, 明窗淨几, 古畫古爐。公子
却無心細看, 一心只對着玉姐。鴇兒幫襯[82], 敎女兒揷着公子肩下坐了,
分付丫鬟[83]擺酒[84]。王定聽見擺酒, 一發[85]着忙, 連聲催促三叔回去。老鴇
丟箇眼色與丫頭:"請這大哥到房裡喫酒." 翠香·翠紅道:"姐夫[86]請進
房裡, 我和你喫鍾喜酒[87]." 王定本不肯去, 被翠紅二人, 拖拖拽拽[88]扯進
去坐了。恬言美語[89], 勸了幾杯酒。初時還是[90]勉强, 以後喫得熱鬧, 連

---

75 打扮(타분) : 치장함. 화장함.
76 奉承(봉승) : 비위를 맞춤.
77 玉笋(옥순) : 미인의 손발.
78 金蓮(금련) : 여인의 纏足한 예쁜 발을 가리킴.
79 名姝(명주) : 이름난 미녀.
80 春色(춘색) : 色情어린 표정.
81 書房(서방) : 書齋. 家塾. 가정에 마련한 글방.
82 幫襯(방친) : 비위를 맞춤. 도와줌.
83 丫鬟(아환) : 머리를 얹은 젊은 여자 종을 이르던 말.
84 擺酒(파주) : 술상을 차림.
85 一發(일발) : 더욱. 한층 더.
86 姐夫(저부) : 기생집 고객. 오입쟁이. 매춘 고객.
87 喜酒(희주) : 기쁜 일을 축하하기 위해 마시는 술. 결혼 축하주.
88 拖拖拽拽(타타예예) : 밀치락달치락하는 모양. 자꾸 밀고 잡아당기고 하는 모양.

王定也忘懷了, 索性⁹¹放落了心, 且偸快樂。

　正飮酒中間, 聽得傳語公子叫王定。王定忙到書房, 只見杯盤羅列, 本司自有答應樂人, 奏動樂器, 公子開懷樂飮。王定走近身邊, 公子附耳低言 :"你到下處取二百兩銀子, 四疋尺頭⁹², 再帶散碎銀二十兩, 到這里來."王定道 :"三叔要這許多銀子何用?" 公子道 :"不要你閒管⁹³."王定沒奈何⁹⁴, 只得⁹⁵來到下處, 開了皮箱, 取出五十兩元寶⁹⁶四箇, 并尺頭‧碎銀, 再到本司院說 :"三叔, 有了."公子看也不看, 都敎送與鴇兒, 說 :"銀兩‧尺頭, 權爲令愛初會之禮。這二十兩碎銀, 把做賞人雜用."王定只道⁹⁷公子要討⁹⁸那三姐回去, 用許多銀子, 聽說只當初會之禮, 嚇得舌頭吐出三寸。却說⁹⁹鴇兒一見了許多東西, 就叫丫頭轉過一張空桌。王定將銀子‧尺頭, 放在桌上, 鴇兒假意謙讓了一回, 叫玉姐 :"我兒, 拜謝了公子."又說 :"今日是王公子, 明日就是王姐夫了."叫丫頭收了禮物進去 :"小女房中還備得有小酌, 請公子開懷暢飮."公子與玉姐肉手¹⁰⁰相攙, 同至香房¹⁰¹, 只見圍屛¹⁰²小桌, 果品珍羞, 俱已擺設¹⁰³完備。公子上坐, 鴇兒自彈弦子, 玉堂春淸唱¹⁰⁴侑酒¹⁰⁵。弄得¹⁰⁶三官骨鬆筋癢, 神

89　恬言美語(염언미어) : 恬言蜜語. 달콤한 말.
90　還是(환시) : 여전히. 아직도.
91　素性(색성) : 아예. 차라리.
92　尺頭(척두) : 옷감.
93　閒管(한관) : 쓸데없는 간섭.
94　沒奈何(몰내하) : 어쩔 수 없이.
95　只得(지득) : … 할 수밖에 없음.
96　元寶(원보) : 중국에서 쓰던 화폐의 하나.
97　只道(지도) : 다만 … 라고 생각함.
98　討(토) : 장가듦. 아내로 맞음.
99　却說(각설) : 그런데.
100　肉手(육수) : 兩手의 오기인 듯.
101　香房(향방) : 여자가 거처하는 방. 여기서는 옥당춘의 방이다.
102　圍屛(위병) : 병풍.
103　擺設(파설) : 차려 놓음.
104　淸唱(청창) : 간단한 반주에 맞추어 노래함.

蕩魂迷。王定見天色晚了, 不見三官動身[107], 連催了幾次。丫頭受鴇兒
之命, 不與他傳。王定又不得進房, 等了一箇黃昏, 翠紅要留他宿歇。王
定不肯, 自回下處去了。公子直飮到二鼓方散。玉堂春殷勤伏侍公子上
床, 解衣就寢, 眞箇男貪女愛, 倒鳳顚鸞[108], 徹夜交情, 不在話下[109]。

天明, 鴇兒叫廚下擺酒煮湯, 自進香房, 追紅[110]討喜[111], 叫一聲：“王
姐夫, 可喜可喜!”丫頭·小廝[112]都來磕頭[113]。公子分付王定, 每人賞銀
一兩。翠香·翠紅各賞衣服一套, 折釵銀三兩。王定早晨本要來接公子
回寓, 見他撒漫使錢[114], 有不然之色。公子暗想：‘在這奴才[115]手裡討針
線[116], 好不爽利, 索性將皮箱搬到院裡, 自家便當。’鴇兒見皮箱來了,
愈加奉承。眞箇朝朝寒食, 夜夜元宵[117], 不覺住了一箇多月。老鴇要生
心[118]科派[119], 設一大席酒, 搬戲演樂, 專請三官·玉姐二人赴席。鴇子
擧杯敬公子說：“王姐夫, 我女兒與你成了夫婦, 地久天長, 凡家中事
務, 望乞扶持。”那三官心裏只怕鴇子心裡不自在[120], 看那銀子猶如糞

---

105 侑酒(유주)：勸酒歌.

106 弄得(농득)：… 하게 함.

107 動身(동신)：출발함.

108 倒鳳顚鸞(도봉전난)：남녀가 얽혀 뒹구는 모양.

109 不在話下(부재화하)：더 말할 나위가 없음. 더 이상 말하지 않음.

110 紅(홍)：첫 경험에 따른 핏자국. 참고로 중국에서 紅包(홍빠오)는 신부를 맞이할 때
    붉은 종이에 싸서 축하의 의미로 건네는 돈을 의미하기도 한다.

111 討喜(토희)：기뻐함. 참고로 중국에서는 ‘신부맞다’라는 의미로 쓰이기도 한다.

112 小廝(소시)：머슴애. 사내종.

113 磕頭(개두)：의형제의 언약을 함. 이마를 땅에 조아리며 절함.

114 撒漫使錢(살만사전)：돈을 물 쓰듯 함.

115 奴才(노재)：꾸짖는 말. 경멸하고 경시하는 뜻이 포함되어 있는 말이다.

116 討針線(토침선)：타인에게 의지하여 생활함.

117 朝朝寒食, 夜夜元宵(조조한식, 야야원소)：한식은 淸明節로 음력 3월경에 조상의 묘
    를 돌보는 풍습이며, 원소는 元宵節로 정월 대보름인데, 아침에도 저녁에도 모두 똑같
    이 명절을 보낸다는 뜻으로, 사치스럽고 화려한 생활을 하면서 하루 종일 놀 생각만
    한다는 의미.

118 生心(생심)：딴 마음을 먹음.

119 科派(과파)：돈이나 재물을 옭아냄.

土, 憑老鴇說謊[121], 欠下許多債負, 都替他還。又打若干首節酒器, 做
若干衣服, 又許他改造房子。又造百花樓一座, 與玉堂春做臥房。隨其
科派, 件件許了。正是：

　　　　「酒不醉人人自醉　　　　　色不迷人人自迷」

　急得家人[122]王定手足無措, 三回五次[123], 催他回去。三官初時含糊
答應, 以後逼急了, 反將王定痛罵。王定沒奈何, 只得到求玉姐勸他。
玉姐素知虔婆[124]利害, 也來苦勸公子道："人無千日好, 花有幾日紅?'
你一日無錢, 他番了臉來, 就不認得你." 三官此時手內還有錢鈔, 那里
信他這話。王定暗想：'心愛的人還不聽[125]他, 我勸他則甚[126]?' 又想：
'老爺若知此事, 如何了得! 不如回家報與老爺知道, 憑他怎麼裁處, 與
我無干.' 王定乃對三官說："我在北京無用, 先回去罷!" 三官正厭王定
多管, 巴不得他開身[127], 說："王定, 你去時, 我與你十兩盤費[128], 你到
家中稟老爺, 只說帳未完, 三叔先使我來問安." 玉姐也送五兩, 鴇子也
送五兩。王定拜別三官而去。正是：

　　　　「各人自掃門前雪　　　　　莫管他家瓦上霜」

　且說。三官被酒色迷住, 不想回家, 光陰似箭, 不覺一年。亡八[129]·
淫娘, 終日科派。莫說上頭[130]·做生[131]·討粉頭·買丫鬟, 連亡八的壽

120　心裏不自在(심리부자재)：마음이 편치 않음.

121　說謊(설황)：거짓말함.

122　家人(가인)：하인.

123　三回五次(삼회오차)：거듭거듭. 여러 번.

124　虔婆(건파)：기생어미.

125　聽(청)：다스림. 평정함.

126　則甚(측심)：무엇을 하랴? 무엇하겠는가!

127　開身(개신)：啓程. 출발함.

128　盤費(반비)：먼 길을 가고 오고 하는 데 드는 돈.

129　亡八(망팔)：王八. 유곽의 조방꾸니를 일컬으나, 여기서는 기생애비를 의미함. 본디
　　　仁·義·禮·智·信·忠·信·孝·悌의 八德을 잃은 사람이라는 뜻에서 무뢰한을 이른다.

130　上頭(상두)：머리를 올려줌.

131　做生(주생)：생일을 축하함.

壙[132], 都打得到, 三官手內財空。亡八一見無錢, 凡事踈淡, 不照常答
應奉承。又住了半月, 一家大小作鬧起來, 老鴇對玉姐說:"'有錢便是
本司院, 無錢便是養濟院[133].' 王公子沒錢了, 還留在此做甚! 那曾見本
司院擧了節婦? 你却呆守那窮鬼[134]做甚!" 玉姐聽說, 只當耳邊之風。
一日, 三官下樓往外去了, 丫頭來報與鴇子。鴇子叫玉堂春下來:"我
問你, 幾時打發[135]王三起身?" 玉姐見話不投機[136], 復身向樓上便走。
鴇子隨卽跟上樓來, 說:"奴才, 不理[137]我麼?" 玉姐說:"你們這等沒天
理, 王公子三萬兩銀子, 俱送在我家。若不是他, 時我家東也欠債, 西
也欠債[138], 焉有今日這等足用?" 鴇子怒發, 一頭撞去, 高叫:"三兒打
娘哩!" 亡八聽見, 不分是非, 便拿了皮鞭, 趕上樓來, 將玉姐揢跌在樓
上, 擧鞭亂打。打得髻偏髮亂, 血淚交流。

且說。三官在午門[139]外, 與朋友相敍[140], 忽然面熱肉顫, 心下懷疑, 卽
辭歸, 逕走上百花樓。看見玉姐如此模樣, 心如刀割, 慌忙撫摩, 問其緣
故。玉姐睜開雙眼, 看見三官, 强把精神掙着說:"俺的家務事, 與你無
干!" 三官說:"冤家[141], 你爲我受打, 還說無干? 明日辭去, 免得累你受
苦." 玉姐說:"哥哥[142], 當初勸你回去, 你却不依[143]我。如今孤身在此,
盤纏又無, 三千餘里, 怎生去得? 我如何放得心? 你若不能還鄉, 流落在

---

132 壽壙(수광): 생전에 무덤을 마련하는 것.
133 養濟院(양제원): 의지할 곳 없는 노인이나 걸인을 수용하는 곳.
134 窮鬼(궁귀): 가난을 가져온다는 귀신을 일컬으나, 여기서는 가난뱅이를 비유함.
135 打發(타발): 보내다는 뜻이나, 여기서는 돌보아 주다는 의미.
136 話不投機(화불투기): 말이 마음에 맞지 않음. "말은 마음이 맞지 않으면 반 마디도 많은
   법이다.(話不投機, 半句多.)"에서 나오는 말이다.
137 不理(불리): 상대하지 않음.
138 欠債(흠채): 빚짐.
139 午門(오문): 紫禁城의 남쪽 정문.
140 相敍(상서): 이야기를 주고받음.
141 冤家(원가): 애인에 대한 애칭.
142 哥哥(가가): 사랑하는 그대. 여자가 자기의 애인을 부르는 애칭이다.
143 不依(불의): 말을 듣지 않음.

外, 又不如忍氣[144]且住[145]幾日." 三官聽說, 悶倒在地。玉姐近前抱住公子, 說："哥哥, 你今後休要下樓去! 看那亡八・淫婦怎麽樣行來?" 三官說："欲待回家, 難見父母兄嫂, 待不去, 又受不得忘八冷言熱語[146]。我又捨不得[147]你, 待住[148], 那忘八・淫婦只管[149]打你." 玉姐說："哥哥, 打不打, 你休管他。我與你是從小的兒女夫妻, 你豈可一旦[150]別了我!" 看看[151]天色又晚, 房中往常時[152]丫頭秉燈上來, 今日火也不與了。玉姐見三官痛傷, 用手扯到床上睡了, 一遞一聲長吁短氣[153]。三官與玉姐說："不如我去罷! 再接有錢的客官, 省你受氣[154]." 玉姐說："哥哥, 那亡八・淫婦, 任他打我, 你好歹休要起身。哥哥在時, 奴[155]命在, 你眞箇要去, 我只一死." 二人直哭到天明。起來, 無人與他碗水。玉姐叫丫頭："拿鍾茶來, 與你姐夫喫." 鴇子聽見, 高聲大罵："大膽奴才, 少打。叫小三[156]自家來取." 那丫頭・小厮都不敢來。玉姐無奈, 只得自己下樓, 到廚下, 盛碗飯, 淚滴滴自拿上樓去, 說："哥哥, 你喫飯來." 公子纔要喫, 又聽得下邊罵, 待不喫, 玉姐又勸。公子方纔喫得一口, 那淫婦在樓下說："小三, 大膽奴才, 那有巧媳婦做出無米粥?" 三官分明聽得他話, 只索隱忍。正是：

---

144 忍氣(인기) : 울분을 참음.

145 且住(차주) : 잠깐 기다림.

146 冷言熱語(냉어열어) : 冷言冷語. 가시 돋친 비꼬는 말.

147 捨不得(사부득) : (헤어지기) 아쉬움. 미련이 남음.

148 待住(대주) : 한곳에 정착함.

149 只管(지관) : 마음대로.

150 一旦(일단) : 잠시. 잠깐.

151 看看(간간) : 이제 곧. 보아하니. 머지않아.

152 往常時(왕상시) : 평소. 보통 때.

153 一遞一聲長吁短氣(일체일성장우단기) : 길게 탄식하고 짧게 숨 쉰다는 뜻으로, 탄식만 한다는 의미.

154 受氣(수기) : 천대를 받음. 모욕을 당함.

155 奴(노) : 젊은 여자의 자칭.

156 小三(소삼) : 셋째 놈. 셋째 아들인 왕경륭을 낮잡아 일컬은 말이다.

「囊中有物精神旺　　　　　　手內無錢面目慚」

却說。亡八惱恨玉姐, 待要打他, 倘或打傷了, 難敎他掙錢, 待不打他, 他又戀着王小三。十分逼的小三極了, 他是箇酒色迷了的人, 一時他尋箇自盡, 倘或尙書老爺差人來接, 那時把泥做也不乾[157]。左思右算, 無計可施。鴇子說: "我自有妙法, 叫他離咱們[158]去。明日是你妹子生日, 如此如此, 喚做'倒房計'." 亡八說: "到也好." 鴇子叫丫頭樓上問: "姐夫喫了飯還沒有?" 鴇子上樓來說: "休怪! 俺家務事, 與姐夫不相干." 又照常擺上了酒。喫酒中間, 老鴇忙陪笑[159]道: "三姐, 明日是你姑娘生日, 你可稟王姐夫, 封上人情[160], 送去與他." 玉姐當晚封下禮物。第二日淸晨[161], 老鴇說: "王姐夫早起來, 趁涼[162]可送人情到姑娘家去." 大小都離司院, 將半里, 老鴇故意喫一驚, 說: "王姐夫, 我忘了鎖門, 你回去把門鎖上." 公子不知鴇子用計, 回來鎖門不題[163]。

且說亡八從那小港[164]轉過來, 叫: "三姐, 頭上吊了簪子." 哄的玉姐回頭, 那亡八把頭口[165]打了兩鞭, 順小巷流水[166]出城去了。三官回院, 鎖了房門, 忙往外趕, 看不見玉姐, 遇着一夥[167]人。公子躬身便問: "列位曾見一起[168]男女, 往那里去了?" 那夥人不是好人, 却是[169]短路的[170]。

---

157 把泥做也不乾(파니주야불건) : 俗語로 사정이 어려워진다는 뜻이라 함.

158 咱們(찰문) : 우리들.

159 陪笑(배소) : 빌붙어 눈치만 봄. 웃음을 띰.

160 人情(인정) : 선물.

161 淸晨(청신) : 동틀 무렵. 새벽녘.

162 趁涼(진량) : 더위를 피하여 서늘한 바람을 쐼.

163 不題(부제) : 話本小說에서 현재의 화제를 잠시 내버려두고 다른 화제를 시작하려고 쓰는 일종의 종결어.

164 港(항) : 巷의 오기인 듯.

165 頭口(두구) : 가축을 뜻하나, 여기서는 타고 있는 말이나 노새를 가리킴.

166 流水(유수) : 곧바로.

167 一夥(일과) : 10인 내외의 한 패거리.

168 一起(일기) : 한 무리.

169 却是(각시) : 도리어.

見三官衣服齊整, 心生一計, 說：“纔往蘆葦西邊去了.” 三官說：“多謝
列位.” 公子往蘆葦裡就走. 這人哄的三官往蘆葦里去了, 卽忙走在前
面等着. 三官至近, 跳起來喝一聲, 却去扯住三官, 齊下手[171]剝去衣服
帽子, 拿繩子捆在地上. 三官手足難掙, 昏昏沉沉, 捱到天明, 還只想
了玉堂春, 說：“姐姐, 你不知在何處去, 那知我在此受苦!”

不說公子有難, 且說亡八·淫娘拐着玉姐, 一日走了一百二十里地,
野店安下. 玉姐明知中了亡八之計, 路上牽掛三官, 淚不停滴.

再說[172]三官在蘆葦里, 口口聲聲叫救命. 許多鄉老近前看見, 把公子
解了繩子, 就問：“你是那里人?” 三官害羞[173], 不說是公子, 也不說闖
玉堂春. 渾身上下又無衣服, 眼中吊淚說：“列位大叔, 小人是河南人,
來此小買賣, 不幸遇着歹人[174], 將一身衣服盡剝去了, 盤費一文也無.”
衆人見公子年少, 捨了幾件衣服與他, 又與了他一頂帽子. 三官謝了衆
人, 拾起破衣穿了, 拿破帽子戴了. 又不見玉姐, 又沒了一箇錢, 還進
北京來, 順着房簷, 低着頭, 從早至黑, 水也沒得口. 三官餓的眼黃,
到天晚尋宿, 又沒人家下他. 有人說：“想你這箇模樣子, 誰家下你? 你
如今可到總鋪[175]門口[176]去, 有覓人打梆子[177], 早晚勤謹, 可以度日.”
三官徑至總鋪門首, 只見一箇地方[178]來顧人打更[179]. 三官向前叫：“大

---

170 短路的(단로적) : 길목을 지키고 있다가 노략질하는 사람.

171 下手(하수) : 시작함.

172 再說(재설) : 더구나. 게다가. 하물며.

173 害羞(해수) : 부끄러워함.

174 歹人(알인) : 악인. 나쁜 사람.

175 總鋪(총포) : 중국 최조의 소방 조직 軍巡鋪. 300보마다 군순포가 하나씩 있었는데,
   화재뿐만 아니라 도난과 불의 사고와 교통질서까지 책임졌다. 화재 예방을 위해서 높은
   곳에 세운 망루에는 화재가 났는지 살피는 이가 배치되어 있었다. 일종의 야경꾼들이
   모여 있는 곳이다.

176 門口(문구) : 입구.

177 梆子(방자) : (야경을 돌거나 군중을 소집할 때 치는) 딱따기.

178 地方(지방) : 地保. 마을의 치안 담당자.

179 更(경) : 更點. 북과 징을 쳐서 시간을 알리는 것. 하룻밤을 5更으로 나누었다. 打更은

叔, 我打頭更[180]."地方便問: "你姓甚麼?"公子說: "我是王小三." 地方說: "你打二更罷! 失了更, 短了籌[181], 不與你錢, 還要打哩!" 三官是箇自在慣了的人, 貪睡了, 晚間把更失了. 地方罵: "小三, 你這狗骨頭, 也沒造化[182]喫這自在飯, 快着走." 三官自思無路, 乃到孤老院[183]裡去存身. 正是:

「一般院子[184]裡　　　　　　苦樂不相同」

却說. 那亡八·鴇子, 說: "咱來了一箇月, 想那王三必回家去了, 咱們回去罷." 收拾行李, 回到本司院. 只有玉姐每日思想公子, 寢食俱廢. 鴇子上樓來, 苦苦勸說: "我的兒, 那王三已是往家去了, 你還想他怎麼? 北京城內多少王孫公子, 你只是[185]想着王三不接客, 你可知道我的性子, 自討分曉, 我再不說你了." 說罷自去. 玉姐淚如雨滴. 想王順卿手內無半文錢, 不知怎生去了? '你要去時, 也通箇信息, 免使我蘇三常常掛牽[186]. 不知何日再得與你相見?'

不說玉姐想公子, 且說公子在北京院討飯[187]度日. 北京大街上有箇高手王銀匠, 曾在王尚書處打過酒器. 公子在虔婆家打首飾物件, 都用着他. 一日往孤老院過, 忽然看見公子, 諕了一跳[188]. 上前扯住, 叫: "三叔! 你怎麼這等模樣?" 三官從頭說了一遍, 王銀匠說: "自古狠心亡八! 三叔, 你今到寒家[189], 清茶[190]淡飯[191], 暫住幾日. 等你老爺使人來

시각을 알리다는 뜻이다.

180 頭更(두경): 初更. 저녁 7시에서 9시 사이.

181 籌(주): 更籌. 야간에 更을 알리는 牌로서 흔히 야간의 시간을 가리킴.

182 造化(조화): 행운. 복.

183 孤老院(고로원): 가난하고 고독한 노인들을 위한 기관.

184 院子(원자): 집. 都司院과 孤老院을 비교하는 말이다.

185 只是(지시): 오직.

186 掛牽(괘견): 근심함. 염려함.

187 討飯(토반): 구걸함. 빌어먹음.

188 諕了一跳(획요일조): 깜짝 놀람.

189 寒家(한가): 저희 집. 자기의 집을 낮추어 부르는 말이다.

接你.” 三官聽說大喜, 隨跟至王匠家中。王匠敬他是尙書公子, 盡禮管待, 也住了半月有餘。他媳婦子見短, 不見尙書家來接, 只道丈夫說謊, 乘着丈夫上街, 便發說話：“自家一窩子[192]男女, 那有閒飯養他人! 好意留喫幾日, 各人要自達時務, 終不然在此養老送終[193].” 三官受氣不過, 低着頭, 順着房簷, 往外出來, 信步而行[194]。走至關王廟[195], 猛省[196]關聖最靈, 何不訴他? 乃進廟, 跪於神前, 訴以亡八·鴇兒負心之事。拜禱[197]良久, 起來閒看兩廊畫的三國功勞。

却說。廟門外街上, 有一箇小夥兒叫云：“本京瓜子, 一分一桶, 高郵[198]鴨蛋, 半分一箇.” 此人是誰? 是賣瓜子的金哥。金哥說道[199]：“原來[200]是年景[201]消踈, 買賣不濟。當時本司院有王三叔在時, 一時照顧二百錢瓜子, 轉的來, 我父母喫不了[202]。自從三叔回家去了, 如今誰買這物? 二三日不曾發市, 怎麼過? 我到廟里歇歇再走.” 金哥進廟裡來, 把盤子放在供卓[203]上, 跪下磕頭。三官却認得是金哥, 無顏見他, 雙手掩面, 坐於門限[204]側邊。金哥磕了頭, 起來, 也來門限上坐下。三官只道金哥出廟去了, 放下手來, 却被金哥認出, 說：“三叔! 你怎麼在這

---

190 淸茶(청다) : (손님 접대에 내놓는) 간단한 차.

191 淡飯(담반) : 변변치 못한 식사.

192 一窩子(일와자) : 온 집안. 한집안.

193 養老送終(양노송종) : 윗사람을 생전에 잘 모시고 사후에 정중하게 장사 지냄.

194 信步而行(신보이행) : 발길 가는 데로 걸음.

195 關王廟(관왕묘) : 중국 삼국시대 蜀漢의 장수 關羽를 神將으로 모신 사당.

196 猛省(맹성) : 문득 생각이 남.

197 拜禱(배도) : 희구함.

198 高郵(고우) : 명나라 시대의 州名. 중국 江蘇省 高郵縣이다.

199 說道(설도) : 소설 속에서 인물이 하는 말을 직접화법으로 인용할 때 쓰이는 말임.

200 原來(원래) : 알고 보니.

201 年景(연경) : 작황. 수확.

202 喫不了(끽불요) : 양이 많아서 다 먹을 수 없음.

203 供卓(공탁) : 제사상.

204 門限(문한) : 문지방. 문턱.

里?"三官含羞帶淚, 將前事道了一遍. 金哥說:"三叔休哭. 我請你喫些飯." 三官說:"我得了飯." 金哥又問:"你這兩日, 沒見你三嬸來?" 三官說:"久不相見了! 金哥, 我煩你到本司院密密的與三嬸說, 我如今這等窮, 看他怎麽說, 回來復我." 金哥應允, 端起盤, 往外就走. 三官又說:"你到那里看風色[205], 他若想我, 你便題我在這里如此. 若無眞心疼我, 你便休話, 也來回我. 他這人家, 有錢的另一樣待, 無錢的另一樣待." 金哥說:"我知道." 辭了三官, 往院裡來, 在於樓外邊立着.

　　說[206]那玉姐手托香腮, 將汗巾拭淚, 聲聲只叫:"王順卿, 我的哥哥! 你不知在那里去了?" 金哥說:'呀, 眞箇想三叔哩!' 咳嗽一聲, 玉姐聽見, 問:"外邊是誰?" 金哥上樓來, 說:"是我. 我來買瓜子與你老人家[207]磕哩!" 玉姐眼中吊淚, 說:"金哥, 縱有羊羔美酒[208], 喫不下, 那有心緒磕瓜仁!" 金哥說:"三嬸, 你這兩日怎麽淡了?" 玉姐不理. 金哥又問:"你想三叔, 還想誰? 你對我說, 我與你接去." 玉姐說:"我自三叔去後, 朝朝思想, 那里又有誰來? 我曾記得一輩古人." 金哥說:"是誰?" 玉姐說:"昔有箇亞仙[209]女, 鄭元和[210]爲他黃金使盡, 去打蓮花落[211]. 後來收心[212]勤讀詩書, 一舉成名[213]. 那亞仙風月場[214]中顯大名. 我常懷亞仙之心, 怎得三叔他像鄭元和方好." 金哥聽說, 口中不語, 心內自思:'王

205　風色(풍색):動靜.

206　說(설):却說인 듯.

207　老人家(노인가):어르신.

208　羊羔美酒(양고미주):고대에 汾州에서 생산되던 名酒.

209　亞仙(아선):元나라 石君實의 雜劇인 〈李亞仙曲江池酒〉에 나오는 여주인공. 이 인물은 唐나라 白行簡의 〈李娃傳〉에 나오는 여주인공 李娃를 변형시킨 것이다. 잡극에서는 그녀를 一枝花라고 불렀다고도 했다.

210　元和(원화):元나라 石君實의 雜劇인 〈李亞仙曲江池酒〉에 나오는 남주인공 鄭生의 字. 白行簡의 〈李娃傳〉에 나오는 남주인공은 이름 없이 滎陽에 사는 사람이라고 했다.

211　蓮花落(연화락):맹인 거지가 구걸할 때 부르는 노래. 打蓮花落은 구걸한다는 뜻이다.

212　收心(수심):마음을 바로잡음. 가다듬음.

213　一舉成名(일거성명):과거에서 진사에 합격하여 천하에 이름을 알림.

214　風月場(풍월장):妓院. 花柳界.

三到也與鄭元和相像了, 雖不打蓮花落, 也在孤老院討飯喫.’金哥乃低低把三嬸叫了一聲, 說:“三叔如今在廟中安歇, 叫我密密的報與你, 濟他些盤費, 好上南京.”玉姐諕了一驚:“金哥休要哄我.”金哥說:“三嬸, 你不信, 跟我到廟中看看去.”玉姐說:“這里到廟中有多少遠?”金哥說:“這里到廟中有三里地.”玉姐說:“怎麽敢去?”又問:“三叔還有甚話?”金哥說:“只是少銀子錢使用, 並沒甚話.”玉姐說:“你去對三叔說, ‘十五日在廟裡等我.’”金哥去廟裡回復三官, 就送三官到王匠家中, “倘若他家不留你, 就到我家裡去.”幸得王匠回家, 又留住了公子不題.

　　却說. 老鴇又問:“三姐! 你這兩日不喫飯, 還是想着王三哩! 你想他, 他不想你. 我兒好癡, 我與你尋箇比王三強的, 你也新鮮[215]些.”玉姐:“娘! 我心裡一件事不得停當.”鴇子說:“你有甚麽事?”玉姐說:“我當初要王三的銀子, 黑夜與他說話, 指着城隍爺爺說誓, 如今等我還了願, 就接別人.” 老鴇問:“幾時去還願?” 玉姐道:“十五日去罷.”老鴇甚喜, 預先備下香燭紙馬[216]. 等到十五日, 天未明, 就叫丫頭起來:“你與姐姐燒下水洗臉.”玉姐也懷心, 起來梳洗, 收拾私房銀兩[217], 并釵釧首飾之類, 叫丫頭拿着紙馬, 徑往城隍廟裡去. 進的廟來, 天還未明, 不見三官在那里. 那曉得三官却躲在東廊下相等. 先已看見玉姐, 咳嗽一聲. 玉姐就知, 叫丫頭燒了紙馬, “你先去. 我兩邊看看十帝閻君[218].”玉姐叫了丫頭轉身, 逕來東廊下尋三官. 三官見了玉姐, 羞面通紅. 玉姐叫聲:“哥哥王順卿, 怎麽這等模樣?”兩下抱頭而哭. 玉姐將所帶有二百兩銀子東西, 付與三官, 叫他置辦[219]衣帽, 買騾子, 再到院裡來, “你只說是從南京纔到, 休負奴言.”二人含泪各別. 玉姐回至

---

215 新鮮(신선) : 정신이 듦. 정신 차림.

216 紙馬(지마) : 제사 때 태우는 神像이 그려져 있는 종이.

217 私房銀兩(사방은냥) : 私房錢. 꼬불쳐 둔 돈. 비상금.

218 十帝閻君(십제염군) : 一殿 秦廣王, 二殿 楚江王, 三殿 宋帝王, 四殿 五官王, 五殿 閻君天子, 六殿 卞城王, 七殿 泰山王, 八殿 都市王, 九殿 平等王, 十殿 轉輪王.

219 置辦(치판) : 구매함. 마련함.

家中, 鴇子見了, 欣喜不勝, 說："我兒還了願了?"玉姐說："我還了舊願, 發下新願."鴇子說："我兒, 你發下甚麼新願?"玉姐說："我要再接王三, 把咱一家子死的滅門絶戶, 天火[220]燒了."鴇子說："我兒這誓, 忒發得重了些."從此歡天喜地[221]不題.

且說。三官回到王匠家, 將二百兩東西, 遞與王匠。王匠大喜, 隨卽到了市上, 買了一身[222]衲帛[223]衣服, 粉底皂靴, 絨襪, 瓦楞帽子, 靑絲條, 眞川扇, 皮箱, 騾馬, 辦得齊整。把磚頭瓦片, 用布包裹, 假充[224]銀兩, 放在皮箱裡面。收拾打扮[225]停當[226], 雇了兩箇小廝, 跟隨就要起身。王匠說："三叔! 略停片時, 小子置一杯酒餞行."公子說："不勞如此。多蒙厚愛, 異日須來報恩."三官遂上馬而去。

```
「粧成圈套入衚衕            鴇子焉能不强從
 虧殺[227]玉堂垂念[228]永     固知紅粉亦英雄」
```

却說。公子辭了王匠夫婦, 徑至春院門首。只見幾箇小樂工, 都在門首說話。忽然看見三官氣象一新, 唬了一跳, 飛風[229]報與老鴇。老鴇聽說, 半晌不言：'這等事怎麼處? 向日三姐說, 他是宦家公子, 金銀無數, 我却不信, 逐他出門去了。今日到帶有金銀, 好不惶恐人也!' 左思右想, 老着臉[230]走出來見了三官, 說："姐夫從何而至?"一手扯住馬頭。公子下馬唱了半箇喏[231], 就要行, 說："我夥計[231]都在船中等我."老鴇陪笑道：

---

220 天火(천화) : 벼락.
221 歡天喜地(환천희지) : 기쁨이 넘침. 매우 기뻐함.
222 一身(일신) : (의복) 한 벌.
223 衲帛(납백) : 문양을 수놓은 비단 옷.
224 假充(가충) : …로 가장함. 사칭함.
225 打扮(타분) : 곱게 치장함.
226 停當(정당) : 잘 되어 있음. 갖추어져 있음.
227 虧殺(휴살) : 다행히도. 덕분으로.
228 垂念(수념) : 배려함. 보살펴 줌. 관심을 가짐.
229 飛風(비풍) : 쏜살같음.
230 老着臉(노착검) : 염치 불구함.
231 夥計(과계) : 일꾼. 머슴.

"姐夫好狠心也。就是寺破僧醜, 也看佛面[232], 縱然要去, 你也看看玉堂
春." 公子道 : "向日那幾兩銀子值甚的, 學生豈肯放在心上[233]? 我今皮
箱內, 見有五萬銀子, 還有幾船貨物, 夥計也有數十人。有王定看守在
那里." 鴇子一發不肯放手了。公子恐怕掙脫了, 將機就機[234], 進到院門
坐下。鴇兒分付廚下忙擺酒席接風[235]。三官茶罷, 就要走, 故意攤出兩
定[236]銀子來, 都是五兩頭細絲[237]。三官檢[238]起, 袖而藏之。鴇子又說 :
"我到了姑娘家, 酒也不曾喫, 就問你, 說你往東去了, 尋不見你, 尋了
一箇多月, 俺纔回家." 公子乘機便說 : "虧你好心。我那時也尋不見你。
王定來接我, 我就回家去了。我心上也欠掛着玉姐, 所以急急而來." 老
鴇忙叫丫頭去報玉堂春。丫頭一路[239]笑上樓來, 玉姐已知公子到了, 故
意說 : "奴才笑甚麼?" 丫頭說 : "王姐夫又來了." 玉姐故意讟了一跳, 說
: "你不要哄我!" 不肯下樓。老鴇慌忙自來, 玉姐故意回臉往裡睡。鴇子
說 : "我的親兒! 王姐夫來了, 你不知道麼?" 玉姐也不語, 連問了四五
聲, 只不答應。這一時待要罵, 又用[240]着他。扯一把椅子拿過來, 一
直[241]坐下, 長吁了一聲氣。玉姐見他這模樣, 故意回過頭起來, 雙膝跪
在樓上, 說 : "媽媽! 今日饒我這頓打." 老鴇忙扯起來說 : "我兒! 你還不
知道王姐夫又來了。拿有五萬兩花銀[242], 船上又有貨物并夥計數十人,

232 看佛面(간불면) : 중의 얼굴은 보지 않아도, 부처의 얼굴은 봐주어야 한다.(不看僧面,
  看佛面.)에서 나온 말. 중요한 사람의 체면은 지켜주어야 한다는 말이다.
233 放在心上(방재심상) : 마음에 담아 둠.
234 將機就機(장기취기) : 남의 기회를 자신이 이용함을 이르는 말.
235 接風(접풍) : 멀리서 온 손님에게 식사를 대접함.
236 定(정) : 錠. 은덩이.
237 細絲(세사) : 紋銀. 순은덩어리.
238 檢(검) : 拾取. 주움.
239 一路(일로) : 줄곧.
240 又用(우용) : 우려먹음.
241 一直(일직) : 곧바로.
242 花銀(화은) : 품질이 비교적 순수한 銀子.

比前加倍。你可去見他, 好心奉承。"玉姐道："發下[243]新願了, 我不去接
他。" 鴇子道："我兒! 發願只當取笑[244]。" 一手挽玉姐下樓來, 半路就叫
："王姐夫, 三姐來了。" 三官見了玉姐, 冷冷的作了一揖, 全不溫存。老
鴇便叫丫頭擺桌, 取酒斟上一鍾, 深深萬福[245], 遞與王姐夫："權當[246]老
身不是。可念三姐之情, 休走別家。教人笑話。" 三官微微冷笑, 叫聲：
"媽媽, 還是我的不是。" 老鴇慇勤勸酒, 公子喫了幾杯, 叫聲多擾, 抽身
就走。翠紅一把扯住, 叫："玉姐, 與俺姐夫陪箇笑臉。" 老鴇說："王姐
夫, 你忒做絶[247]了。丫頭, 把門頂了, 休故[248]你姐夫出去。" 叫丫頭把那
行李擡在百花樓去。就在樓下重設酒席, 笙琴細樂, 又來奉承。喫了半
更[249], 老鴇說："我先去了, 讓你夫妻二人敍話。" 三官·玉姐正中其意,
攜手登樓。

「如同久旱逢甘雨　　　　好似他鄉遇故知」

二人一晚敍話, 正是：'歡娛嫌[250]夜短, 寂寞恨[251]更長。' 不覺鼓打四
更, 公子爬將起來, 說："姐姐! 我走罷!" 玉姐說："哥哥! 我本欲留你多
住幾日, 只是留君千日, 終須一別。今番作急回家, 再休惹閒花野草[252]。
見了二親, 用意攻書。倘或成名, 也爭得這一口氣[253]。" 玉姐難捨王公
子, 公子留戀[254]玉堂春。玉姐說："哥哥, 你到家, 只怕娶了家小[255]不念

---

243 發下(발하) : 소원을 빎.

244 取笑(취소) : 농담을 함.

245 萬福(만복) : 옛날, 부녀자들의 경례.

246 權當(권당) : …로 생각함.

247 做絶(주절) : (어찌할 수 있는) 여유를 남기지 않고 함.

248 故(고) : 放의 오기인 듯.

249 半更(반경) : 夜半更. 半夜三更. 깊은 밤. 한밤중.

250 嫌(혐) : 싫어함.

251 恨(한) : 한스럽게 여김.

252 閒花野草(한화야초) : 기생. 기녀.

253 一口氣(일구기) : 원한. 억울함.

254 留戀(유련) : 차마 떠나지 못함.

255 家小(가소) : 아내. 부인.

我."三官說:"我怕你在北京另接一人, 我再來也無益了."玉姐說:"你指着聖賢爺[256]說了誓愿." 兩人雙膝跪下. 公子說:"我若南京再娶家小, 五黃六月[257]害病[258]死了我."玉姐說:"蘇三再若接別人, 鐵鎖長枷永不出世." 就將鏡子拆開, 各執一半, 日後爲記. 玉姐說:"你敗了三萬兩銀子, 空手而回, 我將金銀首飾器皿, 都與你拿去罷."三官說:"亡八・淫婦知道時, 你怎打發他?"玉姐說:"你莫管我, 我自有主意[259]."玉姐收拾完備, 輕輕的開了樓門, 送公子出去了.

天明, 鴇兒起來, 叫丫頭燒下洗臉水, 承下淨口茶, "看你姐夫醒了時, 送上樓去. 問他要喫甚麽? 我好做去[260]. 若是還睡, 休驚醒他."丫頭走上樓去, 見擺設的器皿都沒了, 梳粧匣也出空[261]了, 撇在一邊. 揭開[262]帳子, 床上空了半邊. 跑下樓, 叫:"媽媽罷了!"鴇子說:"奴才! 慌甚麽? 驚着你姐夫."丫頭說:"還有什麽姐夫? 不知那里去了. 俺姐姐回臉往裡睡着."老鴇聽說, 大驚, 看小廝・騾脚[263]都去了, 連忙走上樓來, 喜得皮箱還在. 打開看時, 都是箇磚頭瓦片. 鴇兒便罵:"奴才! 王三那里去了? 我就打死你! 爲何金銀器皿他都偸去了?"玉姐說:"我發過新愿了, 今番不是我接他來的."鴇子說:"你兩箇昨晚說了一夜說話, 一定曉得他去處."亡八就去取皮鞭, 玉姐拿箇首帕[264], 將頭扎了, 口裡說:"待我尋王三還你."忙下樓來, 往外就走. 鴇子・樂工, 恐怕走了, 隨後趕來. 玉姐行至大街上, 高聲叫屈:"圖財[265]殺命!"只見地方都來了.

---

256 聖賢爺(성현야) : 천지신령. 聖賢은 신령과 부처의 뜻이다.

257 五黃六月(오황유월) : 음력 오뉴월의 무더운 때.

258 害病(해병) : 병 듦.

259 主意(주의) : 방법.

260 做去(주거) : 마련함.

261 出空(출공) : 모조리 없애 버림. 모조리 빼버림. 깨끗하게 쓸어 없앰.

262 揭開(게개) : 올림.

263 騾脚(나각) : 마부.

264 首帕(수파) : 헝겊으로 만든 수건. 머리를 동이는 데 쓰인다.

265 圖財(도재) : 재물을 탐냄.

鸨子說：“奴才，他到把我金銀首飾盡情[266]拐去[267]，你還放刁[268]!”亡八說：“由他[269]。咱到家裡算帳[270]。”玉姐說：“不要說嘴[271]! 咱往那里去? 那是我家? 我同你到刑部堂上[272]講講。恁家裡是公侯宰相·朝郎[273]駙馬，你那里[274]的金銀器皿! 萬物要平箇理。一箇行院[275]人家，至輕至賤，那有什麼大頭面[276]，戴往那里去坐席? 王尙書公子在我家，費了三萬銀子，誰不知道他去了就開手[277]? 你昨日見他有了銀子，又去哄到家裡，圖謀了他行李，不知將他下落在何處? 列位做箇證見。”說得[278]鸨子無言可答。亡八說：“你叫王三拐去我的東西，你反來圖賴[279]我。”玉姐舍命就罵：“亡八·淫婦，你圖財殺人，還要說嘴? 見今皮箱都打開[280]在你家裡，銀子都拿過了。那王三官不是你謀殺了是那箇?”鸨子說：“他那里有甚麼銀子? 都是磚頭瓦片哄人。”玉姐說：“你親口說帶有五萬銀子，如何今日又說沒有?”兩下廝鬧。衆人曉得三官敗過三萬銀子是眞，謀命的事未必。都將好言勸解。玉姐說：“列位，你旣勸我不要到官，也得我罵他幾句，出這口氣。”衆人說：“憑你罵罷!”玉姐罵道：

---

266 盡情(진정) : 마음껏 함.
267 拐去(괴거) : 훔쳐 감.
268 放刁(방조) : 되지 못하게 굶.
269 由他(유타) : 그가 하고 싶은 대로 그냥 놔둠.
270 算帳(산장) : 손해를 보거나 실패한 후에 옥신각신 다투며 따진다는 뜻으로, 결판내다는 의미. 보복의 뜻이 포함되어 있는 말이다.
271 說嘴(설취) : 허풍 침.
272 堂上(당상) : 재판관.
273 朝郎(조랑) : 조정의 관리.
274 那里(나리) : 反問句에 쓰여서 동의하지 않음을 나타내는 말.
275 行院(행원) : 기생.
276 頭面(두면) : 머리에 꽂는 장식품.
277 開手(개수) : 착수함. 고모 생일잔치에 같이 가던 公子를 도중에 집으로 되돌려 보내놓고 쫓아내려는 계획을 착수한 것을 일컫는다.
278 說得(설득) : 말해도 됨.
279 圖賴(도뢰) : (남을) 모해함.
280 打開(타개) : 풀어 펼침.

「你這亡八是喂不飽的狗, 鴇子是填不滿的坑。不肯思量做生理, 只是排
局騙[281]別人。奉承盡是天羅網[282], 說話皆是陷人坑。只圖你家長興旺,
那管他人貧不貧。八百好錢[283]買了我, 與你掙了多少[284]銀。我父叫做周
彦亨, 大同城[285]裡有名人。買良爲賤[286]該甚罪? 興販[287]人口問充軍[288]。
哄誘良家子弟猶自可, 圖財殺命罪非輕! 你一家萬分無天理, 我且說你兩
三分.」

衆人說:"玉姐, 罵得勾了." 鴇子說:"讓你罵許多時, 如今該回去
了." 玉姐說:"要我回去, 須立箇文書執照與我." 衆人說:"文書如何
寫?"玉姐說:"要寫'不合買良爲娼, 及圖財殺命'等話." 亡八那裡肯寫.
玉姐又叫起屈來。衆人說:"買良爲娼, 也是門戶[289]常事。那人命事不
的實, 却難招認[290]。我們只主張寫箇贖身文書與你罷!" 亡八還不肯。衆
人說:"你莫說別項, 只王公子三萬銀子也勾買三百箇粉頭了。玉姐左
右[291]心不向你了, 捨了他罷!"衆人都到酒店裡面, 討了一張綿紙[292], 一
人念, 一人寫, 只要亡八·鴇子押花[293]。玉姐道:"若寫得不公道, 我就
扯碎了." 衆人道:"還你停當." 寫道:

「立文書本司樂戶[294]蘇淮, 同妻一秤金, 向將錢八百文[295], 討大同府人周

281　局騙(국편) : 함정을 팜. 계략으로 사람을 속임. 속임수를 씀.
282　天羅網(천라망) : 天羅地網. 물샐틈없는 그물망을 침.
283　好錢(호전) : 구멍이 난 돈. 곧 葉錢이다.
284　多少(다소) : 셀 수 없을 만큼 많음.
285　大同城(대동성) : 중국 山西省 大同市의 옛 성.
286　買良爲賤(매량위천) : 양인의 딸을 사서 娼妓를 만듦.《大明律》에 따르면 律例가 지극
　　히 엄했다.
287　興販(흥판) : 물건을 흥정하여 파는 일.
288　充軍(충군) : 죄인을 멀리 유배시켜 군인으로 충당하거나 노역에 종사케 하는 명나라의
　　형벌. 사형 다음의 중형이다.
289　門戶(문호) : 기생집.
290　招認(초인) : 죄를 인정함.
291　左右(좌우) : 어차피. 결국.
292　綿紙(면지) : 닥나무 껍질로 만든 종이.
293　押花(압화) : 서명을 함.

彦亨女玉堂春在家, 本望接客靠老, 奈女不願爲娼.」

寫到'不願爲娼', 玉姐說:"這句就是了. 須要寫收過王公子財禮銀三萬兩." 亡八道:"三兒, 你也拿些公道出來. 這一年多費用去了, 難道也算?"衆人道:"只寫二萬罷." 又寫道:

「有南京公子王順卿, 與女相愛, 准得過銀二萬兩, 憑衆議作贖身財禮. 今後聽憑²⁹⁶玉堂春嫁人, 并與本戶無干. 立此爲照.」

後寫'正德年月日, 立文書樂戶蘇淮同妻一秤金'. 見人²⁹⁷有十餘人, 衆人先押了花. 蘇淮只得也押了, 一秤金也畫箇十字. 玉姐收訖. 又說:"列位老爹! 我還有一件事, 要先講個明." 衆人曰:"又是甚事?" 玉姐曰:"那百花樓, 原是王公子蓋的, 撥與我住. 丫頭原是公子買的, 要叫兩箇來伏侍²⁹⁸我. 以後米麵·柴薪·荣蔬等項, 須是一一供給, 不許揞勒²⁹⁹短少, 直待我嫁人方止." 衆人說:"這事都依着你." 玉姐辭謝先回. 亡八又請衆人喫過酒飯方散. 正是:

「周郎³⁰⁰妙計高天下　　　　賠了夫人又折兵」

話說. 公子在路, 夜住曉行, 不數日, 來到金陵自家門首下馬. 王定看見, 諕了一驚. 上前把馬扯住, 進的裏面. 三官坐下, 王定一家拜見了. 三官就問:"我老爺安麽?" 王定說:"安." "大叔·二叔·姑爹·姑娘何如?" 王定說:"俱安." 又問:"你聽得老爺說我家來, 他要怎麽處?" 王

---

294 樂戶(악호) : 妓院.

295 文(문) : 옛날 동전을 헤아리는 화폐 단위.

296 聽憑(청빙) : 마음대로 하게 함.

297 見人(견인) : 증인.

298 伏侍(복시) : 섬김. 돌봄.

299 揞勒(긍륵) : 생트집을 잡음. 못살게 굶.

300 周郞(주랑) : 吳나라 장수 周瑜. 孫策을 도와 적벽대전을 승리로 이끌었다. 그는 劉備가 孫權의 여동생과 결혼하는 틈을 타서 荊州를 빼앗으려 했지만, 유비가 결혼한 후 부인을 데리고 빠져나갔을 뿐만 아니라 그의 병사는 諸葛亮의 매복병들에게 패하였다. 원문의 내용은 이득을 보려다가 오히려 손해를 보았는데, 그것도 이중으로 손해를 보았다는 것이다.

定不言, 長吁一口氣, 只看看天. 三官就知其意: "你不言語, 想是老爺要打死我." 王定說: "三叔, 老爺誓不留你, 今番不要見老爺了. 私去看看老奶奶和姐姐·兄嫂, 討些盤費, 他方去安身罷!" 公子又問: "老爺這二年, 與何人相厚? 央他來與我說個人情." 王定說: "無人敢說. 只除是姑娘·姑爹, 意思間稍題題, 也不敢直說." 三官道: "王定, 你去請姑爹來, 我與他講這件事." 王定卽時去請劉齋長[301]·何上舍[302]到來. 敍禮畢, 何·劉二位說: "三舅, 你在此, 等俺兩箇與嗒爺講過, 使人來叫你. 若不依時, 捎信[303]與你, 作速逃命."

二人說罷, 竟往潭府[304]來見了王尙書. 坐下, 茶罷, 王爺問何上舍: "田庄好麽?"上舍答道: "好!" 王爺又問劉齋長: "學業何如?" 答說: "不敢[305]. 連日有事, 不得讀書." 王爺笑道: "'讀書過萬卷, 下筆如有神.'[306] 秀才, 將何爲本? '家無讀書子, 官從何處來?'[307] 今後須宜勤學, 不可將光陰錯過." 劉齋長唯唯謝教. 何上舍問: "客位[308]前這墻幾時築的? 一向不見." 王爺笑曰: "我年大了, 無多田産, 日後恐怕大的二的爭競, 預先分爲兩分." 二人笑說: "三分家事[309], 如何只做兩分? 三官回來, 叫他那裡住?" 王爺聞說, 心中大惱: "老夫平生兩箇小兒, 那里又有第三箇?" 二人齊聲叫: "爺, 你如何不疼三官王景隆? 當初還是爺不是, 托他在北京討帳, 無有一箇去接尋. 休說三官十六七歲, 北京是花柳之所, 就是久慣江湖[310], 也迷了心." 二人雙膝跪下, 吊下淚來. 王爺說:

---

301 齋長(재장) : 太學의 학생으로서 그 안의 일을 맡아보던 우두머리 임원.
302 上舍(상사) : 太學의 고급반 학생.
303 捎信(소신) : 소식을 전함.
304 潭府(담부) : 貴宅. 남의 집을 높여 부르는 말로, 여기서는 처갓집을 가리킨다.
305 不敢(불감) : 不敢當. 황송합니다. 인사말이다.
306 杜甫가 쓴 〈奉贈書左丞丈二十二韻〉의 '讀書破萬卷, 下筆如有神.'에서 나오는 말.
307 명나라 격언집 《增廣賢文》의 '家中無才子, 官從何處來?'에서 변형한 말.
308 客位(객위) : 客廳. 접빈실.
309 家事(가사) : 오나라 방언으로, 家産이란 의미.
310 江湖(강호) : 온 세상. 넓은 세상.

“沒下稍的狗畜生[311]，不知死在那裡了，再休題起了！”正說間，二位姑娘也到。衆人都知三官到家，只哄着王爺一人。王爺說：“今日不請都來，想必有甚事情？”卽叫家奴擺酒。何靜菴欠身打一躬曰：“你閨女昨晚作一夢，夢三官王景隆身上藍縷，叫他姐姐救他性命。三更鼓做了這個夢，半夜搥床搗枕哭到天明，埋怨[312]着我不接三官，今日特來問問三舅的信音。”劉心齋亦說：“自三舅在京，我夫婦日夜不安，今我與姨夫湊些盤費，明日起身去接他回來。”王爺含淚道：“賢婿，家中還有兩個兒子，無他又待怎生？”何·劉二人往外就走。王爺向前扯住問：“賢婿何故起身？”二人說：“爺撒手，你家親生子還是如此，何況我女婿也？”大小兒女放聲大哭，兩個哥哥一齊下跪，女婿也跪在地上，奶奶在後邊吊下淚來。引得[313]王爺心動，亦哭起來。

王定跑出來說：“三叔，如今老爺在那里哭你，你好過去見老爺，不要待等惱了。”王定推着公子，進前廳[314]跪下說：“爹爹！不孝兒王景隆今日回了。”那王爺兩手擦了淚眼，說：“那無恥畜生，不知死的往那里去了。北京城街上最多遊食光棍[315]，偶與畜生面龐[316]廝像，假充[317]畜生來家，哄騙我財物，可叫小厮拿送三法司[318]問罪！”那公子往外就走。二位姐姐趕至二門首攔住，說：“短命的，你待往那里去？”三官說：“二位姐姐，開放條路與我逃命罷！”二位姐姐不肯撒手，推至前來雙膝跪下。兩個姐姐手指說：“短命的！娘爲你痛得肝腸碎，一家大小爲你哭得眼花[319]，那個

---

311 沒下稍的狗畜生(몰하초적구축생) : 길러 봐야 소용이 없는 개자식. 沒下稍는 沒下梢와 같은 말로 결과가 신통치 않다는 뜻이다. 또 畜生은 짐승 같은 놈이라는 뜻이다.

312 埋怨(매원) : 불평함. 원망함.

313 引得(인득) : …을 야기함.

314 前廳(전청) : 바깥 대청.

315 遊食光棍(유식광곤) : 무위도식하는 부랑자.

316 面龐(면방) : 얼굴 생김새.

317 假充(가충) : …인 체함.

318 三法司(삼법사) : 명나라 때 죄인을 다루던 세 기관. 곧, 刑部, 都察院, 大理寺이다.

319 眼花(안화) : 눈이 침침함.

不牽掛!"衆人哭在傷情處, 王爺一聲喝住[320]衆人不要哭, 說:"我依着
二位姐夫, 收了這畜生, 可叫我怎麼處他?"衆人說:"消消氣[321]再處."王
爺搖頭[322]。奶奶說:"憑我打罷."王爺說:"可打多少?"衆人說:"任爺
爺打多少."王爺道:"須依我說, 不可阻我, 要打一百."大姐·二姐跪下
說:"爹爹嚴命, 不敢阻當, 容你兒待替罷!"大哥·二哥每人替上二十,
大姐·二姐每人亦替二十。王爺說:"打他二十."大姐·二姐說:"叫他
姐夫也替他二十, 只看他這等黃瘦, 一棍打在那里? 等他膘滿肉肥[323],
那時打他不遲."王爺笑道:"我兒, 你也說得是。想這畜生, 天理已絶,
良心已喪, 打他何益? 我問你:'家無生活計, 不怕斗量金.'我如今又不
做官[324]了, 無處掙錢, 作何生意[325]以爲糊口之計? 要做買賣, 我又無本
錢與你."二位姐夫問他:"那銀子還有多少?"何·劉便問:"三舅銀子還
有多少?"王定擡過皮箱打開, 盡是金銀首飾器皿等物。王爺大怒, 罵:
"狗畜生! 你在那里偸的這東西? 快寫首狀[326], 休要玷辱了門庭."三官高
叫:"爹爹息怒, 聽不肖兒一言."遂將初遇玉堂春, 後來被鴇兒如何哄騙
盡了, 如何虧了王銀匠收留, 又虧了金哥報信, 玉堂春私將銀兩贈我回
鄉, 這些首飾器皿皆玉堂春所贈, 備細述了一遍。王爺聽說, 罵道:"無
恥狗畜生! 自家三萬銀子都花了[327], 却要娼婦的東西, 可不羞殺了人?"
三官說:"兒不曾强要他的, 是他情愿與我的."王爺說:"這也罷了, 看
你姐夫面上, 與你一箇庄子, 你自去耕地布種[328]."公子不言, 王爺怒道
:"王景隆, 你不言怎麼說?"公子說:"這事不是孩兒做的."王爺說:"這

---

320 喝住(갈주) : 호통을 쳐 하려던 것을 멈추게 함.
321 消消氣(소소기) : 화를 좀 풂. 마음을 좀 진정시킴.
322 搖頭(요두) : 고개를 가로저음.
323 膘滿肉肥(표만육비) : 살이 피둥피둥 찜.
324 做官(주관) : 관리가 됨. 벼슬함.
325 生意(생의) : 장사. 영업.
326 首狀(수장) : 자술서.
327 花了(화료) : 소비함. 씀. 소모함.
328 布種(포종) : 播種. 씨를 뿌림.

事不是你做的, 你還去闞院罷!" 三官說 : "兒要讀書." 王爺笑曰 : "你已放蕩了, 心猿意馬[329], 讀甚麼書?" 公子說 : "孩兒此回篤志用心[330]讀書." 王爺說 : "旣知讀書好, 緣何這等胡爲?" 何靜菴立起身來說 : "三舅受了艱難苦楚, 這下來改過遷善, 料想要用心讀書." 王爺說 : "就依你衆人說, 送他到書房裡去, 叫兩箇小廝去伏侍他." 卽時就叫小廝送三官往書院裡去. 兩個姐夫又來說 : "三舅久別, 望老爺留住他, 與小婿共飮則可." 王爺說 : "賢婿, 你如此乃非教子之方, 休要縱他." 二人道 : "老爺言之最善." 於是翁婿大家[331]痛飮, 盡醉方歸. 這一出[332]父子相會, 分明是 :

「月被雲遮重露彩　　　　　花遭霜打又逢春」

却說. 公子進了書院, 淸淸獨坐, 只見滿架詩書, 筆山[333]硯海[334]. 歎道 : "書呵! 相別日久, 且是[335]生澀[336], 欲待不看, 焉得一擧成名? 却不辜負了玉姐言語, 欲待讀書, 心猿放蕩, 意馬[337]難收." 公子尋思[338]一會, 拿着書來讀了一會, 心下只是想着玉堂春. 忽然鼻聞甚氣, 耳聞甚聲, 乃問書童道 : "你聞這書裡甚麼氣? 聽聽甚麼響?" 書童說 : "三叔, 俱沒有." 公子道 : "沒有? 呀, 原來[339]鼻聞乃是脂粉氣, 耳聽卽是箏板聲." 公子一時思想起來 : '玉姐當初囑付我, 是甚麼話來? 叫我用心讀書. 我如今未曾讀書, 心意還丟他不下, 坐不安, 寢不寧, 茶不思飯不想, 梳洗無

---

329 心猿意馬(심원의마) : 意馬心猿. (원숭이나 말이 날뛰듯) 마음이 한 곳에 집중되지 못하고 들뜸.

330 用心(용심) : 심혈을 기울임. 애씀.

331 大家(대가) : 모두.

332 一出(일출) : 一番. 한 종류.

333 筆山(필산) : 먹이 묻은 붓을 바닥에 닿지 않게 베개처럼 받쳐 두는, '山'자 모양으로 생긴 물건.

334 硯海(연해) : 벼루에서 먹물이 모이도록 된 오목한 곳.

335 且是(차시) : 다만.

336 生澀(생삽) : 생경함. 어색함.

337 意馬(의마) : 즉각. 빨리.

338 尋思(심사) : 곰곰이 생각함. 깊이 생각함.

339 原來(원래) : 알고 보니.

心, 神思恍忽.' 公子自思:"可怎麼處他?" 走出門來, 只見大門上掛着一聯對[340]子:"十年受盡[341]窗前苦, 一擧成名天下聞." "這是我公公[342]作下的對聯。他中擧會試[343], 官到侍郎。後來喀爹爹在此讀書, 官到尙書。我今在此讀書, 亦要攀龍附鳳[344], 以繼前人之志." 又見二門上有一聯對子:"不受苦中苦, 難爲人上人." 公子急回書房, 看見〈風月機關〉[345]・〈洞房春意〉[346]。公子自思:'乃是此二書亂了我的心.' 將一火而焚之。破鏡分釵, 俱將收了, 心中回轉, 發志勤學。

一日書房無火, 書童往外取火。王爺正坐, 叫書童。書童近前跪下。王爺便問:"三叔這一會[347]用功[348]不曾?" 書童說:"稟老爺得知, 我三叔先時通不讀書, 胡思亂想, 體瘦如柴。這半年整日讀書, 晚下讀至三更方纔睡, 五更就起, 直至飯後, 方纔梳洗, 口雖喫飯, 眼不離書." 王爺道:"奴才! 你好說謊, 我親自去看他." 書童叫:"三叔, 老爺來了." 公子從從容容[349]迎接父親, 王爺暗喜。觀他行步安詳[350], 可以見他學問。王爺正面坐下, 公子拜見。王爺曰:"我限的書你看了不曾? 我出的題你做了多少?" 公子說:"爹爹嚴命, 限兒的書都看了, 題目都做完了, 但有餘力旁觀子史." 王爺說:"拿文字來我看." 公子取出文字。王爺看他所作

---

340 聯對(연대):對聯. 한 쌍을 이루는 어구를 종이나 천에 쓰거나 대나무, 나무 조각 위에 새기는 중국 한족 전통문화.
341 受盡(수진):실컷 함.
342 公公(공공):할아버지.
343 會試(회시):鄕試에 합격한 擧人들이 치는 3년마다 한번 실시한 과거시험. 합격자는 貢人이라 불리며 殿試를 칠 자격이 주어진다.
344 攀龍附鳳(반룡부봉):용을 끌어 잡고 봉황에 붙는다는 뜻으로, 훌륭한 인물 특히 임금을 붙좇아서 공명을 이룬다는 말.
345 風月機關(풍월기관):명나라 때 春畫圖가 삽입된 저명한 淫書.
346 洞房春意(동방춘의):春畫의 제목.
347 一會(일회):잠깐이라도.
348 用功(용공):열심히 공부함.
349 從從容容(종종용용):침착하고 조용한 모양.
350 安詳(안상):점잖음. 침착함.

文課[351], 一篇强如一篇, 心中甚喜, 叫:"景隆, 去應箇儒士科擧[352]罷!"
公子說:"兒讀了幾日書, 敢望中擧?" 王爺說:"一遭中了雖多, 兩遭中
了甚廣. 出去觀觀場, 下科好中." 王爺就寫書與提學[353]察院, 許公子科
擧[354]. 竟到八月初九日, 進過頭場, 寫出文字與父親看. 王爺喜道:"這
七篇, 中有何難?" 到二場三場俱完, 王爺又看他後場[355], 喜道:"不在
散擧, 決是魁解[356]."

　話分兩頭. 却說玉姐自上了百花樓, 從不下梯. 是日悶倦, 叫丫頭:
"拿棋子過來, 我與你下盤棋." 丫頭說:"我不會下." 玉姐說:"你會打
雙陸[357]麼?" 丫頭說:"也不會." 玉姐將棋盤·雙陸一皆撇在樓板上. 丫
頭見玉姐眼中吊淚, 卽忙掇過飯來, 說:"姐姐, 自從昨晚沒用飯, 你喫
個點心." 玉姐拿過分爲兩半. 右手拿一塊喫, 左手拿一塊與公子. 丫頭
欲接又不敢接. 玉姐猛然睜眼見不是公子, 將那一塊點心掉在樓板上.
丫頭又忙掇過一碗湯來, 說:"飯幹燥, 喫些湯罷!" 玉姐剛呷得一口, 淚
如湧泉, 放下了, 問:"外邊是甚麽響?" 丫頭說:"今日中秋佳節, 人人
翫月, 處處笙歌, 俺家翠香·翠紅姐都有客哩!" 玉姐聽說, 口雖不言, 心
中自思:'哥哥今已去了一年了.' 叫丫頭拿過鏡子來照了一照, 猛然諕
了一跳:"如何瘦的我這模樣?" 把那鏡丟在床上, 長吁短歎[358], 走至樓

---

351 文課(문과) : 문장.

352 儒士科擧(유사과거) : 文科. 급제하면 擧人이나 進士가 된다고 한다.

353 提學(제학) : 각 省의 學事를 총괄하기 위해 설치한 벼슬. 府·州·縣 학교의 敎官과
　　과거 예비시험을 감독하였다.

354 科擧(과거) : 향시를 가리킴. 鄕試는 정식과거의 제1급으로 3년마다 1번씩 치며 省城에
　　서 거행되는데, 8월에 시험을 치므로 秋闈라고 부름. 시험은 3장으로 나뉘는데, 8월
　　9일에는 頭場(첫 번째 시험)으로 八股文 7편을 치며, 12일에는 제2場으로 論 1편을
　　치며, 15일은 제3場으로 經史時務策 5문제를 친다. 수험생은 반드시 하루 전에 시험장
　　에 들어와야 하며, 셋째 날 시험답안을 내야 한다. 합격자는 擧人이라고 부르며, 장원급
　　제자는 解元이라 한다.

355 後場(후장) : 三場을 가리킴. 前場인 二場을 통과한 사람만 후장을 볼 수 있었다.

356 魁解(괴해) : 鄕試를 통과한 擧人 가운데의 일등이라는 뜻.

357 雙陸(쌍륙) : 주사위 오락의 일종.

門前, 叫丫頭："拿椅子過來, 我在這里坐一坐."坐了多時, 只見明月高
升. 樵樓[359]敲轉[360], 玉姐叫丫頭："你可收拾香燭過來, 今日八月十五
日, 乃是你姐夫進三場日子, 我燒一炷香保佑他."玉姐下樓來, 當天
井[361]跪下, 說："天地神明, 今日八月十五日, 我哥王景隆進了三場, 願
他早占鰲頭[362], 名揚四海."祝罷, 深深拜了四拜. 有詩爲證：

> 「對月燒香禱告天　　　　何時得洩腹中冤
> 王郎有日登金榜[363]　　　不枉今生結好緣」

却說西樓上有個客人, 乃山西平陽府洪同縣人, 拿有整萬銀子, 來北
京販馬. 這人姓沈名洪, 因聞玉堂春大名, 特來相訪. 老鴇見他有錢, 把
翠香打扮當作玉姐, 相交數日, 沈洪方知不是, 苦求一見. 是夜丫頭下
樓取火, 與玉姐燒香. 小翠紅忍不住多嘴, 就說了："沈姐[364]夫, 你每日
間想玉姐, 今夜下樓, 在天井內燒香, 我和你悄悄地[365]張他."沈洪[366]將
三錢銀子買囑了丫頭, 悄然跟到樓下, 月明中, 看得仔細. 等他拜罷, 趨
出唱喏[367]. 玉姐大驚, 問："是甚麽人?"答道："在下[368]是山西沈洪, 有
數萬本錢[369], 在此販馬, 久慕玉姐大名, 未得面睹. 今日得見, 如撥雲霧
見靑天[370]. 望玉姐不棄, 同到西樓一會." 玉姐怒道："我與你素不相

---

358 長吁短歎(장우단탄)：긴 한숨과 짧은 탄식이라는 뜻으로, 탄식하여 마지아니함을 이르
　는 말.

359 樵樓(초루)：성문 위에 세워져 있는 望樓.

360 敲轉(고전)：시간을 알리는 북소리가 이미 지나갔다는 뜻.

361 天井(천정)：안채와 사랑채 사이의 마당. 뜰.

362 占鰲頭(점오두)：俗語로 과거의 장원급제를 이르는 말.

363 金榜(금방)：과거에 급제한 사람의 이름을 써서 거리에 붙이던 방.

364 姐(저)：원전에는 洪으로 되어 있음.

365 悄悄地(초초지)：살그머니.

366 洪(홍)：원전에는 姐로 되어 있음.

367 唱喏(창예)：말을 건넴.

368 在下(재하)：저. 소인. 소생.

369 本錢(본전)：밑천.

370 如撥雲霧見靑天(여발운무견청춘)：李白의 〈暖酒〉에서 "흰 구름 헤쳐 버리니 푸른 하

識[371], 今當黃夜[372], 何故自誇財勢, 妄生事端?"沈洪又哀告[373]道: "王三官也只是個人, 我也是個人。他有錢, 我亦有錢。那些兒强似[374]我?"說罷, 就上前要摟抱[375]王姐。被玉姐照臉啐一口, 急急上樓關了門, 罵丫頭: "好大膽, 如何放這野狗進來?"沈洪沒意思自去了。玉姐思想起來, 分明是小翠香·小翠紅這兩個奴才報他。又罵: "小淫婦, 小賤人, 你接着得意[376]孤老[377]也好了, 怎該來囉唣[378]我?"罵了一頓, 放聲悲哭: "但得我哥哥在時, 那個奴才敢調戲我!"又氣又苦, 越想越毒。正是:

「可人[379]去後無日見　　　俗子來時不待招」

却說。三官在南京鄕試終場[380], 閒坐無事, 每日只想玉姐。南京一般也有本司院, 公子再不去走。到了二十九開榜[381]之日, 公子想到三更已後, 方纔睡着。外邊報喜[382]的說: "王景隆中了第四名。"三官夢中聞信, 起來梳洗, 揚鞭上馬。前擁後簇, 去赴鹿鳴宴[383]。父母, 兄嫂·姐夫·姐姐, 喜做一團, 連日做慶賀筵席。公子謝了主考, 辭了提學, 墳前祭掃[384]了, 起了文書: 「稟父母得知, 兒要早些赴京, 到僻靜去處安下, 看書數

늘 보이네.(撥却白雲見靑天.)"를 변용한 구절.

371 素不相識(소불상식) : 평소에 안면이 없음. 전혀 모르는 사이임.

372 黃夜(인야) : 深夜. 깊은 밤.

373 哀告(애고) : 간청함.

374 强似(강사) : 뛰어넘음. 나음.

375 摟抱(누포) : 두 팔로 껴안음.

376 得意(득의) : 마음에 꼭 듦. 대단히 만족함.

377 孤老(고로) : 샛서방. 기생을 부르는 손님.

378 囉唣(나조) : 귀찮게 굶.

379 可人(가인) : 마음속에 새겨져 잊을 수 없는 사람. 자기가 좋아하는 사람.

380 終場(종장) : 예전에, 이틀이나 사흘에 걸쳐 보는 과거에서 마지막 날의 시험장을 이르던 말.

381 開榜(개방) : 합격자 발표함. 시험결과를 발표함.

382 報喜(보희) : 희소식을 전함.

383 鹿鳴宴(녹명연) : 옛날, 鄕試 합격자를 발표한 다음날에 행하여진, 시험관과 합격자와의 합동 연회.

384 祭掃(제소) : 성묘함.

月, 好入會試.」父母明知公子本意牽掛玉堂春, 中了擧, 只得依從。叫
大[385]哥·二哥來：「景隆赴京會試, 昨日祭掃, 有多少人情?」大哥說：
「不過三百餘兩.」王爺道：「那只勾他人情的, 分外[386]再與他一二百兩拿
去.」二哥說：「稟上爹爹, 用不得許多銀子.」王爺說：「你那知道, 我那
同年門生[387], 在京頗多, 往返交接, 非錢不行。等他手中寬裕, 讀書也
有興.」叫景隆收拾行裝, 有知心[388]同年, 約上兩三位。分付家人到張先
生[389]家看了良辰。公子恨不的一時就到北京, 邀了幾個朋友, 僱了一隻
船, 卽時拜了父母, 辭別兄嫂。兩個姐夫, 邀親朋至十里長亭, 酌酒作別。
公子上的船來, 手舞足蹈[390], 莫知所之。衆人不解其意, 他心裡只想着
三姐玉堂春。不則一日, 到了濟寧府[391], 舍舟起岸[392], 不在話下。

再說。沈洪自從中秋夜見了玉姐, 到如今朝思暮想, 廢寢忘餐[393], 叫
聲：「二位賢姐, 只爲這冤家[394]害的我一絲兩氣[395], 七顚八倒[396], 望二位
可憐我孤身在外, 擧眼無親, 替我勸化玉姐, 叫他相會一面, 雖死在九泉
之下, 也不敢忘了二位活命之恩.」說罷, 雙膝跪下。翠香·翠紅說：「沈
姐夫, 你且起來。我們也不敢和他說這話。你不見中秋夜罵的我們不耐

---

385 大(대) : 원전에는 天으로 되어 있음.

386 分外(분외) : 특별히.

387 同年門生(동년문생) : 같은 해 과거에 급제한 사람의 문하생.

388 知心(지심) : 허물없는. 절친한. 흉금을 터놓는.

389 先生(선생) : 점쟁이·관상쟁이 등에 대한 호칭.

390 手舞足蹈(수무족도) : 너무 기뻐서 덩실덩실 춤춤.

391 濟寧府(제녕부) : 중국 山東省의 남서부에 있는 고을.

392 岸(안) : 원전에는 阜으로 되어 있음. 起岸은 배에 실려 있는 짐을 뭍으로 운반한다는
   뜻이다.

393 廢寢忘餐(폐침망찬) : 먹고 자는 것을 잊을 정도로 골몰한다는 뜻.

394 冤家(원가) : 애증 관계에 있는 연인. 미워하는 것 같지만 실은 사랑하여 마음속에 번민
   을 가져오는 사람을 일컫는다.

395 一絲兩氣(일사양기) : 심신이 모두 지침. 숨이 끊어지려 함.

396 七顚八倒(칠전팔도) : 7번 넘어지고 8번 거꾸러진다는 말로, 이리저리 구르며 고통스러
   워하며 번민하는 것.

煩? 等俺媽媽來, 你央浼[397]他." 沈洪說:"二位賢姐, 替我請出媽媽來."
翠香姐說:"你跪着我, 再磕一百二十個大響頭." 沈洪慌忙跪下磕頭. 翠
香卽時就去, 將沈洪說的言語述與老鴇. 老鴇到西樓見了沈洪, 問:"沈
姐夫, 喚老身何事?" 沈洪說:"別無他事, 只爲不得玉堂春到手. 你若幫
襯我成就了此事, 休說[398]金銀, 便是殺身難保[399]." 老鴇聽說, 口內不言,
心中自思:'我如今若許了他, 倘三兒不肯, 敎我如何? 若不許他, 怎哄
出他的銀子?' 沈洪見老鴇躊躇不語, 便看翠紅. 翠紅丟了一個眼色, 走
下樓來, 洪卽跟他下去. 翠紅說:"常言'姐愛俏, 鴇愛鈔'. 你多拿些銀子
出來打動他, 不愁他不用心. 他是使大錢的人, 若少了, 他不放在眼裡."
沈洪說:"要多少?" 翠香說:"不要少了! 就把一千兩與他, 方纔成得此
事." 也是沈洪命運該敗, 渾如鬼迷一般, 卽依着翠香, 就拿一千兩銀子
來, 叫:"媽媽, 財禮在此." 老鴇說:"這銀子, 老身權收下, 你却不要性
急, 待老身慢慢的偎他." 沈洪拜謝說:"小子懸懸而望." 正是:

　　　「請下煙花[400]諸葛亮　　　　欲圖風月玉堂春」

且說. 十三省鄉試榜都到午門外張掛, 王銀匠邀金哥說:"王三官不
知中了不曾?" 兩個跑在午門外南直隷[401]榜下, 看解元是《書經》, 往下
第四個乃王景隆. 王匠說:"金哥好了, 三叔已中在第四名." 金哥說:
"你看看的確, 怕你識不得字." 王匠說:"你說話好欺人, 我讀書讀到《孟
子》[402], 難道[403]這三個字也認不得, 隨你叫誰看." 金哥聽說大喜. 二人
買了一本鄉試錄[404], 走到本司院里去報玉堂春說:"三叔中了." 玉姐叫

---

397 央浼(앙매):부탁함.

398 休說(휴설):말할 것도 없고.

399 保(보):報의 오기인 듯.

400 煙花(연화):기녀.

401 南直隷(남직예):南京 지역. 명나라 때 수도 北京에 직속된 지역을 直隷라 하였는데,
　　북경 지역은 北直隷라 일컬었다.

402 讀到孟子(독도맹자):명나라 때 私塾에서 첫해는《百家姓》과《千字文》을 가르치고,
　　한두 해 뒤에 四書를 가르쳤다고 하는바, 글 읽기를 한두 해 했다는 의미임.

403 難道(난도):설마 … 하겠는가.

丫頭將試錄拿上樓來, 展開看了, 上刊'第四名王景隆', 註明'應天府儒
士, 《禮記》'. 玉姐步出樓門, 叫丫頭忙排香案, 拜謝天地. 起來先把王
匠謝了, 轉身又謝金哥. 唬得亡八・鴇子魂不在體, 商議說: "王三中了
擧, 不久到京, 白白地[405]要了玉堂春去, 可不人財兩失? 三兒向他孤
老, 決沒甚好言語, 搬鬪是非, 敎他報往日之仇, 此事如何了?" 鴇子說
: "不若先下手爲强." 亡八說: "怎麼樣下手?" 老鴇說: "嗒已收了沈官
人一千兩銀子, 如今再要了他一千, 賤些價錢賣與他罷." 亡八說: "三
兒不肯如何?" 鴇子說: "明日殺豬宰羊, 買一桌紙錢, 假說東嶽廟[406]看
會[407], 燒了紙, 說了誓, 合家從良[408], 再不在煙花巷裡. 小三若聞知從
良一節[409], 必然也要往嶽廟燒香. 叫沈官人先安排[410]轎子[411], 逕擡往山
西去. 公子那時就來, 不見他的情人[412], 心下就冷了." 亡八說: "此計
大妙." 卽時暗暗地與沈洪商議, 又要了他一千銀子.

次早, 丫頭報與玉姐: "俺家殺豬宰羊, 上嶽廟哩." 玉姐問: "爲何?"
丫頭道: "聽得媽媽說: '爲王姐夫中了, 恐怕他到京來報仇, 今日發願,
合家從良.'" 玉姐說: "是眞是假?" 丫頭說: "當眞哩! 昨日沈姐夫都辭
去了. 如今再不接客了." 玉姐說: "旣如此, 你對媽媽說, 我也要去燒
香." 老鴇說: "三姐, 你要去, 快梳洗. 我喚轎兒擡你." 玉姐梳粧打扮,
同老鴇出的門來. 正見四個人, 擡着一頂空轎. 老鴇便問: "此轎是僱
的?" 這人說: "正是." 老鴇說: "這里到嶽廟要多少僱價?" 那人說: "擡
去擡來, 要一錢銀子." 老鴇說: "只是五分." 那人說: "這箇事小[413], 請

404　鄕試錄(향시록): 그해에 鄕試 합격자들의 이름과 경력을 엮어 놓은 책자.
405　白白地(백백지): 힘을 들이거나 대가를 치르지 않고 거저. 空으로.
406　東嶽廟(동악묘): 중국 泰山의 신을 모신 묘.
407　會(회): 禬와 통용. 災難을 물리치는 제사.
408　從良(종량): 기녀가 妓籍에서 벗어나 결혼함.
409　一節(일절): 한 마디. 한 부분.
410　安排(안배): 사람을 보내어 어떤 일을 하게 함.
411　轎子(교자): 가마.
412　情人(정인): 남몰래 정을 통하는 남녀 사이에서 서로를 이르는 말.

老人家[414]上轎." 老鴇說:"不是我坐, 是我女兒要坐." 王姐上轎, 那二
人攙着, 不往東嶽廟去, 徑往西門去了. 走有數里, 到了上高轉折[415]去
處, 王姐回頭, 看見沈洪在後騎着個騾子. 王姐大叫一聲:"呸! 想是亡
八·鴇子盜賣我了!" 王姐大罵:"你這些賊狗奴, 攙我往那里去?" 沈洪
說:"往那里去? 我爲你去了二千兩銀子, 買你往山西家去." 王姐在轎
中號啕大哭, 罵聲不絶. 那轎夫攙了飛也似走.

　行了一日, 天色已晚. 沈洪尋了一座店房, 排合卺美酒, 指望洞房歡
樂. 誰知王姐題着便罵, 觸着便打. 沈洪見店中人多, 恐怕出醜[416], 想
道:'甕中之鱉[417], 不怕他走了, 權耐幾日, 到我家中, 何愁不從.' 於是
反將好話奉承, 並不去犯他. 王姐終日啼哭, 自不必說.

　却說. 公子一到北京, 將行李上店, 自己帶兩個家人, 就往王銀匠家,
探問玉堂春消息. 王匠請公子坐下:"有見成酒, 且喫三杯接風, 慢慢告
訴." 王匠就拿酒來斟上. 三官不好推辭[418], 連飮了三盃. 又問:"玉姐
敢不知我來?" 王匠叫:"三叔開懷, 再飮三盃!" 三官說:"勾了, 不喫
了." 王匠說:"三叔久別, 多飮幾盃, 不要太謙." 公子又飮了幾盃, 問:
"這幾日曾見玉姐不曾?" 王匠又叫:"三叔且莫問此事, 再喫三盃." 公子
心疑, 站起說:"有甚或長或短, 說個明白, 休悶死[419]我也!" 王匠只是勸
酒. 却說金哥在門首經過, 知道公子在內, 進來磕頭叫喜. 三官問金哥
:"你三嬸近日何如?" 金哥年幼多嘴說:"賣了." 三官急問說:"賣了
誰?" 王匠瞅了金哥一眼, 金哥縮了口. 公子堅執盤問[420], 二人瞞不

---

413 這簡事小(저개일사) : 이는 '작은 일이다'는 뜻이나, '별문제가 없다' 또는 '그렇게 하겠
　　다'는 의미의 중국식 표현.
414 老人家(노인가) : 어르신.
415 轉折(전절) : 방향이 바뀜. 방향을 틂.
416 出醜(출추) : 망신을 당함. 체면을 구김.
417 甕中之鱉(옹중지별) : 독 안의 자라. 독안에 든 쥐.
418 推辭(추사) : 거절함. 사양함.
419 悶死(민사) : 몹시 고민함. 숨 막혀 죽음.
420 盤問(반문) : 끝까지 따져 물음.

過[421], 說："三嬸賣了." 公子問："幾時賣了?" 王匠說："有一個月了."
公子聽說, 一頭撞在塵埃, 二人忙扶起來. 公子問金哥："賣到那里去
了?" 金哥說 :"賣與山西客人沈洪去了." 三官說 :"你那三嬸就怎麼肯
去?" 金哥敍出："鴇兒假意從良, 殺猪宰羊上嶽廟, 哄三嬸同去燒香, 私
與沈洪約定, 僱下轎子擡去, 不知下落." 公子說："亡八盜賣我玉堂春,
我與他算帳!" 那時叫金哥跟着[422], 帶領家人, 逕到本司院里, 進的院門,
亡八眼快[423], 跑去躱了. 公子問丫頭："你家玉姐何在?" 無人敢應.
公子發怒, 房中尋見老鴇, 一把揪住[424], 叫家人亂打. 金哥勸住[425]。公
子就走在百花樓上, 看見錦帳羅幃, 越加怒惱. 把箱籠盡行打碎, 氣得
癡呆了. 問丫頭："你姐姐嫁那家去? 可老實[426]說, 饒你打." 丫頭說 :
"去燒香, 不知道就[427]偸賣了他." 公子滿眼落淚, 說："冤家, 不知是正
妻, 是偏妾?" 丫頭說："他家裡自有老婆[428]." 公子聽說, 心中大怒, 恨罵
:"亡八‧淫婦, 不仁不義!" 丫頭說："他今日嫁別人去了, 還疼他怎的?"
公子滿眼流淚, 正說間, 忽報朋友來訪. 金哥勸："三叔休惱! 三嬸一時
不在了, 你縱然哭他, 他也不知道. 今有許多相公在店中相訪, 聞公子
在院中, 都要來." 公子聽說, 恐怕朋友笑話, 卽便起身回店. 公子心中
氣悶[429], 無心應擧, 意欲束裝回家. 朋友聞知, 都來勸說："順卿兄, 功
名是大事, 表子[430]是末節[431], 那里有爲表子而不去求功名之理?" 公子

---

421 瞞不過(만불과) : 속여 넘길 수 없음. 숨길 수 없음.

422 跟着(근착) : 뒤따름.

423 眼快(안쾌) : 눈치가 빠름. 눈썰미가 있음.

424 揪住(추주) : 꽉 붙잡음.

425 勸住(권주) : 달래서 마음을 가라앉힘. 타일러 그만두게 함.

426 老實(뇔) : 솔직함. 정직함.

427 道就(도취) : 길을 떠남.

428 老婆(노파) : 아내. 마누라. 집사람.

429 氣悶(기민) : 음울함.

430 表子(표자) : 기생. 娼婦.

431 末節(말절) : 사소한 일. 지엽적인 일.

說:"列位不知, 我奮志勤學, 皆爲玉堂春的言語激我. 冤家爲我受了千辛萬苦, 我怎肯輕捨?" 衆人叫:"順卿兄, 你倘聯捷[432], 幸在彼地, 見之何難? 你若回家, 憂慮成病, 父母懸心, 朋友笑耻, 你有何益?" 三官自思:'言之最當, 倘或僥幸, 得到山西, 平生願足矣.' 數言勸醒公子. 會試日期已到. 公子進了三場, 果中金榜二甲第八名, 刑部觀政. 三個月, 選了眞定府[433]理刑官[434], 卽遣輛馬迎請父母兄嫂. 父母不來, 回書說:「敎他做官勤愼公廉. 念你年長未娶, 已聘劉都堂之女, 不日送至任所成親.」公子一心只想玉堂春, 全不以聘娶爲喜. 正是:

「已將路柳[435]爲連理[436]　　　　　翻把家雞作野鶩[437]」

且說. 沈洪之妻皮氏, 也有幾分顔色, 雖然三十餘歲, 比二八少年, 也還風騷[438]. 平昔間嫌老公[439]粗蠢, 不會風流[440], 又出外日多, 在家日少, 皮氏色性太重, 打熬[441]不過. 間壁[442]有個監生[443], 姓趙名昂, 自幼慣走花柳場中, 爲人風月[444]. 近日喪偶, 雖然是納粟相公[445], 家道[446]已在消

---

432 聯捷(연첩): 과거의 각급 시험에 연속으로 합격함. 여기서는 왕경륭이 鄕試에 급제하였으니, 會試와 殿試에 급제하는 것을 일컫는다.
433 眞定府(진정부): 중국 河北省 正定縣 남쪽에 있는 고을 이름.
434 理刑官(이형관): 형벌과 옥사를 담당하는 관리.
435 路柳(노류): 路柳墻花. 기녀를 말한다.
436 連理(연리): 連理枝. 나뭇가지가 서로 얽히는 것. 남녀가 결합하는 것을 일컫는 말이다.
437 野鶩(야원): 野鶩의 오기. 晉나라 때 書家였던 庾翼이 王羲之와 명성을 겨루던 때에 남들은 다들 자기에게 서예를 배우려고 하는데, 가족들은 왕희지의 글씨를 배운다며, "아이들이 집닭[家雞]은 천하게 여기고, 들판의 꿩[野鶩]만 귀하게 여긴다."고 하였다. 집안의 좋은 것은 돌보지 않고, 남의 것 하찮은 것만 좋아함을 비유하는 말이다.
438 風騷(풍소): 요염함.
439 老公(노공): 남편.
440 風流(풍류): 출중함. 빼어남.
441 打熬(타오): 참고 견딤.
442 間壁(간벽): 이웃집.
443 監生(감생): 國子監의 학생.
444 風月(풍월): 방탕하게 놀기를 잘 함.
445 相公(상공): 과거 시험에 합격한 秀才에 대한 존칭. 여기서는 기부금을 바쳐 국자감의 학생 신분이 되었다는 말이다.

乏一邊。一日, 皮氏在後園看花, 偶然撞見[447]趙昂, 彼此有心, 都看上[448]
了。趙昂訪知巷口做歇家[449]的王婆, 在沈家走動識熟, 且是利口[450], 善於
做媒說合[451]。乃將白銀二十兩, 賄賂王婆, 央他通脚[452]。皮氏平昔間不
良的口氣, 已有在王婆肚裡[453], 況且今日你貪我愛[454], 一說一上[455], 幽
期[456]密約, 一墙之隔, 梯上梯下, 做就了一點不明不白的事。趙昂一者
貪皮氏之色, 二者要騙他錢財, 枕席之間, 竭力奉承。皮氏心愛趙昂, 但
是開口, 無有不從, 恨不得連家當[457]都津貼[458]了他。不上一年, 傾囊倒
篋, 騙得一空。初時只推事故, 暫時挪借[459], 借去後, 分毫不還。皮氏只
愁老公回來盤問時, 無言回答。一夜與趙昂商議, 欲要跟趙昂逃走他方。
趙昂道："我又不是赤脚[460]漢, 如何走得? 便走了, 也不免喫官司[461]。只
除暗地謀殺了沈洪, 做個長久夫妻, 豈不盡美?" 皮氏點頭不語。却說趙
昂有心打聽[462]沈洪的消息, 曉得他討了院妓玉堂春一路[463]回來, 即忙報

---

446 家道(가도)：家計. 가정의 경제사정.

447 撞見(당견)：뜻밖에 마주침.

448 看上(간상)：보고 마음에 듦. 반함.

449 歇家(헐가)：직업의 일종. 직업을 소개하기도 하고 대신 보증을 서 주기도 하고, 개인적
　　인 것을 몰래 조사하여 알려주는 일을 한다. 오늘날 흥신소에 해당한다.

450 利口(이구)：말주변이 있음.

451 做媒說合(주모설합)：중매를 상의함.

452 通脚(통각)：연줄이 닿음.

453 肚裡(두리)：뱃속. 여기서는 누구의 손아귀라는 의미인 듯.

454 你貪我愛(니탐아애)：한 쌍의 연인이 서로 아끼며 사랑함.

455 一上(일상)：단번에. … 하자마자.

456 幽期(유기)：밀회.

457 家當(가당)：집안 재산.

458 津貼(진첩)：보태줌.

459 挪借(나차)：잠시 남의 돈을 빌림.

460 赤脚(적각)：맨발. 여기서는 무슨 일거리가 없는 사람이라는 의미이므로 아무 준비도
　　갖추지 아니한 상태라는 뜻인 맨주먹으로 번역한다.

461 喫官司(끽관사)：처벌됨. 감옥살이함.

462 打聽(타청)：탐문함. 알아봄.

463 一路(일로)：함께.

與皮氏知道, 故意將言語觸惱皮氏。皮氏怨恨不絶於聲, 問: "如今怎麼樣對付他說好?" 趙昂道: "一進門時, 你便數他不是, 與他尋鬧[464], 叫他領着娼根另住, 那時憑你安排了。我央王婆贖[465]得些砒霜在此, 覰便放在食器內, 把與他兩個喫。等他雙死也罷, 單死也罷!" 皮氏說: "他好喫的是辣麵." 趙昂說: "辣麵內正好下藥." 兩人圈套已定, 只等沈洪入來。

不一日, 沈洪到了故鄕, 叫僕人和玉姐暫停門外。自己先進門, 與皮氏相見, 滿臉陪笑說: "大姐[466]休怪[467]。我如今做了一件事." 皮氏說: "你莫不是[468]娶了個小老婆[469]?" 沈洪說: "是了." 皮氏大怒, 說: "爲妻的整年月在家守活孤孀, 你却花柳快活, 又帶這潑淫婦回來, 全無夫妻之情。你若要留這淫婦時, 你自在西廳一帶住下, 不許來纏我。我也沒福[470]受這淫婦的拜, 不安[471]他來." 昂然說罷, 啼哭起來, 拍檯拍櫈, 口裡'千亡八, 萬淫婦'罵不絶聲。沈洪勸解不得, 想道: '且暫時依他言語, 在西廳住幾日, 落得受用。等他氣消了時, 却領玉堂春與依[472]磕頭.' 沈洪只道渾家[473]是喫醋[474], 誰知他有了私情, 又且房計空虛了, 正怕老公進房, 借此機會, 打發[475]他另居。正是:

「你向東時我向西　　　　各人有意自家知」

不在話下。

---

464 尋鬧(심료) : 싸움을 겲. 트집을 잡음.

465 贖(속) : 사다는 뜻.

466 大姐(대저) : 맏누이. 큰누이. 여기서는 나이 많은 부인이 아닌가 한다.

467 休怪(휴괴) : 언짢게 생각지 맒.

468 莫不是(막불시) : 설마 … 는 아니겠지?

469 小老婆(소노파) : 첩실.

470 福(복) : 부녀자들의 예절. 두 손을 가볍게 겹쳐 쥐고 가슴 우측 아래쪽에서 위아래로 흔들며 살짝 고개를 숙여 절하고, 동시에 '萬福(다복하세요)'이라고 말한다.

471 安(안) : 要의 오기인 듯.

472 依(의) : 他의 오기인 듯.

473 渾家(혼가) : 아내.

474 喫醋(끽초) : 강짜를 부림.

475 打發(타발) : 떠나게 함.

　却說。玉堂春曾與王公子設誓, 今番怎肯失節於沈洪? 腹中[476]一路打稿 : '我若到這厭物家中, 將情節[477]哭訴他大娘子[478], 求他做主[479], 以全節操。慢慢的寄信與三官, 教他將二千兩銀子來贖我去, 却不好!' 及到沈洪家裡, 聞知大娘不許相見, 打發老公和他往西廳另住, 不遂其計, 心中又驚又苦。沈洪安排床帳在廂房[480], 安頓了蘇三。自己却去窩伴[481]皮氏, 陪喫夜飯。被皮氏三回五[482]次摧趕[483], 沈洪說 : "我去西廳時, 只怕大娘着惱[484]." 皮氏說 : "你在此, 我反惱, 離了我眼睛, 我便不惱." 沈洪唱箇淡喏[485], 謝聲'得罪', 出了房門, 逕望西廳而來。原來玉姐乘着沈洪不在, 檢出他舖[486]蓋撇在廳中, 自己關上房門自睡了。任沈洪打門, 那裡肯開? 却好[487]皮氏叫小段名到西廳看老公睡也不曾。沈洪平日原與小段名有情, 那時扯在舖上, 草草[488]合歡, 也當春風一度[489]。事畢, 小段名自去了。沈洪身子困倦, 一覺睡去, 直至天明。

　却說。皮氏這一夜等趙昂不來, 小段名回後, 老公又睡了。番來復去[490], 一夜不曾合眼。天明早起, 趕下一軸麵, 煮熟分作兩碗。皮氏悄悄[491]把砒霜撒在麵內, 却將辣汁澆上, 叫小段名送去[492]西廳, "與你爹爹

476　腹中(복중) : 마음속.
477　情節(정절) : 사건의 내용과 경위.
478　大娘子(대낭자) : 본처.
479　做主(주주) : 책임지고 결정함. 생각대로 처리함.
480　廂房(상방) : 곁채.
481　窩伴(와반) : 달램. 어루만짐.
482　三回五次(삼회오차) : 거듭. 자주. 여러 번.
483　摧趕(최간) : 催趕의 오기인 듯. 다그침.
484　着惱(착뇌) : 기분이 상함.
485　淡喏(담야) : 공손하게 미안하다는 뜻을 표시함.
486　舖(포) : 鋪와 통용. 鋪蓋는 요와 이불을 가리킨다.
487　却好(각호) : 때마침.
488　草草(초초) : 허둥지둥.
489　春風一度(춘풍일도) : 춘풍이 한 번 지나감. 남녀가 한 번 交接함.
490　番來復去(번래복거) : 이리저리 뒤척임.
491　悄悄(초초) : 몰래.

喫." 小段名送至西廳, 叫道:"爹爹! 大娘欠[493]你, 送辣麵與你喫." 沈洪
見是兩碗, 就叫:"我兒, 送一碗與你二娘喫." 小段名便去敲門. 玉姐在
床上問:"做甚麼?" 小段名說:"請二娘起來喫麵." 玉姐道:"我不要喫."
沈洪說:"想是你二娘還要睡, 莫去鬧他." 沈洪把兩碗都喫了, 須臾而盡.
小段名收碗去了. 沈洪一時肚疼, 叫道:"不好了, 死也死也!" 玉姐還只
認假意, 看看聲音漸變, 開門出來看時, 只見沈洪九竅流血而死. 正不
知什麼緣故, 慌慌[494]的高叫:"救人!" 只聽得脚步響, 皮氏早到, 不等玉
姐開言, 就變過臉, 故意問道:"好好的一個人, 怎麼就死了? 想必[495]你
這小淫婦弄死了他, 要去嫁人?" 玉姐說:"那丫頭送麵來, 叫我喫, 我不
要喫, 並不曾開門. 誰知他喫了, 便肚疼死了. 必是麵裡有些緣故." 皮
氏說:"放屁[496]! 麵裡若有緣故, 必是你這小淫婦做下的. 不然, 你如何
先曉得這麵是喫不得的, 不肯喫? 你說並不曾開門, 如何却在門外? 這
謀死情由, 不是你, 是誰?" 說罷, 假哭起'養家的天'來. 家中僮僕·養娘
都亂做一堆. 皮氏就將三尺白布擺頭, 扯了玉姐往知縣處叫喊.

正值王知縣升堂[497], 喚進問其緣故. 皮氏說:"小婦人皮氏, 丈夫叫沈
洪, 在北京爲商, 用千金娶這娼婦叫做玉堂春爲妾. 這娼婦嫌丈夫醜陋,
因喫辣麵, 暗將毒藥放入, 丈夫喫了, 登時[498]身死. 望爺爺斷他償命[499]."
王知縣聽罷, 問:"玉堂春, 你怎麼說?" 玉姐說:"爺爺, 小婦人原籍北直
隸大同府人氏[500]. 只因年歲荒旱, 父親把我賣在本司院蘇家, 賣了三年
後, 沈洪看見, 娶我回家. 皮氏嫉妒, 暗將毒藥藏在麵中, 毒死丈夫性命.

492 送去(송거) : 가져다줌.
493 欠(흠) : 걱정해줌. 관심을 가져줌.
494 慌慌(황황) : 덤벙대는 모양.
495 想必(상필) : 틀림없이.
496 放屁(방비) : 방귀를 뀌다는 뜻으로, 말이 안 되는 소리를 하다는 의미. 헛소리를 함.
497 升堂(승당) : 재판관이 심판하기 위해 재판정으로 나감.
498 登時(등시) : 바로. 즉시. 당장.
499 償命(상명) : 목숨으로 대가를 치름.
500 人氏(인씨) : 사람. 본적이나 출신지를 가리키며, 주로 조기 백화문에 보인다.

反倚刁潑, 展賴[501]小婦人." 知縣聽玉姐說了一會, 叫: "皮氏, 想你見那
男子棄舊迎新, 你懷恨在心, 藥死親夫, 此情理或有之." 皮氏說: "爺爺!
我與丈夫, 從幼的夫妻, 怎忍做這絕情的事? 這蘇氏原是不良之婦, 別
有箇心上之人, 分明是他藥死, 要圖改嫁. 望靑天爺爺明鏡." 知縣乃叫
蘇氏, "你過來. 我想你原係娼門, 你愛那風流標致的人, 想是你見丈夫
醜陋, 不趁你意, 故此把毒藥藥死是寔." 叫皂隸[502]: "把蘇氏與我夾起
來." 玉姐說: "爺爺! 小婦人雖在煙花巷里, 跟了沈洪又不曾難爲半分,
怎下這般毒手? 小婦人果有惡意, 何不在半路謀害? 旣到了他家, 他怎
容得小婦人做手脚[503]? 這皮氏昨夜就趕出丈夫, 不許他進房. 今早的
麵, 出於皮氏之手, 小婦人並無干涉." 王知縣見他二人各說有理. 叫皂
隸: "暫把他二人寄監, 我差人訪寔再審." 二人進了南牢不題.

　却說. 皮氏差人密密[504]傳與趙昂, 叫他快來打點[505]. 趙昂拿着沈家
銀子, 與刑房吏一百兩, 書手八十兩, 掌案的先生[506]五十兩, 門子[507]五
十兩, 兩班[508]皂隸六十兩, 禁子[509]每人二十兩, 上下打點停當. 封了一
千兩銀子, 放在鐔[510]內, 當[511]酒送與王知縣, 知縣受了. 次日淸晨升堂,
叫皂隸把皮氏一起提出來. 不多時到了, 當堂跪下. 知縣說: "我夜來一
夢, 夢見沈洪說: '我是蘇氏藥死, 與那皮氏無干.'" 玉堂春正待分辨, 知
縣大怒, 說: "人是苦虫, 不打不招."[512] 叫皂隸: "與我拶[513]起着寔打.

---

501 展賴(전뢰) : 뒤집어씌움.
502 皂隸(조례) : 衙役. 하급관노.
503 手脚(수각) : 잔꾀. 간계.
504 密密(밀밀) : 빈틈없음. 단단함.
505 打點(타점) : 뇌물을 씀.
506 先生(선생) : 서기와 비서 또는 회계 담당자에 대한 호칭.
507 門子(문자) : 관청의 문지기.
508 兩班(양반) : 兩班倒. 맞교대.
509 禁子(금자) : 옥사장이. 간수.
510 鐔(심) : 壇의 오기인 듯. 항아리. 단지.
511 當(당) : 속임.

問他招也不招? 他若不招, 就活活⁵¹⁴敲死." 玉姐熬刑⁵¹⁵不過, 說 : "願
招." 知縣說 : "放下刑具." 皂隷遞筆與玉姐畫供⁵¹⁶。 知縣說 : "皮氏召
保⁵¹⁷在外, 玉堂春收監." 皂隷將玉姐手肘脚鐐, 帶進南牢。 禁子·牢
頭⁵¹⁸都得了趙上舍銀子, 將玉姐百般淩辱。 只等上司詳允⁵¹⁹之後, 就遞
病狀⁵²⁰, 結果⁵²¹他性命。 正是 :

　　　「安排縛虎擒龍計　　　　　斷送愁鸞泣鳳人」

　且喜⁵²²有個刑房吏, 姓劉名志仁, 爲人正直無私, 素知皮氏與趙昂有
奸, 都是王婆說合。 數日前撞見王婆在生藥舖內贖砒霜, 說 : "要藥老
鼠." 劉志仁就有些疑心。 今日做出人命⁵²³來, 趙監生使着沈家不疼的
銀子來衙門打點, 把蘇氏買成死罪⁵²⁴, 天理何在? 躊躇一會, "我下監
去看看." 那禁子正在那里逼玉姐要燈油錢。 志仁喝退衆人, 將溫言寬
慰玉姐, 問其冤情。 玉姐垂淚拜訴來歷。 志仁見四傍無人, 遂將趙監生
與皮氏私情及王婆贖藥始末, 細說一遍, 分付 : "你且耐心守困。 待後
有機會, 我指點你去叫冤。 日逐飯食, 我自供你." 玉姐再三拜謝。 禁子
見劉志仁做主, 也不敢則聲⁵²⁵。 此話閣⁵²⁶過不題。

---

512 중국 속담인 "사람은 본래 고생하는 것, 때리지 않으면 쓸모 있는 사람이 되지 못한다.
　　(人是苦蟲, 不打不成人.)"를 변형한 것임. 苦蟲은 고생주머니라는 뜻이다.
513 拶(찰) : 酷刑의 하나. 다섯 개의 나무토막을 엮어 죄인의 손가락 사이에 끼워서 조임.
514 活活(활활) : 산채로.
515 熬刑(오형) : 고문을 견디어 냄.
516 畫供(화공) : 진술서에 서명함.
517 召保(소보) : 보증인을 세움.
518 牢頭(뇌두) : 옥졸. 여기서는 간수장의 의미로 쓰인 듯하다.
519 詳允(상윤) : 하급기관의 의견, 건의, 요구 등을 허가함.
520 病狀(병상) : 질병의 보고서. 여기서는 罪狀의 오기인 듯.
521 結果(결과) : 죽임. 없애버림. 해치움.
522 且喜(차희) : 무엇보다도 기쁜 일은.
523 出人命(출인명) : 살인사건이 발생함.
524 成死罪(성사죄) : 問成死罪. 사형판결을 내림.
525 則聲(칙성) : 소리를 냄.
526 閣(각) : 그만둠.

却說。公子自到眞定府爲官, 興利除害, 吏畏民悅。只是想念玉堂春,
無刻不然。一日正在煩惱, 家人來報, 老奶奶家中送新奶奶來了。公子
聽說, 接進家小。見了新人, 口中不言, 心內自思 : '容貌到也齊整, 怎
及得玉堂春風趣[527]?' 當時擺了合歡宴, 喫下合巹盃, 畢姻之際, 猛然想
起多嬌[528], '當初指望[529]白頭相守, 誰知你嫁了沈洪, 這官誥[530]却被別
人承受了.' 雖然陪伴了劉氏夫人。心裡還想着玉姐, 因此不快, 當夜中
了傷寒。又想當初與玉姐別時, 發下誓願, 各不嫁娶。心下疑惑, 合眼
就見玉姐在傍。劉夫人遣人到處祈禳[531], 府縣官都來問安, 請名醫切
脈[532]調治。一月之外, 纔得痊可。

公子在任年餘, 官聲大著, 行取[533]到京。吏部考選天下官員, 公子在
部點名已畢, 回到下處。焚香禱告天地, 只願山西爲官, 好訪問玉堂春消
息。須臾馬上[534]人來報 : "王爺點[535]了山西巡按[536]。" 公子聽說, 兩手加
額 : "趁我平生之願矣。" 次日領了敕[537]印, 辭朝[538], 連夜[539]起馬[540], 往山
西省城上任訖。卽時發牌[541], 先出巡平陽府。公子到平陽府, 坐了察

---

527 風趣(풍취) : 風韻. (주로 여인의) 우아한 자태. 아름다움.
528 多嬌(다교) : (자태가) 아름다움.
529 指望(지망) : 간절히 바람.
530 官誥(관고) : 황제가 내리는 詔令. 여기에서는 자신이 벼슬을 함으로써 누리는 영화를
   가리킨다.
531 祈禳(기양) : 액막이 기원을 드림.
532 切脈(절맥) : 맥을 짚어서 진찰함.
533 行取(행취) : 지방관이 추천이나 보증을 통해 京職으로 전근하는 것. 또 지방관이 임기
   를 마치고 首都의 吏部에 돌아가 새 부임지를 받는 것도 행취라 하는데, 이때 새 부임지
   로 가기 위해서는 지방 고급관원의 추천을 받거나 시험에 선발되어야 한다.
534 馬上(마상) : 즉시. 바로. 금방.
535 點(점) : 選授. 인재를 골라 뽑아 벼슬자리를 줌.
536 巡按(순안) : 巡按御史. 지방 관리의 행정을 감찰하고 訟事의 잘잘못을 가리는 직책이다.
537 敕(내) : 敕의 오기인 듯.
538 辭朝(사조) : 外職으로 부임하는 관원이 출발에 앞서 임금에게 하직함.
539 連夜(연야) : 그날 밤.
540 起馬(기마) : 벼슬길에 오름.

院[542], 觀看文卷。見蘇氏玉堂春問[543]了重刑, 心內驚慌, 其中必有蹺蹊[544]。隨叫書吏過來: "選一個能幹事的, 跟着我私行采訪。你衆人在內, 不可走漏消息." 公子時下換了素巾靑衣, 隨跟書吏, 暗暗出了察院。僱了兩個騾子, 往洪同縣路上來。這趕脚[545]的小夥, 在路上問問: "二位客官往洪同縣有甚貴幹[546]?" 公子說: "我來洪同縣要娶個妾, 不知誰會說媒?" 小夥說: "你又說娶小[547], 俺縣里一個財主, 因娶了個小, 害了性命." 公子問: "怎的害了性命?" 小夥說: "這財主叫沈洪, 婦人叫做玉堂春, 他是京裡娶來的。他那大老婆皮氏與那鄰家趙昂私通, 怕那漢子[548]回來知道, 一服毒藥把沈洪藥死了。這皮氏與趙昂反把玉堂春送到本縣, 將銀買囑官府衙門, 將玉堂春屈打成招[549], 問了死罪, 送在監裡。若不是虧了[550]一個外郞[551], 幾時便死了." 公子又問: "那玉堂春如今在監死了?" 小夥說: "不曾." 公子說: "我要娶個小, 你說可投[552]着誰做媒?" 小夥說: "我送你往王婆家去罷。他極會說[553]媒." 公子說: "你怎知道他會說媒?" 小夥說: "趙昂與皮氏都是他做牽頭[554]." 公子說: "如今下他

---

541 發牌(발패) : 하급 기관에게 공문을 발송하는 것.
542 察院(찰원) : 都察院의 약칭. 행정기관을 감찰하는 관청이다. 감찰어사는 도찰원에 속하는데, 어사가 나가서 순시할 때 그의 관아 또는 찰원이라고도 한다.
543 問(문) : 판결함.
544 蹺蹊(교혜) : 수상쩍음. 곡절.
545 趕脚(간각) : 마바리를 끎. 당나귀나 노새 등을 몰고 다니면서 삯을 받고 짐을 실어 나르는 것을 가리킨다.
546 貴幹(귀간) : 용무.
547 娶小(취소) : 첩을 얻음.
548 漢子(한자) : 남편.
549 屈打成招(굴타성초) : 무고한 사람을 심하게 고문하여 자백 받음. 무고한 사람에게 죄를 뒤집어씌우고 그 죄를 인정하도록 강요함.
550 虧了(휴료) : 덕분에.
551 外郞(외랑) : 員外郞. 州府郡縣 吏職의 하나.
552 投(투) : 投合. 서로 잘 맞음.
553 會說(회설) : 구변이 좋음.
554 做牽頭(주견두) : 뚜쟁이질 함.

家裡罷."小夥竟引到王婆家裡, 叫聲:"幹娘[555]! 我送個客官在你家來,
這客官要娶個小, 你可與他說媒."王婆說:"累你, 我轉[556]了錢來, 謝
你."小夥自去了。公子夜間與王婆攀話, 見他能言快語, 是個積年的馬
泊六[557]了。到天明, 又到趙監生前後門看了一遍, 與沈洪家緊壁相通,
可知做事方便。回來喫了早飯, 還了王婆店錢[558], 說:"我不曾帶得財
禮, 到省下回來, 再作商議."公子出的門來, 僱了騾子, 星夜回到省城,
到晚進了察院, 不題。

　次早, 星火發牌, 按臨洪同縣。各官參見[559]過, 分付就要審錄。王知縣
回縣, 叫刑房吏書[560], 卽將文卷審冊[561], 連夜開寫停當, 明日送審不題。

　却說。劉志仁與玉姐寫了一張冤狀, 暗藏在身。到次日淸晨, 王知縣
坐在監門首, 把應解[562]犯人點將出來。玉姐披枷帶鎖, 眼淚紛紛。隨解
子[563]到了察院門首, 伺候[564]開門。巡捕官回風[565]已畢, 解審[566]牌出。公
子先喚蘇氏一起。玉姐口稱冤枉, 探懷中訴狀呈上。公子擡頭見玉姐這
般模樣, 心中悽慘, 叫聽事官接上狀來。公子看了一遍, 問說:"你從小
嫁沈洪, 可還接了幾年客?"玉姐說:"爺爺, 我從小接着一個公子, 他是
南京禮部尙書三舍人."公子怕他說出醜處, 喝聲:"住了! 我今只問你

555　幹娘(간랑) : 할멈.
556　轉(전) : 賺. 이윤을 얻음. 벎.
557　馬泊六(마박육) : 뚜쟁이.
558　店錢(점전) : 숙박비.
559　參見(참견) : 알현함. 배알함.
560　吏書(이서) : 書吏. 서기.
561　審冊(심책) : 장부를 조사함.
562　解(해) : 압송함. 호송함.
563　解子(해자) : 호송원.
564　伺候(사후) : 기다림.
565　回風(회풍) : 고급관리가 일을 하기 위해 堂에 오르기 전에 하급관리가 일의 준비사항을
　　　보고하는 의식. 일종의 아침 조회라 할 수 있다.
566　解審(해심) : 호송하여 재판에 붙임. 本縣으로부터 송치하여 上司의 심판을 받게 하는
　　　것이다.

謀殺人命事, 不消多講." 玉姐說 : "爺爺, 若殺人的事, 只問皮氏便知."
公子叫皮氏問了一遍. 玉姐又說了一遍, 公子分付劉推官[567]道 : "聞知
你公正廉能, 不肯玩法[568]徇私[569]. 我來到任, 尙未出巡, 先到洪同縣訪
得這皮氏藥死親夫, 累蘇氏受屈, 你與我把這事情用心問斷." 說罷, 公
子退堂.

劉推官回衙, 升堂, 就叫 : "蘇氏, 你謀殺親夫, 是何意故?" 玉姐說 :
"冤屈! 分明是皮氏串通[570]王婆, 和趙監生合計毒死男子, 縣官要錢, 逼
勒成招. 今日小婦拚死[571]訴冤, 望靑天爺爺做主." 劉爺叫皂隷把皮氏採
上來, 問 : "你與趙昂奸情可眞麼?" 皮氏抵賴[572]沒有. 劉爺卽時拿趙昂
和王婆到來面對, 用了一番刑法[573], 都不肯招. 劉爺又叫小段名 : "你送
麵與家主喫, 必然知情!" 喝敎夾起, 小段名說 : "爺爺, 我說罷! 那日的
麵, 是俺娘親手盛起, 叫小婦人送與爹爹喫. 小婦人送到西廳, 爹叫新
娘同喫. 新娘關着門, 不肯起身, 回道 : '不要喫.' 俺爹自家喫了, 卽時
口鼻流血死了." 劉爺又問趙昂奸情, 小段名也說了. 趙昂說 : "這是蘇
氏買來的硬証." 劉爺沉吟了一會, 把皮氏這一起分頭[574]送監, 叫一書吏
過來 : "這起潑皮奴才, 苦不肯招. 我如今要用一計, 用一個大櫃, 放在
丹墀[575]內, 鑿幾個孔兒. 你執紙筆暗藏在內, 不要走漏消息. 我再提來
問他, 不招, 卽把他們鎖在櫃左櫃右, 看他有甚麼說話, 你與我用心寫
來." 劉爺分付已畢, 書吏卽辦一大櫃, 放在丹墀, 藏身於內. 劉爺又叫皂

---

567 推官(추관) : 명나라 때 형벌의 사무를 관리하고 관리의 근무 성적을 심사하는 일을
　　맡은 관리.
568 玩法(완법) : 법을 무시함. 법을 얕봄.
569 徇私(순사) : 사리사욕에 눈이 멂.
570 串通(관통) : 함께 공모함. 결탁함. 내통함.
571 拚死(변사) : 죽기 살기로 함. 죽을힘을 다함.
572 抵賴(저뢰) : 잘못 따위를 잡아뗌. 발뺌함.
573 刑法(형법) : 체형.
574 分頭(분두) : 제각기. 따로따로.
575 丹墀(단지) : 붉은 섬돌. 흔히 관부와 사당에 있어, 여기서는 관아의 뜰을 의미한다.

隸, 把皮氏一起提來再審。又問:"招也不招?" 趙昂·皮氏·王婆三人齊聲哀告, 說:"就打死小的, 那呈招?" 劉爺大怒, 分付:"你衆人各自去喫飯來, 把這起奴才着實[576]拷問。把他放在丹墀裡, 連小叚名四人鎖於四處, 不許他交頭接耳[577]." 皂隸把這四人鎖在櫃的四角。衆人盡散。

　却說。皮氏擡起頭來, 四顧無人, 便罵:"小叚名! 小奴才! 你如何亂講? 今日再亂講時, 到家中活敲殺你!" 小叚名說:"不是夾得疼, 我也不說." 王婆便叫:"皮大姐[578], 我也受這刑杖[579]不過, 等劉爺出來, 說了罷." 趙昂說:"好娘, 我那些虧着你, 倘捱出官司[580]去, 我百般[581]孝順你, 卽把你做親母." 王婆說:"我再不聽你哄我。叫我圓成[582]了, 認我做親娘, 許我兩石麥, 還欠八升, 許我一石米, 都下了糠粃, 段衣兩套, 止與我一條藍布裙, 許我好房子, 不曾得住。你幹的事, 沒天理, 敎我只管[583]與你熬刑受苦." 皮氏說:"老娘, 這遭出去, 不敢忘你恩。捱過今日不招, 便沒事了." 櫃裡書吏把他說的話盡記了, 寫在紙上。劉爺升堂, 先叫打開櫃子。書吏跪[584]將出來, 衆人都唬軟了。劉爺看了書吏所錄口詞[585], 再要拷問, 三人都不打自招。趙昂從頭依直寫得明白。各各畫供已完, 遞至公案[586]。劉爺看了一遍, 問蘇氏:"你可從幼爲娼, 還是良家出身?" 蘇氏將蘇淮買良爲賤, 先遇王尙書公子, 揮金三萬, 後被老鴇一秤金趕逐, 將奴賺賣與沈洪爲妾, 一路未曾同睡, 備細說了。

---

576 着實(착실) : 단단히. 톡톡히.
577 交頭接耳(교두접이) : 귀에 입을 대고 소곤거림.
578 大姐(대저) : 친한 여성이나 여자 친구를 높이어 정답게 부르는 말.
579 刑杖(형장) : 태형을 가함. 죄인의 볼기를 치는 곤장.
580 官司(관사) : 송사. 소송.
581 殷(은) : 般의 오기인 듯.
582 圓成(원성) : (남을 도와 일을) 이루게 해줌. 성사시킴.
583 只管(지관) : 마음대로.
584 跪(궤) : 跑의 오기인 듯.
585 口詞(구사) : 주고받은 말.
586 公案(공안) : 재판관이 사건을 심리할 때 쓰던 책상.

劉推官情知[587]王公子就是本院[588]。提筆定罪[589]:

「皮氏淩遲處死, 趙昂斬罪非輕。王婆贖藥是通情[590], 杖責[591]段名示警[592]。
王縣貪酷罷職, 追贓不恕衙門。蘇淮買良爲賤合充軍[593], 一秤金三月立
枷罪定[594]。」

劉爺做完[595]申文[596], 把皮氏一起俱已收監。次日親捧招詳, 送解[597]察
院, 公子依擬[598]。留劉推官後堂待茶, 問:"蘇氏如何發放[599]?"劉推官答
言:"發還[600]原籍, 擇夫另嫁。"公子屛去從人, 與劉推官吐膽傾心[601], 備
述少年設誓之意:"今日煩賢府[602]密地差人送至北京王銀匠處暫居, 足
感足感。"劉推官領命奉行, 自不必說。

却說。公子行下關文[603], 到北京本司院提到[604]蘇淮·一秤金依律問罪。
蘇淮已先故了。一秤金認得是公子, 還叫王姐夫, 被公子喝教重打六
十, 取一百斤大枷枷號[605]。不勾半月, 嗚呼哀哉! 正是:

「萬兩黃金難買命　　　　　一朝紅粉已成灰」

---

587 情知(정지): 확실하게 앎.
588 本院(본원): 察院을 가리킴. 곧 왕경륭을 지칭한다.
589 定罪(정죄): 죄를 판단하여 결정함.
590 通情(통정): 통상적 인정.
591 杖責(장책): 곤장으로 문책함.
592 示警(시경): 경종을 울림.
593 充軍(충군): 죄인을 변방으로 유배 보내 군졸로 충당하거나 노역을 시킴.
594 罪定(죄정): 定罪. 죄를 선고함.
595 做完(주완): 마무리 지음. 끝냄.
596 申文(신문): 上司에게 보고하는 공문.
597 送解(송해): 解送. 호송함. 압송함.
598 擬(의): 擬議. 초안을 작성함. 입안함.
599 發放(발방): 처리함.
600 發還(발환): 도로 돌려줌.
601 吐膽傾心(토담경심): 傾心吐膽. 남에게 마음속의 말을 다함을 이르는 말.
602 賢府(현부): 지방 장관의 존칭.
603 關文(관문): 官府의 공문서.
604 提到(제도): (취조를 위해) 소환함.
605 枷號(가호): 죄인에게 칼을 씌워 대중에게 보임.

再說。公子一年任滿, 復命⁶⁰⁶還京。見朝已過, 便到王匠處問信。王匠
說有金哥伏侍, 在頂銀衕衕居住。公子卽往頂銀衕衕, 見了玉姐, 二人放
聲大哭。公子已知玉姐守節之美, 玉姐已知王御史就是公子, 彼此稱謝。
公子說:"我父母娶了劉氏夫人, 甚是賢德, 他也知道你的事情, 決不妒
忌." 當夜同飲同宿, 濃如膠漆。次日, 王匠·金哥都來磕頭賀喜。公子謝
二人昔日之恩, 分付:"本司院蘇淮家當原是玉堂春置辦的, 今蘇淮夫婦
已絶, 將遺下家財, 撥與王匠·金哥二人管業, 以報其德." 上了個省親本,
辭朝, 和玉堂春起馬共回南京。到了自家門首, 把門人急報老爺說:"小
老爺到了." 老爺聽說甚喜。公子進到廳上, 排了香案, 拜謝天地, 拜了父
母兄嫂, 兩位姐夫·姐姐都相見了。又引玉堂春見禮⁶⁰⁷。已畢, 玉姐進
房, 見了劉氏說:"奶奶坐上, 受我一拜." 劉氏說:"姐姐怎說這話? 你在
先, 奴在後." 玉姐說:"奶奶是名門宦家之子, 奴是煙花, 出身微賤." 公
子喜不自勝。當日正了妻妾之分, 姊妹相稱, 一家和氣。公子又叫:"王
定, 你當先在北京三番四復⁶⁰⁸規諫我, 乃是正理。我今與老老爺說, 將
你做老管家⁶⁰⁹." 以百金賞之。後來王景隆官至都禦史, 妻妾俱有子, 至
今子孫繁盛。有詩歎云:

　「鄭氏元和已著名　　　三官鬧院是新聞
　　風流子弟知多少　　　夫貴妻榮有幾人?」

〈警世通言 下, 第二十四卷〉

---

606 復命(복명): 명을 수행하고 보고함.
607 見禮(견례): 인사를 나눔.
608 三番四復(삼번사복): 三番兩次. 거듭거듭. 여러 번.
609 管家(관가): 지주나 관료 집안의 가사를 관리하는 지위가 비교적 높은 하인.

찾아보기

이와전(李娃傳)
투첩성옥(妬妾成獄)
옥당춘낙난봉부(玉堂春落難逢夫)

여기서부터는 影印本을 인쇄한 부분으로 364페이지부터 보십시오.

早知今日都
成犬悔不當
初不做人

106

我一㸃到劉氏說姐姐怎說這話你在先奴在後王姐
說奶奶是名門宦家之子奴是烟花出身係賤公子
喜不自勝當日正了妻妾之分姊妹相稱一家和氣
叄子又叫王定你當先在北京三番四復規諫我乃
是正理我今與老老爺說將你做老管家以百金賞
之後來王景隆官至都御史妻妾俱有子至今子孫
繁盛有詩歎云

鄭八元和已著名　三官關院是新聞
風流子弟知多少　夫貴妻榮有幾人

第　十四卷

105

謝公子說我父母娶了個劉氏夫人甚是賢德他也

知道你的事情先不妒忌當夜同飲同寢濃如膠漆

次日王匠金哥都來磕頭賀喜公子謝二人昔日之

恩分付本司院蘇淮家當縣是玉堂春留辦的今蘇

淮夫婦巳絕將遺下家業撥與王匠金哥一人管業

以報其德上了個省親本辭朝和玉堂春起馬共回

南京到了自家門首把門人急報老爺說小老爺到

了老爺聽說甚喜公子進到廳上排了香案拜謝天

地拜了父母兄嫂兩位如夫如姐都相見了又引玉

堂春見禮巳畢玉姐進房見了劉氏說奶奶坐上受

足感劉推官領命奉行自不必說却說公子行下關
文到北京本司院提到蘇淮一秤金依律問罪蘇淮
巳先改了一秤金認得是公子還叫王姐夫被公子
喝教重打六十取一百斤大枷枷㞕不匀半月嗚呼
哀哉正是

　萬兩黃金難買命　　一朝紅粉巳成灰、

再說公子一年任滿復命還京見朝巳過便到王匠
處問信王匠說有金哥伏侍在頂銀衙衙名任公子
即往頂銀衙衙尤了玉姐二人放聲大哭公子巳知
玉姐守節之美玉姐巳知王御史就是公子彼此稱

103

賺賣與沈洪爲妾一路未曾回睡備細說了劉推官

情知王公子就是本院提筆定罪

皮氏凌遲處死趙昂斬罪非輕王婆賣藥是通情

杖責段名示警王縣貪酷罷職追贓不恕衙門蘇

淮買良爲賤合充軍一秤金三月立枷罪定

劉爺做完申文把皮氏一起俱巳收監次日親捧招

詳送解察院公子依擬留劉推官後堂待茶問蘇氏

如何祭放劉推官答言發還原籍擇夫另嫁公子屏

去從人與劉推官吐膽傾心備述少年設誓之意今

日煩賢府措地差人送至北京王銀匠處暫居足感

石米都下了糠粃毀衣兩套止與我一條藍布裙許
我好房子不曾得任你幹的事没天理教我只管與
你熬刑受苦皮氏說老娘這遭出去不敢忘你恩摳
了今日不招便没事了橫裡書吏把他說的話盡記
了寫在紙上劉爺升堂先叫打開櫃子書吏跪將出
來衆人都曉軟了劉爺看了書吏所錄口詞再要拷
問三人都不打自招趙昊從頭依血寫得明白各各
畵供已完遍至公案劉爺看了一遍問蘇氏你可從
幼爲姐還是良家出身蘇氏將蘇淮買良爲賤先遇
王尚書公子揮金三萬後被老揚一杵金趕逐將奴

招劉爺大慈分付你眾人各自出些飯來把遠起取
才着實拷問把他放在丹墀裡連小段名四人鎖於
四處不許他交頭接耳阜隸把這四人鎖在櫃的四
角眾人盡散都說皮氏擡起頭來四顧無人便罵小
段名小奴才你如何亂講今日再亂講時到家中活
敲殺你小段名說不是夾得疼我也不說王婆便叫
皮大姐我也受這刑杖不過等劉爺出來說了罷趙
昂說好娘我那些斷着你倘惟出官司去我万股孝
順你即把你做親母王婆說我再不聽你哄我叫我
團成了認我做親娘許我兩石麥還欠八斗許我一

100

安喫了、即時口鼻流血死了、劉爺又問趙昻奸情、小

叚名也說了、趙昻說這是蘇氏買來的硬証劉爺況

吟了一會、把皮氏這一起分頭送監押一書吏過來

這起潑皮奴木苦不肯招、我如今要用一計用一個

大櫃放在丹墀内鑿幾個孔兒你銃紙筆暗藏在内

不要走漏消息我再提來問他不招即把他們鎖在

櫃左櫃右看他有甚麽說話、你與我用心寫來劉爺

分付巳畢書吏即將一大櫃放在丹墀藏身於内劉

爺又叫皁隸把皮氏一起提來再審又問招也不招

趙昻皮氏王婆三人齊聲哀告、說就打死小的那逞

堂劉推官回衙升堂就叫蘇氏你謀殺親夫是何意
故玉姐說冤屈分明是皮氏串通王婆和趙監生合
計毒死男子縣官要錢過勒成招今日小婦捨死訴
冤望青天爺爺救王劉爺叫皁隷把皮氏採上來問
你與趙昂奸情可真麽皮氏抵賴没有劉爺即時拿
趙昂和王婆到來面對用了一番刑法都不肯招劉
爺又叫小段名你送麵與家王嫂必然知情喝教夾
起小段名說爺爺我說罷那日的麵是俺娘親手盛
起叫小婦人送與爹爹嫂小婦人送到西廳爹叫新
娘同嫂新娘關着門不肯起身回道不要嫂俺爹自

喫先

寃枉縣懷中訴狀呈上公子撞頭見玉姐遠縣模樣

心中懷悋門聽事官接上狀來公子看了一遍問說

你從小嫁洪可還接了幾年客玉姐說爺爺我從

小怪着一個公子他是南京禮部尚書三舍人公子

怕他說出醜處嚼聲作了我今只問你謀殺人命事

不消多講玉姐說爺爺若殺人的事只問皮氏便知

公子叫皮氏問了一遍玉姐又說了一遍公子分付

劉推官道闊知你公正廉能不肯玩法狗私我來到

任所本出巡先到洪同縣訪得這皮氏藥死親夫累

蘇氏笑展你與我把這事情用心問斷說罷公子退

家緊壁相通可知徵事方便即來喚了早飯還了王
婆店錢說我不曾帶得財禮到省下回來再作商議
公子出的門來催了縣子星夜回到省城到晚進了
察院不題次早星火發牌按臨洪同縣各官參見過
分付就要審錄王知縣回縣叫刑房吏書即將文卷
審冊連夜開寫停當時目送審不題却說劉志仁與
玉姐寫了一張知衆瞞藏在身到次日清晨王知縣
坐在臨門首把應解犯人點將出來王姐披枷帶鎖
眼淚紛紛隨解子到了察院門首伺候開門巡捕官
同風巳𣲖解審牌出公子先喚篠氏一起玉姐口稱

孩送在監裡若不是虧了一個外郎幾時便死了公
子又問那玉堂春如今在監死了小鬆說不曾公子
說我要娶個小你說可投著誰做媒小鬆說我送你
往王婆家去罷他極會說媒公子說你怎知道他會
說媒小鬆說趙昂與皮氏都是他做牽頭公子說如
今下他家裡罷小鬆竟引到王婆家裡叫聲乾娘我
送個客官在你家來這客官要娶個小你可與他說
媒王婆說累你我轉了錢來謝你小鬆自去了公子
夜間與王婆攀話見他能言快語是個積年的馬泊
六了到天明又到趙監生前後門看了一遍與沈洪

漏消息,公子時下換了素帛青衣,隨跟書吏睄瞧出
了察院,催了兩個驟子,往洪同縣路上來,走起那的
小鬏在路上問問二位客官,往洪同縣有甚堂徐公
子說我來洪同縣要娶個妾,不知誰會說媒小鬏說
你又說娶小俺縣里一個財主因娶了個小害了性
命,公子問怎的害了性命,小鬏說這財主叫沈洪婦
人叫做玉堂春,他是京裡娶來的,他那大老婆皮氏
與那鄰家趙昂私通,怕那漢子同來知道一服毒藥
把沈洪藥死了,這皮氏與趙昂反把玉堂春送到本
縣,將銀買囑官府衙門,將玉堂春屈打成招問了死

94

初蘇府縣官都來問安請名醫切脉調治一月之外
縱行……可公子在任年餘官聲大著行取到京吏部
考選天下官員公子在部點名已畢回到下處焚香
禱告天地只願山西為官好訪問玉堂春消息須史
馬上人來報王爺點了山西巡按公子聽說兩手加
額趁我平生之願矣次日領了勅印辭朝連夜起馬
往山西省城上任訖即時簽牌先出巡平陽府公子
到平陽府坐了察院觀看文卷見蘇氏玉堂春問了
重刑心內驚慌其中必有蹺蹊隨叫書吏過來選一
個能幹事的跟着我私行深訪你衆人在內不可走

此話閣過不題却說公子自到眞定府爲官典刑除
害夷畏民悅只是想念玉堂春無刻不然一日正在
煩惱家人來報老奶奶家中送新奶奶來了公子聽
說接進家小見了新人口中不言心内自思容貌到
也齊整怎及得玉堂春風趣當時擺了合歡宴喫下
合卺盃畢姻之際猛然想起多嬌當初指望白頭相
守誰知你嫁了沈洪這官誥都被別人承受了雖然
陪伴了劉氏夫人心裡還想着玉姐因此不快當夜
中了傷來又想當初與玉姐別咮發下誓願各不嫁
娶心下疑惑合眼就見玉姐任傷劉夫人遣人到處

92

庶民與趙昂有奸都是王婆說合數日前撞見王婆
在生藥舖内贖砒礵說要藥老鼠劉志仁就有些疑
心今日做出人命來趙監生使着沈家不疼的銀子
來衙門打點把蘇氏買成死罪天理何在蹧蹐一會
我下監去看看邢禁子正在那里逼王姐要燈油錢
志仁喝退眾人將溫言寬慰王姐問其寃情王姐垂
淚拜訴來歷志仁見四傍無人遂將趙監生與皮氏
私情及王婆贖藥始末細說一遍分付你且耐心守
閉待後有機會我指點你去叫寃日逐飯食我自供
你王姐再三拜謝禁子兒劉志仁做主也不敢則聲

與那皮氏無下玉堂春正待分辨知縣大怒說人是
苦重不打不招叫皐隷與我椵起者有定打開他招也
不招他若不招就活活敲死玉姐熬刑不過說願招
知縣說放下刑其皐隷遞筆與玉姐滿供知縣說皮
氏名保在外玉堂春收監皐隷將玉姐手押脚鐐帶
進南牢禁子牢頭得了趙上含銀子將玉姐百般
凌辱只等上司詳允之後就遞病狀結果他性命正

是

安排縛庿擒龍計　　斷送愁鸞泣鳳人

且喜有個刑房吏姓劉名志仁爲人正直無私素知

程出丈夫不許他進房今早的麵出於皮氏之手小婦人並無干涉王知縣見他二人各說有理叫皁隸暫把他二人寄監我差人訪寇再審二人進了南牢不題却說皮氏差人密傳與趙昻叫他快來打點趙昻拿着沈家銀子與刑房史一百兩書手八十兩掌案的先生五十兩門子五十兩兩班皁隸六十兩禁子每人二十兩上下打點停當封了一千兩銀子放在鐔内當酒送與王知縣知縣受了次日清晨升堂叫皁隸把皮氏一起提出來不多時到了當堂跪下知縣說我夜來一夢夢見沈洪說我是蘇氏藥死

邪男子棄舊迎新你懷恨在心藥死親夫此情理或
有之皮氏說爺爺我與夫大怨纫的夫妻怎忍做這
絕情的事這蘇氏原是不良之婦別有箇心上之人
分明是他藥死要圖改嫁望青天爺爺明鏡知縣乃
叫蘇氏你過來我想你原係娟門你愛那風流標致
的人想是你見丈夫醒脾不趁你意故此把毒藥藥
死是定叫皂隸把蘇氏與我夾起來玉姐說爺爺小
婦人雖在烟花巷裏跟了沈洪又不曾難爲半分怎
下這般毒手小婦人累有惡意何不在半路謀害既
到了他家他怎容得小婦人做手腳這皮氏昨夜就

氏就將三尺白布擦頭扯了玉姐往知縣處叶喊正
值王知縣升堂喚進問其緣故皮氏說小婦人皮氏
丈夫沈洪在北京為商用下金娶這娼婦叶做玉
堂春為娼這娼婦嫌丈夫醜陋因叫辣麵暗將毒藥
放入丈夫喫了登時身死望爺爺為阿他償命王知縣
聽罷問玉堂春你怎麼說玉姐說爺爺小婦人原籍
北直隸大同府人氏只因年歲荒旱父親把我賣在
本司院薛家賣了三年後沈洪看見娶我回家皮氏
妬娼暗將毒藥藏在麵中毒死丈夫性命反倚刁溪
委頼小婦人知縣聽玉姐說了一會叶皮氏想你見

水看時只見沱洪九竅流血而死正不知什麼緣故
慌慌的高叫救人只聽得那步响皮氏早到不等玉
姐開言就變過臉故意問道好好的一個人怎麼就
死了想必你這小淫婦弄死了他要去嫁人玉姐說
那丫頭送麵來叫我喫我不要喫並不曾開門誰知
他喫了便肚疼死了必是麵裡有些緣故皮氏說放
屁麵裡若有緣故必是你這小淫婦做下的不然你
如何先曉得這麵是喫不得的不肯喫你就並不曾
開門如何都在門外這謀死情由不是你是誰說罷
假哭起養家的天來家中僅僕養娘都亂做
堆皮

同後老公又睡了醒來復去、一夜不曾合眼、天明早
起趕下一軸麵爨熟分作兩碗皮氏惜惜把硯霜撤
在麵内都將辣汁澆上叫小段名送去西廳與你爹
爹喚小段名送至西廳吩道爹爹大娘欠你送辣麵
與你喚沈洪兒是兩碗、就叫我兒送一碗與你二娘
喚小段名便去敲門玉姐在床上問做甚麼小段名
說請二娘起來喚麵玉姐道我不要喚沈洪說想是
你二娘還要睡莫去開他沈洪把兩碗都喚了、須史
而盡小段名收碗去了沈洪一時肚疼、叫道不好了
死也死也玉姐還只認假意看看聲音漸變開門出

在廂房安頓了蘇三自已卻去當陪皮氏睡晚

被皮氏三回五次催趕沈洪說我去西廂時以睡大

娘着惱皮氏說你在此我及早離了我眼睛我便不

惱沈洪唱箇淡詁謝聲得罪出了房門遲延再聽而

來原來玉姐果薺沈洪不在檢出他舖蓋撤在聽中

自已關上房門自睡了任沈洪打門那裡肯開都好

皮氏叫小段名到西廳看老公睡也不曾沈洪平日

原與小段名有情那時扯在舖上草草合歡也當春

風一度事畢小段名自去了沈洪身子困倦二覺睡

去直至天明卻說皮氏這一夜等趙卬不來小段名

落得受用等他氣消了時都領玉堂春與依磕頭沈

洪只道渾家是喫醋誰知他有了私情又且房計空

虛了正怕老公進房借此機會打發他另居正是

你向東時我向西　　各人有意自家知

不在話下却說玉堂春曾與王公子設誓今番怎肯

失節從沈洪腹中一路打稿我若到這厭物家中將

情節哭訴他大娘子求他做主以仓餘懆慢懊的將

信與三官敎他將二千兩銀子來贖我去都不妨及

到沈洪家裡開知大娘不許相見打發老公和他徙

酉聽另低不遂其計心中又驚又惹沈洪安排床摺

麵肉正好下藥兩人陪會已定只等沈洪入來不一
日、沈洪到了故鄉叫傻人和玉姐輕停門外自已先
進門與皮氏相見滿臉陪笑說犬大姐休怪我却今做
了一件事皮氏就你真不是娶了個小老婆沈洪說
是了皮氏大怒說爲妻的整年月在家守活孤孀你
郑花柳快活又帶這澄淫婦回來全無夫妻之情作
若要留這澄淫婦時你自任西廳一帶住下不許來纏
我我也没碾受這澄淫婦的所不安他來是然說銀喋
哭起來的捏拍搦口裡千左八萬澄淫婦罵不絕聲沈
洪勸解不得想道且暫時依他言語在西廳住幾日、

欲要跟趙昂逃走他方趙昂道我又不是赤腳漢如
何走得便走了也不免喫官司只除暗地謀殺了沈
洪做個長久夫妻豈不盡美皮氏點頭不語郡說趙
昂有心打聽沈洪的消息曉得他討了院妓玉堂春
一路回來即忙報與皮氏知道故意將言語絢惱皮
氏皮氏怨恨不絕於聲問如今怎麼樣對付他說妳
趙昂道一進門時你便數他不是與他尋鬧咆哮他領
着娟根另任那時憑你安排了我央王婆贖得些□□
霜在此覷便妳在食器內把與他兩個喫等他雙死
也罷單死也罷皮氏說他好喫的是辣麵趙昂說辣

都看上了、趙昂訪知巷口做坎家的王婆在沈家走

動。識熟且是利口、善於做媒說合、乃將白銀二十兩、

賄賂上婆央他通脚皮氏平昔間不良的口氣已有

在王婆肚裡況且今日你貪我愛一說一上齊期密

約一墻之隔梯上梯下做就了一點不不明不白的事

趙昂　者貪皮氏之色二者要騙他錢財梵情之間

明乃本底皮氏心愛趙昂但是開口無有不從恨不

得連家當都津貼了他不上一年倾囊倒篋騙得一

空、初時只推事故暫時那借去後分宅不還皮氏

只愁老公回來盤問時無言回答、一夜與趙昂商議

炙廳念你年長未娶巳聘劉都堂之女不月送至任

所戍親公子一心只想玉堂春全不以聘娶為喜正

足

巳將路柳為連理　　翻把家難作野鴦

且說沈洪之妻皮氏也有幾分顏色雖然三十餘歲

此二八少年也還風騷平爺間嫌老公粗蠢不會風

流又出外日多在家日少皮氏色性太重打熬不過

間堂有個監生姓趙名昂自幼慣走花柳場中為人

風月近日喪偶雖然是納粟粗公家道已在消乏一

遂一日皮氏在後園看花偶然撞見趙昂彼此有心

束裝回家朋友聞知都來勸說順卿兄功名是大事

表子是末節那里有爲表子而不去求功名之理公

子說列位不知我奮志勤學皆爲玉堂春的言語激

我寃家爲我受了千辛萬苦我怎肯輕捨衆人叫順

卿兄你倘聯捷幸在彼地見之何難你若同家憂慮

成病父母懸心朋友笑恥你有何益三官自思言之

最當倘或僥倖得到山西平生願足矣數言勸醒公

子會試日期已到公子進了三場果中金楊二甲第

八名刑部觀政三個月選了眞定府理刑官即遣輔

一馬迎請父母兄嫂父母不來回書說敎他做官勤愼

見綿帳羅幃悵却怒惱把箱籠盡行打碎氣得癡呆
了問丫頭你姐姐嫁那
可老實說饒你打丫頭
說去燒香不知道就偷賣了他公子滿眼落淚說宛
家不知是正妻足偏妾丫頭說他家俚自有老婆公
子聽說心中大怒恨罵七八淫婦不仁不義丫頭說
他今日嫁別人去了還疼他怎的公子滿眼流淚正
說間忽報朋友來訪金哥勸三叔休惱三婚一時不
在了你縱然哭他他也不知道今有許多相公在店
中相該問公子在院中都要來公子聽說恐怕朋友
笑話即便起身同店公子心中氣悶無心應舉意欲

子問幾時賣了王匠説有一個月了、公子聽説一頭

撞在塵埃二人忙扶起來、公子問金哥賣在那里去

了、金哥説賣與山西客人沈洪去了、三官説你那三

姨就怎麼肯去金哥叙出楊兒假意從良殺猪宰羊

上嶽廟哄三姨同去燒香、私與沈洪約定催下轎子

撞去不知下落公子説亡八盗賣我玉堂春、我與他

筭帳、那時叫金哥跟着帶領家人迎到本司院里進

的院門亡八眼快跑去躲了、公子問衆丫頭你家玉

姐何在無人敢應公子發怒、房中尋見老鴇一把揪

住、叫家人亂打、金哥勸住、公子就走在百花樓上看

就拿酒來斟上三官不好推辭連伏了三盃又問玉
姐敢不知我來王匠叫三叔開懷再飲三盃三官說
勾了不喫了王匠說三叔久別多飲幾盃不要太謙
公子又飲了幾盃問這幾日曾見玉姐不曾王匠又
叫三叔且莫問此事再喫三盃公子心疑站起說有
莊或長或短說個明白悶死我也王匠只是勸酒
却說金哥在門首經過知道公子在內進來磕頭叫
喜三官問金哥你三婶近日何如金哥年幼多嘴說
賣了三官急問說賣了誰王匠瞞了金哥一眼金哥
縮了口公子喫執盤問二人瞞不過說三婶賣了公

里去沈洪說徃那里夫我爲你去了二千兩銀子賣
你徃山西家去王姐在轎中彌咷大哭罵徃不絕那
轎夫擡了飛也似走行了一日天色已晚沈洪尋了
一座店房排合巷美酒指整洞房歡樂誰知王姐題
着便罵觸着便打沈洪見店中人多恐怕出醜想道
甕中之鼈不怕他走了權耐幾日到我家中何愁不
從於是反將好話奉承並不去犯他王姐終日啼哭
自不必說却說公子一到北京將行李上店自己帶
兩個家人就徃王銀匠家探問玉堂春消息王匠請
公子坐下有見成酒且喫三杯接風慢慢告訴王匠

媽說我也要去燒香老媽說三姐你要夫快梳洗我
喚轎兒擡你玉姐梳粧打掃同老媽出的門來正兒
四個人擡着一頂空轎老媽便問此轎是催的遣人
說正是老媽說這裏到獄廟要多少催價那人說擡
去擡來要二錢銀子老媽說只是五分那人說這個
事小請老人家上轎老媽說不是我坐是我女兒要
坐玉姐上轎那二人擡着不往東獄廟去徑往西門
去了走有數里到了上高轉折去處玉姐回頭看見
沈洪在後騎着個騾子玉姐大叫一聲吃想是十八
楊子淫賣我了玉姐大罵你這些賊狗奴擡我徃那

日殺猪宰羊買一卓紙錢假說東嶽廟爲俺燒了紙說了誓合家從良再不在烟花巷裡小三若問知從良一節必然也要往獄廟燒香呌洗官人先安排轎子逕擡徃山西去公子那時就來不見他的情人心下就冷了亡入說此計大妙耶時暗暗地與洗洪商議又耍了他一千銀子次早丫頭報與玉姐俺家殺猪宰羊上獄廟哩玉姐問爲何丫頭道聽得媽媽說爲玉姐夫中了恐怕他到京來報仇今日發願合家從良玉姐說是眞是假丫頭說當眞哩昨日流如夫都辭去了如今再不接客了玉姐說旣如此你對媽

報玉堂春說三叔中了,玉姐叫丫頭將試錄拿來

來展開看了,上刊第四名王景隆,證明應天府儒士,

禮記,玉姐步出樓門叫丫頭忙排香案,拜謝天地起

來,先把王匠謝了,轉身又謝金哥,嘵得亡八揭子鬼

不在懷商議說王三中了舉不久到京,白白地要了

玉堂春去,可不人財兩失,三兒向他孤老決沒甚好

言語,嚴闖是非教他報往日之仇,此事如何了揚子

說,不若先下手為強,亡八說怎麼樣下手,老鴇說咱

已收了沈官人一千兩銀子,如个再發了他一千,憑

些償錢責與他龜亡八說三兒不肯如何揭子

下你都不要性急待老身慢慢的很他沈洪拜謝說

小子懸懸而望正是

請下烟花諸葛亮　　欲圖風月玉堂春

且說十三省鄉試榜都到午門外張掛王銀匠邀金

哥說王三官不知中了不曾兩個跑在午門外南直

隷榜下看解元是書經徒下第四個乃王景隆王匠

說金哥好了三叔巳中在第四名金哥說你看看的

確怕你識不得字王匠說你說話好欺人我讀書讀

到孟子難道這三個字也認不得隨你叫誰讀金哥

聽說大喜二人買了一本鄉試錄走到本司

我成就了此事休說金銀便是殺身難保老鴇聽說口內不言心中自思我如今若許了他倘三兒不肯教我如何若不許他怎洪出他的銀子沈洪見老鴇躊躇不語便看翠紅翠紅丟了一個眼色走下樓來、洪即跟他下去翠紅說常言姐愛俏鴇愛鈔你多拿些銀子出來打動他不愁他不用心他是使大錢的人若少了他不放在眼裡沈洪說要多少翠喬說不要少了就把一千兩與他方纔成得此事也是沈洪命運該敗渾如鬼迷送一般即保着翠香就拿一千兩銀子來呌媽媽財體在此老鴇說這銀子、老身權收

害的我一絲雨氣七顛八倒望二位可憐我孤身在
外，舉眼無親替我勸化玉姐呌他相會一面雖死在
九泉之下也不敢忘了二位活命之恩莪能雙膝跪
下，翠香翠紅說沈姐夫你且起來我們也不敢和他
說這話你不見中秋夜罵的我們不耐煩等俺媽媽
來，你央免他沈洪說二位賢姐替我請出媽媽來翠
香姐說你跪着我再磕一百二十個大嚮頭沈洪慌
忙跪下磕頭翠香即時就去將沈洪說的言語連央
老鴇到西樓見了沈洪問沈姐夫喚老身何事
沈洪說別無他事只為不得玉堂春到手你將諸般

筆世通言 卷三十四

多銀子王爺說你那知道我那同年門生在京顏多
往返交接并錢不行等他手中寬裕諸公悲有與叫
景隆收於行裝有知心同年約上兩三位分付家人
到張先生家看了良辰公子恨不的一轉就到北京
遂了幾個朋友催了一隻船即時拜了父母辭別兄
嫂兩個姐夫邀親朋至十里長亭酌酒作別公子上
的船來手舞足蹈莫知所之眾人不解其意他心裡
只想着三姐玉堂春不則一日到了濟寧府舍舟起
旱不在話下再說沈洪自從中秋夜見了玉姐到如
今刻刻恩慕想廢寢忘飧叫辜二位賢姐只爲這冤家

九開榜之日公子想到三更已後方繞睡着外迎報
落的說王景隆中了第四名三官夢中間信起來梳
洗揚鞭上馬前擁後簇去赴鹿鳴宴父母兄嫂姐大
姐姐喜做一圍連日做慶賀筵席公子謝了玉老辭
了提學墳前祭掃了起了文書稟父母得知兄要早
些赴京到僻静去處安下看書數月好入會試父母
明知公子本意牽掛玉堂春中了擧只得隨從叫天
哥二哥來景隆赴京會試昨日祭掃有多少人情大
哥說不過三百餘兩玉爺道那只勾他人情的分外
再與他一二百兩拿去二哥說稟上參參用不得許

66

上前要摟抱玉姐被玉姐聖臉哤一口急急上樓關

了門罵丫頭好大膽如何放這野狗進來洗洪没意

思白去了玉姐思想起來分明是小翠香小翠紅這

兩個奴才報他又罵小淫婦小賤人你接着得意孤

尤也好了怎該來囉唣我罵了一頓放聲悲悲但得

我哥哥在時那個奴才敢調戲我又氣又苦越想越

毒正是

　可人去後無日見　　俗子來時不待招

却說三官在南京鄉試終塲開坐無事每日只想玉

姐南京一般也有本司院公子哥不去走到了二十

65

下樓取火與玉姐燒香、小翠紅忍不住多嘴、說了

沈姐夫你每日間想玉洪、今夜下樓在天井內燒香

我和你悄悄地張他洪姐前三錢銀子買嗑了丫頭

情然跟到樓下月明中、看得仔細等他拜罷趙出門

咘、玉姐大驚問是甚麼人答道在下是山西沈洪有

數萬本錢在此販馬久慕玉姐大名未得面觀、今日

得見如撥雲霧見青天望玉姐不棄同到西樓一會

玉姐怒道我與你素不相識、今當黑夜何故自海財

勢、妄生事端沈洪又哀告道王三官也只是個人我

也是個人他有錢我亦有錢那些兒強似我、說罷就

姐夫進三塲日子,我燒一炷香保佑他,玉姐下樓來

當天井跪下說天地神明,今月八月十五日我叮王

景隆進了三塲願他早占鰲頭,名揚四海.祝罷深深

拜了四拜,有詩為證

對月燒香禱告天　　何時得遂腹中寃

王郎有日登金榜　　不枉今生結好緣

却說西樓上有個客人乃山西平陽府洪同縣人拿

有整萬銀子來北京販馬,這人姓沈名洪,因聞玉堂

春大名特來相訪,老揚見他有錢把翠香打扮當作

玉姐相交數日,沈洪方知不是苦求一見是夜丫頭

暗晃不走公子將那一塊點心掉在樓板上丫頭

又忙發過一碗湯來說飯乾燥喫些湯罷玉姐剛把

得一回淚如湧泉放下了問外邊是甚麼响了頭說

今日中秋佳節人人覩月處處笙歌俺家娄香娄紅

姐都有客哩玉姐聽說口雖不言心中自思哥哥今

巳去了一年了叫丫頭拿過鏡子來照了一照猛然

說了一跳如何瘦的我這模樣把那鏡丟在床上長

呼短歎走至樓門前叫丫頭拿椅子過來我在這里

坐一坐坐了多時只見明月高升撫樓鼓轉玉姐叫

丫頭你可收拾香燭過來今日八月十五日乃是你

卷三十四

真提學察院許公子科舉竞到八月初九日進過頭
場寫出文字與父親看王爺喜道這七篇中有何難
到二場三場俱完王爺又看他後場皆道不作散眾
決是魁解話分兩頭卻說玉姐自上了百花樓從不
下梯是日悶倦叫丫頭拿棋子過來我與你下盤棋
丫頭說我不會下玉姐說你會打雙陸顏丫頭說也
不會玉姐將棋盤雙陸一皆撇在樓板上丫頭兒玉
姐眼中吊淚即忙撥過飯來說姐姐自從昨晚没用
飯你喫個點心玉姐拿過分為兩半右手拿一塊喫
左手拿起一塊與公子丫頭欲接又不敢接玉姐居然

飯服不離書看王爺道奴才你好說謊我親自去看他
書童叫三叔老爺來了公子從從容容迎接父親王
爺暗喜觀他行步安詳可以見他學問王爺正面坐
下公子拜見王爺曰我限的書你看了不曾我出的
題你做了多少公子說爹爹嚴命限兒的書都看了
題目都做完了但有餘力夠觀于史王爺說拿文字
來我看公子取出文字王爺看他所作文課一篇強
如一篇心中甚喜叫景隆去應箇儒士科舉罷公子
說兒讀了幾日書敢望中舉王爺說一遭中了雖多
兩遭中了甚廣出去觀觀塲下科好中王爺就寫書

至佐郎後來咁爹爹在此讀書官到尚書我今在此

讀書亦要攀龍附鳳以繼前人之志又見二門上有

一聯對子不受苦中苦難爲人上人公子急回書房

看見風月機關洞房春意公子自思乃是此二書亂

了我的心將一火而焚之破鏡分釵俱將收了心中

同轉發志勤學一日書房無火書童往外取火王爺

正坐叫書童書童近前跪下王爺便問三叔這一會

用功不曾書童説稟老爺得知我三叔先時通不讀

書胡思亂想體瘦如柴這半年整日讀書晚下讀至

三更方繞睡五更就起直至飯後方繞梳洗口雖唤

蕩意馬難收公子尋思一會拿着書來讀了一會心
下只是想着玉堂春忽然臭聞甚氣耳聞甚聲乃問
書童道你聞這書裡甚麼氣聽聽甚麼響書童說三
叔俱没有公子道没有呀原來臭開乃是脂粉氣耳
聽即是筆板聲公子一時思想起來玉姐當初嗎付
我是甚麼話來叫我用心讀書我如今未曾讀書心
意還丟他不下坐不安寢不寧茶不思飯不想梳洗
無心神思恍忽公子自思可怎麼處他走出門來只
兒大門上掛着一聯對子十年受盡窗前苦一舉成
名天下聞這是我公公作下的對聯他中举會試官

58

用心讀書、王爺說、就依你衆人說、送他到書房裡去、
叫兩個小厮去伏侍他、即時就叫小厮送三官往書
院裡去、兩個姐夫又來說、三舅久別望老爺留住他
與小婿共飲、則可、王爺說賢婿你如此、乃非教子之
方、休要縱他、二人道老爺言之最善、然是翁婿大家
痛飲盡醉方歸、這一出父子相會分明是

　月被雲遮重露彩　　花遭霜打又逢春

郤說公子進了書院清清獨坐只見滿架詩書筆山
硯海歡道書呵相別日久且是生澁欲待不看焉得
一舉成名郤不莘負了玉姐言語欲待讀書心猿放

了一遍王爺聽說罵道無恥的畜生自家三萬銀子
祿花不都要娼婦的東西可不羞殺了人三官說兒
不曾強娶他的是他情愿與我的王爺說這也罷了
看你如夫面上與你一箇庄子你自去耕地布種公
子不言王爺怒道王景隆你不言怎麼說公子說這
事不是孩兒做的王爺說這罪不是你做的你還去
闕院罷三官說兒要讀書王爺笑曰你已放蕩了心
狠意馬讀甚麼書公子說孩兒此回篤志用心讀書
王爺說既知讀書好緣何這等胡為何靜巷立起身
來說三舅受了艱難苦楚這下來改過遷善料想要

56

絕良心已喪打他何益我問你家無生活計不怕斗
量金我如今又不做官了無處押錢作何生意以為
烟火之計要做買賣我又無本錢與你二位姐夫問
他那銀子還有多少何劉便問三舅銀子還有多少
王定擡過皮箱打開盡是金銀首飾器皿等物王爺
怒罵狗畜生你在那裏偷的這東西快寫首狀休
要羞辱了門庭三官高叫爹爹息怒聽不肖兒一言
遂將初遇玉堂春後來被媽兒如何哄騙盡了如何
虧了王銀匠收留又虧了金哥報信玉堂春私將銀
兩贈我回鄉這些首飾器皿皆玉堂春所贈備細述

眼花那個不牽掛衆人哭在傷情處王爺一拵嘔任

衆人不要哭說我依着二位姐夫收了這畜生可叫

我怎麼處他衆人說淌消消氣再處王爺壓頭奶奶說

馬我打罷王爺說可打多少衆人說任爺打多少

王爺道須依我說不可阻我要打一百大姐二姐跪

說爹爹嚴命不敢阻當容你兒待替罷大哥二叶

每人替上二十大姐二姐每人亦替二十王爺說打

他二十大姐二姐說叫他姐夫也替他二十只看他

這孳黃瘦一棍打在那里等他腰滿凶肥那時打他

不遲王爺笑道我兒你也說得是想這畜生天理巳

54

說三叔如今老爺在那里哭你你好過去見老爺不
要行等惱了王定推着公子進前聽跪下說爹爹不
孝兒王景隆今日回了那王爺兩手擦了淚哄說那
無耻畜生不知死的徃那里去了北京城街上最多
遊食光棍偶與畜生面龐廝像假充畜生來家哄騙
我財物可叫小厮拿送三法司問罪那公子徃外就
走一位姐姐趕至二門首攔住說短命的你待徃那
里去三官說二位姐姐開放條路與我逃命罷二位
姐姐不肯撒手推至前來雙膝跪下兩個姐姐手指
命的娘爲你痛得肝腸碎一家大小爲你哭得

夢三官王景隆身上藍樓叫他姐姐救他性命三更
鼓做了這個夢半夜趷床搞枕哭到天明裏怨着我
不接三官今日特來問問三舅的信音劉心齋亦說
有三舅在京我夫婦日夜不安今我與娘夫奏些盤
費明日起身去接他回來王爺含淚道賢壻家中還
有兩個兒子無他又待怎生何劉二人徃外就走王
爺向前扯住問賢壻何故起身二人說爺撒手你家
親生子還是如此何況我女壻也犬小兒女放聲大
哭兩個哥哥一齊下跪女壻也跪在地上奶奶在後
邊吊下淚來引得王爺心動亦哭起來王定跑出來

卻說三分家事如何只做兩分三官回來叫他那裡
住王二爺陶說心中大惱老夫平生兩箇小兒那里又
有第三箇二人齊聲叫爹你如何不疼三官王景隆
當初還是爺不是把他在北京討帳無有一箇去接
尋休說三官十六七歲把北京是花柳之所然是久慣
江湖也迷了心二人雙膝跪下吊下淚來王爺說沒
下稍的狗畜生不知死在那裡了再休題起了正說
開二位姑娘也到衆人都知三官到家只哄著王
一人王爺說今日不請都來想必有甚事情即叫家
奴擺酒何静巷欠身打一躬日你圖女昨晚作一夢

劉齋長何上舍到來、叙禮畢、何劉二位說三舅你係
此等俺兩箇與喀爹講過、使人來叫你若不依時、稍
信與你作速逃命、二人說罷竟往潭府來見了王尚
書、坐下、茶罷、王爺問何上舍田庄好麼、上舍答道好、
王爺又問劉齋長學業何如、答說不敢違日有事不
得讀書、王爺笑道讀書過萬卷下筆如有神、秀才將
何爲本家、無讀書子官從何處來、今後須宜勤學不
可將光陰錯過劉齋長唯唯謝教何上舍問客位前
這墻幾時築的一向不見王爺笑日、我年大了、無多
田産日後恐怕大的二的爭競預先分爲兩分二人

面三官坐下王定一家拜見了三官就問我老爺安
麼王定說安大叔二叔姑爹姑娘何如王定說俱安
又問你聽得老爺說我家來他要怎麼處王定說不言想
長吁一口氣只看看天三官就知其意你不言語想
是老爺要打死我王定說三叔老爺誓不留你今番
不要見老爺了私去看看老奶奶和姐姐兄嫂討些
盤費他方去安身罷公子又問老爺這二年與何人
相厚央他來與我說個人情王定說無人敢說只除
是姑娘姑爹意思間稍題題也不敢直說三官道王
定你去請姑爹來我與他講這件事王定即時去請

金也畫筆十字玉姐收訖又說列位老爹我還有一

件事要先講個明眾人曰又是些本玉姐曰那百花

樓原是王公子益的撥與我住丫頭原是公子買的

要叫兩箇來伏侍我以後米麪柴薪菜蔬等項須是

一一供給不許惜短少直待我嫁人方止眾人說

這事都依着你玉姐辭謝先回去入又請眾人喫過

酒飯方散正是

　周郎妙計高天下　賠了夫人又折兵

話說公子在路夜住曉行不數日來到金陵自家門

首下馬,王定看見讀了一驚,上前把馬,祉住進的裏

靠老奈女不願爲娼、

寫到不願爲娼王姐說這句就是了、須要寫收遇王

公子財禮銀三萬兩七八道、三兒你也拿些、公道出

來這一年多費用去了、難道也算衆人道只寫二萬、

罷、又寫道

有南京公子王順卿、與女相愛淮得過銀二萬兩

憑衆議作贖身財禮今後聽憑玉堂春嫁人并與

本戶無干立此爲照

後寫正德年月日立文書樂戶蘇淮同妻一秤金見

人有十餘人衆人先押了花蘇淮只得也押了、一秤

國財役命等話亡八那裡肯寫玉姐又叫起屈來衆
人說買良爲娼也是門戶常事那人命事不的實那
難招認我們只王張寫箇賣身文書與你罷亡八還
不肯衆人說別項只玉公子三萬銀子也勾
買三百箇粉頭了玉姐左右心不向你了捨了他罷
衆人都到酒店裡面討了一張綿紙二人念二人寫
只要亡人揭子押花玉姐道若第得不公道我就扯
碎了衆人道還你停當寫道
　立文書本司樂戶蘇淮同妻一秤金向將錢八百
文討大同府人周彥亨女玉堂春在家本塋接客

46

你這亡八是喂不飽的狗揚子是塡不滿的坑不
官思量做生理只是排局騙別人奉承盡是天羅
網說話皆是陷人坑只圖你家長與旺那管他人
貧不貧心百好錢買了我與你掙了多少銀我父
叫做周彥亨大同城裡有名人買良爲賤該其罪
與販人口間充軍哄誘良家子弟猖白可闌刑殺
命罪非輕你一家萬分無天理我且說你兩三分
衆人說玉姐罵得勾了鴇子說讓你罵許多時如今
該囘去了玉姐說要我囘去須立箇文書執照與我
衆人說文書如何寫玉姐說要寫不令買良爲娼及

了他行李不知將他下落在何處列位做筒證見說

得楊子無言可答亡八說你叫王三拐去我的東西

你反來圖賴我王姐舍命就罵亡八淫婦你鬭財殺

人還要說嘴見今皮箱都打開在你家裡銀子都拿

過了那王三官不是你謀殺了是那筒楊子說他那

里有甚麼銀子都是磚頭尾片咲人王姐說你親口

說帶有五萬銀子如何今日又說沒有兩下厮開衆

人曉得三官敗過三萬銀子是真謀命的事未必都

將好言勸鮮玉姐說列位你既勸我不要到官也得

我罵他幾句出達口氣衆人說憑你罵罷玉姐罵道

醒言世□通言　卷二廿四

44

裡說待我尋王三還你忙下樓來往外就走楊子樂
王恐怕走了隨後趕來玉姐行至大街上高聲叫屈
圍財殺命只見地方都來了楊子說奴才他到把我
金銀首飾盡情拐去你還放刁亡八說由他咱到家
裡篾帳王姐說不要說嘴咯徃那裡去那是我家我
同你到刑部堂上講講恁家裡是公矦宰相朝郎駙
馬你那裡的金銀器皿萬物要平簡理一箇行院人
家至輕至賤那有什麼大頭面戴徃那裡去坐席王
向骨公子在我家費了三萬銀子誰不知道他去了
乾淨于你昨日見他有了銀子又去哄到家裡圖謀

上樓去見擺設的器皿都没了梳粧匣也出空了嫩
在一邊揭開帳子床上空了半邊跑下樓叫媽媽罷
了揚子說奴才慌甚麼驚着你姐夫丫頭說還有什
麼姐夫不知那里去了俺姐如同臉作裡睡着老揚
聽說大驚看小厮腳都去了連忙走上樓來嘉得奴
皮籠還在打開看時都是磚頭尾片揚見他嘉得奴
才王三那里去了我就打死你爲何金銀器皿他都
的揚子說你兩簡昨晚說了一夜說話一定曉得他
偷去了玉姐說我發過新頭了今番不是我接他來
去處亡八就去取皮鞭玉姐拿簡首帕將頭扎了口

42

無益了、玉姐說你指着聖賢爺說了誓願兩人雙膝
跪下、公子說我若南京再娶家小五黃六月害病死
了我玉姐說蘇三再若接別人鐵鎖長枷永不出世、
就將鏡子折開各執一半日後爲記玉姐說你敗了
三萬兩銀子空手而回我將金銀首飾器皿、都與你
拿去罷三官說亡八淫婦知道時你怎打發他、玉姐
說你莫管我我自有主意下姐收拾先備輕輕的開
了樓門送公子出去了天明搗兒起來叫丫頭燒下
洗臉水承下淨口茶看你姐夫醒了時送上樓去、問
他要喫甚麼我好做去若是還睡休驚醒他丫頭走

說我先去了讓你夫妻二人叙話三官玉姐正中其

意攜手登樓、

如同久旱逢甘雨　好似他鄉遇故知

二人一晚叙話正是歡娛嫌夜短寂寞恨更長不覺

鼓打四更公子爬將起來說姐姐我走罷玉姐說哥

哥我本欲留你多住幾日只是留君千日終須一別

今番作急回家再休惹閙花野草見了二親用意攻

書倘或成名此爭得這一口氣玉姐難捨玉公子公

子留戀玉堂春玉姐說哥哥你到家只怕娶了家小

不念我三官說我怕你在北京另接一人我再來也

40

道我兒發願只當取笑一手挽玉姐下樓來半路就
叫玉姐大三姐來了三官見了玉姐冷冷的作了一
揖全不溫存老鴇便叫丫頭擺卓取酒斟上一鍾深
深萬福遍與王姐夫替當老身不是可念三姐之情
休走別家教人笑話三官微微冷笑叫聲媽媽還是
我的不是老鴇慇勤勸酒公子喫了幾杯叫聲多擾
細客就走翠紅一把扯住叫玉姐與俺姐夫陪簡笑
戲老鴇說王姐夫你忒做絕了丫頭把門頂了休攸
你姐夫出夫叶丫頭把那行李擡在百花樓去就在
樓下重設酒席笙琴細樂又來奉承喫了半更老鴇

廮丁頭說王姐夫又來了王姐故意說了一跳就你

不要哄我我不肯下樓老鴇慌忙自來王姐故意回臉

往裡轉鴇子說我的親兒王姐人來了你不知道麼

王姐也不語連問了四五聲只不答應這一時待要

罵又用着他挺一把椅子拿過來一臿坐下長叫了

一聲氣王姐見他這模樣故意回過頭起來雙膝跪

在樓上說媽媽今日饒我這頓打老鴇忙扶起來說

我兒你還不知道王姐夫又來了拿有五萬兩花銀

船上又有貨物幷夥計數十人比前加倍你可去見

他好心奉承王姐道癸不新願了我不去接他蠻子

警世通言　卷二十四

鴇計也有數十人有王定看守住那裏鴇子一發不

肯放手了公子恐怕掙脱不將機就機進到院門坐

下鴇兒分付廚下忙擺酒席接風三官茶罷就要走、

故意擺出兩定銀子來都是五兩頭絲三官檢起

袖而藏之鴇子又說我到了姑娘家酒也不消吃就

問你說你徃東去了尋不見你尋了一箇多月俺繞

回家公子乘機便說虧你好心我那時也尋不見你

王定來接我我就回家去了我心上也欠掛着玉姐

所以急急而來老鴇忙叫丫頭去報玉堂春丫頭一

路笑上樓來玉姐巳知公子到了故意說奴才笑甚

小樂工都在門首說話，忽然看見三官氣象一新詫
了一跳飛風報與老鴇老鴇聽說半晌不言這等事
怎麼處向日三姐說他是宦家公子金銀無數我都
不信逐他出門去了今日到帶有金銀好不惶恐人
也左思右想老着臉走出來見了三官說姐大從何
而至二手扯任馬頭公子下馬唱了牛箇喏就要行
說我夥計都在船中爭我老鴇賠笑道姐夫好狠心
也就是寺破僧醜也看佛而縱然要去你也看看玉
堂春公子道向日那幾兩銀子值甚的學生豈肯放
在心上我今皮箱內兒有五萬銀子還有幾船貨物

36

匠到王匠家將二百兩東西遞，與王匠王匠大喜隨

即到了市上買了一身衲子承服粉底皂靴絨襪龍

拐帶子青絲絛真川扇皮箱騾馬辦得齊整把碼頭

光片用包裹假充銀兩放在皮箱裡面收拾打扮

停當雇了兩箇小廝跟隨就要起身王匠挽三叔略

停片時小子置一杯酒餞行公子說不勞如此多蒙

厚愛異日須來報恩三官送上馬而去

妝成圈套入術術
蔚殺玉堂垂念永

搗子焉能不強從
固知紅粉亦英雄

却說公子辭了王匠夫婦，徑至春院門首只見幾箇

我兩邊看看十帝閻君、玉姐叫了丫頭轉身、還來東

廊下尋三官三官見了玉姐、羞面通紅玉姐叫辭哥

哥王順卿怎麼這等模樣而下抱頭而哭于姐將所

帶有二百兩銀子東西付與三官、叫他留辦衣帽買

驢子再到院裡來你只說是從南京繞到休貝奴言

二人令泪各別玉姐回至家中轉子兒了欣喜不勝

說我兒還了願了玉姐說我還了舊願發下新願揚

子說我兒發下甚麼新願玉姐說我要存接王三

把嘴一家子死的淺門絕戶天火燒了轉子說我兒

這誓武發得重了些從此歡天喜地不題且說三官

34

鮮此三玉姐說娘我心裡一件事不得停當物子說你有些麼事玉姐說哎當行要王三的眾不然夜與他說話指着城隍爺爺說着如今等我還了願就接別人老楊問幾時去還願玉姐道十五日去罷老楊甚喜顏先備下香燭紙馬等到十五日天未明就叫丫頭起來你與姐姐燒下水洗臉玉姐也懷心起來梳洗收拾私房銀兩并釵釧首飾之類叫丫頭拿着紙馬徑往城隍廟裡去進的廟來天還未明不見三官在那裡那曉得三官卻躲在東廊下相等先已看見玉姐咳嗽一聲玉姐就知叫丫頭燒了轎馬你先去

你濟他些盤費好上南京玉姐聽了一驚金哥休要

哄我金哥說三嬸你不信跟我到廟中看看去玉姐

說道裡到廟中有多少遠金哥說這裡到廟中只三

里地玉姐說怎麼敢去又問三叔還有甚話金哥說

說十五日在廟裡等我金哥去廟裡回復三官就送

只是少銀子錢使用並沒甚話玉姐說你去對三叔

三官到王匠家中倘若他家不留你就到我家裡去

幸得王匠回家又留住了公子不題都說老鴇又問

三姐你這兩日不喫飯還是想着王三哩你想他他

不想你我兒好痴我與你尋筒比王三强的你也新

瓜在金哥說三嫂你這兩目怎麼淡了三姐不理金

哥又問你想三叔還想誰你對我說我與你接去王

姐說我自三叔去後朝朝思想那里又有誰來我曾

記得一隼古人金哥說是誰玉姐說昔有箇亞仙久

歸元和為他黃金使盡去打蓮花落後來收心勤讀

詩書一舉成名那亞仙風月場中顯大名我常懷亞

仙之心怎得三叔他像鄭元和方好金哥聽說口中

不語心內自思王三到也與鄭元和相像了雖不打

蓮花落也在孤老院討飯喫金哥乃低低把三嫂叫

了一聲說三叔如今在廟中安歇叫我客客的報與

如今這等窮看他怎麼說回來後我金哥應怎麼說

盤往外就走三官又說你到那里看風色他若惱我

你便題我在這里如此若無眞心疼我你便休話也

來問我他這人家有錢的另一樣待無錢的另一樣

待金哥說我知道罷了三官往院裡來在於樓外邊

立荅說那玉姐手托香腮將汗巾拭淚聲聲只叫玉

順卿我的哥哥你不知在那里去了金哥說咳眞箇

想三叔哩咳嗽一聲玉姐聽見問外邊是誰金哥上

樓來說是我我來賈瓜子與你老人家磕哩玉姐眼

中吊淚說金哥縱有羊羔美酒喫不下那有心緒磕

百錢底子轉的來、我父母喫不了、自從三叔回家去了、如今誰買這物二三日不曾發市怎麽過我到廟裡歇歇再走金哥進廟徑來把盤子放在供卓上跪下磕頭、三官都認得是金哥、無顏見他、雙手掩面、坐從門限側邊、金哥磕了頭起來、也來門限上坐下三官只道金哥出廟去了、放下手來、却被金哥認出說三叔你怎麽在這裡三官含着羞帶淚將前事道了一遍金哥說三叔休哭我請你喫些飯三官說我得了飯金哥又問你這兩日沒見你三嬸來三官說久不相見了金哥我煩你到本司院密密的與三嬸說我

見尚書家來接只道夫、八說慌乘着丈夫上街便發

說話自家一窩于男女那有閒飯養他人好意留喫

展目各人要自達時務終不然在此養老送終三官

受氣不過低着頭順着房簷徃外出來信步而行走

至關王廟猛省關聖何不訴他乃進廟跪於神

前訴以七八揭兒負心之事拜禱良久起來聞有兩

廊賣的三國功勞都說廟門外街上有一箇小夥兒

科云本京瓜子一分一桶高郵鹹蛋半分一箇此人

是誰是賣瓜子的金哥金哥說道原來是年景消疎

買賣不濟當時本司院有王三权在時一時照顧二

牛去了你要夫𡟓出通简信息免使我等三□常常掛
牽不知何日再得與你相見不説玉姐想公子且説
公子在北京院討飯度日北京大街上有簡高手王
銀匠曾在王尚書處打過酒器公子在虔婆家打首
飾物件都用著他一日往孤老院過忽然看見公大
説了一跳上前扯任叫三叔你怎麽這等模樣三官
從頭説了一遍王銀匠説自古狠心七八三叔你今
到寒家清茶淡飯暫住幾日等你老爺使人來接你
三官聽説大喜隨跟至王匠家中王匠敬他是尚書
公子盡禮管待他住了半月有餘他媳婦子見逗不

再不便快着走三官自思無路乃到孤老院裡去存

身正是

一般院子裡　　　苦樂不相同

却說那亡八鴇子說咱來了一箇月想那玉三必同

家去了咱們回去罷收拾行李回到本司院只有玉

姐每日思想公子寢食俱廢揚子上僕來苦苦勸說

我的兒那王三已是往家去了你還想他怎麼巾京

城內多少玉孫公子你只是想着王三不接客你可

知道我的性子自討令蜺我再不說你了就罷了去

了玉姐淚如雨滴想玉順卿手肉無半文錢不知怎

26

破衣褁了又拿破帽子戴上又不見王媽又沒了一箇

後還進北京來順着房往後住看頭從早至黑永也沒

得出三官你的眼看到天晚手篩又沒人家下他丁

人説總你這箇模樣大誰家下你你如今可到總舖

門口去有見人打梆子早晚勤謹時以度日三官總

至總舖門首只見一箇地方來顧人打更三官向前

叫大叔我打頭更地方便問你姓甚麼公子説我是

王小三地方説你打二更是箇白在帳了的人貪睡了晚間

錢還要打罳三官是箇白在帳了的人貪睡了晚間

把更失了地方罵小三你這狗骨頭也沒造化喫遷

說姐姐你不知在何處去那知我在此受苦不說公
子有難且說亡八淫頻拐着玉姐一日走了一百二
十里地野店安下玉姐明知中了亡八之計路上牽
掛三官淚不停滴再說三官在蘆葦里口口聲聲叫
救命許多鄉老近前看見把公子解了繩子就問你
是那里人三官害羞不說是公子也不說闖玉堂春
渾身上下又無衣服眼中吊淚說列位大叔小人是
河南人來此小買賣不幸遇着歹人將一身衣服盡
剝去了盤費一交也無衆人見公子年少捨了幾件
衣服與他又與了他一頂帽子三官謝了衆人拾起

小港轉過來，叫三姐頭上吊了簪子哄的玉姐回頭，

那亡八把頭口打了兩賴順小巷流水出城去了，三

官回院鎖了房門忙往外趕看不見玉姐遇着一夥

人公子躬身便問列位曾兒一起男女往那里去了，

那夥人不是好人都是短路的兒三官承服齊整心

生一計說繞往蘆葦西邊去了，三官說多謝列位公

子往蘆葦裡就走這人哄的三官往蘆葦里去了，即

忙走在前面等着三官至近跳起來喝一聲都去扯

住三官齊下手剝去衣服帽子拿繩子捆在地上三

官手足難操昏昏沉沉捱到天明，還只想了玉堂春

時可施楊子說我自有妙法叫他離那門去明日是
你妹子生日如此如此喚做倒房計亡八說到也妙
楊子叫了頭樓上問姐夫喫了飯還沒有楊了上樓
本說休怪俺家務事與姐夫不相干又照常擺上了
酒喫酒中間老鴇忙陪笑道三姐明日是你姑娘生
且你可稟王姐夫封上人情送去與他王姐當晚封
下禮物第二日清晨老鴇說王姐夫早早起來趁涼可
送人情到姑娘家去犬小都離司院將半里老鴇故
意喫一驚說王姐夫我忘了鎖門你回去把門鎖上
公子不知楊子用計回來鎖門不題且說亡八從那

後到廚下盛碗飯澆湯滴角拿上樓夫說哥哥你喫

飯來公子纔要喫又惱得下邊罵得不喫王姐又勸

公子方纔喫得一口那淫婦在樓下說小三大膽敢

不那有巧媳婦做出無米粥三官分明聽得他話只

索隱忍正是

襄中有物精神旺　　手內無錢面目愁

卻說十八惱恨玉姐待要打他倘或打傷了難救他

拼錢待不打他他又戀着王小三十分過的小三怄

了他是簡酒色迷了的人一時他尋簡自盡倘或尚

昔老爺差人來接那時把泥做也不乾左思右算無

21

打不打你休管他我與你是從小的兒女夫妻你當
可一旦別了我看看天色又晚房中徃常時丫頭秉
燈上來今日火也不與了玉姐見三官痛傷用手扡
到床上睡了一遍一聲長吁短氣三官與玉姐說不
如我去罷再接有錢的客官省你受氣玉姐說不
那亡八淫婦任他打我你好歹休要起身吁吁在眛
奴命在你肩筒要去我只一死二人直哭到天明起
來無人與他碗水玉姐叫丫頭拿鍾茶來與你姐夫
喫楊子聽見高聲大罵大膽奴才少打叫小三自家
來取那丫頭小所都不敢來玉姐無奈只得自巳下

20

摩問其緣故玉姐睜開雙眼看見三官強把精神撑
着說俺的家務事與你無干三官說寃家你為我受
打還說無干明日辭去免得景你受苦玉姐說哥哥
當初勸你回去你却不依我如今孤身在此艱難又
無三千餘里怎生去得我如何放得心你若不能還
鄉淹落在外又不如忍氣且任幾日三官聽說悶倒
在地玉姐近前抱住公子說哥哥你今後休要下㔷
去看那十八混婦怎麼樣行來三官說欲得回家難
見父母兄嫂待不去又受不得忘八冷言熱語我又
捨不得你行任那忘八混婦只管打你玉姐說哥哥

19

不報與楊子鵝子叫玉堂春下來我問你幾時打發

王三起身王姐見話不投機彼身阿樓上便走楊子

隨即跟上樓來說奴才不理我麼玉剗說你們這等

淡大理于公子三萬兩銀子俱送在我家著不是他

時我家東也欠債酉也欠債焉有今日這些是州楊

子怒發一頭撞去高叫三兒打娘四子八聽見不分

是非便拿了皮鞭赶上樓來將王姐控跌在樓上衆

鞭亂打打得措偏髮亂血淚交流且說三官在行門

外與朋友相叙忽然同熱肉頭心下慌疑即辭歸遲

走上百花樓看見玉姐如此模樣心如刀割慌忙撫

是

　　各人自掃門前雪　　莫管他家瓦上霜

且說三官被酒色迷住不想回家光陰似箭不覺一
年亡入煙花終日科派莫說上頭做生討粉頭買丫
鬟連亡八的齊填都不得到三官手內財空亡八一
家大小作閙起來老鴇對玉姐說有錢便是本司院
鬼無錢便是養濟院王公子没錢了還留在此做甚那
曾見本司院養了節婦你郤呆守那窮鬼做甚玉姐
聽說只當耳邊之風一日三官下樓徉外去了丫頭

奈何只得到求玉姐勸他王姐素知虔婆利害也來
苦勸公子道人無千日好花有幾日紅徐一日無錢
他番了臉來就不認得你三官此時手内還有錢鈔
那里信他這話王定暗想心愛的人還不聽他我物
他則甚又想老爺若知此事如何了得不如同家報
與老爺知道憑他怎麼裁處與我無干王定乃對三
官說我在北京無用先回去罷三官正厭王定多管
巴不得他開身說王定你去時我與你十兩盤費你
到家中禀老爺只說帳未完三叔先使我來問安王
姐也送五兩揚子也送五兩王定拜別三官而去正

設一大席酒殽共演樂專請三官玉姐二人赴焉弟

开樂杯敬公子說王姐夫我女兒與你成了夫婦趕

又大長兄家中事務望乞扶持那三官心裏只怕烺

子心裏不自在看那銀子首飾粪土憑老鴇說謊欠

下許多債負都替他還又打若干首飾酒器做若下

衾服又許他蓋造房子又造百花樓一座與玉堂春

彼似房隨其科派件件許了正是

酒不醉人人自醉　色不迷人人自迷

忽得家人王定手足無措三回五次催他回去三官

初時含糊答應以後逼急了反將王定痛罵王定沒

巳下處去了公子直飲到二鼓方散玉堂春在殷勤伏

侍公子上床解衣就寢眞簡男貪女愛倒鳳顛鸞徹

夜交情不在話下天明楊兒叫厨下擺酒氫湯自進

香房追紅討喜叫一聲王姐夫可喜可賀丫頭小厮

都來磕頭公子分付王定每人賞銀一兩翠香翠紅

各賞衣服一套折叙銀三兩王定早晨本要來接公

子回寓見他撒漫使錢有不然之色公子暗想能這

奴才手裡討針線好不來州索性將皮箱搬到院裡

自家便當牌兒皮箱來了愈加奉承眞簡卽卽卽來

食後夜夜元宵不覺住了一简多月老楊要生心輻派

七

兒了許多東西就叫丫頭轉過一張空卓毛定將銀
子尺頭放在卓上鴇兒假意謙讓了一回叶玉姐我
兒拜謝了公子又說今日是王公子明日就是王姐
夫了叫丫頭收了禮物進去小女房中還衛得有小
酌請公子開懷暢飲公子與玉姐內手相挽同至香
房只見圍屏小卓菓品珍羞俱已擺設完備公子上
坐鴇兒自彈弦子玉堂春清唱佐酒弄得三官骨軟
筋蘇神蕩魂迷王定見天色晚了不見三官動身速
催了幾次丫頭受鴇兒之命不與他傳王定又不得
進房等了一筒黃昏翠紅要留他宿歇王定不肯自

書房只見桮盤羅列本司自有答應樂人奏勤樂器

公子開懷樂飲王定走近身邊公子附耳低言你到

下處取二百兩銀子四疋尺頭再帶散碎銀二十兩

到這里來王定道三叔要這許多銀子何用公子道

不要你開管王定沒奈何只得來到下處開了皮箱

取出五十兩元寶四箇并尺頭碎銀兩到本司院說

三叔有了公子看也不看都教送與搗兒說銀兩尺

頭權得令愛初會之禮這二十兩碎銀把做賞人雄

用王定只道公子要討那三姐同去用許多銀子聽

茨只當初會之禮嗛得舌頭吐出三寸都說搗兒一

此非賓容坐處、請到書房小叙、公子相讓進入書房、

呆然收拾得精緻、明窗净几、古畫古爐、公子却無心

細看、一心只對着玉姐、揚兒帮覷、教女兒捱着公子

眉下坐了、分付丫鬟擺酒、王定聽見擺酒、一發請這大

哥到房裡喫酒、翠香翠紅道、姐夫請進房裡、我和你

連聲催促喫酒、王定本不肯去、被翠紅二人拖拖拽拽扯

進去坐了、甜言美語、勸了幾杯酒、初時還是勉強、以

後喫得無聞、連王定也忘懷了、索性放落了心、且偷

快樂、正飲酒中間、聽得傳語公子叫王定、王定忙到

11

物年紀不上十六七歲囊中廣有金銀你若打得上

這箇玉兒不但名聲好聽也勾你一世受用玉姐聽

說即時打扮來見公子臨行老鴇又說我兒用心奉

承不要急慢他玉姐道我知道了公子看玉堂春果

然生得好、

鬢挽烏雲眷彎新月,肌凝瑞雪臉襯朝霞袖中玉

筍尖尖裙下金蓮窄窄雅淡梳粧偏有韻不施脂

粉自多姿便数盡滿院各姝總輸他十分春色

玉姐偷看公子眷清目秀,面白唇紅,身段風流衣裳

濟楚心中也自暗喜當下玉姐拜了公子老鴇就說,

為老鴇道婿、有一位客官要梳弄小女送一百兩財

禮不曾辭他、公子道一百兩禮小哉學生不敢誇

大話除了當今皇上徙下也數家父就是家祖也做

過侍郎、老鴇聽說心中暗喜便叫翠紅請三姐出來

見學客翠紅去不多時、回話道三姐身子不健辭了

罷老鴇起身帶笑說小女從幼養嬌了、直待老婢白

去喚他王定在傷喉急又說他不出來就罷了、莫又

去喚老鴇不聽其言、走進房中叫三姐我的兒你排

運到了、今有王尚書的公子特慕你而來玉堂春低

頭不語慌得那鴇兒便叫我兒王公子好箇標致人

說但求一見那金哥就報與老鴇知道老鴇慌忙出
來迎接請進待茶王定見老鴇留茶心下慌張說三
叔可回去罷老鴇聽說問道這位何人公子說是小
价鴇子道大哥你也進來喫茶去怎麼這等小拳公
子道休要聽他跟着老鴇往裡就走王定道三叔不
要進去俺老爺知道可不干我事在後邊自言自語
公子那裡聽他竟到了裡面坐下老鴇叫丫頭看茶
茶罷老鴇便問客官貴姓公子道學生姓王家父是
眼那正堂老鴇聽說拜道不知貴公子失瞻休罪公
子道不碍你要計較久聞令愛玉堂春大名特來相

8

知道怎了公子說不妨看一看就回乃𢑫至本司院

門首果然是

花街柳巷繡閣朱樓家家品竹彈絲處處調脂弄

粉黃金買笑無非公子王孫、紅袖邀歡都是妖姿

麗色正疑香霧彌天需忽聽歌聲別院嬌聲道

學也迷戀任是真僧須破戒、

公子看得眼花撩亂心內躊躇不知那是一秤金的

門正思中間有箇賣底子的小鬟叫做金哥走來公

子便問那是一秤金的門金哥說大叔莫不是要耍

我引你去王定便道我家相公不閒莫錯認了公子

服整齊公子便問王定此是何處王定道此是酒店
乃與王定進到酒樓上公子坐下看那樓上有五七
席飲酒的內中一席有兩箇女子坐着同飲公子看
那女子八物清秀此門前站的更勝幾分公子正看
中間酒保將酒來公子便問此女是那裡來的酒保
說這是一种金家丫頭翠春翠紅三官道坐得清秀
酒保說這等就說標致他家裡還有一箇粉頭排行
三姐蹁玉堂春有十二分顏色鴇兒索價太高還未
称權公子瞻說留心叫王定還了酒錢下樓去覺王
延我與你春院衝細走走王定道三权不可去老爺

錦繡繁華杯箏醉笙歌、

公子喜之不盡忽然又見五七箇官家子弟各拿琵
琶絃子歡樂飲酒公子道王定好熱鬧去處王定說
三叔這等熱鬧你還沒到那熱鬧去處哩二人前至
京華門公子睜眼觀看好錦繡景致只見門彤金鳳、
徑盤金龍,王定道三叔好麼公子說真箇好所在又
走前面去問王定這是那裡,王定說這是紫金城公
子往裡一視只見城內端氣騰騰紅光爛烟看了一
食累然富貴無過於帝王嘆息不已離了東華門往
前又走多時到一箇所在見門前站着幾箇女子承

下，公子謹依父命在官讀書王定討帳不覺三月有

餘三萬銀帳都收完了公子把底帳把算分撥不欠

分付王定選日起身公子說王定我們事體俱已完

了，我與你到大街上各巷口開要片時來日起身王

定遂即鎖了房門分付主人家用心看着生巴房王

說故心小人知道二人離了寓所至大街觀看旦都

京敢崔兒

人稠湊集車馬喧闐人烟湊集合四山五岳之音

車馬喧闐盡六部九卿之貴做買做賣遍四方土

產奇珍開湯開遊靠萬歲太平洪福處處街衢鋪

時取討不及況長子南京中書次子時當大比蹄踏牛駟乃呼公子三官前來那三官雙名崇隆字順卿年方一十七歲生得相目清新丰姿俊雅讀書一日十行舉筆即便成文元是簡風流才子王爺愛當勝如心頭之氣掌上之珍當下王爺喚至分付道我留你在此讀書叫王定計帳銀子完日作速回家免得父母牽掛我把這裡帳目都留與你叫王定過來我留你與三叔在此讀書討帳不許你引誘他胡行亂爲吾若知道罪責非小王定叩頭說小人不敢次日收拾起程王定與公子送別轉到北京另尋寫所安

第二十四卷

玉堂春落難逢夫 與舊刻王公子
奮志記不同

公子初年柳陌遊 玉堂一見便綢繆

黃金數萬皆消費 紅粉雙眸枉淚流

財寶拐 僕騎俱 犯法洪同獄內囚

按臨顯馬冤愆脫 百歲姻緣到白頭

話說正德年間南京金陵城有一人姓王名瓊別號
思竹中乙卯科進士累官至禮部尚書因劉瑾擅權
劾了一本里首諫回原籍不敢稽留收拾轎馬和家
眷起身王爺暗想有幾兩俸銀都借在他人名下

景印珍本宋明話本叢刊之一

明馮夢龍編　李田意攝校

警世通言 下册 卷二十三 至卷四十

世界書局據明金陵兼善堂本景印

[영인]

옥당춘낙난봉부
玉堂春落難逢夫

馮夢龍 편찬

《警世通言》하-24권, 世界書局, 1957

海公判審得皮氏以夫久外一不歸乃與胡才成姦應科娶
周氏而歸伊見執姦置藥毒、若實與豈周疑不飲科乃
飲之而中毒死何尤反陷周、一不其為姦殺科將以再事
他人惡毒之心胡甚之耶然伊雖惡毒不盡亦無此能陳
告必胡才之奸計也皮氏大駭抵命胡才合應擬戍矣

回籍後與舜鄉為側室娉冤得自己作文書申詳察院顧夫

處見之大為明讞抑稱之

告謀死親夫

告狀婦皮氏告為號冤夫命事醉拏六周氏不井為小苦要夫

嫁伊身夫堅不從豈韓置藥毒死不少年冤斃開著傷心夫係

與華連毒情慘蔽天恩愛相殘正倫滅絕叩天法冤感恩上

告

訴

訴狀人周氏訴為冤誣陷害事身嫁彭應科為妾謹守閨

訓皮氏每懷妬始置藥歇殺妾命豈夫誤飲遭傷殊仇反捏

架言歆嫁毒親不思酒由尔置一死夫一命不泉又歆害身以

死情實可憐哀訴天台作主劈冤上訴

曰夫始諳妓為正室不其為次故殺夫靈改嫁妓遂成獄生

歸笑怒斥之逸矢志讀書登甲後擢御史㨂山西時公已貴

浙江遣使生以之告公可為生粮寬此女公諾之托至㠯歡

之乃知妓成獄已久一日蔡瓦錄因犯辭妓維審値公審至

徒即㨂公橋告曰若爺神識一婦寃于囹圄乞爺乞救之公

沉思曰舞卿曾托寃此妓下㴱今日可救之㠯脫其寃曰後

可好㤅舞卿相見乃即帶㱕衙令隷去逮劉嫗朝監生等

至不伏乃㴱匿一卒于庭下監生友氏與嫗倶受刑子

庸尸公偽退吏脅散嫗若年不㴱㴱刑私謂庭曰尔殺人累我

此止得監生銀伍兩布二尺㱕能為此挨刑二人曰若嫗娘

毎奈頒一刻不招我罪得脫當重報若娘橫中卒開此言六

午同二人巳盡招矣公出庭而一証倶伏公令人偽為嫗兄㥃

4

後震驚然妓待如故但搗日僧生不得已出院源港柳下靈

一城隍廟中廊下有賣菓者見之曰公子還在此耶玉堂春

為公子誓不接客命我訪公子所在今幸毋往他往乃走報玉

堂春妓誑其母往廟酬香見生抱泣曰君名家公子一旦至

此妾罪何言然胡不歸生曰路費多歸不得妓與之金

曰以此置衣服再至我家當徐區居生盛服飾僕從伏往搗

大喜相待有加設暴夜闌生舉捲所有而歸鴇知之捶妓几

死因剪髮跣足斥為庖婢未光有一浙江客蘇黜人姓彭名

應科聞妓名求見知前事愈貿之以百金為贖身論年髮長

嶺色如舊携歸為妾初彭娶以氏以夫出儻有監生倪蛆與

通及夫娶妓皮妨之夜飲筵姒疑未飲夫代飲之邊

死監生欲娶皮乃噉皮告官云妓壽殺夫妓同酒為虐置皮

壞新致死次女孕虜陌況女寃娶巳經三載孕而當有若係

姦之孕龍黙豈不具詞其情可察懇台磨寃斧刁上訴

[海公判審評劉氏嫁與龍黙巳及三載因生一子惟懷七

月之孕公應審疑為原有令黙將賀出之而子成與劉新

素有伉隙思欲壞新于死其情是寶新與劉氏乃父子之

思愛天倫所不敢犯分莫愛於父子則新豈有姦女之情

子成不過悔其伉矣而以無妻者陌于死誠何心弐合依

誣坐姑擬滿徒以懲刁惡

第二十九回公案

　　妬妾成獄

南京聚寶門外有一王舜卿父為顯官致政歸生晋都下興

故至堂春月久情深不忍相舍乃所携之銀游消還只戀...

《古本小說集成》編委會編

海剛峰先生居官公案

〔明〕李春芳編次

上海古籍出版社

[영인]

투첩성옥
妬妾成獄

海瑞 원저

《海剛峯先生居官公案》 권1-29회, 『古本小說集成』 104, 上海古籍出版社, 1990

太平廣記

1

太平廣記卷四百八十四　天都黃　晟曉峰氏校刊

李娃傳

李娃傳

汧國夫人李娃，長安之倡女也。節行瓌奇，有足稱者，故監
察御史白行簡為傳述天寶中，有常州刺史滎陽公者，略
其名氏不書。時望甚崇，家徒甚殷。知命之年，有一子，始弱
冠矣，雋朗有詞藻，迥然不群，深為時輩推伏。其父愛而器
之曰：「此吾家千里駒也。」應鄉賦秀才舉，將行，乃盛其服玩
車馬之飾，計其京師薪儲之費，謂之曰：「吾觀爾之才，當一
戰而霸。今備二載之用，且豐爾之給，將為其志也。」生亦自
負視上第如指掌。自毗陵發，月餘抵長安，居于布政里。嘗
遊東市還，自平康東門入，將訪友于西南，至鳴珂曲，見一

宅門庭不甚廣而室宇嚴邃閴一屏有娃方凭一雙鬟青
衣立妖姿要妙絕代未有生忽見之不覺停驂久之徘徊
不能去乃詐墜鞭于地候其從者勅取之累眄于娃娃回
眸凝睇情甚相慕竟不敢措辭而去生自爾意若有失乃
密徵其友遊長安之熟者以訊之友曰此俠邪女李氏宅
也曰娃可求乎對曰李氏頗贍前與通之者多貴戚豪族
所得甚廣非累百萬不能動其志也生曰苟患其不諧難
百萬何惜他日乃潔其衣服盛賓從而往扣其門俄有侍
見啟扃生曰此誰之第耶侍兒不答馳走大呼曰前時遺
策郎也娃大悅曰爾姑止之吾當整粧易服而出生聞之
私喜乃引至蕭墻間見一姥垂白上僂娃母也生跪拜
前致詞曰聞兹地有隙院願稅以居信乎姥曰懼其淺陋

湫隘不足以辱長者所處安敢言直耶延生于遲賓之館
館宇甚麗與生偶坐因曰某有女嬌小技藝薄劣欣見賓
客願將見之乃命娃出明眸皓腕舉步艷冶生遽驚起莫
敢仰視與之拜畢敍寒煥觸類妍媚目所未覩復坐亨茶
斟酒器用甚潔久之日暮鼓聲四動姥訪其居遠近生紿
之曰在延平門外數里冀其遠而見留也姥曰鼓已發矣
當速歸無犯禁生曰幸接歡笑不知日之云夕道里遼闊
城內又無親戚將若之何娃曰不見責僻陋方將居之宿
何害焉生數目姥姥曰唯唯生乃召其家僮持雙縑請以
備一宵之饌娃笑而止之曰賓主之儀且不然也今夕之
費願以貧窶之家隨其粗糲以進之其餘以俟他辰固辭
終不許俄徙坐西堂帷幙簾榻煥然奪目粧奩衾枕亦皆

俊麗乃張燭進饌品味甚盛徹饌姥起生娃談話方切誑
諧調笑無所不至生目前偶過卿門遇卿適在屏間厭後
心常勤念雖寢與食未嘗或捨娃答曰我心亦如之生曰
今之來非直求居而已願償平生之志但未知命也若何
言未終姥至詢其故其以告姥笑曰男女之際大欲遂目
情苟相得雖父母之命不能制也女子固陋焉足以廬君
子之枕席遂下階拜而謝之曰願以已為廝養姥遂目
之為郎飲酣而散及旦盡徙其囊橐因家于李之第自是
生屏跡戢身不復與親知相聞日會倡優儕類狎戲遊宴
囊中盡空乃鬻駿乘及其家童歲餘資財僕馬蕩然遍來
姥意漸怠娃情彌篤他日娃謂生曰與郎相知一年尚無
孕嗣常聞竹林神者報應如響將致薦酹求之可乎生不

知其計大喜乃質衣于肆以備牢醴與娃同謁祠宇而禱
祝焉信宿而返策驢而後至里北門娃謂生曰此東轉小
曲中某之姨宅也將憩而觀之可乎生如其言前行不踰
百步果見一車門窺其際甚弘敞娃自車後止之曰俄有一
至矣生下適有一人出訪曰吾甥來否娃也乃下車姆迎訪
姬至年可四十餘與生相迎曰
之曰何入踦絕相視而笑娃引生拜之既見遂偕入西戟
門偏院中有山亭竹樹蔥蒨池榭幽絕生謂娃曰此姨之
私第耶笑而不答以他語對俄獻茶果甚珍奇食頃有一
人控大宛汗流馳至曰姥遇暴疾頗甚殆不識人宜速歸
姥謂姨曰方寸亂矣某騎而前去當令返乘便與郎偕來
生擬隨之其姨與侍兒偶語以手揮之令生止于戶外曰

6

姥且殁矣當與某議喪事以濟其急奈何遂相隨而去乃
止共計其凶儀孫祭之用日晚乘不至姨言曰無復命何
也郎驟往覘之其當繼至生遂往至舊宅門扃鑰甚密以
泥緘之生大駭訪其隣人隣人曰李本稅此而居約已周
矣第主自收姥徙居而且再宿矣徵徙何處曰不詳其所
生將馳赴宣陽以訪其姨曰已晚矣計程不能達乃弛其
裝服質饌而食賃榻而寢生恚怒方甚自昏達旦目不交
睫質明乃策蹇而去旣至連扣其扉食頃無人應生大呼
數四有宦者徐出生遽訪之娃氏在乎曰無之生曰昨暮
在此何故匿之訪其誰氏之第曰此崔尚書宅昨者有一
人稅此院云遲中表之遠至者未暮去矣生惶惑發狂罔
知所措惆悵返訪布政舊邸邸主哀而進膳生怨懣絕食三

日遊疾甚篤旬餘愈甚邸主懼其不起從之于凶肆之中

綿綴稜時合肆之人共傷嘆而五伺之後稍愈杖而能起

由是凶肆日假之介執繐帷獲其直以自給累月漸復壯

每聽其哀歌自歎不及逝者輒嗚咽流涕不能自止歸則

効之生聰敏者也無何曲盡其妙雖長安無有倫比初二

肆之傭凶器皆互爭勝負其東肆車輿皆奇麗殆不敵唯

哀挽劣焉其東肆長知生妙絕乃醵錢二萬索顧焉其黨

者舊共較其所能者陰教生新聲而相讚和累旬人莫知

之其二肆長相謂曰我欲各閱所傭之器于天門街以較

優劣不勝者罰直五萬以備酒饌之用可乎二肆許諾乃

邀立符契署以保証然後閱之士女大和會聚至數萬於

是里胥告于賊曹賊曹聞于京尹四方之士盡赴趨焉巷

無居人自目閱之及亭午歷舉輦轝威儀之具西肆皆不
勝師有慙色乃置層榻于南隅有長髯者擁鐸而進翊衛
數人於是奮髯揚眉扼腕頓顙而登乃歌白馬之詞恃其
夙勝顧眄左右旁若無人齊聲讚揚之自以為獨步一時
不可得而屈也有頃東肆長于北隅上設連榻有烏巾少
年左右五六人秉翣而至卽生也整衣服俯仰甚徐申喉
發調慘若不勝乃歌薤露之章舉聲清越響振林木曲度
未終聞者歔欷掩泣西肆長為衆所誚益慙恥密置所輸
之直于前乃潛遁焉四座愕眙莫之測也先是天子方下
詔俾外方之牧歲一至闕下謂之入計時也適遇生之父
在京師與同列者易服竊往觀焉有老豎卽生乳母壻
也見生之舉措辭氣將認之而未敢乃泫然流涕生父驚

而詰之因告曰歌者之貌酷似郎之亡子父曰吾子以多
財爲盜所害矣至是耶言訖亦泣及歸豎問馳往訪于同
黨曰向歌者誰若斯之妙歟皆曰某氏之子徵其名且易
之矣豎懍然大驚徐徐往迫而察之生見豎色動回翔將匿
于家中豎遂持其袂曰豈非某乎相持而泣遂載以歸至
其室父責曰志行若此汚辱吾門何施面目復相見也乃
徒行出至曲江西杏園東去其衣服以馬鞭鞭之數百生
不勝其苦而斃父棄之而去其師命相狎暱者陰隨之歸
告同黨共加傷歎令二人齎葦席瘞焉至則心下微溫舉
之良久氣稍通因共荷而歸以葦筒灌勺飲經宿乃活月
餘手足不能自擧其楚撻之處皆潰爛穢甚同輩患之一
夕棄於道周行路咸傷之往往投其餘食得以克腸十旬

10

方杖策而起被布裘裘有百結縕縷如懸鶉持一破甌巡
于閭里以乞食爲事自秋徂冬夜入于糞壤窟室晝則周
遊廛肆一旦大雪生爲凍餒所驅冒雪而出乞食之聲甚
苦聞見者莫不悽惻時雪方甚人家外戶多不發至安邑
東門循里垣北轉第七八有一門獨啓左扉即娃之第也
生不知之遂連聲疾呼饑凍之甚音響悽切所不忍聽娃
自閤中聞之謂侍兒曰此必生也我辨其音矣連步而出
見生枯瘠疥厲殆非人狀娃意感焉乃謂曰豈非某郎也
生憤懣絕倒口不能言頷頤而已娃前抱其頸以繡襦擁
而歸于西廂失聲長慟曰令子一朝及此我之罪也絕而
復蘇姥大駭奔至曰何也娃曰某郎姥遽曰當逐之奈何
令至此娃歛容却睇曰不然此良家子也當昔驅高車持

金裝至某之室不論□而湯盡且五設詭計捨而逐之殆
非人令其失志不得□于人倫父子之道天性也使其情
絕殺而棄之又因蹟若此天下之人盡知為某也生親戚
滿朝一旦當權者孰察其本末禍將及矣況欺天負人見
神不祐無自貽其殃也某為姥子迨今有二十年矣計其
質不啻直千金令姥年六十餘願計二十年衣食之用以
贖身當與此子別卜所詣非遙晨昏得以溫清某願
足矣姥度其志不可奪因許之給姥之餘有百金北隅因
五家稅一隙院乃與生休浴易其衣服為湯粥通其腸次
以酥乳潤其臟旬餘方薦水陸之饌頭巾履襪皆取珍異
者衣之未數月肌膚稍平歲餘愈如初異時娃謂生曰
體已康矣志已壯矣淵思寂慮默想曩昔之藝業可溫習

平生思之曰十得二三耳娃命車出遊生騎而從至旗亭

南偏門鶯塜典之肆令生凍而市之計費百金盡載以歸

因令生斥棄百慮以志學俾夜作晝孜孜矻矻娃常偶坐

肖分乃痲伺其疲倦卽諭之綴詩賦二歲而業大就海內

文籍莫不該覽生謂娃曰可策名試藝矣娃曰未也且令

精熟以俟百戰更一年曰可行矣於是遂一上登甲科聲

振禮闈雖前輩見其文罔不斂衽敬羨願友之而不可得

娃曰未也今秀士苟獲擢一科第則自謂可以取中朝之

顯職擅天下之美名子行穢跡鄙不侔于他士當礱淬利

器以求再捷方可以連衡多士爭霸羣英生由是益自勤

苦聲價彌甚其年遇大比詔徵四方之雋生應道信極諫

科策名第一授成都府㕘軍三事以降皆其友也將之官

娃謂生曰今之復子本軀某不相負也願以殘年歸養老
姥若當結媛罷族以奉蒸甞中外婚媾無自黷也勉思自
愛其從此去矣生泣曰子若棄我當自勁以就死娃固辭
不從生勤請彌懇娃曰送子涉江至于劎門當令我回生
許諾月餘至劎門未及營而除書至生父由常州詔入拜
成都尹兼劍南採訪使淡辰父到生因投刺謁于郵亭父
不敢認見其祖父官諱方大驚命登階撫背慟哭移時曰
吾與爾父子如初因詰其由具陳其本末大奇之詰娃安
在日送某至此當令復還父曰不可翌日命駕與生先之
成都留娃于劎門築別館以處之明日命媒氏通二姓之
好備六禮以迎之遂如秦晉之偶娃既備禮歲時伏臘婦
道甚修治家嚴整極為親所眷向後數歲生父母偕歿持

孝甚至有靈芝産于倚廬一穗三秀本道上聞又有白鷰
數十巢其層庭天子異之寵錫加等終制累遷清顯之任
十年間至數郡娃封汧國夫人有四子皆為大官其卑者
猶為太原尹弟兄姻媾皆甲門内外隆盛莫之與京㽵乎
倡蕩之姫節行如是雖古先烈女不能踰也焉得不為之
歎息哉子伯祖嘗牧晉州轉戶部為水陸運使三任皆與
生為代故暗詳其事貞元中子與隴西公佐話婦人操烈
之品格因遂述汧國之事公佐拊掌竦聽命予為傳乃握
管濡翰疏而存之時乙亥歲秋八月太原白行簡云闕集

太平廣記卷四百八十四

[영인]

이와전
李娃傳

白行簡 원저
《太平廣記》 권484, 국립중앙도서관 소장본(古3738-13)

여기서부터 影印本을 인쇄한 부분입니다. 이 부분부터 보시기 바랍니다.

阿英, 「玉堂春故事的演變」

(『小說二談』, 上海古典文學出版社, 1958)

여기에 수록된 소설 연구와 찰기(札記)는 모두 1935~1936년 사이에 썼는데, 《소설한담(小說閒談)》류로 되어 있어 제목을 《소설이담(小說二談)》으로 하였다. 그리고 독곡잡기(讀曲雜記) 몇 편도 함께 수록하였다.

이 책은 1940년 중화서국에서 《중국 속문학 연구(中國俗文學研究)》란 이름으로 발행하기로 하였다. 그런데 1941년 마지막 교정본을 넘기고 그만 상해를 떠나게 되었다. 해방 후에야 알게 되었는데 중화서국에서 중국연합출판사로 넘겨 1944년 10월에 인쇄되었지만, 발행하기 전에 수재를 당하여 모두 물에 잠겨 버렸다. 그리하여 아주 일부만 전해지고, 그 후에는 재판된 적이 없다.

이 책에는 소설연구자들이 참고할 만한 자료들이 있기 때문에 원서를 다시 한 번 교열하였다. 교열을 하면서 불필요한 내용은 삭제하고, 일부를 수정하여 다시 출판하기로 하였다.

아영

1957년 8월 북경에서

옥당춘 고사의 변천

논자 : 阿英[1]

역자 : 金龍範 · 郝智[2]

I.

일반적으로《옥당춘(玉堂春)》고사를 고증하는 사람들은 대부분 옥당춘(玉堂春)을 소반노(蘇盼奴)와 그녀의 동생 소소(小小)의 일과 한데 묶어 논하는데, 이들은 원본(院本)《옥당춘(玉堂春)》고사가 소씨 자매(蘇氏姊妹)의 일을 저본으로 삼았다고 주장한다. 장서조(蔣瑞藻, 1891~1929)는 일찍이 그의『소설고증(小說考證)』에서 화조생(花朝生 : 장서조의 호)의《필기(筆記)》를 인용하여《옥당춘》의 출처에 관해 언급한 바가 있다.

오늘날《여기해(女起解)》(이후《삼당회심(三堂會審)》이라 칭함) 또는《옥당춘》이라 부르는 극(劇)이 존재하는데 극의 내용은 다음과 같다. 명기(名妓) 소삼(蘇三, 일명 玉堂春)이 왕금룡(王金龍)과 사랑에 빠져 혼인 언약을 하였다. 훗날 왕금룡이 돈이 다 떨어지자 기생어미에게 쫓겨난다. 이 일을

---

1 阿英(아영) : 錢德富(1900~1977)의 필명.
2 김용범 : 중국 해양대학 외국어학원 한국어계 교수
　　학지 : 중국 하얼빈사범대학 동방언어문학 한국어계 교수

알게 된 소삼은 왕금룡이 경성에 들어가 과거에 응시하도록 적극적으로 돕
는다. 왕금룡은 과거에 합격하여 산서(山西) 순안어사(巡按御史)로 임명된
다. 소삼은 왕금룡과 헤어진 후 강제로 거상(巨商) 심씨(沈氏)에게 첩으로
보내진다. 얼마 지나지 않아 심씨는 자신의 본처에게 죽임을 당하는데, 심
씨의 본처는 현령(縣令)을 매수하여 소삼에게 살인죄의 누명을 씌운다. 소
삼은 심문을 받으러 태원부(太原府)로 가는 도중에 때마침 임지에 부임한
왕금룡을 만나게 된다. 왕금룡은 온갖 힘을 다해 소삼의 누명을 벗겨 주고
이전의 혼인 약속을 지킨다.

이것이 원본(院本)《옥당춘》의 핵심 줄거리이다. 이는 명나라 낭인보
(朗仁寶 : 郎瑛, 1487~1566)의《칠수유고(七修類稿)》에서 언급한 소씨 자매
(蘇氏姊妹)의 이야기와 매우 유사하다.《유고(類稿)》의 기록에 따르면,
소소소(蘇小小)는 전당(錢塘)의 이름난 기녀로 매우 아름답고 시사(詩詞)
에 능했다. 그녀의 언니는 반노(盼奴)라고 하는데 태학생(太學生) 조불
민(趙不敏)과 사랑하는 관계였다. 2년 사이에 조씨(趙氏)의 처지가 매우
곤궁해지자 반노는 그가 학문에 집중하도록 도움을 주었고, 그는 과
거에 합격하여 양양(襄陽)의 사호(司戶)로 임용되었다. 이때 반노는 아
직 기적에서 이름이 빠지지 않아 함께 갈 수 없었다. 조씨는 양양에서
관리로 3년째가 되던 해에 병을 앓았다. 임종 무렵, 조씨는 남은 재산
의 절반을 동생 원판(院判)에게 주고 나머지 절반은 반노(盼奴)에게 주
라고 유언하였다. 또한 반노의 동생 소소(小小)가 좋은 배필이 될 수
있는 여인이라고 말하였다. 원판(院判)이 전당(錢塘)에 도착하였는데,
문중 사람이 현지의 관직을 맡고 있었다. 그 사람에게 부탁해 반노를
찾아가도록 하였는데, 반노가 세상을 떠난 지 이미 한 달이나 되었고
반노의 동생 소소(小小)도 관청의 비단을 숨긴 일에 연루되어 하옥된
상태였다. 관청의 부관(副官)이 소소를 불러들여서 "네가 장사꾼을 꾀

어 조정의 비단 100필을 훔쳤는데 어떻게 갚을 것이냐?" 묻자, 소소는 "이것은 고인이 된 언니 반노가 누명을 쓴 것입니다. 도와주시면 돌아가신 저의 언니와 제가 장차 이 은혜를 잊지 않겠습니다."라고 대답하였다. 부관이 "혹시 양양(襄陽)의 조사호(趙司戶)를 아느냐?" 다시 묻자, 소소는 부관에게 언니와 조사호의 과거 인연을 들려주었다. 부관은 소소에게 조사호가 이미 죽은 사실을 알려주며 편지와 물건을 건네주고 원판(院判)의 시(詩)를 읽어 주었다. "예전의 명기(名妓) 진동오(鎭東吳)는 황금을 탐하지 않고 글을 즐겼다. 혹시 전당(錢塘)의 소소소(蘇小小)도 대소(大蘇 : 소소의 언니)처럼 풍치가 있고 멋스러운 여인인가?" 부관이 소소에게 시(詩)에 화답하기를 청하자, 소소가 "당신께서는 양양(襄陽)에 계시고 소첩은 오(吳)에 있으니, 정인(情人)이 곁에 없으므로 사랑의 편지를 대신 보냅니다. 그때 만약 만났더라면 오늘날 이같이 비단을 숨기는 일이 있었을까요?"라고 화답하였다. 이에 소소(小小)는 원판(院判)과 혼인하게 되었다.

화조생(花朝生)은 소삼(蘇三)의 일이 이것을 저본으로 하였다 생각하고 그것을 《필기(筆記)》에 기록하여 고증(考證)으로 삼았다. 그러나 반노(盼奴) 자매의 이름이 옥당춘(玉堂春), 소삼(蘇三)으로 바뀐 것은 이해할 수 없다고 하였다. 이후로 많은 연구자가 있었지만 대부분 이것을 그대로 답습하였다. 전정방(錢靜方, 1875~1940)이 『소설총고(小說叢考)』에서 말하는 바도 같은 내용인데, 다른 점은 《유고》 이외에 양소임(梁紹壬, 1792~?)의 『소소소고(蘇小小考)』를 추가한 것이다. 화조생의 억지 주장에 따라 《유고》에서 말하는 소씨 자매(蘇氏姊妹)의 일로써 그것을 보면 물론 그럴 가능성도 있다. 하지만 사실 원본(院本) 《옥당춘》은 이것을 저본으로 삼은 것이 아니라 실제로 그 사건과 그 사람이 존재했었다. 이 사건에 관한 문서는 장지동(張之洞, 1837~1909)이 산서(山西)에 있을 때 문서를 가져오게 하여 열람한 적이 있었는데, 현재까지 산서(山西) 홍동현(洪洞縣)에 보관되어 있다.

작년(1935) 말쯤 『시보(時報)』에 뉴스가 게재되었는데, 《옥당춘》에 나오는 왕 공자(王公子) 부친의 묘가 도굴되었고 금룡(金龍)의 묘는 무사하다는 내용이었다. 올해 『정보(晶報)』에도 옥당춘의 보관 문서가 온전하다는 기사가 실렸다. 하지만 몇 달 전 위취현(衛聚賢, 1898~1990)은 뜻밖에 이런 말을 한 적이 있었는데, "이 문서는 민국(民國) 19년(1930) 전에는 확실히 존재했었지만 19년 이후 당시의 현장(縣長)이 비밀리에 가지고 가버렸다."는 것이었다. 그가 그곳에 있었을 때는 이미 보고 싶어도 볼 수 없었던 것이다. 이 두 가지 가설은 완전히 상반된다. 『정보』의 기록에 오류가 있었는지는 알지 못한다. 또한 현재 문서가 산실되었는지에 관해서도 궁금증을 갖지 않을 수 있다. 최소한 이것을 계기로 알 수 있는 것은 《옥당춘》 사건이 소소소(蘇小小) 자매의 이야기를 저본 삼지 않았다는 것이 조금도 의심할 바 없는 사실이라는 점이다. 며칠 전, 한 신문 원고에 실린 무명씨(無名氏)의 『왕금룡신세고(王金龍身世考)』(4월28-9일)는 《옥당춘》 고사 이외에 왕금룡(王金龍)과 소삼(蘇三)이라는 두 인물의 실존 사실을 증명하는 또 하나의 유력한 증거가 될 수 있다.

··· 사실 왕삼공자(王三公子)는 남경(南京) 사람이 아니라 하남(河南) 영성현(永城縣)의 '왕루(王樓)' 사람이다. 그의 아버지가 남경(南京) 이부천관(吏部天官)으로 있었기 때문에 잠시 그를 남경 사람이라 칭하였다.(명나라 배도(陪都)에도 각부의 상서아문(尙書衙門)과 모든 관리가 있었다.) ···

영성현(永城縣) 서쪽 10리 이내에 '왕림(王林)'이 있는데, 바로 왕씨(王氏) 선조의 묘지를 모신 곳이다. 왕림의 임문(林門 : 정문)은 변수(汴水)의 제방과 접해 있지만 묘혈(墓穴)은 멀리 정북(正北) 방향의 10리 밖에 자리하고 있다. 확실히 이곳 왕림의 기백은 대단하다. 남아있는 석인석마(石人石馬)

의 대부분이 현재 땅 속에 묻혀 있고 임문(林門)의 신도(神道) 위에는 거대한 망주석이 있는데, 그 위에 이런 글귀가 새겨져 있다.

만력 사십칠년(萬歷 四十七年)

왕씨 선영 신도비(王氏先塋神道碑)

손남 왕삼선 익덕 경립(孫男 王三善 益德 敬立)

이 왕삼선(王三善, 1565~1623)이 바로 왕삼공자(王三公子)이다. 현지(縣誌)에는 여전히 그의 가전(家傳)과 본전(本傳)이 실려 있다. 《명사(明史)》에 나오는 왕충용공(王忠勇公) 또한 바로 이 사람을 지칭한다. 영성현(永城縣) 어르신들의 말씀에 의하면, 어릴 때 부르던 그의 이름은 왕금룡(王金龍)이었다고 한다. 후에 그는 남경(南京)에 와서 거인(擧人) 시험에 응시하였는데, 고사장이 남경에 있는 관계로 이곳에서 옥당춘(玉堂春)을 알게 된 것이다. 이로 인해 생계가 곤궁해져 관왕묘(關王廟)에 이르렀다가 경제적 도움을 받은 일, 과거에 연속으로 합격하여 장원(壯元)까지 된 일, 소삼(蘇三)이 기적(妓籍)에서 벗어나 자유의 몸이 된 일, 남편을 살해했다고 모함을 받게 된 일 모두가 희곡의 공연 내용과 대체적으로 일치한다.

몇 년이나 지났는지 모르지만 왕삼공자(王三公子)는 비로소 산서(山西)의 팔부순안(八府巡按)으로 임명되었다. 이때 소삼(蘇三)은 아마도 나이 들었을 것이다. 왕삼공자는 여전히 옛 정을 잊지 못했지만 워낙 남북의 거리가 멀고 환경이 바뀌어서 서로의 소식을 알아보기란 아마도 불가능했을 것이다. 그는 소삼의 사형[秋決 : 가을에 집행하는 사형]을 주청하는 책자를 받아보고서야 소삼이 큰 죄를 지은 것을 알았다. 이 일은 예삿일이 아니어서 즉시 공동현(崆峒縣)으로 긴급 공문을 보내 이번 안건을 다시 심문한다고 전하였다. … 큰 혐의를 받게 될지도 모르는 위험을 무릅쓰고 그는 소삼의 누명을 벗겨주었다. … 그 후에 사리(司理)가 과연 이번 일을 빌미로 왕삼공자를 면직시켰다. 왕삼공자는 관직을 잃고 집으로 돌아가 서민의 신분이 되었다. …

… 옥당춘(玉堂春)은 영성현(永城縣)의 왕루(王樓)에 돌아온 이후 얼마 지

나지 않아 세상을 떠났다. 이것은 왕삼공자(王三公子)에게 있어서 사형선고
와 같았다. 소삼(蘇三)의 묘지는 왕림(王林)에 있지 않다. 아마도 첩의 신분
이었기 때문에 정실과 같은 대우를 받지 못한 것이다. 왕삼공자는 소삼을
깊이 사랑하였기에 그녀가 이처럼 부당한 대우를 받는 것을 용납하지 못하
고 단독으로 그녀를 선조의 묘지 옆에 매장하였다. … 묘비에는 이런 글귀
가 적혀있다. "망희소씨지묘(亡姬蘇氏之墓)" … 누구의 추천인지 모르겠지만
왕삼공자는 다시 등용되어 묘족(苗族)을 정복하러 가게 되었다. … 전쟁에서
연전연승하자 그는 막다른 곳까지 계속 추격하였는데, 결국 묘족의 계략으
로 깊은 산골까지 들어가 머리가 잘려 죽고 말았다.

　　황제는 그가 조정의 일로 죽임 당한 것을 생각하여 충용(忠勇)이라는 시호
를 하사하고 장사 치르는 것을 허락하였을 뿐 아니라 금머리[金頭], 은머리
[銀頭]를 상으로 내렸다. 관을 묘지로 옮길 때에 그의 딸이 울면서 소리치기를
"제 아무리 금머리, 은머리라 할지라도 아버지의 살아있는 머리 보다는 못해
요."라고 하였다는데 지금도 민간에서는 이 말이 널리 전송되고 있다. …

　　영성현(永城縣)에는 원래 다섯 개의 성문(城門)이 있었는데, 삼공자(三公
子)에게 임금이 하사한 금두(金頭)와 은두(銀頭)가 있는 관계로 가짜 관과
가짜 묘지를 만들어야 했다. 전하는 말에 의하면, 삼공자의 관은 다섯 개가
있었는데 이 다섯 개 관이 동시에 다섯 성문으로 나간 후에 지금의 왕림(王
林)에 매장되었다고 한다. 지금도 어느 집에서 큰 장례를 치를 때면 사람들
이 질투하는 어투로 "제 아무리 부자라도 관이 다섯 개 성문으로 동시에 나
갈 수 있나?" 말한다고 한다.

　　이것은 《옥당춘(玉堂春)》에 관한 고찰 가운데 가장 신뢰할 만한 내용이
다. 남자 주인공이 실제로 존재하고 《명사(明史)》와 《현지(縣志)》에서 모
두 증명할 수 있다. 나는 또 《홍동현지(洪洞縣誌)》에서 소삼(蘇三)에 관한
자료를 찾아 여자 주인공에 대한 사실을 보충하려했는데, 여간 힘든
작업이 아니었다. 건륭(乾隆) 《홍동현지》 초고를 구했지만 의외로 아무
것도 얻지 못했다. 그래서 나는 『왕금룡본사고(王金龍本事考)』에 나오는

왕금룡의 어린 시절 생활에 관한 불필요한 전설 및 역사적 사실과 관련이 없는 부분을 제외하고는 내용을 전부 여기에 기록하였다. 만일 훗날 홍동현(洪洞縣)의 문서 전문(全文)을 모두 볼 수 있는 기회를 얻게 된다면, 내가 생각하기로 소삼에 관한 새로운 자료들을 발견할 수 있을 것이다. 왜냐하면 정사(正史)와 가전(家傳)에서는 이러한 인물, 이러한 사건에 관해 진실을 항상 깊숙이 감추어서 왕금룡 이외에는 소삼에 관한 자료를 찾을 수가 없기 때문이다.

왕금룡(王金龍)에 관하여 『고증(考證)』에서는 그를 하남(河南) 영성현(永城縣) 사람이라고 말하였는데, 이것은 《옥당춘》의 설부(說部)에서도 증명하고 있다. 《경세통언(警世通言)》 제23권 〈옥당춘낙난봉부(玉堂春落難逢夫)〉 편에서 왕공자(王公子)는 기방에서 쫓겨나고 약탈을 당한 후에 마을 사람과 대화하면서 자신을 하남(河南) 사람이라고 하였다. 이에 반해, 건륭본(乾隆本) 《옥당춘전전(玉堂春全傳)》에서는 왕금룡이 등장하여 스스로 말하길 "조거(祖居)"가 남경(南京)이라고 하였다. 이로써 보면, 남경이라는 말이 설부(說部)의 내용과 꼭 일치하는 것은 아니다. 또한 소삼(蘇三)과 관련된 과정에 있어서도 그 무명씨(無名氏)의 견해에 의하면 원본과 동일하다고 하였는데, 이것 역시 전설일 뿐 그다지 신뢰할 만하지 않다. 최소한 일정 부분에 있어서는 큰 착오가 있을 것이다. 지금으로서는 이 부분에 대해 증명할 방법이 없고, 오직 홍동현(洪洞縣)의 전체 문건을 다 찾은 후에야 마지막 결론을 얻을 수 있을 것이다. 이 고증에서 정설로 확정할 수 있는 것은 단지 왕금룡이 옥당춘에 대한 그리움으로 힘들었다는 것과 옥당춘이 경제적 도움을 주었다는 것, 이후 옥당춘이 수감되었을 때 왕금룡의 주청으로 위기를 벗어났다는 것, 옥당춘이 결국 왕금룡과 혼인을 했다는 것뿐이다. 결론은 비록 이렇게 지을 수밖에 없지만 반드시 알아야할 사실이 있다. 그것은 만력(萬曆) 간본(刊本) 《전상해강봉거관공안전(全象海剛峯居官公案傳)》(욱문당본(郁文堂本)에 근거함)의 권1에 옥당춘에 관한 기록이 있는데, 바로 권1 제29회 공안(公案) 〈투간성옥(妬奸成獄)〉이다.

　　남경(南京) 취보문(聚寶門) 밖에 왕순경(王舜卿)이라는 사람이 있었는데, 그의 부친은 높은 관직을 지내다가 그만두고 귀향하였다. 왕순경은 도시에 남겨졌는데, 기녀 옥당춘(玉堂春)과 날이 오랠수록 정이 깊어져서 차마 서로 떨어지지 못하였다. 왕순경은 가진 돈이 점점 줄어들었지만 여전히 옥당춘을 사랑할 뿐이었다. 이후 돈이 다 떨어져서도 옥당춘은 그를 예전처럼 대접하였다. 하지만 기생어미는 나날이 그를 싫어하였기에 그는 할 수 없이 그곳을 나오게 되었다. 거리에서 거지 신세가 된 그는 성황묘(城隍廟) 처마 밑에 임시로 살았다. 과일 파는 사람이 그를 보고 "공자(公子)께서는 바로 여기에 계셨었습니까? 옥당춘이 공자님 때문에 다른 손님을 받지 않는다고 맹세하고는 저더러 공자님의 거처를 알아보라고 했는데 지금 다행히 만났으니 다른 곳으로 가지 마시기 바랍니다."라고 말했다. 그리고 곧 옥당춘에게 가서 왕순경의 소식을 전해주었다. 옥당춘은 기생어미에게 절에 가서 분향한다고 거짓말을 하고 왕순경을 만났다. 옥당춘은 흐느껴 울며 "당신께서는 명망 높은 집안의 자제인데 하루아침에 이런 신세가 되다니, 소첩의 죄를 말해 무엇 하겠습니까? 그런데 왜 집으로 돌아가지 않으셨어요?" 물었다. 왕순경은 "길이 멀어 비용이 많이 드니 마음은 있으나 돌아가지 못했소."라고 대답했다. 옥당춘은 그에게 돈을 건네며 "이것으로 옷을 장만하고 다시 우리집으로 오세요. 그 다음에 계획을 세우시지요!"라고 말했다. 왕순경이 옷을 잘 차려입고 하인을 거느린 채 기생집으로 들어가니, 기생어미가 크게 기뻐하며 후한 대접을 하고 진수성찬을 차려주었다. 밤중에 왕순경은 모든 물건을 싸가지고 집으로 돌아가 버렸다. 이 일을 안 기생어미는 옥당춘을 죽을 만큼 때리고 머리를 깎아서 주방에서 일하는 여종으로 보내버렸다. 얼마 지나지 않아 절강(浙江)에서 온 손님이 있었는데, 난계(蘭谿) 사람으로 성은 팽(彭)이고 이름은 응과(應科)이었다. 옥당춘의 이름을 듣고 직접 만나기를 원했는데, 이전의 일을 알게 되자 더욱 그녀를 흠모하여 금 100냥을 지불하고 그녀를 기적(妓籍)에서 벗어나도록 도와주었다. 이듬해 옥당춘의 머리카락이 자라나고 용모 또한 이전과 비슷해지자 첩으로 들어가게 되었다. 알고 보니 상인의 부인 피씨(皮氏)는 상인이 타지로 나갈 때마다 이웃에 사는 감생(監生)과 간통을 저지르고 있었다. 남편이 첩을 맞으려하자 피씨는 그녀를 질투하여 한밤중에 독주(毒酒)를 준비했는데, 첩은 그 술을 마시지 않고 남편이 대신 마시고서 죽어버렸다. 감생은 피씨를 아내로 삼기 위해 피씨더러 첩이 남편을 독살했다고 누명을 씌우도록 부추겼다. 첩이 "술은 피씨가 준비한 것입니다." 말하자, 피씨는 "남편이 처음에 기녀에게 정실 자리를 약속했는데 약속을 지키지 않자 자신이 첩이 된 것에 앙심을 품고 다른 데로 재가하려고 남편을 죽인 것입니다."라고 말했다. 그리하여 기녀는 옥에 갇히게 되었다. 한편, 왕순경이 집에 돌아가자 아버지는 그를 질책하였고, 이에 왕순경은 뜻을 정하여 학문에 집중하였다. 그는 과거에 급제한 후 산서(山西)의 어사(御使)로 임명되었다. 그때 공(公 : 해강봉)이 강절(江浙)의 운사(運使)로 있었는데, 왕순경은 공(公)에게 모든 사정을 말하고 기녀를 찾아달라고 부탁하였다. 공(公)이 그 부탁을 듣고 절강(浙江)에 가서 알아보니, 기녀가 하옥된 지 꽤 오래되었다. 어느 날 찰원(察院)에서 죄수의 정상을 살피고 압송한 기녀를 심문하러 가는데, 공(公)의 가마를 만나자 기녀는 공의 가마를 붙잡고 억울함을 호소하며 "나리께서는 귀신처럼 옥사를 처리하시니 옥에 갇힌 원통함을 나리께서 구해주시기 바라나이다." 말했다. 공은 마음속으로 "전에 순경(舜卿)이 이 여인의 행방을 찾아달라고 부탁했었는데. 지금이 여인을 도와 누명을 벗겨주면 훗날 순경과 좋은 얼굴로 만날 수 있겠구나."라고 생각했다. 공(公)은 곧 기녀를 관청으로 데리고 가서 사람을 시켜 유구(劉媾), 호감생(胡監生) 등을 잡아오라고 명하였다. 하지만 그들은 죄를 인정하지 않았다. 공은 병사 한 명을 대청 아래의 궤짝 안에 숨겨 놓았다. 감생(監生)과 피씨(皮氏), 노파는 궤짝 밖에서 심문을 받고 있었다. 공이 법정에서 퇴정하는 척하자 병사들도 모두 흩어졌다. 노파는 연로하여 고문을 참지 못하고 피씨에게 "당신들이 사람을 죽여 놓고 나까지 고생을 시키네, 감생한테 은 5냥, 베 2필을 받은 것뿐인데 어찌 이런 고문을 견딜 수 있겠

소?" 말했다. 두 사람은 "어르신, 조금만 참아 주십시오. 죄명을 벗게 되면
저희가 다시 보답하겠습니다."라고 대답했다. 궤짝 안에 숨어 있던 병사가
이 말을 듣고 큰 소리로 "세 사람이 다 자백했습니다."라고 외쳤다. 공(公)이
다시 나오고 병사가 앞에서 증언을 하자, 세 사람은 죄를 모두 인정하였다.
공(公)은 사람을 시켜 기녀의 오라버니로 위장하고 기녀를 고향으로 데려갔
으니, 이후 순경의 첩이 되었다. 기녀의 억울함이 밝혀지자, 공(公)은 찰원
(察院)에 문서를 올려 사건을 상세하게 보고하였는데, 크게 돌아보면서 아주
현명하게 처리하였다고 삼가 칭찬하였다.

「고모사친부(告謀死親夫)」, 고소인 부녀자 피씨(皮氏)는 남편이 살해당한
일을 고소합니다. 첩 주씨(周氏)는 자신이 첩의 신분인 것에 불만을 품고
다른 데 시집가게 해달라고 남편을 끈질기게 졸랐습니다. 하지만 남편이
끝까지 거절하자 술에 독을 타서 남편을 살해하였습니다. 젊은 나이에 억울
하게 살해당하자, 듣는 이들이 모두 슬퍼하였습니다. 남편이 불행하게 독살
당한 일은 그 비참함이 이루 말할 수 없습니다. 사랑하는 부부끼리 서로
해치는 일은 하늘의 도리에 심하게 어긋난 일이므로 하늘의 공의를 기대하
며 고소하는 바입니다.

「소(訴)」, 호소인 주씨(周氏)는 억울하게 누명을 쓴 일에 대해 호소합니
다. 팽응과(彭應科)에게 첩으로 시집와서 첩으로서의 도리를 다 하였습니
다. 피씨(皮氏)는 질투심에 가득차서 첩의 목숨을 빼앗고자 하였습니다. 남
편이 독주를 잘못 마셔 죽게 되자, 피씨는 죄과를 첩에게 덮어씌우려고 하
였습니다. 남편을 독살한 것도 부족하여 저의 목숨까지 해치려하니 저의
신세가 실로 불쌍할 따름입니다. 억울한 사정을 하소연하오니 부디 공의롭
게 판단해주소서.

「해공판(海公判)」, 심문해보니 피씨(皮氏)는 남편이 오랫동안 집을 비운
사이에 호씨(胡氏)와 간통을 저질렀다. 응과(應科)가 주씨(周氏)를 첩으로
맞아 집에 돌아오자, 피씨가 질투심에 휩싸여 술에 독을 탄 것은 사실이다.
의심이 생긴 주씨는 술을 마시지 않았으나, 응과는 그것을 마시고 독살 당
하였으니, 주씨가 첩이 된 것을 달갑게 여기지 않아 팽응과를 죽이고 다른
사람에게 시집가려 했다고 도리어 모함 받은 것이야 무슨 허물이겠는가?

악독한 마음이 어찌 이다지도 심하단 말인가? 저 피씨는 비록 악독함이 그 지없지만, 또한 지금에 와서 고소하는 일이 어찌 있을 수 있겠는가? 필경 호씨의 간교한 계략일 것이다. 피씨는 목숨으로 대가를 치러야 하고 호씨는 변방으로 유배를 보내라.

이것이 본 재판사건의 전문이다. 부석화(傳惜華, 1907~1970)는 일찍이 『옥당춘극본고(玉堂春劇本考)』에서 인용한 적이 있다. 다만 1권을 2권으로 쓴 것은 잘못 기록한 것인지 모르겠다. 본문에도 한두 글자의 차이가 있는데 원본이 흐릿하기 때문에 고친 것으로 생각된다. 인물의 명칭도 지금의 '옥당춘(玉堂春)'과 많이 다르다. 부(傳) 선생은 이런 의심에 대해 "책 내용 중 해충개(海忠介)가 이 사건을 심문 한 것은 절강(浙江)에 임용되었을 때다. 《명사(明史)》와 《해서전(海瑞傳)》 및 책 부록의 소전(小傳)에 따르면, 공은 널리 명성을 떨쳤지만 실제로 절강성(浙江省)에 온 적은 없었다. 또한 《강저부지(江宁府志)》에 따르면, 명나라 가정(嘉靖)과 융경(隆慶) 두 시기 전후에도 갑과(甲科) 출신으로서 산서(山西) 순안(巡按)에 발탁된 왕씨(王氏) 성을 가진 사람은 없었다. 이 사건의 은밀한 부분에는 어떤 보호를 하려는 것이 있고 나아가 일부러 이렇게 해달라고 부탁한 사람이 있는 것 같다."고 기록하였다.

부(傳) 선생의 의문은 매우 정확하다. 그리고 이것으로 영성설(永城說)의 신뢰성과 근거를 반증할 수 있다. 이 책의 머리 부분에는 만력병오(萬歷丙午) 진인(晉人 : 산서성 사람) 의재 이춘방(義齊李春芳)이 기록한 서문이 있다. 그 가운데 아주 중요한 몇 구절이 보이는데 그 내용은 다음과 같다. "옥사판결은 분명하게 행하여 칭송이 자자하니, 사람들은 그에 대해 이야기하기를 좋아하지 않는 이가 없었다. 때로는 호사가들이 눈으로 보고 귀로 들어 기억되는 것으로써, 바로 선생이 관직을 두루 거치며 심문하였던 것의 전말에 대한 전을 지었다. 내가 우연히 금릉(金陵)을 지나는데, 허주생(虛舟生)이 나에게 그 사건에 대해 이와 같이 말하고는 간행하려고 나에게 글을 청하였다. 나는 또한 말을 아뢰다가 죄를 얻은 자로서 갑자기 마음속에 느끼는 것이 있어 기쁜 마음으로 서문을 쓴다.”

이 서문에서 몇 가지를 살펴볼 수 있다. 가장 중요한 것은 “이목소도기(耳目所覩記)”라는 다섯 글자이다. 이 다섯 글자에서 알 수 있는 것은 이 재판 사건의 일부분이 소문에 의한 것이지, 정확하고 신뢰할 만한 것은 아니라는 점이다. 해서(海瑞)는 당시에 명나라 포공(包公)이라는 별명이 있었으므로, 그래서 많은 사람들이 그와 관련 없는 일을 이리저리 옮기다가 결국 그에게 갖다 붙이고 그를 현명한 판결을 내리는 관원의 이미지로 부각시킨 것은 아닐까? 그러므로 이 사건은 결코 해서(海瑞)가 처리한 것이 아니다. 게다가 부(傅) 선생의 증언까지 있으니 그럴 가능성이 매우 큰 것 같다. 둘째, 나는 또 허주생(虛舟生)이 바로 이춘방(李春芳)의 가명이라는 것도 매우 의심스럽다. 서문의 마지막 부분을 보면 다른 암시하는 말이 있으니 가능성이 있는 듯하다. 더욱이 이춘방은 진(晉) 사람이므로 당시 고향에서 일어난 일을 가정(嘉靖, 1522~1566)과 융경(隆慶, 1567~1572)에 가탁하여 회피하는 것 또한 지극히 평범한 일인 것이다. 그러므로 본 재판 사건의 존재에 관해, 가장 중요한 가치는 우리들로 하여금 “옥당춘” 사건이 결코 반노(盼奴) 자매의 일을 억지로 갖다 붙인 것이 아니라, 그때 당시에 확실히 이러한 재판 사건이 있었다는 것을 확실히 깨닫도록 하는 데에 있다. 그리고 고소장에서 옥당춘(玉堂春)이 자신을 주씨(周氏)라고 칭한 것은 공문서를 베껴 쓴 것이 아니라 이씨(李氏 : 이춘방)가 마음대로 조작한 것인지도 모를 일이다.

여러 방면의 사실적인 근거와 《명사(明史)》, 현지(縣誌), 비석 등의 실

물 증거가 존재하지만, 그래도 제일 신뢰할 만한 것은 무명씨(無名氏)의
고증이다. 다음과 같은 전설이 있다. 지금의 농해로 정주(隴海路鄭州)에
명나라 형부시랑(刑部侍郎) 왕빈(王斌)의 묘지가 있는데, 이 왕빈이 바로
왕금룡(王金龍)이라는 것이다. 이는 전혀 근거가 없는 것이다. 아마도
두 지역이 가깝고 또 성씨가 같으니 억지로 갖다 붙여서 만든 것 같다.
여기까지 우리가 단정할 수 있는 것이 《옥당춘》 고사는 대략 만력(萬曆,
1573~1619) 초에 만들어졌고, 지역은 남경(南京)과 산서(山西) 두 곳이며,
남녀 주인공은 실존인물이라는 것이다. 이 사건이 발생한 이후 소문이
사방에 두루 퍼져나가 어떤 이는 이것을 소설로 만들었고, 어떤 이는
여기에 이것저것 끌어들여 해서(海瑞)의 재판사건으로 각색한 것이다.

II.

최초의 옥당춘(玉堂春)에 관한 소설로서 현재에도 전문(全文)을 볼 수
있는 것은 《미주(尾州)》본 40권의 《경세통언(警世通言)》 제23권 즉 〈옥당
춘낙난봉부(玉堂春落難逢夫)〉이다. 이 제목 아래 "구각본 〈왕공자분지기〉
와 같지는 않다.(舊刻王公子奮誌記不同)"는 주가 달려 있는데, 이보다 더
이전에 〈왕공자분지기(王公子奮誌記)〉라는 제목의 판본이 있었음을 알 수
있다. 이 두 편의 작품은 모두 당시의 시사(時事)에 근거한 사실소설(寫實
小說)이라고 할 수 있다. "낙난봉부(落難逢夫)"의 글자 수가 《통언(通言)》의
다른 편들에 비하여 배가 된다는 점, 《통언》이 평화(平話 : 구어체)로 이루
어진 집본(輯本)이라는 점, 그리고 주에 달린 "구각(舊刻)"이라는 글씨의
모양, 이 세 가지로부터 〈낙난봉부(落難逢夫)〉와 〈분지기(奮誌記)〉는 최초
의 단행본으로서 모두 왕금룡(王金龍)과 소삼(蘇三)의 결합과정에서 소재
를 얻었음을 증명할 수 있다. 하지만 내용 줄거리 면에서는 차이점이

적지 않다. 안타깝게도 〈왕공자분지기〉는 이미 유실되어 다시 구하기 어려운 실정이다. 만약 내 가설이 맞는다면 〈분지기〉의 내용은 파악할 수 있다. 왜냐하면《옥당춘》고사는 명나라 만력(萬曆)부터 지금까지 몇 백 년 동안 그 발전의 시작과 끝이 두 개의 축을 따르고 있기 때문이다.

다시 말하자면, 현재까지《옥당춘》고사는 두 종류가 존재한다는 것이다. 한 가지는 〈분지기(奮誌記)〉이고, 다른 한 가지는 〈낙난봉부(落難逢夫)〉이다. 후자는 경극의 전파로 인해 거의 모든 사람들에게 알려졌고, 전자는 오직 칠자창본(七字唱本)으로만 잠시 이어졌다. 〈낙난봉부〉의 맥락에서 볼 때, 명대 소설부터 최근의 붕붕희(蹦蹦戲)까지 약간의 변화가 존재하는데, 예를 들면 탄사(彈詞), 고사(鼓詞)부터 원본(院本)에 이르기까지 다른 부분이 상당히 많이 보인다. 서술의 편의를 위해 여기에서는 먼저 두 축을 이루는 주요 판본의 인명(人名)이 같고 다름을 한 장의 표로 나열하고자 한다.

《옥당춘》고사의 인물 이름의 동이표(同異表)

거관 공안전 居官 公案傳	경세통언 警世通言	건륭본 탄사 乾隆本 彈詞	공화서국본 共和書局本	칠자창본 七字唱本	전기 傳奇 경희 京戲 봉봉 蹦蹦	대고서 大鼓書	인물관계 人物關系
	왕경(사죽) 王瓊(思竹)	왕병 王炳	왕경(사죽) 王瓊(思竹)	왕병 王炳			왕금룡 부 王金龍父
왕순경 王舜卿	왕경륭 (순경) 王景隆 (順卿)	왕정 (순경) 王鼎 (順卿)	왕경륭 (순경) 王景隆 (舜卿)	왕금룡 王金隆	왕경륭 王景隆	왕경륭 王景隆	왕삼공자 卽王三公子
옥당춘 (주씨) 玉堂春 (周氏)	옥당춘 玉堂春	옥당춘 玉堂春	옥당춘 玉堂春	옥당춘 玉堂春	옥당춘 玉堂春	옥당춘 玉堂春	소삼 卽蘇三
팽응과 彭應科	심홍 沈洪	방쟁 方爭	심언명(홍) 沈彦明(洪)	왕득미 王得美	심홍 沈洪		산서客人을 公案에서는 절강商人으 로 바꿈 山西客人公案 傳作浙江商人
	김가 金哥 왕은장 王銀匠	단사 (중화) 段四 (仲華)	김가 金哥	왕중화 王仲華	김가 金哥	김마마 金媽媽	소매상인 小販
피씨 皮氏	피씨 皮氏	장씨 蔣氏	피씨 皮氏	피씨 皮氏	피씨 皮氏	피씨 皮氏	심홍의 처 沈洪妻
호재 胡才	조앙 趙昂	양굉도 楊宏圖	조앙 趙昂	조앙 趙昂		황무거 黃武擧	피씨의 간부 皮氏奸夫
	왕정 王定	왕봉 王鳳	왕정 王定	왕봉 王鳳			금룡의 하인 金龍仆
	취향 翠香	설리매 雪李梅	췌언니 莘姐	설리매 雪李梅		취란 翠蘭	옥당춘과 의자매를 맺은 언니 玉堂春盟姐

취홍 翠紅	당일선 唐一仙		당일선 唐一仙		취보 翠宝	옥당춘과 의자매를 맺은 언니 玉堂春盟姐
취홍 翠紅	당일선 唐一仙		당일선 唐一仙		취보 翠宝	옥당춘과 의자매를 맺은 언니 玉堂春盟姐
소회蘇淮 일칭금 一秤金						기생애비와 기생어미 鸨儿鸨母
	도륭 屠隆		이청 李淸			

　　서로 다른 두 종류의 고사가 존재한다는 점에서 볼 때, 건륭(乾隆)의 《진본옥당춘전전(眞本玉堂春全傳)》 탄사(彈詞) 24권이 명대(明代)의 〈왕공자분지기(王公子奮誌記)〉를 각색한 것이라고 가정한다면 〈분지기(奮志記)〉의 내용 역시 건륭본(乾隆本)에서 가져온 것이므로, 그 대요는 〈낙난봉부(落難逢夫)〉와 완전히 다르다는 것을 알 수 있다. 이야기는 왕경(王瓊)이 퇴임한 지가 오래되어 집안 사정이 점차 안 좋아지자, 그가 셋째 아들 왕경륭(王景隆)으로 하여금 하인 왕정(王定)을 데리고 상경하여 친구 도륭(屠隆)에게 빌린 돈을 받도록 하는 데서부터 시작된다. 경륭은 이때 이미 정혜항(丁鞋巷 : 신발 골목)의 기녀 당일선(唐一仙)과 연인관계였다. 떠나기 전에 일선(一仙)은 경륭에게 도착하면 자신의 의자매인 옥당춘(玉堂春)과 설리매(雪李梅)에게 안부를 전해달라고 부탁하며 옥당춘의 미모를 극찬하였다. 그리하여 경륭은 도륭(屠隆)한테서 빚을 받아내고 당일선의 편지를 가지고 옥당춘을 만나러 갔다. 두 사람은 만나자마자 첫눈에 반하여 경륭은 곧 거처를 기방으로 옮기고 돈을 물 쓰듯 허비하였다. 이때 기생어미 집을 드나드는 단사(段四)라는 자가 있었는데, 그는 경륭의

도움으로 밑천을 얻어 혼인하고 자립할 수 있었다. 왕정(王定)은 수차례 경륭의 방탕한 삶을 말렸지만, 경륭이 전혀 듣지 않고 또 집으로 돌아가면 왕경(王瓊)의 노여움을 살까 두려워 금 500냥을 훔쳐서 몰래 도망가버렸다. 경륭은 이 일을 알았지만 조금도 개의치 않았다.

　이때 산서(山西)에서 온 방쟁(方爭)이라는 손님이 있었는데 성격이 매우 호탕하였다. 옥당춘의 명성을 흠모하여 이전부터 옥당춘 만나기를 구하였지만, 경륭이 있기에 기생어미는 그의 요구를 거절하였다. 이에 방쟁은 술자리를 마련하여 경륭과 만나서 얘기를 나누었는데, 뜻밖에 옛 친구를 만난 듯 잘 통하여 두 사람은 의형제를 맺고 친밀한 관계가 되었다. 권신 엄세번(嚴世蕃)도 와서 자신의 권세를 믿고 옥당춘을 강압적으로 만나고자 했다. 이것이 방쟁의 노여움을 사게 되어 방쟁은 사람을 시켜 엄세번을 호되게 두들겨 패고 그의 가마도 부숴버렸다. 경륭은 엄세번이 권력을 이용해 방쟁에게 보복을 가할까 두려워 방쟁에게 산서(山西)로 돌아가 잠시 피해 있으라고 권하였다. 후에 경륭이 빈털터리가 되자, 기생어미는 얼굴색을 바꾸어 그를 기방에서 쫓아내려고 하고, 옥당춘은 애원하며 사정하였다. 기생어미가 경륭을 속여 나가서 연회에 참석하라고 하자, 옥당춘은 속임수인 것을 눈치 채고 경륭을 말렸지만 그는 고집을 부리고 연회에 참석하였다. 과연 돌아오니 아니나 다를까 기방의 문이 굳게 닫혀 있었다. 오랫동안 애원해서야 기생어미는 경륭이 문틈으로나마 옥당춘과 작별하도록 허락하였다.

　경륭은 홀로 길거리를 헤매다가 길가에 목욕탕이 있는 것을 보고 주머니에 남아 있는 돈을 털어 목욕탕에 들어갔다. 뜻밖에도 탕에 들어갈 때 옷 보관함을 잠그지 않아 목욕을 다 하고 나와 보니, 누가 훔쳐갔는지 옷과 돈이 다 없어지고 낡아빠진 헌 옷 한 벌만 놓여 있었다. 목욕탕은 당연히 책임을 지지 않았다. 경륭은 절망에 빠져 강물에 투

신하여 자살하려고 하였는데, 지나가던 도사가 그를 건져내어 그에게 도복 한 벌과 약간의 돈을 주었다. 경륭은 앞이 캄캄했지만 전에 기방에 있을 때 옥당춘에게 유희를 조금 배웠던 것이 생각나서 곧 호금(胡琴)을 사서 길거리에서 노래를 하며 어렵게 지냈다.

어느 날, 단사(段四)는 삼공자(三公子)를 만나러 옥당춘한테 갔다가 경륭이 쫓겨난 일을 알게 되었다. 이 때 옥당춘은 손님을 받지 않는다 하여 기생어미에게 학대를 받고 있었다. 옥당춘은 단사(段四)에게 경륭의 소식을 알아봐달라고 부탁하였다. 단사는 며칠을 뛰어다니고서야 노래를 부르고 있는 경륭을 찾을 수 있었다. 단사는 은혜를 갚기 위해 그를 자신의 집으로 데려와 머물도록 하였고, 그의 소식을 옥당춘에게 알려 주었다. 두 사람은 관왕묘(關王廟)에 가서 분향하는 계책을 꾸몄는데 사실은 단사(段四)의 집에 가서 경륭을 만나려는 목적이었다. 옥당춘은 경륭에게 은 300냥을 주고 그로 하여금 다시 기방에 놀러오도록 하였다. 이에 경륭은 옷을 장만하고 말을 빌린 후에 돌로 상자를 가득 채우고 하인과 함께 기세등등하게 옥당춘이 있는 곳에 도착하였다. 들고 온 상자는 모두 12개였는데, 밤이 깊어지자 옥당춘은 자신의 값나가는 물건을 경륭의 6개 상자에 담고 그 6개 상자의 돌은 자신의 상자 속에 채워 넣었다. 이튿날 경륭은 기생어미를 불러와 자신이 다른 곳에 볼 일이 있어서 한 달 후에나 돌아온다고 말하였다. 기생어미에게 돈을 얼마 지불하고 6개 상자를 남겨놓은 채 옥당춘이 손님을 접대하지 못하도록 당부하였다. 그리고 기방을 나와 단사(段四)의 집에 가서 단사와 함께 고향으로 돌아갔다. 옥당춘과의 약속대로 고향에 가서 돈을 모아 옥당춘을 기적에서 벗어나도록 하기 위함이었다.

뜻밖에도 집에 돌아오자마자 아버지에게 혹독하게 매질을 당했는데, 아버지는 그가 강도 무리에 합류한 것으로 생각하고 6개 상자에

든 은기(銀器)와 포목도 모두 빼앗은 물건으로 의심하였다. 어머니와 여러 사람의 간청으로 간신히 그를 관청에 넘기지 않고 방에서 공부만 하도록 가둬 놓았다. 단사는 그를 만날 수 없게 되자 할 수 없이 혼자 돌아갔다. 산동(山東)에 도착하자 생각지 못하게 병에 걸려 여관에서 몇 달을 보냈다. 경성에 도착하니 옥당춘은 방쟁(方爭)의 도움으로 이미 기적에서 벗어나 자유의 몸이 되었다. 알고 보니 경륭이 약속한 한 달이 지나도 돌아오지 않자, 기생어미가 불평을 늘어놓기 시작한 모양이었다. 80일 가량을 억지로 버티다가 참다못한 기생어미가 경륭이 남긴 6개 상자를 열어보니, 전부 돌인 것을 알게 되었다. 옥당춘의 상자도 열어보니 마찬가지로 모두 돌들로 채워져 있었다. 머리끝까지 화가 난 기생어미는 옥당춘을 심하게 매질하였지만, 옥당춘은 여전히 손님을 받지 않았다. 기생어미는 그녀를 내쫓아 허드렛일 하는 시녀로 삼고, 그녀의 여동생인 설리매(雪李梅)가 옥당춘의 이름으로 손님을 맞도록 하였다. 방쟁이 마침 이때에 다시 기방을 방문하여 설리매로부터 사건의 전말을 듣게 되었다. 방쟁은 부엌에서 흐트러진 머리털과 때가 낀 얼굴을 한 옥당춘을 찾게 되자 크게 분노하였다. 기생어미를 불러 옥당춘의 몸값을 물어보고 그녀를 기적에서 벗어나게 해주었다. 방쟁은 옥당춘에게 경륭이 결코 의리가 없는 사람이 아니며 분명히 집안에 무슨 사정이 있을 거라고 말하고, 옥당춘을 경륭의 집까지 배웅해 주기로 했다.

처음에 옥당춘은 방쟁의 이와 같은 호의에 약간의 의심을 품었지만, 방쟁이 재삼 설명하자 믿음이 생겨 방쟁을 따라 배를 타게 되었다. 경륭의 고향에 도착하자 방쟁은 먼저 배에서 내려 경륭을 찾으러 갔다. 경륭의 부친은 방쟁의 몸집이 크고 특이하여 강도인 줄 알고 "셋째 아들이 경성에서 지금까지 돌아오지 않았소."라고 말하였다. 방쟁은 배로 돌아와서 옥당춘에게 이를 알려주었다. 옥당춘은 크게 기분 나빠하며 방쟁이 자신을 차지하려고 거짓말을 한다고 생각했다. 방쟁은 급한 마음에 하늘에 맹세를 하고, 오는 내내 옥당춘을 대했던 태도를 증거로 언급하며 옥당춘에게 먼저 산서(山西)에 있는 자기 집에 머물면서 천천히 경륭을 찾아보자고 제안하였다. 옥당춘는 그를 따라 산서(山西)로 돌아갔다. 피씨(皮氏) 부인과 간부(奸夫) 양굉도(楊宏圖)는 방쟁이 돌아오자 음모를 꾸며 그를 죽이려고 계획하였다. 단오 날이 되어 술을 마실 때 옥당춘이 방쟁에게 술을 올릴 차례가 되자, 시녀는 본처가 시킨 대로 독이 든 술을 옥당춘에게 주었고, 그 결과 방쟁이 죽게 되었다. 홍동현(洪洞縣)에서 뇌물을 받고 옥당춘을 감옥에 가두었다. 다행이도 옥졸이 바로 그때 도망간 왕정(王定)이어서 옥당춘은 감옥에서 그나마 괜찮은 대우를 받을 수 있었다. 비록 홍동현(洪洞縣)에서 뇌물을 받고 옥당춘에게 형을 확정했지만, 태원부(太原府) 형청(刑廳) 교계선(喬季先)은 이 사건에 대해 의심을 품고 재심을 청구하기로 하였다. 재심을 준비하던 중 그의 부친이 죽자, 그는 장례를 치르러 집으로 돌아갔다. 옥당춘 사건은 끝내 돌이킬 수 없는 지경에 빠져들었다. 계선(季先)이 경성으로 돌아온 후 어느 날 밤에 집으로 돌아가는데 도망치는 한 여자를 만났다. 계선이 그녀를 구해주고 집으로 데리고 가서 여자의 이름을 물으니 옥당춘이라고 대답하였다. 계선은 이상하게 여겨 그녀에게 옥당춘은 산서(山西)에서 고난을 겪고 있는데 어떻게 또 옥당춘이 있을 수 있는지 물었고, 그런 연후에 이 옥당춘이 사실은 설리매(雪李梅)라는 것을 알게 되었다. 알고 보니 엄세번(嚴世蕃)이 방쟁에게 한 차례 얻어맞은 뒤 마음속에 앙심을 품고 있었는데, 이날 복수심이 동하여 일칭금(一秤金)의 집으로 간 것이었다. 옥당춘을 본 적이 없는 그는 설리매를 옥당춘으로 오인하여 곧 그녀를 기적에서 벗어나게 한 연후에 집으로 데리고 갔다. 설리매는 옥당춘과 마찬가지로 이미 오래 전에 경륭과 혼인을 약속했으므로 엄세번을 거절하였다. 세반은 화가 나서 설리매를 심하게 때렸다. 마침 이때에 조정에서 그를 불러들여 엄세번은 설리매를 애첩에게 맡기고 조정으로 떠났다. 설리매는 자신의 사연을 첩에게 말하였고, 설리매의 사정을 들은 그 애첩은 감동을 받아 설리매를 몰래 풀어주고 자신이 나서서 그 책임을 지기로 결심하였다. 설리매가 교계선(喬季先)을 만난 것이 바로 그 도망가고 있던 때였던 것이다. 이에 교계선은 설리매를 자신의 모친과 함께 집에 머물도록 하였다. 조정에서 돌아온 엄세번은 설리매가 이미 도망간 것을 알고 애첩을 심하게 꾸짖으며 사람을 시켜 기방을 때려 부숴 버렸다. 일칭금(一秤金)은 자신의 집이 이미 망가진 것을 보고 산서(山西)에 있는 고향으로 돌아갔고, 기방은 문을 닫게 되었다.

이 부분에서 다시 되돌아가 왕삼공자(王三公子) 왕경륭(王景隆)을 살펴보도록 하자. 서재에 갇혀서 줄곧 공부만 하던 어느 날 과거 볼 날이 다가오자 그는 부친에게 나가서 과거에 응시할 수 있도록 요구하였는데, 그의 부친은 그가 나가서 또 나쁜 일을 할까봐 허락하지 않았다. 어떠한 수단을 동원해도 거절할 뿐이었다. 모친과 친척들이 사정해도 아무 소용이 없자, 결국 그의 여동생이 하나의 묘안을 생각해냈다. 부친이 방문에 붙인 봉인을 물로 떼어내어 여동생이 그를 대신해 방에 있고 경륭은 몰래 도망쳐 나오는 것이었다. 부친은 끝까지 눈치채지 못하고, 단지 매 식사 때마다 누군가 안에서 평소처럼 먹고 있다는 것만 알고 있었다. 모친은 알고 있었지만 당연히 말하지 않았다. 경륭이 과거에 합격한 후 과거 시험 합격 통지서가 집에 도착하고 나서야, 부친은 이상하다고 생각했지만 그래도 완전히 믿지는 못했다. 직접 봉인을 떼어내고 자물쇠를 연 이후에야 딸이 나오는 것을 보고 모든 사실을 알게 되었다. 그러나 아들이 과거에 합격하였으므로 더이상 할 말이 없었다. 경륭은 집에 돌아와 예전과 같이 잘못을 뉘우치고 용서를 구하였다. 며칠이 지난 후 그는 상자 몇 개를 들고 시험을 보러 경성으로 향했다. 그곳에 도착하여 단사(段四)를 만난 연후에야 옥당춘이 방쟁(方爭)의 도움으로 이미 기적에서 벗어났다는 사실을 알았지만, 방쟁이 자신을 위해 옥당춘을 기적에서 벗어나게 했다는 것은 알아차리지 못했다. 당장 산서(山西)로 가고 싶었으나 시험 기간이 임박하여 그렇게 할 수 없게 되자, 시험에 합격한 후 다시 생각하기로 하였다. 그는 장원에 급제할 때까지 줄곧 단사의 집에 머물렀다.

교계선(喬季先)은 옥당춘의 자백과 설리매(雪李梅)의 하소연을 듣고 진작 왕경륭에 대해 알고 있었고, 또 합격자 문서를 보고 그가 장원 급제하였다는 것을 알았으므로 일부러 방문하여 그의 의중을 떠보고자 했다. 경륭이 솔직하게 자신이 삼공자(三公子)임을 밝히자, 계선은 옥당춘이 산서(山西)에서 고생을 겪은 일과 자신이 설리매를 구해준 일 등을 말해주었다. 경륭은 계선에게 대단히 고마워했고, 이로써 두 사람은 가까운 친구 사이가 되었다. 경륭이 계속 옥당춘의 일로 걱정하고 있을 무렵, 마침 산서 안찰사(山西按察使)로 임명되었다. 홍동(洪洞)에 거의 도착할 즈음, 경륭은 홀로 배에서 내려 탐문을 나갔다. 그는 점쟁이로 위장하여 방가(方家: 방쟁)로 가서 자초지종을 파악한 뒤, 즉시 관청으로 돌아가 직무를 인계받고 옥당춘 사건을 재심할 것을 요구하였다. 하지만 삼당(三堂)이 공동으로 심사하는 일은 이 지역에서 없던 일이었다. 재판과정에서 피씨(皮氏) 등은 처음부터 죄를 부인하였고, 자신이 바로 그 점쟁이였음을 밝혀도 사실대로 자백하지 않았다. 경륭은 하는 수 없이 다른 단서를 찾을 수밖에 없었다. 이때 그는 피씨의 하녀가 임신 중인 사실을 알게 되었는데, 계속 추궁하자 하녀는 어쩔 수 없이 아이의 아버지가 양굉도(楊宏圖)라는 사실을 실토하였다. 여기에서 차츰 차츰 압박을 가하자 피씨와 양굉도가 계략을 꾸며 옥당 춘에게 죄를 덮어씌웠던 일을 사실대로 털어놓았다. 진실이 밝혀지자 피씨 등은 더 이상 변명할 여지가 없이 극형을 받게 되었다. 옥당춘은 방가(方家)로 돌아가 방씨(方氏) 둘째 큰어머니와 함께 지내게 되었고, 왕정(王定)은 경륭의 명을 받아 방가로 가서 옥당춘의 시중을 들었다. 그때서야 옥당춘은 자신의 억울한 누명을 벗겨준 안찰사(按察使)가 왕 경륭이라는 사실을 알게 되었다.

　그 후 왕경륭은 방가(方家)에 와서 치제(致祭)를 지내게 되었다. 돌아 가는 길에 한 전당포를 지나다가 문 앞에 많은 사람들이 모여 웅성거 리는 것을 보고, 왕경륭은 심부름꾼을 보내 자초지종을 알아오도록 하였다. 와서 말하길 이 전당포가 불성실하여 자주 저당 잡힌 물건들 을 빼돌린다고 하였다. 경륭이 관청으로 불러들여 심문하니, 이 전당 포 주인이 바로 일칭금(一秤金) 부부였다. 이에 경륭은 일칭금 부부를 엄하게 처벌하였다. 그 후 옥당춘은 왕정(王定)의 호송을 받으며 당일 선(唐一仙)이 있는 곳에 도착하여 잠시 머무르게 되었는데, 교계선(喬季 先)은 이에 맞춰 설리매(雪李梅)를 그쪽으로 보냈다. 왕경륭은 계속 그 곳의 관리로 지내면서 자신의 여동생을 교계선에게 시집보내기로 약 속했다. 왕경륭은 임기를 마치고 경성으로 돌아간 이후에야 휴가를 얻어 고향으로 돌아가 혼인을 했다. 세 자매는 모두 그의 첩이 되었 고, 이외에도 따로 장가를 들어 아내를 얻었다. 이때 엄세번(嚴世藩)의 가세가 기울어 집안이 망하게 되었는데, 전에 설리매에게 은혜를 베 푼 그 첩도 거지로 떠돌아다니다 우연히 설리매 집에 구걸을 가게 되 어 그 집에 남게 되었다. 왕경륭은 결혼한 지 반년이 지난 후에 온 가 족을 이끌고 경성으로 가서 여동생을 계선(季先)에게 시집보냈다.

이 이야기가 아마도 〈분지기(奮志記)〉일 것이다. 이야기의 줄거리가 복잡하게 얽혀있고 인물들이 다양하여 옥당춘(玉堂春)이라는 실마리 이외에도 당일선(唐一仙), 설리매(雪李梅), 그리고 네 자매라는 여러 갈래의 실마리가 공존한다. 제일 특이한 것은 심연림(沈延林)이라는 인물인데, 여기에서는 광대(丑)가 아닌 아주 호방한 협객으로 등장하여 사랑스러운 성격으로 부각되었다. 그런데 어찌된 영문인지 그 이후의 대본에서는 세상에서 제일 나쁜 악덕 상인으로 등장하였다. 소설적 측면에서 보자면, 이 이야기는 〈옥당춘낙난봉부(玉堂春落難逢夫)〉보다 더 좋은 작품으로 평가된다. 『세계문고(世界文庫)』 제8기에 이미 〈낙난봉부〉 전문이 기재되어 있는데, 경극 《옥당춘》을 바탕으로 한 판본이다. 〈분지기〉와 다른 점이라면 줄거리를 단순화하여 옥당춘이라는 실마리만 남겨놓았다는 것이다. 이 실마리 안에서 약간의 변화를 주었는데, 그 차이점을 간단히 살펴보면 아래 표와 같다.

	왕공자분지기	옥당춘낙난봉부
1	가세가 기울자 경성에 들어가 빌려준 돈을 받아오라는 명을 받는다.	온 가족이 고향으로 돌아가고 왕공자만 경성에 남아 빚을 받아내기로 한다.
2	왕정이 은을 훔쳐 산서(山西)로 도망을 가서 옥졸이 된다.	먼저 집으로 돌아가기로 경륭과 약속한다.
3	기생어미는 경륭을 속여 시내로 내보내고는 문을 닫아걸고 들어오지 못하게 한다. 경륭은 목욕을 하다가 옷과 은전을 모두 잃어버린다. 자살을 시도하다가 승려에 의해 구조된다. 전에 유희를 배운 적이 있어 길거리에서 노래를 부르며 세월을 보낸다.	경륭이 쫓겨난다. 기생어미는 경륭과 옥당춘을 속여 고모집에 생일선물을 전하게 한다. 도중에 삼공자로 하여금 집에 되돌아가 문을 잠그도록 하고, 옥당춘을 시골로 데려가 한 달을 지낸다. 공자는 도둑을 만나 옷을 다 뺏기고 딱따기를 치며 세월을 보낸다.
4	단사(段四)는 옥당춘의 부탁을 받고 노래를 부르고 있는 경륭을 찾아간다. 그를 집으로 데려와 지내게 하고 옥당춘에게 알려준다. 옥당춘은 분향을 핑계로 단사의 집에 가서 경륭을 만나 은전을 준다.	왕은장(王銀匠)을 우연히 만나 그의 집에 따라 가지만 왕은장의 처가 받아 주지 않는다. 소원을 빌러 절에 갔다가 그곳에서 해바라기씨를 파는 김가(金哥)를 만난다. 옥당춘은 관왕묘에서 경륭을 만나 은전을 준다.

5	왕경륭은 빈 상자를 물건이 든 상자로 바꿔서 돌아간다. 80일이 지나도록 돌아오지 않자, 기생어미는 진상을 알아차리고 옥당춘을 심하게 매질한 후 차 끓이는 하녀로 보내버린다.	왕경륭은 밤중에 옥당춘이 준 물건을 가지고 떠난다. 이튿날 아침 옥당춘은 살해를 도모한 죄를 빌미 삼아 기생어미를 위협하여 자백서를 쓰도록 한다. 또한 자신에게 완전한 자유를 달라고 요구하며 동루(東樓)에서 지낸다.	
6	방쟁(方爭)은 삼공자(三公子)와 의형제를 맺은 뒤, 학대 받는 옥당춘을 보고 그녀를 기적에서 벗어나게 하여 경륭의 집으로 데려 간다. 경륭을 만나지 못하자 산서(山西)로 데려와 잠시 머물게 한다. 얼마 지나지 않아 피씨(皮氏)는 독이 든 술로 방쟁을 살해한다.	심연림(沈延林)은 기생집에 갔다가 옥당춘의 미모에 반해 다른 기생을 통해 만남을 시도하다가 옥당춘에게 심한 욕을 듣는다. 큰 돈을 받은 기생어미와 짜고 분향한다는 구실로 옥당춘을 연림의 배로 보낸다. 옥당춘은 끝까지 굴복하지 않아 능욕을 피하게 된다. 집으로 돌아온 후 심연림은 곧 피씨(皮氏)에 의해 살해된다.	
7	설리매(雪李梅)가 도망가자 엄세번(嚴世藩)은 크게 화를 내며 기생집을 부순다.	왕경륭은 기생어미가 옥당춘을 속여 시집보냈다는 말을 듣고 기생집을 부순다.	
8	경륭이 과거에 급제하여 산서 안찰사(山西按察使)로 임명된다.	경륭이 과거에 급제하여 진정(眞定)에서 1년 동안 관직 생활을 한다.	
9	방쟁(方爭) 집에 와서 점을 봐주며 탐문을 한다.	찻집에서 탐문하여 진상을 알게 된다.	
10	하녀의 임신이 사건 해결에 결정적인 단서를 제공한다. 이 단서로부터 점차 진실을 밝히게 된다.	궤짝 하나를 준비해 그 속에 서기(書記)가 숨도록 한다. 퇴정 이후 피씨(皮氏) 등이 서로 원망하는 말을 듣고 기록하여 더 이상 변명하지 못하고 자백하도록 만든다.	
11	옥당춘이 당일선(唐一仙)의 집으로 가게 된다.	옥당춘이 왕은장(王銀匠)의 집으로 가게 된다.	
12	기생어미가 전당포를 열어 범죄를 저지르다 처벌을 받는다.	경성에 가서 기생어미를 끌어내 가형(枷刑)으로 심판한다.	

앞에서 말한 내용과 위의 표에서 열거한 바에 따르자면, 〈옥당춘낙난봉부(玉堂春落難逢夫)〉의 내용이 이후에 나온 경희본(京戱本) 《옥당춘(玉堂春)》과 비슷하다는 것을 분명히 알 수 있다. 차이점으로 가장 주목할 만한 부분은 옥당춘이 기생어미를 위협하여 자백서를 쓰도록 하는 부분인데, 이는 옥당춘의 기지를 드러낼 뿐 아니라 그녀의 성격을 부각시키고 있다. 옥당춘은 중요한 물건들을 왕경륭에게 주어 야밤에 가져가도록 하고, 다른 한 편으로는 오히려 기생어미에게 사람을 내놓으라고

요구하며 그들이 재물을 탐내느라 밤중에 왕경륭의 목숨을 해치려 한
다면서 관청에 가 억울함을 호소하겠다고 한다. 기생어미가 상자 안에
왜 돌덩이가 가득 차 있는지 묻자, 그녀는 오히려 기생어미 일당들이
바꿔치기를 한 것이라며 자신은 결백하다고 주장한다. 이후 기생어미
는 일이 커지는 것이 두려워 할 수 없이 옥당춘의 조건을 받아들여 자
백서를 쓰고, 그녀의 완전한 자유를 인정하며 "자유인"의 신분을 회복
시켜주었다. 이런 변화는 비록 기지가 넘치지만 옥당춘이라는 인물의
성격과는 상당한 모순점을 가지고 있다. 독자들로 하여금 통쾌함을 느
끼게 할 수는 있으나 너무 갑작스럽다는 느낌이 없지 않아 있는 것이
다. 오히려 사건을 해결하는 과정에서 사람을 몰래 나무 궤짝 속에 숨
겨 놓고 자백을 받아내도록 하는 것이 사리에 한층 더 부합된다.

　명대소설(明代小說) 중의 《옥당춘(玉堂春)》 고사는 이처럼 두 가지 형식
이 존재한다. 〈왕공자분지기(王公子奮志記)〉가 〈옥당춘낙난봉부(玉堂春落
難逢夫)〉보다 먼저 생겨났고, 〈낙난봉부〉는 〈분기지〉 이후에 나온 각색
작품으로 번잡한 곳을 삭제하여 비교적 짧은 편폭의 작품으로 재탄생
한 것이다. 〈낙난봉부〉는 줄거리가 복잡하지 않아 연극에 더 적합하여
사람들에게 두루 알려지게 되었다. 〈낙난봉부〉는 《경세통언(警世通言)》
안에 수록되어 산실된 적이 없었는데, 이 또한 사람들에게 광범위하게
알려진 이유 가운데 하나이다. 이는 〈낙난봉부〉에게 행운이었지만 〈분
지기〉가 사람들에게 점차 잊혀져간 원인이 되었다. 이처럼 서로 다른
두 편의 소설이 존재하였고, 이와 함께 청초(淸初)에는 〈분지기〉를 저본
으로 하는 《진본옥당춘전전탄사(眞本玉堂春全傳彈詞)》가 출현하였다. 지
금은 공화서국(共和書局)이 출간한 석인본(石印本) 고사(鼓詞) 《신각수상
옥당춘(新刻繡象玉堂春)》만 남아있을 뿐 아직까지 목각본(木刻本)은 발견
되지 않았다. 〈분지기〉에 근거하여 만들어진 칠자창본(七字唱本), 연환

도화본(連環圖畵本)은 지금까지도 전해 내려오고 있다. 내 추측으로《신각수상옥당춘》은 경희본(京戱本)《옥당춘》이후에 출현했을 가능성이 높다고 생각된다.

Ⅲ.

《옥당춘(玉堂春)》이 연극으로 탈바꿈한 시기는 언제일까? 이 질문은 확실한 대답을 하기가 쉽지 않다. 도광(道光, 1820~1850)연간 율해암거사(栗海庵居士)의 『연대홍조집(燕臺鴻爪集)』, 도광(道光) 17년《춘대의원비기(春臺義園碑記)》에 의하면, 춘대반(春臺班)의 왕일향(汪一香)이 이미 이 극을 공연한 바 있고 함풍(咸豐, 1850~1861) 초년의 『도문기략(都門紀略)』에도 삼경반(三慶班)의 호희록(胡喜祿)이《삼당회심옥당춘(三堂會審玉堂春)》을 공연한 기록이 있다. 모든 편성과 공연은 민국 연간(民國年間, 1912~?)에 이루어진 듯한데, 이런 기록은 『근오십년이원사료(近五十年梨園史料)』와 『이원계년소록(梨園系年小錄)』에서 확인할 수 있다. 부석화(傅惜華)의 고증에 의하면, 옹정(雍正, 1723~1735)과 건륭(乾隆, 1735~1795) 이후에 전기(傳奇)의 일종인《파경원(破鏡圓)》이 이미 존재했었다고 한다. 그 기록을 보면 다음과 같다.

여가(余家)가 소장한 초본(鈔本) 희곡으로 전기(傳奇) 중의 하나인《파경원(破鏡圓)》이 있다. 옥당춘(玉堂春)과 왕금룡(王金龍)의 사랑이야기를 다루는데, 극중에서 두 사람은 갖은 풍파를 겪으며 헤어졌다가 결국은 다시 만나게 된다. 작품의 이름도 바로 이러한 내용에서 유래한 것이다. 이 작품은 이원세가(梨園世家)의 옛 초록본으로 저자의 이름을 밝히지 않았는데, 『곡해(曲海)』, 『전기휘고(傳奇彙考)』, 『곡록(曲彔)』 등의 서적을 살펴보아도 그 기록을 찾을 수 없다. 문장의 기교나 규칙, 구조와 형식으로 미루어보자면 대체로 옹정(雍正)과 건륭(乾隆) 시기 이후의 인물에 의해 창작된 것으로 보인다. 이 책이 발견된 이후에야 오늘날 이원(梨園)에서 자주 공연하는 경극 《옥당춘》이 조작된 것이 아니라 《파경원》 전기(傳奇)에 근거한 각색 작품인 것을 알게 되었다. … 이 극의 「회심(會審)」 회에서 형식, 가곡, 대사 등은 전기본(傳奇本)을 완전히 표절한 것이다.

《옥당춘》이 공안(公案)에서 〈분지기(奮志記)〉로 한 차례 변화를 겪은 후 〈분지기〉에서 다시 〈낙난봉부(落難逢夫)〉로 또 한 차례 변화를 거쳤음을 알 수 있다. 이것이 다시 변화를 거쳐 탄사(彈詞)본으로 만들어지고 이후에 전기(傳奇) 경극으로 각색되었는데, 이는 가장 큰 변화라 할 만하고 아주 분명한 사실이다. 전기(傳奇)를 본 적이 없는 나로서는 앞에서 인용한 부분을 근거로 삼아 전기(傳奇)까지의 발전 단계를 설명할 수밖에 없다. 줄거리는 앞에서 서술한 바와 같고 원본(院本)과 동일하다.

원본(院本) 《옥당춘》에서는 왕삼공자(王三公子)가 상경하여 과거시험 보러 가는 길에 친구에게 붙잡혀 기생집에 갔다가 옥당춘을 만나게 된다. 후에 왕경륭이 돈을 다 써 버리자 기생어미는 관왕묘(關王廟)에 분향하러 가는 계책을 꾸며 우선 옥당춘을 떼어낸 이후 경륭을 쫓아버린다. 그 후 경륭은 관왕묘에서 우연히 김가(金哥)를 만나 옥당춘에게 편지를 전해줄 것을 부탁하고, 이로 인해 분향을 핑계로 두 사람은 다시 몰래 만나게 된다. 그 다음으로 은전을 준 이후 도둑을 만나고 다시 은전을 주는 이야기가 이어진다. 그런 다음 기생집에 놀러온 심연림(沈延林)을 만나게 되는데, 그는 기생어미와 계책을 꾸며 옥당춘을 속여 집으로 데리고 간다. 피씨(皮氏) 부인과 조앙(趙昂)은 독을 넣은 국수로 옥당춘을 살해하려는 계획을 세웠는데, 때마침 심연림이 돌아와 그 국수를 빼앗아 허기를 채우고는 죽게 되었다. 피씨(皮氏)와 조씨(趙

氏)가 홍동현(洪洞縣)에 뇌물을 써서 옥당춘은 억울하게 누명을 쓰고 옥에 갇히는 신세가 된다. 다행히 경륜이 과거에 급제하여 산서 안찰사(山西按察使)로 임명되자 사건을 태원부(太原府)로 넘기고 삼당(三堂)의 공동 심문을 거치도록 조치한다. 그 결과, 피씨와 조씨는 사형을 집행받고 옥당춘은 무죄로 판명되어 왕삼공자(王三公子)와 혼인을 한다.

경극(京劇)에서 더 발전을 거듭한 결과 희곡 방면에서 평극(評劇)의 전신인 붕붕희(蹦蹦戲)라는 판본이 생겨났다. 붕붕(蹦蹦)의《옥당춘》판본은 경극과 대체로 비슷하다. 일부 다른 점이 있지만 대체로 창본(唱本) 혹은 소설을 참고하여 각색한 것인데, 이러한 변화는 각 극단마다 서로 다른 부분이 있다. 예를 들어 백옥상(白玉霜)과 주보하(朱寶霞)가 각각 공연한《전본옥당춘(全本玉堂春)》은 저마다의 차별성을 가지고 있다. 백옥상이 공연한 판본은 전적으로 경극을 저본 삼고 있는데 반해, 주보하는 〈낙난봉부(落難逢夫)〉와 〈분지기(奮志記)〉의 내용을 모두 포괄하였다. 이것은 다음 두 가지에서 확인할 수 있다. 하나는 공동 심문 중에 주보하 판본에서는 취조를 해도 결과를 얻지 못하자, 퇴정을 선언하고 옆방에 들어가 피씨(皮氏)와 조씨(趙氏)가 비밀리에 하는 대화를 몰래 엿듣고 이것을 기록하여 그들이 부인할 수 없도록 하였다라고 서술하고 있는데, 이는 〈낙난봉부〉에서 서기(書記)로 하여금 궤짝에 숨어서 몰래 대화를 엿듣도록 하는 내용과 동일하다. 다른 하나는 주보하 판본에서 초심을 맡았던 홍동현(洪洞縣)의 청렴한 관리가 재심 때에는 이미 전임이 되었는데, 이러한 부분은 〈분지기〉의 내용과 매우 부합하는 대목이다. 백옥상 판본은 경극과 다르지 않다.

다른 점은 이뿐만이 아니다. 백옥상(白玉霜) 판본은 왕삼공자(王三公子)가 기생집에 있을 때 부모님이 이미 돌아가신 뒤였고, 다시 은전을 가지러 왔을 때 마침 집이 화재를 당하여 이 때문에 그 뒤로 다시 일어서지 못한 것으로 되어 있다. 주보하(朱寶霞) 판본은 그에게 어머니만 계셨는데, 후에 불에 타 돌아가신 것으로 서술했다. 은전을 전하는 장소도 다르다. 백옥상 판본에서는 처음 장소가 관왕묘(關王廟)였고, 두 번째는 은전을 빼앗긴 후 몰래 들어갔던 옥당춘의 집이었다고 했다. 주보하 판본은 이와 달리 첫 번째는 하인 두 명과 함께 절에 있는 보살의 옷을 훔쳐 입고 야간 순찰관을 사칭하여 뒤섞여 들어갔고, 도둑에게 약탈당한 곳이야말로 관왕묘라고 했다. 백옥상 판본에는 심연림(沈延林)에게 정조를 잃는 내용이 없고, 주보하 판본에는 심연림이 칼로 위협하여 마지못해 따르는 것으로 되어 있다. 백옥상 판본에는 딱따기를 치는 내용이 있지만, 주보하 판본에는 이 부분이 없고 집으로 돌아가서 은전을 가져오는 두 하인과 서로 만나는 내용이 추가되었다. 백옥상 판본에서는 재판 중에 안찰사(按察使)가 경륭을 전혀 두려워하지 않는데, 주보하 판본에도 그러한 부분이 있긴 하지만 상당히 긴 시간 동안 조롱을 계속하다가 경륭이 크게 화를 내자 곧 극의 흐름이 빠른 속도로 바뀌면서 긴박하게 되었고, 노래와 대사의 가락에 변화가 발생했다. 이러한 부분들은 백옥상 판본에 비해 훨씬 우수하다. 일반적으로 말하자면, 주보하 판본은 확실히 붕붕희(蹦蹦戲)의 《옥당춘》이고, 이에 반해 백옥상 판본은 경극화 되었다고 볼 수 있다. 이것은 주보하 판본이 여러 부분에서 백옥상 판본에 비해 이야기의 전개가 느린 점에서도 파악할 수 있다. 여기에서는 경극 판본과 주보하 판본에 근거하여 경극 《옥당춘》과 붕붕희 《옥당춘》의 유사점과 차이점을 살펴보고자 한다. 정리하면 다음 표와 같다.

	경극본 옥당춘	붕붕희본 옥당춘
1		왕삼공자가 모친께 작별 인사를 고하고 경성으로 과거시험을 보러 간다.
2	왕공자는 매일 빈둥거리며 놀고 있는 친구들을 데리고 기생집에 간다.	왕삼공자는 심부름꾼과 같이 기생집으로 놀러 간다.
3	36,000 은화를 지니고 기생집에 들어가서 동서(東西)로 된 두 건물을 오가며 지내다가 은화가 떨어지자 은화를 가지러 돌아간다.	은화를 가지고 기생집에 들어가서 우연히 심연림을 만나는데, 심연림이 돌아간 이후에도 왕삼공자는 계속 기생집을 드나든다. 돈이 떨어지자 심부름꾼을 보내 가져오도록 한다.
4	실망하여 돌아오는데 기생어미는 받아주지 않는다. 다행히 옥당춘이 알게 되어 억지로 위층으로 끌고 올라가자, 기생 어미도 어찌 할 방도를 찾지 못한다.	화신(火神)이 등장하여 왕씨의 모친이 불에 타서 죽고, 하인 두 명은 경성으로 돌아간다.
5	기생어미는 계책을 꾸며 옥당춘을 관왕묘로 분향하러 보내고 경륜을 꾀어내어 쫓아낸다. 경륜은 딱따기를 치며 세월을 보낸다. 관왕묘에서 우연히 김가(金哥)를 만나 옥당춘과 재회하게 되고, 옥당춘으로부터 은화를 받지만 도둑을 만난다. 왕공자는 밤에 몰래 옥당춘이 있는 곳에 가서 다시 은화를 받는다.	하인이 오랫동안 돌아오지 않자, 옥당춘은 속아서 분향하러 떠나고 경륜은 쫓겨난다. 길에서 하인을 만나 야간 순찰관을 사칭하여 들어가 옥당춘에게서 은화를 받지만 도둑을 만난다. 관왕묘에서 김가(金哥)를 만난 이후, 옥당춘이 찾아와 다시 은화를 전해준다.
6	옥당춘이 아침에 일어나 머리 빗는 모습을 아래층에 있던 심연림이 보게 된다. 옥당춘이 욕설을 퍼붓자 심연림은 노하여 기생집에 찾아가 옥당춘을 부르는데 옥당춘이 거절을 한다. 심연림은 기생어미와 계책을 꾸며 옥당춘을 사서 홍동(洪洞)으로 돌아간다. 옥당춘은 기지를 발휘해 심연림을 속이고 혼인하지 않는다.	심연림이 다시 기생집에 와서 옥당춘을 사서 산서(山西)로 돌아간다. 옥당춘은 심연림에게 위협을 당해 마지못해 따르게 된다.
7	피씨(皮氏)가 옥당춘을 독살하려다 실수로 심연림을 독살하게 된다.	피씨(皮氏)가 옥당춘을 독살하려다 실수로 심연림을 독살하게 된다.
8	홍동현(洪洞縣) 현령은 뇌물을 받고 옥당춘은 고문을 견디지 못해 거짓 자백을 한다.	홍동현(洪洞縣) 현령이 초심 후에 바로 사직하는데, 새로 부임한 현령은 뇌물을 받고 옥당춘은 고문을 견디지 못해 거짓 자백을 한다.
9	왕삼공자가 감찰어사가 되어 홍동현으로 부임하고 사건을 태원(太原)으로 넘겨 공동 심문하도록 한다.	왕삼공자는 감찰어사가 되어 홍동현으로 부임하고, 사건을 태원(太原)으로 넘겨 처리하도록 한다.
10	옥당춘이 압송되고, 압송하는 직무를 맡은 숭공도(崇公道)를 의붓아비로 삼는다.	옥당춘이 압송되고, 압송하는 직무를 맡은 숭공도(崇公道)를 의붓아비로 삼는다.

| 11 | 삼당(三堂)에서 공동 심문을 하고 왕공자는 감옥으로 면회를 간다. 재심에서 피씨(皮氏)와 조씨(趙氏)는 사형에 처해진다. 홍동현(洪洞縣) 현령이 직위를 박탈당하고 옥당춘은 빨간 비단을 두르고 풀려난다. 숭공도(崇公道)는 억울함을 하소연한다. 왕삼공자는 옥당춘과 혼인한다. | 삼당(三堂)에서 공동 심문을 하고 왕공자는 감옥으로 면회를 간다. 재심에서 피씨(皮氏)와 조씨(趙氏)는 여전히 자백을 하지 않는다. 퇴정 후에 대화를 몰래 듣고 진술을 기록한다. 피씨와 조씨는 사형에 처해진다. 옥당춘은 빨간 비단을 두르고 풀려난다. 홍동현(洪洞縣) 현령이 직위를 박탈당하고 숭공도(崇公道)는 억울함을 하소연한다. 왕공자는 옥당춘과 혼인한다. |

《옥당춘(玉堂春)》에 관한 소설과 탄사(彈詞)가 희곡과 가장 큰 차이를 보이는 부분은 희곡 안에 "삼당회심(三堂會審)"이라는 장이 존재한다는 것인데, 이것이 바로 경극(京劇)과 붕붕희(蹦蹦戲)가 가장 성공을 거둔 부분이다. 그 다음이 바로 "기해(起解)"이다. 기타의 여러 가지 실마리를 제거하면 단지 옥당춘이라는 하나의 실마리만 남는데, 이는 〈낙난봉부(落難逢夫)〉에서 이미 확인하였으므로 더 이상 언급하지 않겠다. 삼당(三堂)의 공동심문(三堂會審)으로 각색한 이유는 어디에 있을까? 그 이유는 아주 간단하다. 희곡은 소설과 달리 마지막 부분에 줄거리 전개의 절정 즉 극중의 최고조에 달해야지만 관람객들의 마음을 확실히 사로잡을 수 있기 때문이다. "회심(會審)"의 형식을 취한 것은 바로 사건 전개가 최고조의 정점에 달하도록 하기 위함이었다. 이는 원본에서 산만하게 흩어졌던 심문 과정을 한 곳으로 집중시킬 수 있을 뿐 아니라, 많은 풍자와 경계의 요소 및 노래하는 단락을 추가함으로써 억울한 누명이 밝혀지는 내용이 온가족이 다시 만나 결합하는 내용과 한데 어울려져 극의 전개가 한층 더 뜨겁게 달아오르게 하였다. 만약 기존의 이야기 전개 방식대로 무대 연출을 한다면, 줄거리의 전개가 점차 느슨해져서 관중들이 다 흩어져 아무도 보지 않게 될 것이다. 이같은 변화야말로 《옥당춘》 극본의 가장 큰 성공인 동시에 연극의 기본

원리에 가장 부합하는 부분이다.

둘째, 의협심 강한 방쟁(方爭)이 어찌하여 연극에서는 악덕 상인 심연림(沈延林)으로 바뀌었을까? 내 생각에 이 이유에도 분명한 근거가 있는데, 그것은 바로 "축(丑)"이 연극에서 반드시 있어야 하는 존재이기 때문이다. 원본 속의 엄세번(嚴世藩)이 그 역할을 할 수도 있었지만 부득이하게 사실을 단순화하면서 이 실마리의 흐름을 남길 수 없게 되자, "축(丑)"의 형상도 사라지게 된 것이다. 방쟁이 만약 예전의 모습대로 존재했다면 더 이상 "협(俠)"의 형상을 드러낼 수 없었을 것이다. 그를 "축(丑)"의 형상으로 변화시킨 것은 가장 적절할 뿐 아니라 또한 많은 불필요한 내용을 생략할 수 있다. 이것은 무대상의 여건에 따른 반드시 필요한 삭제이다.

시작 부분의 고찰에서 이미 지적한 바와 같이《옥당춘(玉堂春)》희곡은 처음에는 단지 "기해(起解)"와 "회심(會審)" 두 회만 존재했었는데, 이 두 회의 선전에 힘입어《옥당춘》이 많은 관객들의 지지를 받게 되자 점차적으로《전전옥당춘(全本玉堂春)》이 출현하게 되었다. 하지만 그 가운데 가장 뛰어난 부분은 여전히 이 두 회가 차지하였다. 이로써 볼 때, 소설이 연극으로 발전하기까지는 반드시 많은 변화가 따른다는 것을 알 수 있다. 경극(京劇)에 추가된 부분에서 중요한 한 인물을 들 수 있는데, 바로 "회심(會審)" 때의 청색 관복 차림의 관리이다. 이 관리는 안찰사(按察使)로서 관객들이 증오하면서도 좋아하는 인물이다. 무샤노코지 사네아쓰(武者小路實篤, 1885~1976)는 백옥상(白玉霜)의《옥당춘》을 보고 이 청색 관복 차림의 관리가 변태적인 심리를 대표한다고 말한 바 있다. 이러한 판단은 아주 흥미 있는 일인데, 이 인물이 나타내고자 하는 바가 바로 질투에 쌓인 파괴 심리의 표현이라는 것이다. 그러므로 당시의 인물로서 이 관리는 기필코 왕경륭을 고발하여 그의 직위를 박탈하고 평민이 되게 할 것이다. 그 심리적 원인에 있어서 아마도 다른 예외를 찾아볼 수 없을 것이다.

Ⅳ.

연극 이외에《옥당춘(玉堂春)》은 대고서(大鼓書)로 발전되기도 했다. 내가 직접 본 것은 전본(全本) 한 종류뿐이지만, 그 외에도 "옥당춘(玉堂春)", "관왕묘(關王廟)", "삼당회심(三堂會審)" 3회가 있다. "관왕묘"는 다음과 같이 시작한다. "나날이 번창해가는 명나라 정덕(正德, 1506~1521) 연간에 새로운 소식이 전해진다. 번화가에 기생집이 하나 있었다. 주인 일칭금(一秤金)은 은전으로 세 여자를 사서 데리고 있었는데, 그들이 바로 취란(翠蘭), 취보(翠寶), 옥당춘(玉堂春)이었다." 내용에서 보는 바와 같이 역시《통언(通言)》과 경극(京劇) 판본에 근거하고 있음을 알 수 있다. 전본(全本)과 초본(抄本)은 모두 예술적 측면에서 특별한 성취를 이루지 못했으나, 경극의 창사(唱詞)를 바탕으로 한 "삼당회심(三堂會審)"의 첫 회는 비교적 훌륭한 성과를 거두었다.

명나라 태평성세가 이어지던 어느 봄날, 학덕을 갖춘 명군 정덕(正德) 황제는 은혜를 베풀어 과거 시험을 시행하여 친히 왕한림(王翰林)을 선발하였다. 도찰원(都察院)으로 3년을 지내다가 산서(山西) 팔부순안(八府巡按)으로 가게 되었다. 남북(南北) 이사(二司)에서 모두 와서 축하의 말을 하였고, 높고 낮은 관원들이 관청으로 찾아왔다. 흠차대신(欽差大臣)에 취임하여 문서를 열람하다가 홍동현(洪洞縣)의 소삼(蘇三)이 남편을 살해한 사건을 접하게 되었다. 흠차대신이 오늘 이 안건을 취조한다고 하자, 관청의 관리들이 정신없이 바쁘게 준비를 하였다. 관청에서 재판의 시작을 알리는 외침이 근엄하게 울리고 소삼을 데려오라는 명령이 떨어지자 쇠사슬을 끄는 소리와 함께 소삼이 들어오는데, 흠차(欽差)가 보니 그 여인이 바로 옥당춘이었다. 흠차가 왜 남편을 살해했느냐고 하문하자, 소삼은 이 몇 마디를 듣고 말하는 목소리가 마치 자신이 그렇게 애타게 기다려오던 정인(情人) 같다고 느꼈다. 끓어오르는 마음을 가라앉히고 그 사람의 마음을 떠보기 위해, 그녀는 오늘 다른 사람이 아니라 자신을 괴롭힌 왕경륭(王景龍)을 고소한다고 말했다. 옆에서 이 말을 듣고 있던 이사(二司)의 벼슬아치들이 깜짝 놀라며 (대사) "왕경룡은 대인(大人)의 존함인데 함부로 말하지 말라"고 소삼에게 으름장을 놓았다. 이를 듣고 있던 흠차대신은 엷게 냉소를 보이더니 남북(南北) 이사(二司)의 두 벼슬아치에게 그 여인을 위협하지 말라고 하였다. 그리고는 이 세상에 동명 동성(同名同姓)을 가진 사람은 도처에 많다면서, 소삼에게 고소하고자 하는 그 왕경룡은 집이 어디며 어디 사람이고 지금 어디에 살고 있는지를 물었다. 옥당춘은 앞으로 조금 나아가 공손하게 아뢰었다. (옥당춘 노래) "저는 원래 기녀였는데 남경(南京) 출신의 왕삼공자(王三公子)를 만나 2년 반 동안 사귀었습니다. 금전을 다 써버려 빈털터리가 된 공자는 구걸을 하며 관왕묘(關王廟)에 몸을 의탁하였지요." (왕경룡 대사) "공자(公子)가 구걸한다는 것은 어떻게 알았느냐?" (옥당춘 노래) "물건 사러 어머니를 보냈다가 어머니가 왕삼공자를 보고 깜짝 놀라서 돌아오신 후에 말씀해주신 겁니다. 저는 칼로 가슴을 마구 찌르는 것처럼 아팠습니다." (왕경룡 대사) "너는 왜 구걸하는 공자를 도와주지 않았느냐?" (옥당춘 노래) "당연히 어머니를 보내 관왕묘에서 정인을 만나기로 약속을 정했지요. 우리 두 사람은 관왕묘에서 만나 서로 부둥켜안고 몇 번이나 대성통곡을 했는지 모릅니다. 그리고 신령 앞에서 서로 다른 사람과 절대 혼인하지 않기로 굳게 맹세했답니다. 또 은화 3백 냥을 공자에게 주면서 집으로 돌아가라고 설득을 했지요. 삼공자가 돌아간 이후 저는 식음을 전폐하고 넋이 나간 사람처럼 시간을 보냈습니다." (대사) "많고 많은 사람을 만났건만 진정 내 마음을 알아주는 사람은 몇이나 되던가?" (옥당춘 노래) "매일매일 손님 맞을 생각조차 안하고 지내다가 결국 주인 일칭금(一秤金)의 노여움을 사게 되었지요. 그러던 어느 날 외지에서 온 어떤 손님이 저를 불러 술시중을 들게 하였는데, 제가 거절을 하자 저를 사서 기적에서 벗어나게 해주겠다고 하더군요.

저는 다른 사람에게 시집가지 않겠다고 했습니다. 하지만 매파의 교묘한
계략에 속아서 심홍(沈洪)의 첩으로 팔려 산서(山西) 홍동현(洪洞縣)으로 가
게 되었는데, 심홍에게는 심술궂은 처가 있었습니다. 거기서 황무거(黃武
擧)라는 사람도 알게 되었는데, 그놈이 저를 보고 흑심을 품었던 모양입니
다. 무거(武擧)와 피씨(皮氏)가 저를 꾀어내어 무거의 패거리와 어울리게 했
습니다." (왕경룡 대사) "제아무리 패거리와 한데 어울렸다한들 자연의 이치
와 양심을 따라야하는 법이거늘, 그렇다면 너는 그들의 말에 따랐느냐 안
따랐느냐?" (옥당춘 노래) "제가 그들의 말에 따르지 않자 화가 난 피씨는
앙심을 품고 술과 음식에 독을 넣어 심홍을 독살하였습니다. 그리고는 관청
에 저를 고소하였지요. 어리석은 홍동현 현령은 무고한 저에게 죄를 뒤집어
씌우고는 그 죄를 인정하라고 강요하며 추후(秋後)에 형을 집행한다고 했습
니다. 나리께서 한번 생각해 보십시오. 왕경룡이 아니었다면 제가 어찌 재
판을 받고 있겠습니까? 왕경룡을 구하려다가 저 자신이 이 모양이 되었으
니, 저 같은 바보가 세상에 또 어디 있겠습니까? 제가 여비를 마련해 주지
않았다면, 왕경룡은 진작 북경의 개들에게 먹혀서 떠도는 귀신이 되었을
겁니다." 옥당춘의 원망을 들은 왕경룡은 더 이상 참지 못하고 두 눈에서
눈물이 끊임없이 흘러내렸다. 당장이라도 그녀에게 다가가고 싶었지만 한
편으로는 팔부순(八府巡)이라는 관직을 잃게 될까봐 두려웠다. 하지만 더
이상 모른 척 한다면 어찌 천지 귀신을 대할 것인가라는 마음이 생겨, 왕경
룡은 차라리 관직을 버릴지언정 더 이상 눈앞의 옥당춘을 모른 체 할 수
없었다. 남북(南北) 이사(二司)는 모든 사실을 알고 임금에게 상소문을 올렸
는데, 임금은 마음이 흡족하여 친히 옥당춘을 일품부인(一品夫人)으로 봉하
였다. 또한 명공(明公)에게는 앞으로도 착한 마음씨로 사람들을 대하면 하
늘은 절대 착한 사람을 저버리지 않는다고 격려하였다. 이것이 바로 삼당회
심(三堂會審)의 내용인데, 두 사람은 다시 만나게 되고 그 이후 심홍의 원한
을 풀어주며 임금의 명으로 혼인까지 하게 되었다.

《옥당춘》이라는 긴 이야기를 1,000 글자로 간단명료하게 정리하는 것은 매우 경제적인 일이다. 《옥당춘》 고사(鼓詞)에서는 바로 이 부분을 가장 성공한 것으로 간주한다. 하지만 여기에서도 알 수 있듯이 《옥당춘》 고사(故事)는 고사(鼓詞)로 각색되면서 적지 않은 변화가 발생했다. 첫째, 김가(金哥)가 김씨(金氏) 어머니로 바뀌었다. 둘째, 피씨(皮氏)와 간통을 저지른 남자 조앙(趙昂)이 황무거(黃武擧)로 바뀌었다. 셋째, 피씨가 옥당춘을 끌어들여 황무거와 결탁하게 하려는 내용이 추가되었다. 넷째, 이사(二司)가 주청을 하여 임금이 혼인을 허락하고 옥당춘을 일품부인(一品夫人)으로 봉하는 것은 본래의 이야기와 완전히 상반되는 내용이다. 여기에서 더 발전한 현대극 《옥당춘》 판본과 완영옥(阮玲玉, 1910~1935) 주연의 영화 《옥당춘》은 모두 경극(京劇)을 바탕으로 각색된 것이므로 특별한 변화는 보이지 않는다. 이외에 청(淸) 동치(同治, 1861~1874) 시기 정일창(丁日昌, 1823~1882)의 금지음란서적 목록인 『소본음사창편(小本淫詞唱片)』에 《대심옥당춘(大審玉堂春)》이 기록되어 있는데, 어떤 내용인지 알 수 없지만 아마도 〈낙난봉부(落難逢夫)〉와 같은 부류일 것으로 생각된다.

이상 《옥당춘》 고사의 400년간의 변천 과정을 대략 살펴보았다. 끝으로 한 가지 더 보충하고 싶은 것은 《옥당춘》 이야기가 몇 백 년 동안 이어져오면서 어떻게 줄곧 관객들의 사랑을 받을 수 있었을까 하는 점이다. 내 생각에 그 원인은 다음 몇 가지를 들 수 있다.

첫째, 《옥당춘》이라는 작품의 줄거리 속에 기쁨과 슬픔, 이별과 만남 등 극적인 요소가 매우 풍부하게 들어있기 때문이다. 설령 기존의 이야기가 연극보다 복잡하지 않았다 하더라도 예술적인 묘사를 통해 비극적인 요소가 훨씬 더 부각되면서 비극을 애호하는 관객들의 심리에 부합하게 된 것이다. 또한 이야기의 마지막을 희극(喜劇)으로 마무리함으로써 대화합을 바라는 관객들의 심리도 한층 더 사로잡을 수 있었다.

둘째, 옥당춘이라는 인물의 행위로써 보자면, 옥당춘은 전형적인 봉건도덕을 지닌 선량한 인물로서 극중 이러한 인물의 역할은 비희극(悲喜劇)을 환영하는 관람객의 심리에 부합될 뿐 아니라, 이를 통해 봉건도덕의 영향을 확대할 수도 있다. 기녀 신분인 옥당춘조차도 한 평생 한 남편만을 섬기며 절조를 지키는데 다른 사람이야 더 말할 나위도 없다는 메시지를 전달하는 것이다. 이 한 권의 소설과 하나의 희곡 작품은 과거에 아주 강력한《규훈(閨訓)》이 되었다. 자비와 연민이 있으면서 감동까지 선사하는 이야기의 줄거리는 소설과 희곡이 여러 영역에서 지지를 받도록 하는 데 필수적인 요소였다.

셋째, 예술적 기교를 꼽을 수 있다. 특히 연극 장르에서 작품 편집의 기법상 대단히 큰 성공을 이루었다. 처음 시작부터 관왕묘(關王廟)까지 하나의 절정을 이루고, 다시 관왕묘부터 삼당회심(三堂會審)까지 또 하나의 절정을 만들어내며, 마지막 절정은 한층 더 나아가 각 방면에서의 사실(事實)들을 전부 최고조의 단계까지 발전시킨 것이다. 그 가운데 관객들의 우울한 감정을 해소하기 위해 재미있는 남포관(藍袍官)을 추가하기도 하였다. 이와 함께 다양하면서 힘이 있는 옥당춘(玉堂春) 창사(唱詞)와 연출은 자연스럽게 극적인 효과를 높여주었다. 관객들에게 적합한 여러 가지 조건을 종합함으로써《옥당춘》은 자연히 성공을 거둘 수밖에 없었다.

붙임 :《옥당춘전기(玉堂春傳奇)》와 피황본(皮黃本)의 차이점

(1) 배역

전기본(傳奇本)에서는 안찰사(按察司)의 이름이 유병이(劉秉彝)이고 정생(正生) 역으로 등장하는데, 피황본(皮黃本)에서는 유병의(劉炳義)로 바뀌었다. 포정사(布政司)가 전기본에서는 이름이 장정건(張正乾)으로 부말(副末) 역인데, 피황본에서는 이름이 주량걸(周良傑)로 바뀌었다. 역인(役人)이 전기본에서는 숭공도(崇公道)로 나오고, 피황본에서는 장공도(張公道)로 칭하였다. 왕금룡(王金龍)과 소삼(蘇三)은 전기본과 피황본에서 성명이 모두 동일하다. 피황본에서 안찰사(按察司)와 포정사(布政司)는 모두 노생(老生) 역으로 나오는데, 전기본에 비해 규칙의 엄밀성과 완전성이 떨어진다.

(2) 구성

전기본(傳奇本)의 시작은 다음과 같다. 부말(副末)이 등장하여 인자(引子)³를 읽고 도입 시(詩)를 읊으며 대사(白)를 한 후 퇴장을 알리고《육요령(六幺令)》노래와 함께 내려간다. 정생(正生)이 등장하여 인자(引子)를 읽고 도입 시(詩)를 읊으며 대사(白)를 한 후 퇴장을 알리고《육요령(六幺令)》노래와 함께 내려간다. 다음으로 소생(小生)이 등장하여 인자(引子)를 읽고 도입 시(詩)를 읊으며 대사(白)를 한 후《주마청(駐馬聽)》노래와 함께 퇴장한다. 이어 잡(雜)이 등장하여 북경어 대사(京白)를 하고 소생(小生)이

---

3 (중국 전통극에서) 첫 등장인물의 첫 대사(첫 노래). 극의 줄거리를 제시하거나 배역을 설명한다.

부말(副末)과 정생(正生)을 무대로 올라오도록 청하면 두 사람이 올라와 서로 대화를 나눈 후 동시에 퇴장한다. 소생(小生)이 옷을 갈아입고 문을 열라고 명령하고, 문이 열리면 부말(副末)과 정생(正生)이 동시에 퇴장한다. … 이로써 볼 때 전기본(傳奇本)은 실제로 피황본(皮黃本)에 비해 구성이 복잡하고 빈틈이 없으므로 볼 만한 가치가 있다.

(3) 가곡(歌曲)

전기본(傳奇本)에서는 왕금룡(王金龍)이 등장하여 인자(引子)와 도입시(詩)를 마친 후에 대사(白)를 하는데, 다음과 같다. "소관(小官) 왕금룡은 전에 홍동현(洪洞縣)의 옥에 가서 옥당춘을 만나 그녀와 함께 고소장을 쓴 적이 있습니다. 금일 추심(秋審) 중에 동서(東西) 이사(二司) 앞에서 그녀의 억울한 누명을 밝히고 목숨을 보전할 수 있었지요. 아, 삼저(三姐)여! 지난날 부끄러움이 많았던 너의 얼굴이 지금은 이렇게 초췌함만 남아있구나. 잠시 정청에 앉아 옥당춘을 불러들였건만 차마 그녀를 바라볼 수가 없도다." 《주마청(駐馬聽)》 가사에는 이런 내용이 나온다. "깊고 깊었던 이전의 정이 오늘날 예전 같지 않구나. 베개 옆에서 부드럽게 흔들거리며 달빛 아래 꽃처럼 아름다웠던 모습은 어디로 사라지고 오늘날 옥중에서 한숨지으며 고생하는 모습을 보니 내 눈물이 멈추지 않도다. 생각해보면 내가 그녀를 이토록 처량하게 만든 것이 아닌가." 이는 전체 극중에서 절정을 이루는 대목으로 앞뒤를 자연스럽게 연결시키는 역할을 하므로 절대 없어서는 안 되는 부분이다. 이에 반해, 피황본(皮黃本)은 그렇지 않다. 왕금룡이 옥당춘을 심문하는 과정에서 머리 들 것을 요구하고 다음과 같이 노래를 한다. "내가 눈을 들어 바라보는데, 알고 보니 소삼(蘇三)이 온 것이었다. …" 처음 시작부터 심문하는 대상이 자신의 정인(情人)인 옥당춘이라는 것을 알고 있었으므로 이러한 부분은 이치상 전혀 맞지 않는다. …

－ 부석화(傅惜華) 『옥당춘전기고(玉堂春傳奇考)』 중에서

부기(附記)

이 글을 완성할 무렵 또 일부 자료들을 찾을 수 있었다. 요매백(姚梅伯, 姚燮, 1805~1864)의 『금락고증(今樂考證)』이 출판되었는데, 그 안의 "입각평목(笠閣評目)"에 《옥당춘(玉堂春)》이란 제목이 있었고 또한 연경(燕京) 무명씨(無名氏)의 화부(花部) 목록에 《관왕묘》라는 극(劇)이 있었다. 어떤 소형 신문에서 「왕금룡묘비(王金龍墓碑)」라는 글을 게재하였는데, 그 내용은 다음과 같다. "… 곡주현성(曲周縣城)에서 서쪽으로 1~2리쯤 떨어진 곳에 거대한 무덤이 있는데, 그 무덤의 비문에 왕금룡(王金龍)이 아닌 왕일악(王一鶚)이란 이름이 기록되어 있다. 이 부자는 일찍이 명나라의 높은 벼슬을 지낸 적이 있어서 그 무덤이 아주 웅장하였다. 왕일악 무덤의 동쪽으로 50보쯤 되는 위치에 무덤 하나가 비문도 없이 홀로 자리 잡고 있는데, 원주민들의 전설에 의하면 옥당춘의 무덤이라고 한다. 어찌하여 왕씨(王氏) 조상의 무덤 안에 들어가지 못했는지 그 이유에 대해서는 아는 바가 없다. 내 생각으로는 아마도 불가피한 실수가 생겼던 것은 아닌가 싶다. 왕씨의 무덤은 비문이 아주 길다. 임금의 명을 받아 혼인하였다는 《봉지취친(奉旨娶親)》의 문구가 보이는데, 옥당춘을 말한 것인지는 명확한 설명이 없다. 어쨌든 왕금룡과 옥당춘의 이야기가 확실히 왕일악(王一鶚)의 일을 지칭한다는 사실에는 틀림이 없다. 극(劇) 중에는 비교적 사실에 가깝거나 일부 떠도는 이야기가 추가되었을 뿐이다." 동시에 또 다른 소형 신문에 이러한 내용이 실렸다. "… 옥당춘, 전하는 바에 의하면 현 정부(洪洞을 지칭함)의 민원(民元)시기

까지는 소삼(蘇三)이 남편을 모살한 사건의 기록문서가 여전히 보존되어 있었는데, 후에 누군가가 가져갔다고 한다. 이는 억지로 꾸며내어 전해지는 이야기일 수도 있지만, 어떤 나이든 서리(書吏)가 사건의 기록 문서가 사라진 이야기를 생생하게 전하면서 기록 문서를 직접 눈으로 확인했으며 상태가 양호했었다고 말한 적이 있다고 한다. … 살해당한 말 장사꾼 심연립(沈延林) 고향의 성(城) 남쪽 7리쯤 되는 곳에 위치한 주택의 옛 터는 이미 물웅덩이가 되어 있다. 전하는 말에 의하면, 명나라 때에 어떤 사람이 자신의 처나 첩에 의해 살해를 당하게 되면, 그 주택은 허물어 없애고 땅은 3척 깊이를 파야 했다고 한다. 이것이 사실인지 아닌지는 아직까지 세심한 고찰이 이루어지지 않았다. 그러나 심씨(沈氏) 자택의 옛터에는 아직까지 건물을 짓지 못하고 있다. 처음 독약을 팔았던 약방도 아직까지 성내에 있다." 여기에 기록된 심연림 이야기는 검증할 수 있었지만, 안타깝게도 당시에 급히 오려내는 바람에 신문 이름과 날짜를 기록하지 못했다.

玉堂春故事的演變

阿英 원저

『小說二談』, 上海古典文學出版社, 1958, 1~31면.

여기서부터는 影印本을 인쇄한 부분으로 맨 뒷 페이지부터 보십시오.

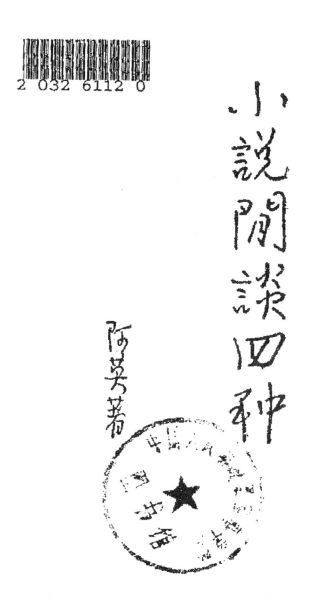

小說閒談四種

阿英著

叙　記

这里收的一些有关小说的研究和札记，都是一九三五到一九三六两年间所写，因为性质还是『小说闲谈』之类，所以题作『小说二谈』。几篇读曲杂记，也仍前例，一并附编了进去。

此书在一九四〇年曾交中华书局印行，题作『中国俗文学研究』，一九四一年校过了清样，我就离开了上海。直到解放后，才知道中华书局后来转给中国联合出版公司，于一九四四年十月印成，还没有发行，就遭到水患，全部浸毁了。

但这里面还是有一些资料，足供小说研究者的参考。因此，我把原书重行校阅了一遍，并作了一些必要的删改，用现在的名称重新出版。

阿　英　一九五七年八月于北京

2

玉堂春故事的演变

一

一般考証『玉堂春』故事的人，大都把玉堂春与苏盼奴和她的妹妹小小事混为一谈，说院本『玉堂春』的故事，是以苏氏姊妹事为蓝本。蒋瑞藻作『小说考証』，曾引花朝生『笔记』说明这部戏的本事道：

今剧有『女起解』（后本名『三堂会审』），亦名『玉堂春』。演名妓苏三（一名玉堂春）与王金龙狎，有白首约矣。会王金尽，不为鸨母所容，苏三出缠头助之，使入京应试。旋授椽科，巡按山西。苏自与王别，即为酋邑沈某者强贾之蠡室。未几，沈以事为妇所戕，其令周内之，坐苏预其谋，流太原府。时金龙下车，力为斡旋得脱，践前约焉。

这是院本『玉堂春』的本事。与明郎仁宝『七修类稿』所说苏小小姊妹事，颇有可合的地方。据『类稿』所载，苏小小是钱塘的名妓，很美丽，能诗词。姊姊叫做盼奴，与太学生赵不敏爱。二年的光景，赵弄得很穷，盼奴接济他，便他用功读书，始得高中。得官，授襄阳司户。盼奴这时还没有落籍，不能同去。赵在那里做了三年官，便得了病。快死的时候，

3

把余资一半給自己的弟弟院判，一半要他送給盼奴，并說盼奴的妹妹小小，如可以謀致到，是

一个很好的配偶。院判到了錢塘，有宗人正做梳倅，托此人去找盼奴，而盼奴已先一日过了

世。其妹小小也因於潛官縜事被系在獄。倅召小小來，問她：『你誘取商人於潛官縜百正，

打算怎样偿还？』小小說：『这是亡姊盼奴的事，請你帮忙。我和亡姊，將都会感激你。』倅

又問：『你認識襄阳赵司戶么？』小小告訴他盼奴和司戶的过往关系。倅便告訴她司戶已

死，并把信和东西轉給她，又院判寄给小小的一詩，『昔時名妓鎮东吳，不恋黄金只好書。試問

錢塘苏小小，風流还似大苏无？』倅要小小作和，小小和云：『若住襄阳妾住吳，无情人寄有

情書。当年若也来相訪，还有於潛緗事无？』于是小小与院判結了婚。

花朝生以为苏三事即以此为藍本，以之写入笔記，作为考証。但对將盼奴姊妹名易为玉

堂春，苏三，認为不可解。嗣后虽然有考者，大都襲此。錢静方作『小說叢考』，所說也是一

样，不同者，只是在『類稿』外，又加上了梁紹壬『苏小小考』。予按花朝生之附会，以『類稿』

所說苏氏姊妹事观之，自有其可能之处。实則院本所演玉堂春，并非以此为本，而是实有其

事，也实有其人。盖关于此事之档案，張之洞撫晋时曾經調閱过，現犹存于山西洪洞具也。

去年（一九三五）岁暮，『时报』上曾登一新聞，說『玉堂春』中王公子的父亲坟遭盜

掘，金龙的坟无恙。今年『晶报』上亦有一条通信，說玉堂春的档案无恙。但几个月前，卫聚

賢却說，此档案在民國十九年（一九三〇）前确是存在，十九年后，已被当时的县长私自带走了。他在那里时，想看也不曾看到。两说完全相反，不知道『晶报』記載是否有誤？不过，现在散佚了没有，尽可以不必問，至少藉此可以知道玉堂春事，决非以苏小小姉妹事为藍本，是毫无疑义的。最近两天在某日报付刊上，载有无名氏的『王金龙的身世考』（四月二十八—九），是更进一步的在『玉堂春』故事外，說明了王金龙与苏三两个人物的真实存在：

……原来王三公子并不是南京人，而是河南永城县的人。因为他的父亲作南京的吏部天官，所以就姑且說他是南京人了。（明朝陪都也有各部尚書衙門和一切职官）……

在永城县西的十果以内，有一座『王林』，就是王氏的先瑩。王林的林門枕着汴水的隋堤，而墓穴还远在正北的十里以外。的确，这王林的气魄是很伟大的，殘存的石人石馬，现在已經大半況在土里，林門的神道之上，还有一堵高大的华表，上边写的是：

万历四十七年

王 氏 先 塋 神 道 碑

孙男王三善益德敬立

5

这王三爷就是王三公子，在县志上还有他的家传和本传，「明史」上的王忠勇公也就是他。据永城县的父老传说，他的小名叫王金龙。……他后来客京应试举人，考场是在南京，就在这里结识了玉堂春。因此困顿流落，直到关王庙赠金，连捷成状元，和苏三从良，都和戏文上的演出，大体相符。

不知隔了多少年，王三公子才外放山西的八府巡按，这时的苏三大概也老了。三公子的旧情虽是难忘，但是南北睽违，环境变迁，彼此的音讯，大约是不可能的，直到他看见来请秋决的册子，才知道苏三已经犯下弥天大罪。这一念非同小可，马上飞越火票，行文到峄峒县去提案重审，……冒着绝大的嫌疑，把苏三的弥天大罪昭雪了。……惟司理果然挟嫌把他参了，三公子只得洊职回家去为民。……

……玉堂春在回到永城的王楼以后，不久就愤逝了。这对于三公子也无异宣布了死刑。苏三的坟并不在玉林。大概因为妾的身分，不能和正妻相提并论，而三公子又因深情警爱，不忍教她受无谓的委屈，所以单独把她埋在祖茔的旁边。……一堵碑碣，上边有这样一行字：「亡姬苏氏之墓」……

……不知受了什么人的推戴，复又起用他去征苗。……他趁着连战皆捷，屡屡的深入穷追，被苗人诱到山穷水尽的地方，把头割去了。

皇帝眷念他死于王事，所以赐谥忠勇，御赐祭葬，并且赏给他金头、银头各一颗。当他出殡的时候，他的姑娘哭喊着说：「金头、银头，赶不上爹的肉头！」现在民间还传诵着这几句口号。……

6

永城县原有五个城门，因为三公子有御赐的金、银头，不得不布下疑棺和疑塚。据说，三公子的棺共有五口，五门同时扛棺，埋在如今的玉林。现在逢人家有大殡，一般人常用妬忌的口吻说：『无论怎样，总不能五门出棺！』

这是『玉堂春』本事考的最可靠的一篇。男主人公实有其人，『明史』、『县志』，也都可以証明。我还想从『洪洞县志』里找一些关于苏三的材料，做对女主人公事实的补充。那知费尽力量，借得乾隆『洪洞县志』稿本，竟什么也没有得着。所以我把『王金龙本事考』里不必要的王金龙幼年生活的传说，和与史实无关的部分删却，全部录存于此。万一将来能有机会见到洪洞县的档案全文，我想苏三的材料定会有很多新发现。因为在正史、家传里，对于这样的人物，这一类事件，总是谭莫如深，王金龙而外，是找不到苏三的。

关于王金龙，『警世通言』第二十三卷『玉堂春落难逢夫』篇，王公子被逐遇劫后，他和乡民的对话，就说自己是河南人。而乾隆本『玉堂春全传』，王金龙上场自白，也只说『祖居』南京。可见南京之说，即在说部里起未能一致。其次，与苏三关系的经过，据无名氏的意见，是和院本相同，这当然是根据传說而来，不十分可靠。至少在若干部分，是会有很大出入的。这一部分现在无法证明，只有洪洞档案全文发现后，可以得到最后的结論。从这一篇考

証里，能以作为定論的，只是王金老曾为营念玉堂春而困顿，玉堂春在经济上曾予以挫助，后来玉堂春入狱，因王金老的斡旋得脱，玉堂春终于嫁了王金龙而已。不过结论虽如此的作过，但仍有必须辨明的事实，就是万历刊本《全像海刚峰居官公案传》（据郁文堂本）卷一里，也有关于玉堂春的记载，那是卷一第二十九回公案「妬奸成狱」

南京聚宝门外，有一王孝卿，父为显宦，致政归。生留都下，与妓玉堂春日久情洽，不忍相捨。乃所携之银渐消，还只恋妓。后囊罄，然妓待如故。但鸨目憎，生本得已出院。流落都下，寓一城隍庙中廊下。有卖菓者见之曰：「公子迺在此耶？」玉堂春为公子誓不接客，命我访公子所在，今幸毋他往。」乃走报玉堂春。妓讶其母，往庙酬客，见生抱泣曰：「君名家公子，一旦至此，妾罪何巨！然胡不归？」生曰：「一路逰费多，欲归不得！」妓与之金耳：「以此置衣服，毎至我家，当徐区画。」生盛服饰仆从复往，鸨大喜，相待有加。设宴。夜闌，生席捲所有而归。鸨知之，挞妓几死，因責妓足斥为鴇婢。未几有一浙江客，關豁人，姓彭名应科，卽妓名求见，知前事，甚賢之，以百金为頭身，監年，褧長，顔色如旧，拟归为妾。初商妇皮氏，以夫出，郑有監生，瑓赚与通，及夫娶，皮氏妬之，夜飲，皮曰：「夫妬蓄妓为正室，不甘为次，故杀夫，嫁改狱。」妓遂成狱。生归，父怒斥之，遂矢志讀书，登甲后，授御史，按山西。时公已轉江浙海使，生以之昔公，可为生根究此，公諾之……□至逰餇之，乃知妓成獄已久。一日，按院录囚犯，解妓往审，偵公餇至，妓卽扳公冤曰：「老爷餇赎，小妇寃于閹閹，

8

乞爷爷救之！」公沉思曰：「舜卿曾托究此妓下落，今日可救之，以脱其罪，日后可好与舜卿相

见。」乃潜归衙审，令隶去逮刘媪、胡监生等至，不伏。乃潜匿一卒于庭下柜中。

受刑于柜中（疑外）。公伪退，吏胥散，媪老年不堪刑，私谓皮曰：「尔杀人累我，我止得监生银五两、

布二疋，安能为此挨刑！」二人曰：「老媪娘，丹奈烦一刻不招，我罪得脱，当重报老娘。」柜中卒闻

此言，大叫曰：「三人已尽招矣！」公出，卒回（疑両）证，俱伏。公令人伪为妓兄，领回籍，后与舜卿

为侧室。妓冤得白，公作文书中详察院，顾大巡见之。大为奖抑称之。

〔告踪死亲夫〕告状妇皮氏，告为号究夫命事。孽妾周氏，不甘为小，苦要夫嫁伊妾。夫坚不从，药妾

置药毒死。少年冤毙，闻者伤心。夫系无辜遭谤，情惨藏天。恩爱相残，五伦灭绝。叩天法究，感恩

上告。

〔诉〕诉状人周氏，诉为宽诬陷害事。初身嫁彭应科为妾，谨守闺训。皮氏每怀妒嫉，置药欲杀妾命。

妾夫误饮遭伤，殊仇反挹架言，欲嫁毒杀。不思酒由尔置，死夫一命不足，又欲害身以死，情实可

怜。哀诉天台作主，雪冤上诉。

〔海公判〕审得皮氏以夫久外不归，乃与胡才成奸。应科娶周氏而归，伊见执妒，置药毒之著突矣。

岂周疑不饮，科乃饮之，而中毒死，何尤反陷周之不甘为妾，杀科将以事事他人？恶毒之心，胡氏之

耶？然伊虽恶毒不尽，亦无此能陈告，必以胡才之奸计也。皮氏大辟抵命，胡才合应拟戍矣。

这是本回公案的全文。傅惜华作『玉堂春剧本考』曾经引用。惟卷一作卷二，不知是

9

否誤記？本文中也有一二字差異處，想系因原本漫漶而改。其人物名稱，与今「玉堂春」題

有差異。傅先生曾記疑云：『書中謂海忠介公讞此案，在轉任浙江任使時。考之「明史」

「海瑞傳」及是書附載之小傳，公敫歷中外，实未嘗一蒞浙省。又按「江寧府志」，明季嘉、

隆兩朝前后，亦实无由甲科出身擢授山西巡按之王姓其人。則此案个中隱微，似又有于迴護

之中更有所托者也。』

按傅先生的疑問是對的，而卽此也可反証永城說的可靠与有据。此書卷首有万历丙午

晉人義齐李春芳所作序，其間有几句話極是重要。『決獄在明，口碑載道，人莫不喜譚之。时

有好事者，以耳目所親記，卽其歷官所案，为之傳其顛末。余偶过金陵，虛舟生为予道其事若

此，欲付之梓，而乞言于予。予亦建言得罪者，忽有感于中，因喜为之序。』

从这序文里，可以看到几件事。最主要的是『耳目所親記』五字，可以証明此公案所

迷，一部分得自傳聞，不尽确切可靠。海瑞在当时有明朝的包公之目，安知不会有許多人，把

无关于他的奇獄，輾轉相傳，附会到他身上去，用他作为一个判冤獄簡堗人物？故此案幷非

海瑞所辦，加以傅先生之証，是极可能的。第二，我很怀疑虛舟生卽是李春芳的化名，觀序尾

几句話，頗有言外之感，似有可能。且李春芳是晉人，把当时本乡发生的事托之于嘉、隆借以

迴避，也是很普通的。所以，此公案的存在，其最大的价值，在更有力的使我們知道『玉堂

10

春」的事情，并非附会盼奴姊妹事，而在当时实有此一重公案。至于冤訴中玉堂春自称为周

氏，既非抄录公案，当是李氏杜撰，也未可知。

是以根据各方面的事实去看，既有「明史」、县志、碑碣等实物作証，仍不得不以无名氏

的考証最为可靠。有一种傳說，說今隴海路郑州有明刑部侍郎王斌墓，王斌即王金龙，那是

毫无根据。大概是由地域的鄰近，和姓氏的相同，遂附会而成。到这里，我們可以更进一步

的断定，『玉堂春』故事的发生，大概是在万历初年，地域是在南京、山西两处，男、女主人公

都实有其人。这事发生以后，就傳遍了遐邇，有人把他演成小說，也有人把他附会成海瑞的

公案。

二

最早的关于玉堂春的小說，现在还能找到全文的，是『尾州』本四十卷的『醫世通言』

第二十三卷，卽是『玉堂春落难逢夫』篇。从这一篇标题下附註的一行：『与旧刻「王公子

奮志記」不同』，可以知道还有更早的一本，題作『王公子奮志記』。这二种都可說是当时

的时事写实小說。从『落难逢夫』在字数倍于『通言』其他各篇，和『通言』是平話的輯本，

以及附註『旧刻』字樣的三点上，很可以証明『落难逢夫』与『奮志記』最初是两个單行的

本子，同是取材于玉金龙与苏三的結合經历，而內容情节有不少的差异。可惜『王公志記』已經散佚，很难以再得到。可是，若果我的假定沒有錯誤，『奋志記』的內容，是依然能够把握到的。因为『玉堂春』的故事，从明方历到现在，几百年来，其发展始終是有两条綫，如下表：

海剛峯先生居官公案傳（公案）

　王公子奋志記（小說）—— 眞本玉堂春全傳（弹詞）—— 重編官話玉堂春全傳（七字唱）—— 玉堂春（連环图画）

　玉堂春落难逢夫（小說）—— 新刻綉象玉堂春（鼓詞）—— 破鏡圓（傳奇）—— 玉堂春院本（京戏）—— 玉堂春（大鼓書）—— 全本玉堂春（蹦蹦戏）—— 玉堂春（文明戏）—— 玉堂春（电影）

也就是說，到现在为止，『玉堂春』的故事，是存在着两种：一种是『奋志記』，一种是『落难逢夫』。后一种因京戏傳播的关系，几成为尽人皆知。前一种只有七字唱本在稍延一脉。在『落难逢夫』的一条綫里，从明代的小說，到最近的蹦蹦戏，其間也有若干的变易。

如从弹詞、鼓詞到院本，其不同处是很多的。为便利叙述起见，这里先把两綫各主要本子人名的异同，排成如次的一張表：

12

『玉堂春』故事人物名称异同表

居官公案傳	警世通言	乾隆本彈詞	共和書局本	七字唱本	傳奇京戲蹦蹦	大鼓書	人物关系
	王瓊(思竹)	王炳(思竹)	王瓊	王炳	王瓊 / 王炳		王金龙父
王舜卿	王景隆(顺卿)	王鼎(仲華)	王景隆(舜卿)	王益隆	王景隆	王金龙	即王三公子
玉堂春(周氏)	玉堂春(顺卿)	玉堂春	玉堂春	玉堂春	玉堂春	玉堂春	即苏三
彭顯科	沈洪	方孚	沈漢明(洪)	王得美	沈洪	沈洪	傳作浙江商人 / 山西客人公案
	王銀匠 / 金哥	段四(仲華) / 金哥	金哥	王仲華	金哥	俞嫣嫣 / 小阪	小叔
皮氏	皮氏	皮氏	皮氏	皮氏	皮氏	皮氏	沈洪妻
胡才	建昂	楊宏圖	趙昂	趙昂	趙昂 / 黄武举	皮氏奸夫	皮氏奸夫
	王定	蔣氏 / 王定	王定	王鳳	王鳳	金龙仆	金龙仆
	翠香	雪李梅	雪李梅	雪李梅	翠腦 / 翠端	玉堂春盟姊	玉堂春盟姊
	翠紅	唐一仙	唐一仙	唐一仙	翠宝 / 翠宝	玉堂春盟妹	玉堂春盟姊
	苏淮 / 一秤金	居隆	李清	李清		鸨儿義母	鸨儿義母

13

从两种不同的故事存在上，我假定乾隆刻的『冀本玉堂春全傳』彈詞二十四卷，是据明

『玉公子奋志記』所改編，而『奋志記』的內容，也是因乾隆本的获得，使我們能以得知其

大概，和『落难逢夫』迥然不同。故事的开場，是王瓊已經归隐很久，家境渐渐的不宽裕起

来，便叫第三个儿子王景隆，借仆王定去京，向老友屠隆索欠。景隆这时已与丁韓巷妓女唐

一仙恋。臨行走辞，一仙托景隆到京，代候其盟妹玉堂春和雪李梅，并力贊玉堂春的美艳。

所以景隆到屠隆处索得欠款，就帶了一仙的信去访玉堂春。两人一見倾心，馬上移住院內，

大肆揮霍，時出入于鴇儿家的段四，也受了他的厚賜，得到資本来成家立业。王定屢諫不

听，回家又怕遭王瓊的怒，就偷了五百金，私自逃掉。景隆得知，毫不为意。

这时，有山西客人方爭，性极豪爽，慕玉堂春名，前来求見。因为景隆在，鴇儿拒絕了他。

方爭于是闊席，与景隆接談之下，竟一見如故，两人結为兄弟，甚是亲密。会权臣严世蕃亦

来，恃官势逼玉堂春出見。触方爭怒，指揮从人把他痛打一頓，連轎子也給毀了。景隆恐怕

世蕃要用官势来报复，劝方爭回到山西去，暫行躲避些时。后来，就是公子金尽，鴇儿板面

孔，玉堂春乞求。鴇母騙景隆出去看会，玉堂春知是計，不要他去，他不以为然，果然囘来的

时候，双門已鎖閉了。

景隆独自茫茫无所之的在街坊上走，看見路旁有一个澡堂，身边也还有点錢，便进去洗

一把澡。那知临下浴的时候，忘却镇衣箱，到洗好出来，柜里已被换上一套破烂的旧衣，自己的衣服和镪，不知給誰掉穿走了。澡堂当然不負責任。景隆自覺已到絕境，便去投河自杀，为一过路的道士所救，給了他一套道服，一点镪。他没有办法，想起在院时曾跟玉堂春学过一些戏，便买了一把胡琴，在街坊上卖唱度日。

一天，段四去玉堂春那里看三公子，知道了被逐的事。这时玉堂春已因不肯接客，开始受捣儿虐待。玉堂春托段四访問景隆消息。段四跑了几天，才在他卖唱时把他找到。段四感他的恩，把他带到自己的家里居住，一面报知玉堂春。两人設計到关王庙燒香，实则是到段四家相会。玉堂春留給景隆三百两银子，叫他再去逛一次院。于是景隆买衣雇馬，用石子装箱，找仆从，再声势浩蕩的到玉堂春家。抬进的箱子一共是十二只，到了夜半，玉堂春把自己值镪的东西装了六只箱，把六箱石子换到自己箱子里。第二天，景隆將捣儿唤来，說明自己到別处有事，一月就来。付了一些镪，留存六只箱子，招呼不許玉堂春接客，便出了院，回到段四家，借同段四返里。遵照玉堂春的約，回家添凑款項前来替她赎身。

那知一到家里，就遭了父亲的毒打，疑心他已入盗伙，六箱銀器布匹全是劫来的东西。經母亲等的哀求，总算没有把他送官，只鎖在書房里讀書。段四不能見容，只得囬去。走到山东，在旅店內竟　病数月。等到囬京，玉堂春早已給方爭贖身去了。原来王景隆临行，本

是約定一月卽囘的，到期不來，鴇兒忍無可忍，把景隆留下的箱子打開，便知全是石頭。又把玉堂春的打開，一樣是石頭。鴇兒怒極，將她毒打。她仍舊不接客。鴇兒便廢她為燒茶的使女，由她的妹妹雪李梅冒名玉堂春應客。方爭恰在這時重來，向雪李梅訊得究竟，于茶爐間覓得蓬頭垢面之玉堂春，大為忿怒。呼鴇兒來，問明玉堂春身价，把她贖出。告訴玉堂春，景隆決非負义之人，定是家中發生事故。他願意把她送到景隆家去。

最初，玉堂春對方爭的如此仗义，也頗有一些怀疑，后經再三說明，才加信任，跟他下船。到了景隆家乡，方爭先上岸去找。景隆的父亲，看方爭魁梧奇偉，疑心是盗党，囘答說：「三儿在京，一直沒有囘來。」方爭囘船告訴玉堂春。她大不高兴，以為方爭騙她，是自己想得到她。方爭急得对天發誓，又以一路上对她的态度为証，劝她先到山西他家里暂住，再慢慢地訪問景隆。玉堂春跟他囘到了山西。皮氏大娘与奸夫楊宏圖見方爭囘來，遂設計謀害方爭。端午這一天，吃酒的时候，輪到玉堂春向方爭敬酒，女侍按照大娘的布置，把有毒的酒給她，結果是方爭死了。洪洞县得賄，把玉堂春判罪，玉堂春下獄。幸遇獄卒就是那私逃的王定，玉堂春因而得到較好的待遇。不过洪洞县虽因得賄把玉堂春判罪，却很怀疑這個案子，預备提去重审。就在工作准备中，他的父亲死了，丁忧囘去，玉堂春的案子，遂陷于无

16

可挽囘的地步。李先囘到京，有一天夜晚，正從路上囘家，碰着一个私逃的女子，李先把她救了囘去。問她叫什么名字，她說：玉堂春。李先很奇怪，告訴她玉堂春在山西受苦，那里会再来一个？然后才知道这玉堂春，实在是雪李梅。原来那严世蕃自遭方爭一打，怀恨在心，这一天动了复仇之念，又跑到一种金家去。他沒有見过眞玉堂春，便以为雪李梅就是她。馬上替她贖身，抬了囘家。雪李梅早已与玉堂春同样的許身景隆，便加以拒絕。世蕃怒，將她痛打。正在这时，朝命喚他去，他只得把雪李梅变给一个寵姿看管，自己前去自己。雪李梅的自白，感动了那个女人，便私自把她放走，預备自己挺身受过。这边世蕃囘来，知道雪李梅已經逃走，大大的責备他的姿，并領人到勾欄里一打。一枰金着看房子已毁，也就歇业，囘到山西老家去。

时候。于是先把她留在家里，和母亲住着。这里可以囘头說到王三公子王景隆。被鎖在书房里讀书，直到开考的时候，便向父亲要求去应試。父亲怕他出去，又做不正当的事，毫无挽囘的加以拒絕。母亲、亲戚全无办法，还是他的妹妹想出一个法子，用水揭了父亲的門封，自己跑逃去身代，讓景隆偸偸地出去。父亲始終沒有知道，只曉得里面每餐照常有人接飯去吃。母亲知道，当然不說。直到景隆中了，报条很到到家里，他才奇怪起来，但还有些不信。自己跑去揭封开鎖，放出女儿，才恍然大悟。

可是因为几子中了，也就沒有什么話。景隆囘家照例有一番禮儀。过了几天，便仍旧帶了那

几只箱子到京去应试。一到那里，会到段四，才知道玉堂春已为方争赎去，但不知道方争是替自己所赎。这时考试期迫，虽想去山西，事实上也不可能，预备中了再说。他仍旧住在段

四家里，一直到中了状元。

从玉堂春的供词和雪李梅的诉说中，乔季先早已知道了王景隆，看到考册，知道他中了状元。便特来访问，用话试探。景隆很坦白的说自己就是三公子。季先便把玉堂春在山西受苦，雪李梅为他所救的事说明。景隆很感激他，两人成了密友，一面又为玉堂春焦急。幸

而这一日，景隆竟点了山西按察使。快到洪洞的时候，他下船前去私访。充作卖卜的人跑到方家，探得了究竟。为上便去接事，发提玉堂春一案重审。三堂会审的事，在这里是没有的。

起初，皮氏等否认，就是后来说明自己就是那卖卜的，她们也还不肯招供。景隆无法，只得另找线索。他发现了皮氏的婢女有孕，据此追问，使女无可奈何，才说明孩子是杨宏图的。这

样一步一步的紧逼，才把皮氏与杨宏图定计，自己换酒嫁祸玉堂春的事，原原本本的招了。玉堂春回方家与方氏二娘同居，王定受景隆命前来照

皮氏等自然不能再有异说，受了极刑。

料，她才知道审她的巡按就是王景隆。

接着是王景隆到方家致祭。归途中，经过一典当，门前有许多人在闹阁。叫差役去问，那知这主人竟是一种

说这典当不规矩，常常窃取当货中的一部分东西。景隆叫帮衙审问，

18

金夫妇，受了重罚。后来是玉堂春由王定护送到唐一仙那里暂住，乔季先也把雪李梅送了去。王景隆仍在那里做官，把自己的妹妹許給了乔季先。直到任满回京，才請假回家完姻，三姊妹都做了他的偏房，另外又娶了一个妻子。这时严世藩勢已败，全家瓦解，有恩于雪李梅的那个妾，流落为妓，无意的乞討到她們这里，被收留了。王景隆成婚半年，便举家往京，把妹妹嫁給了季先。

这故事有可能就是『奋志記』。情节复杂，人物很多，在玉堂春一条綫外，又有唐一仙一条綫，雪李梅的一条綫，四妹妹一条綫。最奇怪的是沈延林这个人物，在这里竟是一个豪爽的侠客，而不是一个『丑』，性格是极可爱的。不知如何，到了后来的本子里，竟成了給人印象最坏的市儈人物。从小說方面講，这故事是优于『玉堂春落难逢夫』。『世界文庫』第八期已载『落难逢夫』全文，是京戏『玉堂春』所依据的本子。其不同于『奋志記』的，是把情节單純化了，只留下了玉堂春的一条綫。便这一条綫，也有若干的改变，其相异处，約略如下表：

	王公子奋志記	玉堂春落难逢夫
(1)	家中衰落後被命入京討帳。	全家返里，王公子留京討帳。
(2)	王定帶銀送到山西做祭卒。	和景隆說好先回家去。

19

(10)	(9)	(8)	(7)	(6)	(5)	(4)	(3)
破案关键，在于使女之孕，由此逐步追询得实情。	到方学家卖卜私访。	景隆得中，即点山西接察使。	严世蕃因誓李梅逐，怒打妓院。	方学为三公子凯兄，见玉堂春被虐待，为之赎归，送往景隆家。景隆不在，携回山西暂住。旋方学为皮氏用酒灌死。	王景隆以空箱换得实箱归去。八十日不回，拐儿发觉真相，毒打玉堂春，竣为烧茶女子。	段四受玉堂春之托，在他卖唱时找他，引回家住。迎知玉堂春。玉堂春借烧香为名，到段四家会晤，赠银。	拐儿骗景隆出去看会。闭门不纳。景隆流荡失衣银。肖杀遇道人搭救。因宿学得几龄戏，便沿街卖唱度日。
用櫃一，中藏审冠，退庭后，释皮氏等瓦相埋怨，录成即出，使无可辩解，一讯商服。	在茶坊私访得情。	景隆得中，先到真定做官一年。	王景隆闻报驱逐玉堂春，怒打妓院。	比延林娶院，见玉堂春亲类，简他妓散类，遵玉堂春嘱，谋子孙，许以重金。愤烧香为由，把她送到延林榻上。玉堂春以死拒，得免污。到家府，沈延林即为皮氏所害。	王景隆夜间携玉堂春所赠物行。次晨玉堂春以诈哄骗吓拐儿，逼写伏辩，给她以完全自由，自己住在东横。	为王银匠遇见，引其返家居住，不为其妻所容。至庙许愿，遇到卖瓜子的金哥。玉堂春在关王庙会	景隆被逐，係拐儿骗他和玉堂春到姑娘家起生日气。中途，叫三公子回来领门，把玉堂春弄到乡间住一月。公子过继，衣物尽失，去敲椰度日。

20

（11）……
　一　玉堂春被落至虔一仙家。
　一　玉堂春被送至王銀匠家。
　一　到京提苏儿，枷死。

（12）
　一　苏儿开典当犯案被盟。

「玉堂春落难逢夫」的内容，据上文所说，和这一张表所开列的，很明白的可以看到，与后来京戏本「玉堂春」是差不多的。差异之处，最值得注意的，是写玉堂春逼苏儿写伏辩节。这不但显出玉堂春的机智，也强化了她的性格。她一面把重要的东西给王景隆在半夜带走了，一面却向苏儿要人，咬定是他们谋财害命，半夜里将他弄死，她要到衙门里喊冤。苏儿問他們箱子里何以尽是石子，她反说是苏儿们换上的，自己一推干净，成为一个「自由人」。后来苏儿怕事閙大，只得承認她的条件，写伏辩，承認她往后的絶对自由，成为一个「自由人」。虽使人感到痛快，究不免于突兀。反是破案一段，虽然机智，但和这人物的性格，却有相当的矛盾，用人藏在木柜里写供，倒是合乎情理的。

在明代小說中的「玉堂春」故事，存在着的是这样两个形式：先有「王公子奋志記」，沒有「玉堂春落难逢夫」。「落难逢夫」是「奋志記」后来的改編本，删繁就简，成了一个較短篇輻的作品。而后者因为情节简單，較适宜于戏剧，遂为人遍知。收在「警世通言」里，末曾散佚，自然也是一因。这是「落难逢夫」的幸运，也是「奋志記」几乎被遺忘了的理

由。有这两部不同的小說，所以到了清初，也就产生了以『奋志記』为底子的『真本玉堂春全傳弹詞』，还沒有看到木刻本，只有共和書局石印本的鼓詞『新刻綉象玉堂春』。而七字唱本，連环图画本，也依据前者而产生，一直流傳到現在。依我的推測，『新刻綉象玉堂春』，产生于有京戏本『玉堂春』以后，也是很可能的。

三

『玉堂春』变成戏剧，是在什么时候呢？这問題是很难以作确切的回答。据道光栗海庵居士的『燕台鸿爪集』，及道光十七年『春台义园碑記』春台班汪一香已演此剧。咸丰初年之『都門紀略』，亦有三庆班胡喜祿演『三堂会审玉堂春』节目。全部的編成与演唱，似在民國年間，有『近五十年梨园史料』和『梨园系年小录』可証。再据傅惜华所考，在雍、乾后已先有傳奇一种，名为『破鏡圓』。記云：

余家减鈔本戏曲，有『破鏡圓』傳奇一种，盖即演玉堂春、王金龙相爱事，因剧中二人虽經种种波折，然破鏡終为重圓，遂有是名。此本系梨园世家旧鈔背，未題撰人姓氏。而過考『曲海』、『傳奇彙考』、『曲录』諸普，亦皆不見著录。审其詞章律法，結構排場，殆出于雍、乾以后人之笔。此本发現，始細今日梨园盛演皮黄之『玉堂春』一剧，实非杜撰，乃据『破鏡圓』傳奇翻换改制而成者

22

也。……此劇「會審」一齣，排場、歌曲、賓白，皮黃劇本則完全剽竊于傳奇本。

可見「玉堂春」從公案到「奮志記」，是經過一回演變。從「奮志記」到「落难逢夫」，又是一演變。再到彈詞本是一演變。然后改成傳奇京戲，是更有着一个大的演變，是很明白的事實。傳奇我沒有見到，故只得引此為据，以証一階段的發展。至其情節，已如文中所逃，和院本是一樣的。

院本「玉堂春」本事，是說王三公子進京赶考，有友人引他去嫖院，遇到玉堂春。后來王景隆錢花完了，搗儿用到关王庙燒香的計，先把玉堂春調开，然后將景隆赶走。后來在关王庙遇到金哥，托他送信給玉堂春，因此再借燒香的名两人私会。以下是贈銀、遇盗、再贈銀。然后就遇到沈延林嫖院，与搗母定計把玉堂春騙了回家。皮氏大娘与赵昂定計，用毒面去害玉堂春，恰遇沈延林归来，搶了充飢，因而致死。皮、赵賂賄洪洞县，將玉堂春定罪收監。幸遇景隆得中，发放山西按察使，調案至太原府，三堂会審。結果，是皮、赵伏法，玉堂春宣判无罪，与玉三公子成婚。

由京劇再發展，然后在戲文方面，又有了蹦蹦戲的本子。蹦蹦的「玉堂春」本子和京戲差不多。局部有不同的地方，大概是参照了唱本或小說所改动，而这改动，也是各班不同。譬如白玉霜所演的「全本玉堂春」，和朱宝霞演的，就各有分別。大概白玉霜本子，完全以

23

京戏为蓝本，而朱宝霞却加进了『落难逢夫』和『奋志记』里的成分。此可于两点证之：其一，就是在会审的时候，朱本所写是审不出结果，便宣布退堂，而隔室去窃听皮、赵私语，录成供词，使彼等无可抵赖，和『落难逢夫』叫書记生藏在旁边的一只箱內窃听是同样的。其二，朱本洪洞县初审时，为一清官，二审时已調任，与『奋志记』所逃，很有符合之处。白玉霜的本子，和京戏没有二样。

还有不同的地方，就是白本說王三公子在嫖院时已父母双亡，及至再囘取銀，家中恰遭囘祿之灾，因此一蹶不振。朱本則說他有一个亲母，后来烧死在火里。贈銀也有不同处，白本第一次是关王庙，第二次是被劫后偸进玉堂春家。朱本又不然，第一次是和两个用人，偸了庙里菩薩的衣服，冒充查夜官混了进去，遇盜劫才是关王庙。白本是没有失身于沈延林，朱本則是沈用刀威吓，而勉强相从。白本有敲梆一节，朱本沒有，加入与囘家取銀之两用人相遇一埸。白本在会审时，桌台对景隆毫无畏惧，朱本虽亦如之，但經过相当时間調侃后，却因景隆一怒，剧情途变为快速度发展，紧張下去，唱白全变过調子，較白本优胜得多。一般的看起来，朱本确是蹦蹦戏的『玉堂春』，而白本却是京戏化了的。这从朱本許多地方比白本落后上，也可以看出来。而这里也就可以根据京戏与朱本，作成京戏与蹦蹦戏『玉堂春』較詳細的异同表格：

	京戏本玉堂春	蹦蹦戏本玉堂春
(1)	王公子偕二狎閒朋友嫖院。	王三公子辭母赴京赶考。
(2)	王公子携金入院。	王三公子賣貨道春游嫖院。
(3)	攜三万六千銀入院，起造東西二樓，直到金尽，自己歸取。	攜金入院，遇沈延林亦來，沈旋去，造極，金尽，漸窘。
(4)	失望回，為鴇母所扣，牽玉堂春得知，騙出景隆逐走，鴇无如何。	火神出現，王母被焚，兩仆歸京。
(5)	景隆歡柳度月。在关王庙遇金哥，与玉堂春重見，贈銀。遇盜。夜偷入玉堂春处。再贈銀。	仆久不归，玉堂春被騙燒香，景隆被驅逐。途遇二仆，充巡夜人回，玉堂春来見，再贈銀。
(6)	玉堂春晨起梳頭，為樓下沈延林所見。玉堂春痛罵。沈怒，鴇院，玉堂春拒見。沈与鴇謀，买之歸洪洞。	沈延林再度嫖院，买玉堂春歸山西。玉堂春为沈威逼，勉從。
(7)	玉堂春計賺延林，未成婚。	皮氏毒玉堂春，嫁禍沈延林。
(8)	洪洞县受賄，玉堂春屈打成招。	洪洞县初審錯即卸任，新任受賄，玉堂春屈打成招。
(9)	王三公子威八府巡按，到洪洞，贖移案太原会審。	王三公子威八府巡按，到洪洞，贖移案太原办理。

〈11〉	〈10〉
三堂会审。王公子探监。再度复审，皮赵伏法。洪洞县削职。玉堂春披红释放。王三公子与玉堂春成婚。	玉堂春起解，拜解差崇公道为义父。
三堂会审。王公子探监。再度复审，皮赵仍不供。退堂窃听，录供逼画押。皮赵伏法。玉堂春披红释放。洪洞县削职，崇公道蠲冤。王公子与玉堂春成婚。	玉堂春起解，拜解差崇公道为义父。

关于『玉堂春』的小说、弹词，与戏文最大差异的地方，是戏文中有『三堂会审』一场，就是京戏以及蹦蹦戏最得到成功的部分。其次才算『起解』。删去其他几条线，仅存玉堂春一线，这在『落难逢夫』里已然，可以不赘。所以改成三堂会审，其因究竟何在呢？说起来也是很简单的。就是戏文不能象小说，在最后的地方应该有一个发展的顶点，一个全戏最大的高潮，才能够紧紧的抓住观众。采用『会审』的形式，正是使高潮达到顶点。既可使原本散漫的审问集中起来，又加了许多诙谐、警策，以及做唱的段落，和沉冤大白，会合团圆结合在一起，剧情的发展，就如火如荼了。如果照原来故事的发展形式排演下去，势必逐渐松懈，到观众散完不看为止。这种改动，是『玉堂春』戏本最大的成功，也是最合乎戏剧原理的地方。

第二，为什么一个侠义的方争到了戏文里就变成市侩的沈延林呢？我想这理由也是有的，就是『丑』在戏里是不可缺少的。原本里有一个严世藩，可以充当这一脚色，无如戏

文既把事实简单化，这一趋势不能留，就没有了『丑』。方争如果还照旧的存在，已无处可显

其『侠』。把他改为『丑』，是最适当，且可以省许多事不必写。这是根据舞台上的条件而

必要删动的。

从开始的考察里，已经指出『玉堂春』戏文，最初只有『起解』和『会审』两齣，由于

这两齣戏的号召，『玉堂春』得到了广大观众的拥护，才逐渐产生了『全本玉堂春』。可是，

其間最精彩的部分，仍不外于这两齣。由这些地方，不难意会得，从小说到戏剧，是必然有许

多改变的。京戏增加的部分，主要的一人，是『会审』时那个蓝袍官。这官是桌台，是观众

憎恶而又欢喜的人。武者小路笃看过白玉霜『玉堂春』，他说这蓝袍的官，代表着一种变

态的心理。判断是很有趣的，这人物所說明的，正是一种嫉妒的破坏心理的表现。而当时真

实的人物，所以定要参王景隆，使他削职为民，其心理上的原因，大概也沒有什么例外。

<h2 style="text-align:center">四</h2>

戏文之外，『玉堂春』又曾发展为大鼓書。我所見到的，有全本的一种，又有『玉堂

春』、『关王庙』、『三堂会审』三齣。『关王庙』一种的开場是：『大明江山锦乾坤，正德

年間出新閗。前門外有个本司院，开堂名的老板一种金，花銀錢买了三个女，有翠蘭合翠宝，

27

还有一个玉堂春。』可见他们所依据的也是『通言』和京戏的本子。全本和节本都没有艺

术上的特殊成就，较可观的，只有脱胎于京戏唱词写『三堂会审』的一場：

大明江山太平春，正德皇爷有道的这个明君。皇恩浩漾开科場，御笔亲点玉翰林。坐了三年都祭

院，又放山西八府巡。南北二司都来贺喜，大小官員上衙門。欽差上任閱案卷，瞧見了洪洞县苏

三害死奴的男人。欽差今天要审此案，忙坏了三班衙役人。喊吓堂威，苏三告进。鎖鍊响，欽差看，

佳人原是玉堂春。大人座上朝下問，苏三为何不良害死你的男人。佳人閱听这句話，說話的語声

好象有情的人。繞着彎的將他認，小奴家试探他的心。今天不把别人告，告的是王景龙害苦了人。只

顧佳人說此話，吓坏了南北二司二位大人。王景龙他本是大人的官印，苏三告狀少朝云。（白）南北

二司二位大人正然威吓苏三，大人座上微发一冷笑，口尊南北二司二位大人，休要威吓与他。我想

世界上人，同名同姓也到有之。又開苏三，你告的是那个王景龙，家住那里，那里的人民，他在何处

居住呢？王堂春爬爬牛步，口尊大人容禀。（唱）我本是一个妓女，结交了一个王三公子南京的人。

我們二人相交二年半，襄内空虚缺少金銀。到后来公子要了飯，关王庙里把身存。（白）公子要飯

不要飯，你怎么会知道呢？（唱）打发我的老媽去把东西买，瞧見了王三公子欵杀人。金媽媽同

来說了一遍，小奴家我好似那万把鋼刀刺在我的心。我們二人关王庙里見着了面，抱头相哭泪紛紛。（唱）

差派金媽定約会，关王庙里会情人。贈他紋銀三百两，奉劝公子回轉家門。自从三爺他哪走后，小奴

暫顧，他道說：男不娶妻女不嫁人。

家我茶不思来飯不想，好无精神。（白）交游滿天下，知心有几人哪？（唱）終朝每日懶意見客，惱怒

老板一杯金。那一日来了个外路的客，挑上奴家玉堂春。叫奴家陪酒奴不陪酒，买奴出水奴不嫁

人。媒婆巧定瞒天計，偷卖沈洪做妾身。帶到了山西洪洞县，他有个大婆不良人。外面相交黄武

举，武举瞧見奴家起了歹心。武举皮氏將我劝，他劝我随了武举一道的人。（白）那么你也是那等

样的人，也得要天理与良心。那么你可从他未从呢？（唱）只因小奴不应允，惱怒皮氏怀恨在心。酒

飯之中下上了毒葯，害死沈洪命归陰。皮氏在当堂將我告，洪洞县知县是个渾人。屈打承招定了

案，准备秋后刀斩身。尊大人思一思来想一想，我不为那玉景龙啊，我如何受了官刑？（上板）数了

他来害了我，世界上那有我这样傻心人？王景龙不是我賠銀作盤費，早喂了北京的狗，做了外丧魂。

只為得王三官心难忍，二目不住淚紛紛。有心当堂將她認，又怕丢了八府巡。有心不認这件事，我

的心怎对天地与鬼神？哭哭啼啼，八府巡按我不要，不捨佳人玉堂春。南北二司明白了，一道招本奏

当今。万岁一見龙心喜，亲口封佳人一品做夫人。劝明公未从交人拿出一点好心眼，老天爷不負好

心眼的人。这就是三堂会审他们夫妻見了面，到后来替沈洪报仇，奉旨完姻。

不过一千字光景，便把一个完长的『玉堂春』故事，很干净的說完，这是很經济的。在

『玉堂春』的鼓詞中，要以这一则为最好。不过从这里又可以使我们看到『玉堂春』的故

事再变为鼓詞的时候，也有了不少的差異。第一，金哥到这里变成了金娘娘。第二，皮氏的

奸夫赵昂，到这里变成了黄武举。第三，加上一段皮氏想拉玉堂春同私黄武举。第四，是說

29

二司奏請御賜結婚，封玉堂春為一品夫人，這完全與本事相反。再往下發展，就成了文明戲

本子『玉堂春』，阮玲玉主演的影片『玉堂春』，都是根據京戲改編，沒有什么变化。此外，

据同治丁日昌禁淫書目，『小本淫詞唱片』項下，有『大審玉堂春』一种，不知內容若何？

大概也是『落难逢夫』之类吧？

『玉堂春』故事，在四百年間的演变，大体如上所說。最后还想补充一点的，就是这故

事为什么在几百年来，受观众拥护一直不見衰呢？我想这其間的原因，是有几点好說的：

第一，是由于『玉堂春』的悲欢离合的情节，极富有戏剧性。即使本事不如戏文复杂

但通过艺术的描写以后，悲剧的成分便十二分加强，投合了观众爱好悲剧的心理。而入后又

用喜剧收梢，对于欢喜『大团圆』的观众心理，是能更进一步的把握。

第二，从玉堂春这人物行为上所表現的，是一个典型的具有封建道德的善良人物，因此

这戏的扮演，不但投合了观众欢迎悲喜剧的心理，也能以借此扩大封建道德的影响。出身于

娼妓的玉堂春也这样的从一而終，守身如玉，而况別的人？这一本小說，一部戏文，在过去，

是很有力的『闺訓』。情节悲憫动人，其能得到各方面拥护，是必然的。

第三，当然是艺术手法了。特別是戏剧，在編制的方法上，是有极大成功的。从开始到关

王庙，是一个高潮，从关王庙到三堂会审，又是一个高潮，而最后一个高潮，更把各方面的事

30

实都发展到了顶点。其间如調剂观众的沉悶，又加上了风趣的藍袍宣。大段而有力的玉堂春唱詞和表演，自也是加强了戏劇的力量。綜合了各种适应于观众的条件，『玉堂春』自然而然的就得到了成功。

附『玉堂春傳奇』与皮黃本之异同

（一）脚色　傳奇本，按察司名刘秉彝，正生色扮；皮黃本則訛作刘炳义。布政司，傳奇本名張正乾，副末色扮。皮賣本則改名周良傑。長解，傳奇本为崇宏道，皮黃本則称张公道。王金龙（苏三，两本姓名俱同。皮賣本之按察司，布政司，幷以老生色扮之，殊不如傳奇本之規律謹严完善。

（二）排塲　傳奇本开塲，众引副末上，念引子，上塲詩，白，盼咐打道歌『六么令』下。众引正生上，念引子，上塲詩，白，盼咐打道歌『六么令』下。众引小生上，念引子，上塲詩，白，歌『駐馬听』。杂上，京白。小生白有請。副末正生上，相見，宾白，副末正生同下。小生更衣，盼咐开門。副末，正生同下。……按此傳奇本之排塲，实較皮黃本为复杂，故覚緊湊可观。

（三）歌曲　傳奇本于王金龙出塲，引子上塲詩完，念白云：「下官王金龙，前到洪洞县监中，訪見玉堂春，与他写下獄狀一紙。今日秋审，叫他当着东西两司辨明寃枉，好活他性命。少刻坐堂唤他上來，我何忍看他！」歌『駐馬听』曲云：「万种恩情，今搽不似旧时形。想濇枕边翩翩，月底娟娟，花下盈盈，如今含寃獄底恨長更，今日此会淚难

31

禁。仔細思忖，还是我累他受此凄凉景。」此段曲白，予全剧关目，前呼后应，乃絶不可少之叙述。皮黄本则否，于王金龙提审玉堂春，命「抬起头来时」唱：「本院举目来观看，原来苏三到来临。……」

始知所审者为已之情人玉堂春，于情理上殊有未合。……

——节傅惜华『玉堂春傳奇考』——

附記　本文写定后，又繼續得到一些材料，即是姚梅伯的『今乐考証』出版，內『笠閣評目』中有『玉堂春』一目，又载燕京无名氏花部目，亦有『关王庙』一剧。某小报载『王金龙墓碑』一文，据云：『……曲周县城西二二里許，确有高大之坟墓，然其碑文之記載，乃系王一鶏，而非王金龙。其父子曾历明朝显位，故其墓地頗雄壯。王一鶏墓之东侧外，約五十步，有孤坟一座，而无碑文，据土人傳說，系玉堂春之墓。何以未能入王氏之坟？多不解其理由。予意其中难免有錯誤处。而王民之墓，碑文甚长，曾有『奉旨娶亲』等字样，是否指玉堂春而言，亦未明說。总之，王金龙与玉堂春之故事，确指王一鶏之事当无誤，予意不过戏剧中較事实或多附会耳。』同时另一小报载：『……玉堂春，据說该县政府（指洪洞）在民元时尚存有苏三謀杀亲夫之案卷，后被人取走，是或一种附会傳說，但有老書吏，繪形繪声述說案件遗失事蹟，幷說亲眼見，卷作很好，……被害死馬販子沈燕林之故里，在城南七里，住宅故址現已成一水窪。据說在明时，若有人被他妻或妾謀杀了，其住宅要拆毁，幷掘地三尺。

是否如此，未加深考。但沈宅故址，現沒人敢重建屋宇，而当初卖毒药之药鋪，还在城內也。」

此一則所說沈燕林事，可参証。惜当时匆匆剪留，未註报名与日期。

玉堂春故事的演變

阿英 원저

『小說二談』, 上海古典文學出版社, 1958, 1~31면.

여기서부터 影印本을 인쇄한 부분입니다. 이 부분부터 보시기 바랍니다.

역주자 신해진(申海鎭)

경북 의성 출생
고려대학교 국어국문학과 및 동대학원 석·박사과정 졸업(문학박사)
현재 전남대학교 인문대학 국어국문학과 교수
BK21플러스 지역어 기반 문화가치 창출 인재양성 사업단장

저역서 『왕경룡전·용함옥』(역락, 2016)
      『금산사몽유록』(역락, 2015), 『금화사몽유록』(역락, 2015)
      『한국 고전소설의 이해』(공저, 박이정, 2012)
      『한국 고소설의 이해』(공저, 박이정, 2008), 『조선후기 몽유록』(역락, 2008)
      『권칙과 한문소설』(보고사, 2008), 『서류 송사형 우화소설』(보고사, 2008)
      『역주 내성지』(보고사, 2007), 『조선조 전계소설』(월인, 2003)
      『조선중기 몽유록의 연구』(박이정, 1998)
      이외 다수의 저역서와 논문

이와전 · 투첩성옥 · 옥당춘낙난봉부

2016년 12월 15일 초판 1쇄 펴냄

원저자 白行簡·海瑞·馮夢龍
역주자 신해진
펴낸이 김흥국
펴낸곳 보고사

책임편집 이순민
표지디자인 오동준

등록 1990년 12월 13일 제6-0429호
주소 경기도 파주시 회동길 337-15 보고사 2층
전화 031-955-9797(대표)
      02-922-5120~1(편집), 02-922-2246(영업)
팩스 02-922-6990
메일 kanapub3@naver.com / bogosabooks@naver.com
http://www.bogosabooks.co.kr

ISBN 979-11-5516-631-4 93810
ⓒ 신해진, 2016

정가 25,000원